«UN LIBRO STREPITOSO. MI HA FATTO RIDERE, SOSPIRARE E PERSINO COMMUOVERE.»

NEMO

«#AMORENONCORRISPOSTO HA TUTTO CIÒ CHE SI PUÒ DESIDERARE IN UN ROMANZO: UMORISMO, TENSIONE DRAMMATICA, ROMANTICISMO E UN PIZZICO DI SUSPENSE. È UN PERFETTO RITRATTO DELL'ERA DIGITALE E DESCRIVE ALLA PERFEZIONE I TEENAGER. NON PERDETELO!»

RABIAH

anagramma

413

Questo romanzo è un'opera di fantasia. Ogni riferimento a fatti storici, persone o luoghi reali è fittizio. Gli altri nomi, personaggi, luoghi e avvenimenti sono frutto dell'immaginazione dell'autore, e qualunque somiglianza con fatti, luoghi o persone reali, esistenti o esistite, è del tutto casuale.

Titolo originale: *#scandal*

Traduzione dall'inglese di Roberto Lanzi
Prima edizione: febbraio 2016

Roma, Casella postale 6214

ISBN 978-88-541-8673-6

www.newtoncompton.com

Realizzazione a cura di Corpotre, Roma
Stampato nel febbraio 2016 da Puntoweb s.r.l., Ariccia (Roma)
su carta prodotta con cellulose senza cloro gas provenienti da foreste controllate, nel rispetto delle normative ambientali vigenti

Sarah Ockler

#amorenoncorrisposto

Newton Compton editori

Per Alex,
perché… ZOMBIE!

#NEMMENOLONTANAMENTE

Se una semplice foto vale mille parole, una foto postata sulla pagina "Scandalo del Mese" di Miss Decenza ne vale un milione. Soprattutto se la storia che tutte quelle parole pretendono di raccontare è un'assoluta menzogna.

Be', diciamo una *parziale* menzogna.

La parte in cui mi sono addormentata fra le sue braccia in un certo senso è vera.

Non ricordo i dettagli sul cavallo o in quale esatto modo possa essere finito in salotto, ma a giudicare dall'odore che c'era l'indomani mattina, anche quella parte è vera. E sì, è vero anche che il capitano della squadra di dibattito destinato ad Harvard si è tuffato a bomba nello stagno con indosso solo calzini da smoking e un paio di piccole ali argentate da fatina. L'hanno fotografato *tutti*.

Ma il resto non può essere accaduto in nessun modo.

Non come vorrebbero far sembrare le foto.

MESSAGGIO SPECIALE PER I PESCESPADA DI LAVENDER OAKS IN OCCASIONE DEL BALLO DI FINE ANNO

Miss Decenza
2002 like 👍
92 utenti ne parlano

Venerdì, 25 aprile

È arrivato il weekend del tanto atteso *prom*, pescettini miei, e voi sapete cosa vuol dire, vero? Sesso! Scandalo! E... lustrini?

Eh già, proprio lustrini, come ci si aspetterebbe dal primissimo Ballo delle Creature Mitiche mai organizzato alla Lavender Oaks. Non ho ancora ben chiaro cosa possa voler dire, ma in ogni caso è tutto più bello con qualche scintillio, per cui brindiamo al comitato organizzativo per aver sparso un pizzico di polvere di stelle su una tradizione altrimenti trita e ritrita. Cin cin!

Per quelli di voi che non hanno in programma lo sfacelo della propria innocenza in una delle tante festicciole post-ballo, posso permettermi di suggerire una capatina nell'area est della scuola dove si terrà il torneo medievale con grigliata di montone sponsorizzato dalla scuola? La preside Zeff assicura che, mentre le lance saranno finte, di polistirolo, i cavalli e la carne (la seconda non derivante dai primi, nonostante le leggi di recente introduzione) saranno assolutamente autentici.

Le cotte di maglia proprio non fanno per voi? Sappiate allora che il Movimento Anti-social e di Lotta all'(e)lettronica frivolezza dovrebbe mettere in scena sulla collinetta erbosa della scuola una rievocazione post-ballo del falso atterraggio lunare, ma giacché il Movimento bandisce Facebook, la vostra Miss Decenza non è in grado né di confermare né di smentire le voci. In ogni caso, se qualcuno di voi dovesse incappare in un componente del MAL(e) al ballo, scatti qualche foto. Pagherei per vedere le ragazze tutte acconciate sotto quei loro cappellini di carta stagnola anti-campo elettromagnetico.

Congrega della carta-stagnola-in-testa a parte, non dimenticate di caricare e condividere i vostri scatti più succulenti qui sulla pagina di Miss Decenza con l'*hashtag* #scandalo per partecipare al mio concorso Scandalo del Mese. Ebbene ci siamo, ragazzi: l'ultimissimo #scandalo prima del diploma. Approfittatene! I vincitori saranno immortalati con stella d'oro lampeggiante e, ovviamente, umiliazione eterna. Non c'è prezzo!

E per rimanere in argomento di fama e gloria, oggi abbiamo superato il numero magico: 2000 fan! Ma non è il momento di adagiarsi troppo sugli allori della strapopolarità. Sono milioni gli americani che devono ancora manifestare la propria lealtà. Si fa per dire, ovviamente! Per cui, fate la vostra parte e ditelo a un amico, ditelo a un ex, dite a vostra nonna di cliccare su quel pulsantino a forma di pollice all'insù!

Passando alle cose serie, vi riposto un messaggio dell'associazione Studenti Anti Sostanze d'Abuso: guida sobrio e sei uno sballo. La presidente della SASA monitorerà personalmente la ciotola del punch per scongiurare qualsiasi attività sospetta, mentre il suo vice controllerà i movimenti nella saletta fumatori in caso a qualcuno di voi saltasse in mente di fumarsi roba che non sia tabacco. Con tutti quei lustrini e svolazzi di organza, qualcosa mi dice che non serviranno allucinogeni per farvi un mega trip.

Mentre domani voi vi starete scatenando tra sete e lustrini, io me ne starò in poltrona nel mio pigiamone zebrato, le mani affondate in un barattolo di pop-corn al caramello. Forse non sarà mitica come la vostra, di serata, ma ho un immancabile appuntamento con un'altra puntatona di *Miss Pericolo* e, dopo l'episodio dell'assassino della scorsa settimana, muoio dalla voglia di vedere cos'avrà in serbo per noi la protagonista Angelica Darling. Lo ammetto: stravedo per Jayla Heart. Quell'attricetta impertinente è la cosa più sexy che sia mai venuta fuori da Lavender Oaks. Dite che esagero? Date un'occhiata alla pagina del suo fan club, *tuttiifidanzatinidijayla*. Duecentomila fan, ne vogliamo parlare? Lei sì che è una ragazza che sa giocare bene le proprie mosse.

In chiusura, un messaggio contro cui nemmeno la congrega dei cappellini di stagnola potrà avere nulla da ridire: divertitevi questo fine settimana, pescettini miei. Fate i bravi e non dimenticate di flashare tanti sorrisi per i satelliti spia!

xo – Ciao! – xo

Miss Decenza

LA STRADA PER L'INFERNO È LASTRICATA DI LUSTRINI

Dite: «...magica polvere di stelle!».

Nella palestra illuminata a giorno di Lavender Oaks, un fotografo ci spara in faccia un flash da mille soli e io mi vedo passare davanti agli occhi le parole "terribile" e "errore" dentro grosse bolle psichedeliche.

Cara ex rispettabile Me Stessa: quanti limiti *hai intenzione* di superare stasera? Indossare un vestito da sera. Salire su un party Hummer. Posare accanto a un cavallo addobbato con un corno di plastica da unicorno.

Principe Macula generalmente è riservato per le lezioni facoltative di ippica, ma il comitato organizzativo del ballo Creature Mitiche stasera l'ha messo a servizio mascotte. Il cavallo non sembra essere disturbato dal recinto improvvisato – una piccola zona delimitata da una fune poco lontano dalle tribune, con un po' di paglia a terra – ma addirittura la maschera è tutta un'altra storia. Lustrini? Decisamente non il top dello stile per Principe Macula.

«Pagliuzza corta, eh?», gli bisbiglio.

Lui schiocca un orecchio rosa verso di me e butta fuori un patetico sbuffo dal naso della serie *fa' in modo che gli altri cavalli non mi vedano conciato in questo modo*!

La macchina fotografica scatta un altro flash e io spero tanto che un po' di quella polvere di stelle ci faccia magicamente sparire entrambi, trasportandoci lontano dal Colorado mandriano e dalla paglia fino alle caviglie e dalle decorazioni per capelli troppo strette.

Ahimè, ammesso che la mia fatina buona sia presente sulla

scena, il suo culone con alette di organza è sicuramente parcheggiato accanto alla ciotola del punch e il mio desiderio si perde irrealizzato tra le strobosfere.

«Wow! La più bella coppia mai vista *prima*», se ne esce il fotografo, sparando un ultimo flash accecante.

Cole mi strizza l'occhio dall'altro lato del cavallo mascherato. Nei suoi occhi verde rame vedo scintillare un fuoco tale da causarmi una fitta in mezzo al petto, e un attimo prima che io muoia letteralmente, viene trascinato via dai componenti della sua band e il mio cuoricino torna, singhiozzando, in vita ormai al limite dello stallo.

Per un pelo, mi avverte. *Tum tum tum.*

«Non riesco a credere che siano riusciti a trovare un vero unicorno. Miss Decenza darà di testa quando lo vedrà». La mia amica Griffin entra nel recinto seguita dalla sua anima-gemella-del-momento, un tipo mascherato da elfo di nome Paul, della Saint Paul's Prep. Griff dà una scrollata ai ricci platinati e tenta di scattarsi un selfie, ma il cellulare che i suoi le hanno portato da Helsinki è talmente complicato che far funzionare la fotocamera è sempre un'impresa.

A quel punto subentra il fotografo ufficiale e io mi trovo un posticino sulle tribune per osservare Paul che punta lascivo Griffin mascherata da demone sexy, un tubino fasciante color blu notte con una coda luciferina cucita sul lato B e una profonda scollatura a V sul lato A. Neanche le simpatiche orecchie a punta alla Legolas risparmieranno domani a Paul i Dolcetti delle Scuse, il personale metodo spaccacuori di Griff dietro a un tavolino ad angolo del Black & Brew Cafè: perché le brutte notizie le mandi giù meglio con qualche dolcetto, teorizza sempre lei.

Griffin ha un sacco di teorie, ti sfinisce.

D'un tratto Paul le molla una pacca sul sedere, strappandole un urletto acuto, e il mio mazzolino di rose tea appuntato sulla spalla rotola giù tra le gambe, trasformandosi in una cascata di petali. Li raccolgo in un mucchietto e noto che i bordi si stanno già arricciando.

Lucy impostora del ballo.

È sabato sera e io dovrei essere a casa mia a squartare zombie online e lanciare bocconcini a Notte del cane vivente invece di recitare in maschera in questo finto mondo di favole.

Per le ragioni che seguono, così chiarisco una volta per tutte:

1. Principe Macula non è veramente un unicorno
2. Cole non è veramente il *mio* accompagnatore al ballo
3. Il vestitino frou frou che porto non è esattamente nel mio stile: un lungo vintage rockabilly, scollato sulla schiena, in chiffon bianco latte con un motivo a ciliegie nere e una fascia rosso sangue. È talmente bello che mi sta scatenando un attacco di orticaria.

Dal recinto del cavallo, sento di nuovo Griff lanciare un urletto e i miei occhi puntano di scatto verso le porte dietro di lei. Chissà che l'Hummer non sia ancora nel parcheggio sparando sfere iridescenti dalla macchina per le bolle di sapone montata sul tettino. Magari riesco a svignarmela e a farmi dare uno strappo a casa. E in meno di un'ora sarei fuori da questo abitino da pin-up a scolarmi una lattina di Dr Pepper e ad arrostire orde di morti viventi con il mio lanciafiamme.

Sento le mie dita premere già contro grilletti invisibili…

«Non dirmi che la mia accompagnatrice last minute sta già pensando di tagliare la corda». Cole riappare e mi guarda con un sorrisetto compiaciuto, accovacciandomisi davanti. Di solito si lascia crescere un velo di barbetta, ma per l'occasione si è dato una ripulitina e il sole di fine primavera gli ha lasciato la pelle liscia e leggermente abbronzata. Da baciare. «Che hai, Lucy?».

Sollevo quattromila strati di chiffon sopra gli stivali inguinali neri, l'unica parte del completino che è veramente mia, e stritolo il tessuto tra i pugni. «Sembro una statuina da torta».

«Esagerata». Cole raccoglie il mazzolino di rose mezze avvizzite dal mio grembo. «Sei, uhm, *veramente* carina». Si sporge verso di me, solleticandomi il naso con i capelli arruffati. Odora di natura, di fuoco da campo e mele mature e…

Ehi! Un colpo di zoccolo glitterato del Principe Macula la dice lunga: *Non pensarci nemmeno!*

Sospirando profondamente, spazzolo via un petalo di rosa dal vestito. Vorrei tanto poter seguire il suggerimento del cavallo, ma ormai è troppo tardi. Non pensarci nemmeno? Ma io *ci* penso ormai ogni santo giorno da quattro anni.

Non ci siamo mai baciati, mai una coccola, mai andati oltre l'amicizia con la A maiuscola. Ma Cole Foster mi ha comunque incrinato il cuore. Come questo abito perfetto e i fiori che si rifiutano di starsene al loro posto, il ragazzo che ho sempre amato appartiene a Eliana Pike.

Ellie.

La mia migliore amica.

«Grazie per il rimpiazzo di stasera», mi sussurra. Sento il suo alito accarezzarmi la spalla mentre cerca di riattaccarmi il piccolo bouquet. Al tocco delle sue dita, il mio cuore inizia ad agitarsi come un pesce spiaggiato, per cui distolgo lo sguardo da lui.

Perfetto. E come potrei sopravvivere a un'intera serata di ballo se non riesco nemmeno a sostenere un contatto visivo? Onestamente, tutto questo accordo si sta trasformando in un problema serio.

«Nessun problema», rispondo.

Coraggio, Lucy. Ellie è inchiodata al letto da una superinfluenza e si sta perdendo il ballo studentesco del diploma, l'evento che aspetta più di qualsiasi altra cosa dai tre anni in cui è stata fidanzata con Cole. Io, invece, mi sto solo perdendo una piccola carneficina online.

Ti prego, accompagnalo, Lucy. Solo tu puoi sostituirmi. Devi mandarmi foto tutta la sera!

Non sono mai stata capace di dire no a Ellie e ho seguito gli ordini per tutta la sera. *OMD! tu e Griff siete una bomba*, diceva il suo ultimo messaggino a commento della serie di foto che i miei mi hanno scattato sul vialetto di casa. E per il resto della fotocronaca è stato un continuo di *devi assolutamente tenere quel vestito!*

«Sicura tutto okay?». Gli occhi di Cole scivolano sul corpino a ciliegie nere e per un istante mi sembra di vederci dentro qualcosa, qualcosa di più della sua solita malizia.

Quando poi li risolleva, quel qualcosa è sparito e io mi sento improvvisamente nuda, un'idiota trasparente piena di fantasie impossibili. Non c'è mai stato niente nei suoi occhi e io sono qui ancora a recitare la parte di una Cenerentola dark che non riesce ad accettare il fatto che ogni cosa a mezzanotte si trasformerà in polvere.

Adesso ci guardano tutti, bisbigliano curiosi a mano a mano che la voce dell'impedimento di Ellie si diffonde, ma senza mai assumere i contorni dello scandalo. Già lunedì mattina Ellie sarà di nuovo tra le braccia di Cole e il vestito tornerà sulla sua stampella, come se tutta la favola dark non fosse mai accaduta.

Tiro un sospiro per riprendermi, una specie di riavvio nella mia orgia di autocommiserazione.

Probabilmente è stata una follia rispondere di sì quando Ellie me l'ha chiesto, ma ormai quel che è detto è detto. Ho fatto una promessa ed è il ballo di fine anno anche per Cole, che si merita tutto il divertimento.

Non pianterò in asso nessuno dei due.

«Al cento per cento». Mi alzo dalla tribuna, con un sorriso fresco, e afferro la mano che Cole mi porge, scrollandomi via di dosso tutte le mie riserve. È solo un ballo. Qualche ora, qualche foto e poi potrò tornare al mio paradiso di zombie da squartare. «Principessa a noleggio al tuo servizio».

Aspetto che Ellie si sia rimessa in sesto e poi la mando io all'ospedale.

La palestra è zeppa di creature zannute, mostri pelosi e fate, tutti spumeggianti e favolosi nella foschia luminosa delle stroboscopiche, tutti tranne me – che ho pensato che fosse già abbastanza mitico diventare Ellie per una notte – e Cole che non ha voluto farmi sentire esclusa.

Scatto qualche foto degli addobbi e poi mi lascio condurre da Cole in mezzo a una marea di vampiri che lo salutano pugno contro pugno – Dove l'hai lasciata Ellie, fratello? Che combinate tu e Lucy, amico? Se l'hai mollata, ci posso provare io con Ellie? – e poi mi trascina, volteggiando, sulla pista da ballo.

Tempismo perfetto: ho una soglia di tolleranza superbassa per la parlata ghetto style.

Cole scimmiotta la mia espressione imbronciata finché non scoppio a ridere. «Lo so che preferiresti ammazzare zombie», mi dice, «ma non te ne andrai di qui finché non avrai avuto almeno otto minuti di seguito di divertimento. Ti cronometro».

Mi raccolgo l'acconciatura castana stile texano – quando mia madre ha sentito che dovevo tirarmi su i capelli per il ballo, non c'è stato verso di tenere a bada la debuttante che ha dentro – e assicuro una forcina allentata. «Mi sto divertendo».

«Ottimo», risponde Cole. «E adesso preparati per un saggio della mia *riverdance*».

«Ma non puoi ballare la *riverdance* su un *mash-up* rap, *fratello*».

«Questo non è un *mash-up* qualunque. Questo è *Encore* dell'album Reckoner».

Cole è il batterista di una band di nome Vanitas – una mia idea dopo un concerto inaugurale nel garage di Cole lo scorso anno – e inizia a mimare il beat con bacchette invisibili. «Io *spacco* tutto».

«Oh sì! Dacci dentro, Irlandese».

«Donna di poca fede!». Cole stringe le braccia sul petto, salta, sbatte i tacchi insieme e riatterra senza cadere.

«Uhm… hai appena…?»

«Ho appena iniziato». Fa un sorrisetto ampio e gagliardo e quando dagli altoparlanti inizia a picchiare un'altra base, lui va avanti con i passi come se niente fosse.

Passano due, poi tre, poi quattro brani e i movimenti di Cole diventano più scatenati e audaci, come se avesse una riserva di energia dentro che aspettava solo di farmi ridere. Si contorce e ballonzola, mi canticchia nell'orecchio parole inventate, mi batte il ritmo sui fianchi e per un'ora intera smetto di far caso ai flash attorno a noi, ai messaggi infiniti di Ellie che mi fanno vibrare il cellulare infilato nella fascia. Mi lascio guidare da Cole e inizio a ballare anch'io, a dimenarmi e a ridere, come se questa sensazione potesse durare all'infinito, come se fosse sempre stata lì per me.

Poi i brani si sciolgono in una specie di ballata più lenta e appassionata e immagino Ellie raggomitolata con il suo pupazzo Hedwig e una tazza di brodo caldo in mano, e la sua voce che diventa un'eco sempre più flebile.

Voglio che vi divertiate per me, ragazzi…

«Torno subito». Sguscio dall'abbraccio di Cole e mi intrufolo nel campo di battaglia, aggirando Griff e Paul avvinghiati in un ballo erotico, schivando orde di vampiri e fatine che si scattano selfie facendo smorfie, finché ne sono finalmente fuori.

Altri cavalli si ribellerebbero, o quantomeno la farebbero lì sul pavimento, ma Principe Macula è un pacifista e probabilmente è proprio per questo che è finito bardato in quel modo indecoroso. Mentre gli altri cavalli della Lavender Oaks sicuramente sono quasi pronti per il torneo di stasera, il mio piccolo amico equino se ne sta tutto solo nel recinto, incustodito, a sopportare la propria vergogna senza lamentarsi.

«Ti ho portato un bocconcino», dico, porgendogli una mela rubata da una decorazione orribile su tema *Twilight* vicino alla ciotola del punch. Il frutto sparisce in un unico morso e oltre la groppa del cavallo scorgo Olivia Barnes.

Carina ma scialba, Olivia frequenta la mia stessa classe di educazione artistica e mi fa costantemente domande su Ellie e Cole: e da quanto tempo stanno insieme e se è il grande amore con la A maiuscola o invece robetta passeggera…

Con Ellie temporaneamente fuori dai giochi, la piccola intrigante trova il coraggio di chiedere un ballo a Cole e li vedo scomparire, ondeggiando e sussultando come una barchetta, nella nube della macchina fumogena.

Mi si torce lo stomaco e mi costringo a riconcentrarmi su Principe Macula.

Non siamo più soli.

«Lucy?». Kiara Chen si sta avvicinando lentamente a noi in un abito argentato lungo fino a terra, il viso ricoperto di svolazzi verdi e stelle marine infilate tra i capelli neri scintillanti. «Puoi farmi una foto con l'unicorno? Ma, tipo, super di corsa? E poi me la fai anche spedire a mia madre?».

Kiara è fin troppo agitata per una così bella sirenetta, ma io – sostenitrice delle pari opportunità per le creature sia di terra che di mare – tiro fuori il cellulare dalla fascia e soddisfo la richiesta.

«I miei volevano vedere qualche foto», mi spiega quando le passo il telefono. Alla velocità della luce, Kiara digita un numero e invia i file. «La mia associazione è severa riguardo... be', sai... riguardo alle foto con i telefonini e i messaggini e roba del genere».

Nel frattempo si guarda attorno agitata come se avesse una spia appiccicata alla coda e in quel momento capisco tutto. Kiara è vice presidente del MAL(e), la stramba associazione che supporta la teoria del complotto e che vuole affrancare l'umanità dalla tecnologia o da Facebook o da altra roba del genere. Scommetto che se i suoi compagni la beccassero a mettersi in posa per delle foto digitali e a inviarle attraverso il ciberspazio, la condannerebbero subito a morte. Alla maniera della vecchia scuola, però, tipo con la ghigliottina.

Kiara mi restituisce il cellulare che, nel preciso istante in cui tocca la mia mano, inizia a vibrare con numero privato.

«Deve essere tua madre». Leggo il messaggio a voce alta. «Adorabile! Lo instagrammo per la nonna. Ci vediamo dopo il ballo, tesoro! Ti ho rgstrto MP!».

Kiara diventa dello stesso colore della mela di Bella Swan. «MP? cioè, ehm, ma... non ho nemmeno mai guardato una sola puntata di *Miss Pericolo* io... è mamma la fan di Jayla Heart a casa. Si chiama così l'attrice, giusto?»

«Sì, infatti, si chiama proprio così», rispondo, facendole un sorrisetto ironico. Jayla Heart, classe di diploma 2007, è arrivata dritta a Hollywood subito dopo il liceo, riuscendo ad accaparrarsi il ruolo da protagonista nella serie *Miss Pericolo* e diventando il fiore all'occhiello – nonché fonte inesauribile di scandali per la felicità delle riviste di gossip – di Lavender Oaks. «Se proprio devi barare, c'è roba *molto* migliore da vedere».

«Io non sto…».

«Tranquilla, il tuo segreto è al sicuro con me». Do una pacca sulla groppa del cavallo. «E Principe Macula è una cassaforte».

Kiara mi ringrazia, sorridendo rincuorata, ma prima di iniziare a spazzolarci a vicenda i capelli e pensare di dormire una a casa dell'altra, spunta Cole e Kiara si dilegua.

«Stringi nuove amicizie?». Una ciocca di capelli gli ricade sugli occhi, ma non riesce a nascondere il suo adorabile sorriso che dice *se mi ami e lo sai, batti le mani!*

«Ovunque vado». *Clap clap*.

«Sirenette e unicorni non possono salvarti», dice. Io e Principe Macula lo guardiamo simultaneamente e Cole si picchietta le tasche della giacca. «E dato che ho io il tuo rossetto, il tuo eyeliner, la tua patente nonché le chiavi di casa, penso proprio che dovresti quantomeno concedermi un lento».

«*Nothing compares 2 U?*». Armeggio con la fascia, lisciando grinze inesistenti. «Un po' azzardata come colonna sonora di una "separazione" al ballo di Lavender Oaks».

«Non metterti idee strane in testa. Non puoi mollarmi prima di mezzanotte, il tuo contratto parla chiaro». Cole scioglie le mie mani e nonostante tutte le battute di poco fa, adesso non trovo più una sola cosa divertente sulla terra.

Appoggio la testa sul suo petto. E quando il mio orecchio individua il battito del suo cuore, il suo respiro si blocca e sento le sue dita che dolcemente scivolano lungo il mio collo.

Un brivido elettrico mi schizza alle dita dei piedi e, *wow*, il mistero è risolto. È *questo* il motivo per cui ho rispedito a casa due precedenti fidanzati dopo un solo mese di pomiciate scialbe, o per cui tutti gli allenamenti di football spiati con Griff e i tentativi di Ellie di appiopparmi a qualche amico di Cole si sono sempre rivelati dei fiaschi epocali.

Ho sempre tenuto duro per avere *questo*, quest'inconsistente formicolio lungo tutto il corpo che scatta quando Cole mi stringe a sé. *Farfalle*.

Per quanto possa essere effimero, la parte più oscura di me sa che ne vale la pena. Sa che mi ci terrò aggrappata per il resto di sempre, e finché andrà avanti la canzone, non devo lasciarlo andare...

«Lucy?». Il fiato di Cole è bollente sul mio orecchio, mi chiedo se se ne accorga anche lui di questa corrente tra di noi, carica e impossibile. «Penso che...».

«Perdonate se interrompo». Sento stringermi il gomito. Mi volto e vedo Marceau, lo studente straniero in scambio di studio da noi, bello da mozzare il fiato. Delle corna di diavolo gli coronano i capelli castani che gli scendono sulle spalle. «Posso chiederla per questo ballo?».

Cole esita, tenendo sempre le dita leggermente premute contro la mia schiena, ma con Marceau che rimane lì impalato ad aspettare, l'incantesimo tra noi ormai è spezzato, e poi dopo chiamerà Ellie e mormorerà il suo nome al telefono, sussurrandole che senza di lei è stato un ballo qualunque e che la principessa a noleggio non è stata all'altezza dell'originale.

«Certo, mi fa piacere ballare con te». La bugia mi rimane sulla lingua come un macigno mentre afferro la mano di Marceau e lo seguo tra la folla, allontanandomi da Cole e dalle insidie attorcigliate dentro di me.

Marceau è un viso familiare nei corridoi di Lavender Oaks, ma non abbiamo lezioni in comune; so che viene da un paese molto lontano dove il calcio lo chiamano football invece di soccer e che lui gioca da portiere, e Griffin una settimana fa mi ha accennato che ha rotto di recente con una del secondo anno parecchio svalvolata per irreconciliabili divergenze in merito al suo stato di relazione su Facebook.

«Mi chiamo Lucy», dico nel caso non mi conosca già con completezza wikipedica. «Di cognome Vacarro».

Di cognome Vacarro? Ma come mi è venuto... sembra di stare in un serial poliziesco...

«Dimmi qualcosa, Lucy di cognome Vacarro».

Le labbra di Marceau sono carnose e morbide, la voce calda come una tazza di cioccolato. Probabilmente dovrei prendere le sue corna di diavolo come monito, ma mi limito a sorridere tipo *continua a dire parole, bel ragazzo con accento gourmet!*

«Perché ci chiamano Swordfish? Che c'entrano i pescespada?», mi fa. «Ho chiesto in giro ma nessuno me lo sa dire».

«Il pescespada è la mascotte della nostra scuola», rispondo. «Come i Denver Broncos, i cavalli selvaggi di Denver... Noi siamo i Pescespada di Lavender Oaks, okay?».

Marceau mi guarda confuso, mettendo in risalto una piccola fossetta sul mento. «Sì, capito, ma in montagna dove è il pesce?».

«Be', abbiamo le sirenette», dico, ricordando Kiara. «E a volte i bastoncini di pesce alla mensa. Può andare?»

«Non conosco questo bastoncino di pesce. Spaventa l'anima». Simula un brivido di paura e mi srotola via in una piroette, ritirandomi indietro poco prima che finisca a sbattere contro il miglior amico di Cole, John, cantante e chitarrista dei Vanitas. John è qui con la storica fidanzata prendi-e-lascia, Clarice, presidente della SASA, l'associazione Studenti Anti Sostanze d'Abuso, che mi ha preso di mira da quando al secondo anno delle medie ho scoperto il potenziale di sballo dello smalto nero per unghie sniffato. Da sotto la folta frangia nera, Clarice mi squadra gli stivali con il suo tipico sguardo rabbioso.

«Begli stivaletti, Vacarro», mi fa John. Indossa uno smoking con un paio di ali di fata e gli occhi marcati da matita glitter che risalta sulla pelle scura. Clarice ha la stessa maschera ma su di lui fa decisamente un effetto migliore. «Sexy!».

Clarice schiocca la lingua e lo trascina via in una confusione di gnomi da giardino. O forse di nani di Biancaneve: difficile da dire con tutta la nebbia e le luci delle strobo.

Marceau si muove lesto e sicuro, ma al terzo giro completo della palestra i miei stivali si ribellano. Allora mi scorta al tavolo delle bibite – *mi scorta* letteralmente – e mi dà un bacio di saluto sulla guancia, con uno scintillio negli occhi color ambra.

Io a Ellie: *ballato 3 brani c/ marceau le bonbon. tardi x iscrivermi al club di francese?*

Ellie: *wow il francesino!!! Meglio il club del sesso ad alta quota con quel figo, cara la mia gnocca! GRRR!*

«Sembra che *qualcuno* si sia preso una cotta», mi prende in giro Cole. Non l'ho nemmeno visto avvicinarsi.

«Cosa?». Infilo il cellulare nella fascia con tale velocità da scottarmi con il tessuto. «Non mi sono presa nessuna cotta. Io e Ellie stavamo solo...».

«Mi riferivo a *lui*», e fa un cenno con la testa verso Marceau che dall'altra parte della palestra si è unito al gruppetto di gnomi e a una coppia di leprecauni col tipico smoking verde. Tengono tutti il telefonino sollevato per riprendere il casino dall'alto. «Non ha fatto che guardarti per tutta la sera e prima mi ha chiesto se stavamo insieme».

«E tu che gli hai risposto?».

Cole inarca di scatto le sopracciglia e io mi affretto a spiegarmi. «Cioè, intendo, non gli avrai mica detto che mi piace, vero? Perché...».

«Perché invece è così?». Adesso Cole mi fissa feroce e fiammeggiante, il sorriso è scomparso dalle labbra.

È per caso... geloso?

Sopra di noi un cannone spara coriandoli scintillanti e sotto il tabellone segnapunti si srotola un enorme striscione di tessuto con la foto di Jayla Heart e ci vomita brillantini sulla testa.

«No», bisbiglio. «Non mi piace».

Devono passare alcuni secondi prima che il pianeta torni a girare e poi è come *Bentornato, sorriso di Cole! Oh quanto mi sei mancato!*

«In ogni caso tu sei off-limits». Cole mi scaccia via dei coriandoli dalla spalla. «Gli ho detto che sei la mia groupie preferita».

«Ti piacerebbe! I batteristi non hanno groupie, le hanno i cantanti. Chiedi a John».

«I batteristi si prendono *tutte* le groupie! E per tua informazione, io sono un cantante eccellente». I suoi occhi verdi prendono in ostaggio i miei, e proprio quando sto per svenire per carenza di ossigeno al cervello, Cole strattona il braccio. «Dài, sono pronto a spaccare la pista. Ti fermi alla baita stanotte, vero? Ellie ti ha accennato della festa?».

Festa?

«Io… io proprio non posso. Devo tornare a casa». Fingere a cena e per tutta la serata è stato già abbastanza. E tra l'altro, Ellie *non* mi ha accennato della festa. La lista degli impegni per la Principessa a noleggio si interrompe prima di "passare una notte intima nella baita isolata di montagna del mio boyfriend".

«I tuoi non si fidano di me?», mi fa Cole. «Di me ci si può fidare ciecamente». Solleva tre dita in segno di "parola di scout", ma sa bene che i miei genitori lo adorano, lo hanno sempre adorato. Quando le dissi che lui e Ellie si erano fidanzati, mia madre ha fatto una faccia da funerale. «Ho sempre pensato che sareste finiti insieme voi due, tesoro. Non sapevo nemmeno che a Ellie piacesse».

«Stasera ho un torneo di *Distruggi il morto vivente*», spiego, «e la mia squadra conta su di me; o si combatte in gruppo, o si muore. Oppure finisci incapacitato, che in gergo vuol dire "messo a terra", che ti succede se non… fai gruppo». Chiudo gli occhi, chiedendomi se quell'inutile fatina buona è ancora nei paraggi per soccorrermi. Cinque secondi dopo, sono ancora lì impalata e mortificata, per cui… di lei nemmeno l'ombra.

«So cosa vuol dire incapacitato. Mi sono già cimentato nelle arti dei non morti in passato».

Al diavolo la mortificazione. Riapro gli occhi e gli lancio uno sguardo basito. «Hai appena detto "cimentato nelle arti dei non morti"?»

«Non trucidarmi». Cole solleva le mani in segno di resa. «Il punto è: stai usando gli zombie come pretesto per scaricarmi? È una carognata, Vacarro. Che razza di accompagnatrice al ballo sei?»

«Razza carogna, appunto».

Spunta di nuovo il sorrisetto malizioso di Cole, confezionato direttamente dalle Moire del destino perché sia la mia completa rovina.

«È solo una festicciola», mi bisbiglia. «Cosa potrebbe accadere di così terribile?».

GLI AMICI VERI IMPEDISCONO ALLE FATINE DI BERE, FARE LE POETICHE, DI SPOGLIARSI E FARE IL BAGNO

«Le menti indagatrici vogliono sapere, Lucy Vacarro». Da quando Griffin ha scoperto la funzione video sul cellulare, si è generato un mostro; adesso sta riprendendo me e lei nel bagno dei Foster. «Fino a dove *sei* disposta a spingerti in qualità di rimpiazzo di Ellie?».

Mi blocco con l'eyeliner a mezz'aria e fisso, giocosamente accigliata, il suo riflesso nello specchio. Non so come, ma ha in testa le corna di diavolo di Marceau. «Griffin la mora era più simpatica», butto lì.

«Non puoi negare che Cole *è* adorabile».

Sulla mensola vibra il mio cellulare, appare il numero di Ellie, una chiamata invece di un messaggino. Sento scatenarsi dentro di me un calore, senso di colpa e desiderio, li affosso entrambi. La festa non è nemmeno iniziata e sento già che è la peggior idea che mi sia mai venuta in mente. Anche se è stata un'idea di Cole.

Modifico la mia espressione in qualcosa del tipo: *Cole? Adorabile? Tu sei fuori*. «Vero», dico. «Ma irrilevante».

«Ho una teoria su voi due». Griff osserva il mio cellulare che continua a vibrare ma giacché non rispondo, continua. «Non lo scoprirebbe nessuno se tu... adempissi ai doveri post-ballo di Ellie, se mi spiego...».

Scivolo con la mano e per poco non mi cieco con il kohl. «Ma che *diavolo* ti salta in mente?»

«Calma, ragazza. Sto scherzando. Ovviamente». Griff mi fissa per un altro secondo allo specchio strizzando gli occhi. «Conosco quello sguardo».

«Non ho nessuno sguardo».

«Lui ti piace *eccome*!».

Ho la faccia in fiamme. «Sei già ubriaca?»

«Lucy, stai diventando un pochino...».

«Sto diventando un pochino nulla perché non mi piace. E per favore smettila di documentare ogni cosa che dico, è raccapricciante».

«Nutrire segretamente fantasie erotiche sul fidanzato della tua migliore amica è raccapricciante. Sii onesta per una volta. È tutto così *ovvio*».

Mi allungo per darle uno schiaffo sul braccio ma lei riesce a schivarmi, brandendo il cellulare come un paparazzo. Adesso capisco come può sentirsi Jayla Heart quando vede le sue marachelle hollywoodiane costantemente sulle prime pagine dei settimanali scandalistici. «Spegnilo».

«Sono momenti della tua vita, Lucy Vacarro. Dovresti ringraziarmi di averli documentati». Griff imita i gesti di un operatore ciak, inquadrandomi la faccia con la mano libera, tipo *Azione!* «Se non è su Facebook, non c'è mai stato. Lo sai, no?»

«Sei così greve adesso. Lo sai, no?». Approfitto del cambio di argomento. «Sono una società per azioni e probabilmente ci spiano».

«Adesso parli come uno di quelli del MAL(e)». Griff arriccia il naso disgustata, stessa smorfia che ha fatto a cena quando Paul le ha spiegato da dove veniva la tenera fettina di vitello che aveva nel piatto. «Quella gente non ha una vita. È troppo triste, più triste delle tue maratone ai videogiochi». Impugna il cellulare come un finto joystick e finge di pigiare freneticamente pulsanti invisibili.

Messe finalmente da parte le allusioni su Cole, riprendo a passarmi l'eyeliner sugli occhi. «Perderai la vita nell'apocalisse zombesca, bionda», la minaccio.

«Almeno io ho una vita da perdere. Hai visto la tipa vestita da sirenetta...».

«Loro non hanno *Facebook*», dico. Kiara, una sirenetta antitecnologica con uno scheletro high-tech nell'armadio? Dovrà pur voler dire qualcosa. «Per quello che ne sappiamo noi, le loro vite sono affascinanti».

Griff scoppia in una risata nasale. «La loro idea di divertimento è spulciare vecchi quotidiani d'epoca in cerca di messaggi in codice».

«E la *tua* idea di divertimento è andare a letto con metà della scuola e finire sulla pagina di Miss Decenza. Quindi?».

Il sorriso di Griff sprofonda in un baratro e il mio cuore lo segue.

«Scusa. Non volevo… uscita infelice». Non riesco proprio a capire perché sto prendendo le difese del MAL(e). Prima di stasera non ho mai scambiato nemmeno una parola con nessuno di loro. E non che io e Kiara stiamo già facendo programmi per cercare vita extraterrestre insieme.

Tutta questa cosa non corrisposta con Cole mi sta fottendo il cervello. Non dovrei nemmeno trovarmi qui. È ovvio che Ellie non voleva che venissi alla festa e sinceramente preferirei non passare la notte a sfatare le piccole teorie griffiane, perché non sono del tutto sbagliate.

Incrocio il suo sguardo nello specchio. «Griffin, sul serio, non so perché l'ho detto. Mi dispiace, è…».

«Lascia stare. Del resto non è che sia proprio falso». Si toglie le corna di diavolo dalla testa e le appoggia sul lavabo, scrollando le spalle. Sul viso le vedo passare un'ombra di dispiacere che un istante dopo è già svanita e sostituita dalla sua tipica sicurezza fresca e seducente. «Sono sexy, che ci posso fare…? E i ragazzi, poi, mi piacciono tantissimo».

Metto su un sorriso di circostanza, ma non per il suo essere sexy o per quanti ragazzi si rimorchia. Quando si tratta delle sue conquiste, la conta è roba sua. Detesto solo il modo in cui questo la cambia, il fatto che il viavai dalla sua camera da letto sia ormai argomento fisso per i fan della pagina di Miss Decenza.

Griff è come un pezzo di creta che non riesce mai ad arrivare al forno, un giorno è un posacenere, la settimana dopo un vaso: ogni nuovo ragazzo si tira dietro una nuova personalità e un nuovo colore di capelli. Ormai esce con me ed Ellie da un paio di anni, ma ogni volta che siamo sul punto di diventare più intime, ecco che spunta una nuova Griffin e noi dobbiamo ricominciare da capo.

Ho chiuso con tutto questo, dice. *Quello era ieri.*

Si ravviva i ricci davanti allo specchio, piccoli ciuffi che le lambiscono le spalle come bianche lingue di fuoco. «Sto bene così?»

«Non cambierei una virgola». Tengo il suo sguardo ma lei si limita a rispondere con il suo tipico sorriso della serie *niente-può-scalfirmi*.

«Tranne forse l'amore eterno di Cole per Ellie?»

«Oh Griffin! Io non...».

«Dovresti dirglielo. O magari...». Stira le labbra in un sorrisetto, misterioso e ambiguo.

Odio quando fa così, ma il senso di colpa mi incita a reggerle il gioco. «Magari cosa?»

«Potrei dirglielo *io*», risponde, picchiettandosi il mento con un dito smaltato di rosso fuoco. «Sarebbe divertente per tutti».

«Non provarci nemmeno».

«Ci facciamo un drink?», dice. «Paul è un mago con il mixer». Spegne la luce e prima che possa ricordarle che lei detesta le bevande fredde perché le fanno venire il mal di testa da gelo, è già sparita.

La baita, una casetta in legno a due piani, è circondata da un boschetto che si perde in un parco nazionale, a chilometri di distanza dalla civiltà.

Ci sono già stata una sola volta, con Ellie, e adesso senza di lei mi fa strano, come se fosse stata ritinteggiata e non riesco a capire cosa c'è di diverso.

E di solito non mi apposto nell'atrio dietro le tende a guardare fuori dalle finestre anteriori come una segregata.

E fanno dieci. Sorseggio la mia dolce Piña Paulada e aggiungo al conto un ennesimo paio di fari che risale, ballonzolando, il sentiero sterrato. Dal SUV scende Olivia, la tipa del corso di educazione artistica che prima ha chiesto un ballo a Cole, seguita dalle sue amiche Quinn e Haley, un trio di spiritelli alati, uno moro, uno biondo e uno rosso. Il disappunto mi si piazza sullo stomaco come un macigno.

Della serie: rigiriamoci ancora il dito nella piaga... E via di nuovo con la mia solita solfa di lagne: i capelli mi tirano da morire; i piedi mi bruciano; Griff mi ignora; Cole non fa che cercarmi, ma ogni volta che lo vedo, mi dileguo, sperando, contro ogni più funesta previsione, che Griff non abbia messo in atto la sua pseudo-minaccia.

Suona il campanello – Olivia e compagnia – e a me viene in mente il torneo di *Distruggi il morto vivente* che mi sto perdendo, la scarica di adrenalina che ti sale quando lanci una Molotov e scatti verso il riparo più vicino. La mia squadra online sclererà quando verrà a sapere che li ho scaricati per una festicciola. Per metà è formata da universitari o gente più grande, a galassie di distanza, ormai, dalle ridicolaggini da liceali.

La figata sta proprio in questo: finché riesci a far fuori qualche cadavere ambulante, garantendo la salvezza alla squadra, puoi essere quello che vuoi nell'universo del gioco online. Una principessa. Un guerriero. Una ragazza del mistero internazionale. Non come nel mondo reale dove tutti possono vederti ciondolare in giro come un idiota agghindato, vivo e senza sfregi.

Una festa post-ballo di fine anno! Cosa mi passava per la testa?

Cole. Ecco cosa mi passava per la testa. E per l'intera ora da che sono qui, non ho fatto altro che evitarlo.

Magari... potrei dirglielo io... *divertente per tutti...*

Il mio cellulare ronza di nuovo proprio mentre Cole mi passa alle spalle per recuperare le chiavi della macchina dall'amica di Olivia e io sento un formicolio alla nuca. Ellie non mi ha lasciato messaggi in segreteria prima, i suoi sms stanno diventando impazienti.

Dove 6? Xké niente + foto?

Alla baita, digito. *Cole fa onori di casa. Ma zzzzz! La festa è una noia mortale snz te!*

Ellie risponde all'istante: *6 alla festa? Nn avevi il game online stasera?*

Esito. Segue subito un altro messaggio: *hellooo, tu odi le feste. Che succede?*

Decisione last minute, digito. *Trovo uno strappo a casa presto. Arrabbiata?*

Passa qualche minuto e arriva la risposta, mentre con l'alito appanno il vetro della finestra.

Solo sorpresa, scrive alla fine. *E di cattivo umore per la super influ. sottoterra.*

:-(vorrei tanto fossi qui, el.

Ank'io, principessa dark. E il francesino? 6 già cotta in amour?

Il vetro della finestra è appannato e con un dito della mano libera disegno un cuore. Non faccio in tempo a rispondere che arriva un altro messaggio di Ellie.

Spero proprio! Sono lì attraverso te, guardo repliche in tv e mangio cracker a letto. Manda altre foto! Soprattutto se arriva il francesino! Ti porta a casa lui?

«Baaaaaby».

Il richiamo mi arriva seguito da una scia di alito che sa di erba affumicata; mi giro verso la fonte e sguscio fuori da dietro la tenda. Da sotto il bordo di un berretto arancione sudicio mi fissano gli occhi allucinati di un tipo che alle medie si è guadagnato il soprannome di "quattro e venti" – o 420, e chi bazzica l'"erba" sa cosa vuol dire – la condanna pluritossica di Clarice. Il resto della "maschera" da creatura mitica consiste in un paio di pantaloni da smoking e una T-shirt nera con l'immagine del Gelfling di *Dark Crystal* e la scritta: *Pensavo di essere l'unico!*

Una chiacchierata con 420 è come una partita folle a moscacieca, ma è decisamente più divertente che starmene abbarbicata alla tenda a inviare risposte evasive ai messaggi di Ellie; e poi io adoro *Dark Crystal*.

«Come butta?», chiedo con un sorriso iper-radioso. Cole gli passa alle spalle, controllando il corridoio e il salotto subito oltre, ma non mi vede.

«Questo posto è come...». 420 sbatte le palpebre e io gli concedo la mia piena attenzione.

«Un'oasi di montagna?», suggerisco generosamente.

Lui scuote la testa e ridacchia.

«Un rifugio?», ritento. « Accogliente?».

Lui chiude gli occhi.

«Boschivo?», incalzo. «Arioso? Isolato?».

Il tempo passa. Le montagne si erodono. I ruscelli si congiungono in fiumi. Sei nuove specie animali si evolvono e io sono stracerta che questo tipo si è addormentato in piedi.

«Ottima chiacchierata, quattro e venti», dico alla fine. Lo lascio a contemplare i misteri della baita dei Foster e mi trasferisco in cucina. Tortillas e salsa: salvatrici da ogni inettitudine sociale, grande e piccina!

«Quel ragazzo è bello che *bruciato*», mi dice in tono stizzito Clarice dall'altro lato del tavolo degli stuzzichini, quasi che fossi io la responsabile delle scelte di vita di 420. «Non mi capacito di come gli lascino prendere il diploma...».

«Attenzione, attenzione, ho una canzone nel mio cuooooor!».

Io e Clarice ci voltiamo verso l'improvviso trambusto in salotto. John, l'unico dei diplomandi che è stato accettato ad Harvard, è in piedi sul tavolino da tè con indosso solo i pantaloni da smoking e la fascia turchese alla vita in tono con il colore del vestito di Clarice, calzini neri e ali argentate.

«*Perfetto*». Clarice abbandona un piattino di fette di mela e formaggio Cheddar e parte in tromba verso il salotto, con le alette ritte e autoritarie. Perché si preoccupi così tanto per 420 quando il suo stesso fidanzato è già alla fase karaoke della dissolutezza avanzata rimane un mistero, ma del resto così funziona gran parte delle relazioni a Lavender Oaks, e io mi accodo alla sua marcia furibonda, accendendo la videocamera del mio cellulare per Ellie.

Con i pollici infilati sotto le fibbie delle ali tirate sulle spalle muscolose, John inizia a cantare alla Billy Joel: «*These are the tiiiiimes to remember, and they will not last foreverrrr*».

Cole sembra essersi volatilizzato nel nulla; dall'altra parte della stanza Marceau alza la bottiglia di birra verso di me e sorride. Non l'ho visto arrivare e rimango sorpresa del frullio di ali che mi sento crescere in pancia. Sulla scia delle inappropriate fantasie su Cole, mi aggrappo a quella sensazione come a una fune di salvataggio. Anche se non abbiamo sbocchi sul mare, come ha astutamente puntualizzato Marceau, ma chissene importa! Che frullio di ali sia! Non Cole! Progresso!

«Ehi!», mimo con le labbra al di sopra della folla, sollevando il bicchiere brinato di granatina bicolore giallo-bianca. Marceau strizza l'occhio.

Invio di corsa un SMS a Ellie – *arrivato francesino. su con l'animo e/o giù le mutande* – e poi torno sulla funzione video perché nel frattempo John ha ripreso a parlare.

«*Questi* sono i tempi che non dimenticheremo mai... le sedici lunghe stagioni che abbiam passato insieme», declama, premendosi una mano sul petto fremente. «Abbiamo superato allarmi tornado e assemblee di educazione sessuale con la signorina Frockton».

Uno dei vampiri che ho visto ballare prima si mette una mano sulla bocca mimando un bavaglio e poi gli urla: «Fratello mi stai dando gli incubi».

Tutti scoppiano a ridere, ma John solleva entrambe le mani per silenziare il pubblico.

«Siamo sopravvissuti alle lezioni di letteratura inglese di Kincaid», riprende, «e alla discutibile sicurezza dei laboratori di chimica di Merton, e all'altrettanto discutibile sicurezza degli hamburger della mensa», aggiunge, stringendosi lo stomaco e spingendo poi il pugno in aria. «Per quanto ce la metta tutta per sembrare un figlio di mignotta, il mio bel faccino deve ancora apparire sulla pagina scandalistica di Miss Decenza. Non devi proteggermi D! Obama ha eliminato tutta la pressione diventando il primo presidente nero. Il secondo avrà più spazio per coltivarsi un passato equivoco».

«Tu sei un casino equivoco, fratello», gli urla uno dei vampiri.

John risponde con un ghigno da bastardo. «Miss D, se sei qui, adorabile calunniatrice, mostrati».

«È Lucy, è Lucy!», se la ridacchia Griff, appollaiata sulle gambe di Paul, scatenando una risata generale. Il gelo tra me e lei finalmente si scioglie e vedo che dall'altra parte della stanza mi restituisce il sorriso, facendomi un cuoricino con le mani.

«Bene», dice John, «se la vera Miss D rifiuta di farsi riconoscere, dedicherò questo prossimo scandalo a Lucy, splendida gnocca con stivaloni sexy. Quel coso sta su video?», mi chiede, indicando il mio cellulare; io gli rispondo col pollice alzato.

E lui si lancia in un'interpretazione magistrale di quella famosa villanella di Dylan Thomas che si chiude con i versi "infuriati, infuriati contro il morire della luce", che non ha niente a che fare con gli esami di diploma per quanto ne so io, ma la performance in parte cantata è assolutamente convincente.

«Non andartene docile in quella buona notte». La voce di John è piena di emozione. Tutti esultano e in un momento di appassionato trasporto si trappa la fascia dai pantaloni e la lancia in una ciotola di Doritos.

«Adesso basta», gli ordina Clarice, facendogli segno di scendere dal tavolinetto da tè, ma lui scuote la testa. Clarice fuma dalla rabbia. «Diventi un tale stronzo quando bevi!».

Il pubblico fa ohhhhh!

«Non ti permettere di alzare la voce con me!». John si sbottona i pantaloni. Altre acclamazioni.

«Meglio per te se non ti togli quei pantaloni!», gli intima Clarice. «Dico sul serio: togliti i pantaloni e con me hai chiuso».

«Non ti permettere di alzare la voce...», ripete John, spostando lo sguardo da Clarice al suo pacco, «con i miei pantaloni!».

La stanza esplode, iniziando a seguirlo in coro mentre lui si lascia calare i pantaloni dello scandalo.

«Non ti permettere di alzare la voce con i suoi pantaloni!

Non ti permettere di alzare la voce con i suoi pantaloni! Non ti permettere di alzare la voce con i...».

«Considerati scaricato», dice Clarice. «Mi hai sentito? È finita!».

«Bene. Come stavo dicendo...». Indifferente per l'improvvisa liquidazione, John rimane impalato con indosso solo i boxer a righe e solleva le mani facendo segno a tutti di quietarsi. «Non andartene docile in quella buona notte. Vai... *a nuotare*!».

Poi salta giù dal tavolinetto e incespica fuori in veranda attraverso la porta-finestra scorrevole dietro di lui. Tutti tranne Clarice gli si fiondano dietro incitandolo; Griffin mi trascina via per un braccio, Cole ci raggiunge un secondo dopo e quando arriviamo allo stagno dietro la baita, John è già nudo, salvo per le ali da fata e i calzini neri.

L'ultima cosa che vedo prima di spegnere la videocamera è un fantastico culo marrone che si tuffa in acqua a bomba, e sopra di esso un cielo illuminato a giorno, come in una tempesta elettrica, dai flash dei telefonini.

«Ecco il secondo presidente nero della nostra grande nazione», dice Cole.

«E pure di nuovo single». Gli scatto qualche foto mentre sguazza in acqua. «Pensi che possa veramente candidarsi?»

«Se lo fa, quelle foto diventeranno ottimi argomenti da twittare», fa Griff. «Le stiamo caricando per l'*hashtag* scandalo». Tenta di farne qualcuna anche con il suo cellulare ma desiste subito e corre via verso la baita. «Paul!», urla con una voce talmente alta da svegliare tutta la foresta. «Subito qui a baciarmi! ».

Cole fa un cenno in direzione del mio bicchiere con la bocca curvata in un sorriso. «Ho perso le tue tracce per un'ora e guarda cosa mi combini. Quanti te ne sei fatti di quelli?»

«Questo è il terzo. Sto bene, non preoccuparti».

«Io sono *già* preoccupato, Lucy cara». Si è tolto giacca e cravatta, e ha le maniche arrotolate. Al contatto con il mio collo, la pelle del suo avambraccio mi trasmette calore. «In qualità di tuo accompagnatore, sarei obbligato a tenerti indietro i capelli se dovessi vomitare, un aspetto del nostro rapporto che, sinceramente, mi risparmierei volentieri di esplorare».

«Lo stesso vale per me, ragazzo».

Cole si strofina la testa scapigliata. «Non ne ho granché di capelli».

«È il principio». Sguscio da sotto il suo braccio e butto giù il resto del drink, cercando di non rabbrividire per la doppia scossa di bruciore da alcol in gola e gelo da ghiaccio alla testa. Quando torno a guardarlo, Cole mi fissa serio, gli occhi accesi da improvvisa intensità.

In tutto quel trambusto, mi è passato di mente che lo stavo evitando e adesso che siamo soli, senza vie di fuga, sento la paura attraversarmi le ossa da capo a piedi.

«Devo parlarti». Le parole gli escono a raffica.

Io ti ucciderò, Griffin Colanzi.

«Lucy, io non…».

«Raaagaaa…». Dall'oscurità barcolla fuori 420 brandendo la ciotola di Doritos infilzata dalla fascia di John. Per lo sforzo di non ridere, la faccia gli diventa paonazza. «Penso di avere le allucinazioni».

Sotto l'abito di Ellie mi tremano le gambe.

«Buon per te, amico», gli risponde Cole.

«Già». 420 vacilla indietro sui talloni. Ha gli occhi strabuzzati. «Anzi, no! C'è qualcosa sulla terrazza. Sta mangiando dalla mangiatoia degli uccelli». Scoppia a ridere come una zucca di Halloween e si incammina verso lo stagno, continuando a straparlare. «Un unicorno o che cazzo ne so io».

C'È UN UNICORNO SULLA TERRAZZA (E ALTRE ANOMALIE STATISTICHE CHE NON DOVREBBERO ESSERE FOTOGRAFATE)

In realtà, 420 non ha avuto le allucinazioni.

«C'è un unicorno sulla terrazza», dico. «Sta accadendo veramente?»

«L'avrà rapito Spence». Cole trascina Principe Macula giù per le scale, maledicendo il bassista dei Vanitas. «Lui è l'unico ad avere il pick-up con il carrello per i cavalli. Vaccaro del cazzo».

«Non riuscivi proprio a starmi lontano, eh amico?». Gli accarezzo il muso, controllando che non dia segni di nervosismo, ma sembra che stia bene. Il corno glitterato è inclinato e quando gli sfilo la fibbia da sotto il muso, potrei giurare di averlo sentito gemere di sollievo.

Cole assicura la corda al corrimano. «Gli prendo qualcosa da mangiare. Vuoi niente da dentro?»

«Nulla grazie». Risalgo sulla terrazza e accarezzo il cavallo sporgendomi dalla ringhiera. Lui mi strofina il naso sulla mano, contento.

«Torno subito. Non te ne andare, Lucy. Devo assolutamente parlarti», mi dice Cole.

L'aria di montagna si rinfresca rapidamente, ma tra i drink e l'agitazione non sento freddo.

Devo assolutamente parlarti…

Persino la dolce presenza del cavallo non riesce a far rallentare i pensieri: la mia mente sta tessendo intrighi con le più assurde possibilità.

Non mi piaci in "quel" modo, Lucy. Ne sono lusingato ma ho una fidanzata. Come puoi fare una cosa del genere a Ellie? Forse dovresti andartene a casa…

Poi dal probabile all'impossibile: *ho sempre avvertito qualcosa tra noi due, Lucy…*

Un nuovo messaggino fa vibrare il mio cellulare. So che è Ellie. È come se fosse in grado di leggermi nella mente, di udire la doppia eco di colpa e desiderio nel mio cuore.

Ti diverti senza di me? :-(successo qcosa con francesino?

Così così digito. *Francesino perso nel mucchio. Ti aggiorno. Ti annoieresti qui, baby! Tante indecenze, poche chiacchiere* e le invio il video di John come prova.

Ellie è sempre pronta a partecipare a feste, ma le preferisce tranquille e intime, in cui con un bicchiere di vino si scivola in confronti intellettuali su regimi oppressivi, sessismo o inique condizioni di lavoro.

Di solito è John il suo rivale più impegnativo, ma in questo momento l'illustre capitano della nostra squadra di dibattito sta battendo i denti sul divano avvolto in una coperta di lana con una mandria di bufali brucanti ricamata sulle spalle.

Nel frattempo il giardino sul retro si è sgomberato. Se anche qualcuno avesse notato l'intruso quadrupede che dallo stagno si dirigeva tranquillo verso la baita, nessuno l'ha comunque giudicato strano, e quando Cole ritorna con qualche carota per il cavallo e una birra per sé, siamo di nuovo soli.

Quando Cole svita il tappo, dalla bottiglia esce un sibilo. Si appoggia alla ringhiera su un fianco con fare disinvolto e tranquillo. I grilli scandiscono i secondi che attendo perché inizi a parlare e io possa avere la possibilità di negare le illazioni di Griffin, ma lui si limita solo a sorseggiare la birra. Sull'altro lato della terrazza, oltre la porta a vetri scorrevole, il salotto è invaso da un groviglio di corpi danzanti. Non vedo Griffin, ma Paul è stravaccato su una poltrona e John è ormai in posizione orizzontale sul divano, sempre arrotolato nella coperta come un burrito. Parte una nuova playlist, fondendosi con il ronzio del mixer, e i corpi danzanti scivolano in un lento ondeggiamento ritmico, continuando a fare foto e video e a ridere per il tuffo di John.

«Gran parte di loro dovrà controllare lo stato sul profilo Facebook domani per accertarsi di essersi divertiti», dico.

Cole ride, ma non mi guarda, appoggia solo la bottiglia sulla ringhiera con uno *sdonk*. «Ricordi quella volta che ci hanno beccato a rubare tazze da Pete's Kitchen?».

Secondo anno. Io, Ellie e Cole: ci eravamo sfidati e pensavamo di averla fatta franca; poi il direttore del locale vede Ellie e Cole che si infilano le tazze sotto i cappotti. E li blocca proprio sulla porta. Abbiamo passato le due ore successive nel *diner*, io al bancone a sorseggiare caffè in una tazza pulita (quella rubata ancora nascosta e non scoperta nella borsa), Ellie e Cole a ripulire i tavoli per scongiurare una telefonata ai genitori.

Io ho ancora il mio *souvenir* di Pete: beige con lettere blu scuro e un manico talmente grosso che è anche difficile stringerlo con le dita. La conservo su uno scaffale nel piccolo monolocale che papà mi ha sistemato nel seminterrato, ci tengo i miei pennelli piccoli. Ogni volta che guardo la tazza, rivedo Cole con il grembiule macchiato legato alla vita, le mani sporche di fondi di caffè e purè di patate.

«*Voi due* siete stati beccati», lo correggo.

«Ma non mi dire, agitatrice. Di te non sospetta mai nessuno».

«Ho un anello al naso», rispondo. «Sospettano *sempre* di me, solo che sono semplicemente più brava a nascondere la verità. Si chiama discrezione, fratello. Usala».

«Naa, è anche qualcos'altro, tipo questa tua spavalda tranquillità. Sei tutta *non rompetemi le palle, fifoni*». Cole fa una smorfia da duro che lentamente si trasforma in un sorriso. «Dio quanto mi piace questa cosa di te».

Nello stomaco mi si accendono scintille. Avrei dovuto chiedergli qualcos'altro da bere, qualcosa per rinfrescare l'incendio che mi sta avvampando dentro.

Cole beve un altro sorso di birra e alza lo sguardo verso la mezzaluna, caliginosa e ammantata di morbide nuvole grigie. Più lontano, un minuscolo punto bianco brilla più di tutto il resto.

«È un pianeta o una stella quello?», chiedo.

L'invisibile forza attrattiva del suo sguardo svanisce nell'istante in cui si volta a guardare il cielo.

«Pianeta», risponde. «Venere. E vedi quelle stelle sopra il pino più alto? Sono la costellazione di Cassiopea». Poi mi si avvicina e mi prende una mano, rinfrescandola con il suo palmo gelato dalla birra. Scivola dietro di me, mi solleva il braccio e traccia una forma sopra le fronde degli alberi. Gli sfioro il petto con le spalle nude e subito devo tenere a freno l'impulso di girarmi, di cercare di nuovo il battito del suo cuore.

«Formano una W».

Principe Macula sbuffa. *Cena* e *spettacolino? Siete forti voi due, ragazzi!*

«Ho una mappa stellare», mi spiega Cole. La lattina di birra gli ciondola dalle dita, fresca contro la mia gamba, troppo vicina. «Papà mi farà lezioni di astronavigazione durante i nostri trek quest'estate. Stucchevole?»

«Per niente». Inclino lentamente la testa, riportando lo sguardo da Cassiopea sulla terra e alla fine mi giro a guardarlo.

Mi osserva i capelli, la pelle, la bocca con occhi inondati di tristezza, come se da oggi non dovessimo vederci più, cinque secondi prima che la Terra esploda. Le sue labbra sono carnose e rosee e mi viene da pensare che sapore potrebbero avere e poi, osservati dal cavallo quaggiù e da Cassiopea dall'alto dei cieli, Cole preme la sua bocca sulla mia.

In quell'istante tutte le cellule del mio corpo entrano in collisione, un milione di minuscole esplosioni sulla mia pelle.

Il mulinello dietro il mio ombelico sprofonda sempre di più e quando chiudo gli occhi, il cielo si sbriciola e le stelle iniziano a precipitare sulle mie spalle come minuscoli spilli scintillanti.

La bocca di Cole è fresca e dolce, sa di mele e birra. Mi accosto di più e gli allaccio le braccia dietro il collo. Le sue mani sono su di me, una tra i capelli, l'altra preme la lattina di birra contro la mia schiena, e io non capisco più niente.

Vortico, precipito.

Quattro anni.

Affamata. Disperata. Attonita.

Quattro anni.

Indimenticabile.

Quattro anni.

Completamente, totalmente, irrimediabilmente sbagliato.

In un batter d'occhio, l'offuscamento si dirada.

Spingo Cole via da me e lo fisso negli occhi.

«Lucy...».

Scuoto la testa, lambendomi le labbra con le dita. «Non è... non possiamo».

Mi dispiace». Cole si passa il dorso della mano sulla bocca come a voler cancellare le mie tracce. «Non volevo... scusami».

Annuisco lentamente mentre lui retrocede verso la portafinestra, inondato momentaneamente dal morbido chiarore giallognolo proveniente dal salotto. Va quasi a sbattere contro Olivia che se ne sta lì impalata, perfetta con le sue ali rosa e il caschetto da spiritello, adorabile e irritante.

«Stiamo giocando a carte e...». Olivia indugia e fissa con occhi sgranati Cole che le scivola accanto e sparisce all'interno. «Ho bisogno di un compagno di squadra», finisce poi di dire.

«Sono una schiappa con le carte», rispondo. Lei scrolla le spalle e se ne va.

Non era me che era venuta a cercare.

La musica continua. Oltre il vetro, risate, il ronzio del miscelatore, il tintinnio di bottiglie. Fuori, grilli, brezza e i tenui nitriti del cavallo.

Per me, però, è tutto immobile. Una pausa brevissima e angosciosa nella playlist della mia vita. Il tonfo secco del cuore mi rimbomba nelle orecchie mentre premo il tasto di riavvolgimento e rivivo ancora quel momento, ancora e ancora, nella morsa del desiderio proibito che mi consuma con un dolore profondo e senza fine.

Sei veramente carina... un lento... Cosa potrebbe accadere di così terribile?... mi piace questa cosa di te... non volevo...

«Eccoti qui Lucy di cognome Vacarro».

Guardo verso la porta-finestra, ma è solamente Marceau. Mi raggiunge in terrazza e si ferma alla ringhiera nel punto in cui prima c'era Cole.

«Ti cercavo», mi dice. «Mi hai mancato».

«Mi *sei mancata*».

I suoi occhi ambrati scintillano nel buio. «Siamo gli stessi».

Socchiudo le labbra per correggerlo, ma poi ingoio tutto. Non mi fido di quello che potrei dire, afferro il cellulare dalla ringhiera e mi metto a scorrere distrattamente le foto con la testa ancora su Cole. Dietro la mia cassa toracica, nel punto vuoto in cui fino a poco fa pulsava il mio cuore, ora batte contro le ossa una pietra nera e liscia.

Quattro anni.

Dalla prima volta in cui l'ho incontrato nel boschetto dalle nostre parti – sette giorni dopo che i Foster si erano trasferiti nella casa all'angolo della strada – non ho mai smesso di pensare a Cole. Di sognarlo. Era lì con Spike, il suo bassotto, entrambi accovacciati a terra per farsi stanare da Notte del cane vivente; quando Cole chiamò il mio nome sorridendo, io mi vidi passare davanti agli occhi il nostro futuro insieme. I raduni studenteschi. Le serate al cinema. Le sessioni di studio. Il *prom* di questa sera, i balli. I baci.

Non ho mai raccontato niente a nessuno e adesso lui sta con la mia migliore amica e tra qualche mese andrà a studiare a Boston, e io e Ellie saremo compagne di stanza alla UCLA e ogni mia speranza andrà definitivamente in fumo.

È andata *già* in fumo.

Era già andata in fumo, alla fine del primo anno quando Ellie gli ha chiesto di uscire e lui ha risposto.

Sì.

La colpa è solo mia. Sono rimasta a guardare lasciando che i miei sogni svanissero, trasformandosi in possibilità mancate e adesso non ho nessun diritto di reclamarle. Per quanto quel bacio possa essermi piaciuto e per quanto a lungo potrà rimanerne il ricordo.

«Lucy?». Marceau mi fa un altro sorriso, sbilenco e sexy, ci sta provando.

Devo dimenticarmi di Cole. Basta con le ossessioni per un ragazzo che appartiene alla mia migliore amica. Devo lasciarlo andare.

Mi avvicino di un passo a Marceau e gli faccio uno sguardo civettuolo, lui fa scivolare le mani dietro il mio collo e mi tira dolcemente a sé, eliminando definitivamente la distanza. Il suo bacio è dolce e timido, l'esatto contrario di Cole, e anche se dentro di me non cambia niente, chiudo gli occhi e mi sforzo di convincermi che invece qualcosa stia cambiando. *Marceau. Marceau. Marceau.* Niente attaccamenti. Niente tradimenti. Niente pentimenti. Niente...

«Ma mi prendi in giro?». La voce di Cole manda tutto in frantumi. Mi stacco da Marceau. Cole ci fissa con occhi sgranati e annebbiati, scapigliato.

«Ho fatto qualcosa di sbagliato?», bisbiglia Marceau. Le sue braccia attorno alle mie spalle si irrigidiscono.

Prima che io riesca a rispondere, Cole si volta e rientra in casa.

«Non capisco», mi fa Marceau. «Mi ha detto che non è il tuo fidanzato».

Io mi sforzo di sorridere. «È solo un malinteso. Torno subito».

«Lucy! Cara!». Griffin si alza dalle gambe di Paul e mi cattura in un abbraccio alticcio.

«Hai visto Cole?», le chiedo.

Lei sgrana gli occhi. «Che succede?»

«Ma niente... è che devo parlargli».

«Baby torna qui!». Paul la strattona per un lembo del vestito. «Le mie gambe sono fredde».

«E questa me la chiami la grazia degli elfi, schifosa canaglia». Griffin caccia via la mano di Paul con uno schiaffo e dondola avanti sulle dita dei piedi. Dalle sue labbra impastate per i baci e l'alcol mi arriva un alito caldo e pungente. «Se è successo qualcosa con Cole, faresti meglio a raccontarmelo oppure...».

«Oppure cosa?», ribatto secca.

Griffin si ritrae, incerta sulle gambe. «Penso solo che…».

«Non pensare. Torna alla tua maratona di pomiciate con Legolas e smettila di preoccuparti per me e Cole». La afferro per le spalle e la rimando verso le gambe di Paul, ignorando l'espressione ferita sulla sua faccia. Il momento per scusarmi lo troverò domani, quando saremo entrambe sobrie, adesso devo trovare Cole.

Attraverso la cucina e finisco quasi a sbattere contro Olivia che sembra si sia specializzata nel trovarsi sempre dove invece non dovrebbe. Ha le braccia cariche di bottiglie di Mike's Hard Lemonade e ridacchia per la scampata collisione con me.

«Scusa!», mi fa. Da sotto il caschetto da spiritello sbucano le punte rosa delle orecchie, e gli occhi azzurri sembrano spaventati. Qualcosa mi dice che questa è la sua prima festa senza la supervisione di adulti.

«O mio Dio, Lucy! Tutto bene?»

«Sai dov'è Cole?», le chiedo.

«Di sopra», mi risponde. «Mi è sembrato, come dire, un po' fuori di sé. Oh, pensi che abbia rotto con Ellie? Forse?».

La sua domanda trasuda speranza e io lascio che tra di noi cali il silenzio, in attesa che sferri la minaccia implicita. *Ho visto che lo baciavi, lo dirò a tutti. Ellie ti odierà.*

Mi fissa da sopra le bottiglie, sbattendo le palpebre confusa, ma neanche troppo minacciosa, dopotutto. Prima che riesca a fare un altro respiro, la supero di corsa. Marceau è ancora fuori e probabilmente Griffin non mi rivolgerà più la parola e Cole è furioso e c'è un cavallo in terrazza e scintillanti ali di fata ovunque e l'intera serata sta raggiungendo un livello di isterismo mitico di proporzioni post-apocalittiche.

Se in questo momento fossi online, passerei tutta questa merda al lanciafiamme.

Ma la realtà mi chiama.

Raccolgo il mio strascico di chiffon e arranco su per le scale. Incontro Cole in corridoio che trascina fuori dal bagno per le braccia un vampiro e una zombie alata.

Ecco la realtà.

«È una vasca da bagno questa», ringhia, «non un motel».

«Tranqui, fratello, ho tutto sotto controllo». Il vampiro fa passare un braccio attorno ai fianchi della ragazza zombie che stringe un biberon su cui è scritto CERVELLO LIQUIDO – accessorio non zombie per almeno cinque validissimi motivi – e insieme traballano giù per le scale.

Cole si passa una mano nei capelli e si volta a guardarmi. Ha gli occhi rossi e lucidi ma non riesco a capire se per la birra, la sfuriata con le creaturine o qualcosa di totalmente diverso.

«Presumo che tu non sia venuta per darmi una mano a stanare gli imboscati», mi fa. «O forse sei in fila per la stanza? Dove sta il tuo fidanzato?»

«Sono solo venuta per… sembravi incazzato, e io non volevo…». Sotto la pelle il sangue mi ribolle, ma non posso andare così a mille, devo calmarmi.

Quel bacio mi ha devastato.

«Che è successo prima là fuori?», riesco finalmente a dire.

Apre un'altra porta di fronte al bagno e mi fa cenno di seguirlo dentro, lo sguardo apparentemente addolcito, non più duro come prima, quasi ferito. «Sto cercando il modo di dirtelo da tutta la sera».

Dopo quello che è accaduto in terrazza, la sua camera da letto sembra quasi una potenziale scena del crimine. La vista dei cuscini mi fa scattare un segnale di allerta in testa.

Pericolo! Pericolo! Pericolo!

«Devo dirti una cosa», mi sussurra, e nelle orecchie mi echeggiano le sue parole di poco prima: *cosa potrebbe accadere di così terribile?*

E d'un tratto mi cade addosso. Ellie che mi chiede il favore all'ultimo minuto, il ballo, il bacio, Marceau, Miss Decenza, Griff, Principe Macula, Olivia, il bagno di mezzanotte di John, i piedi che pulsano, le bevande sciroppose. La testa inizia a girarmi e non ho più voglia di parlare; non voglio sentire l'odore di terra di Cole e nemmeno guardare le sue morbide labbra e far finta che non ci sia stato nessun bacio. Non voglio sentire la sua voce, non voglio sentire la sua mano sulle spalle mentre mi parla delle stelle.

«Puoi riportarmi a casa?», dico. «Non ce la faccio a rimanere qui».

Cole appoggia la fronte contro lo stipite della porta. Il suo sospiro di sconfitta libera in me qualcosa di proibito.

Quattro anni.

Faccio un passo verso di lui.

Quattro anni.

Allungo una mano verso le sue dita e gliele accarezzo. Paura. Senso di colpa. Speranza. Vergogna. Tutto insieme.

Mi trascina dentro la stanza, incespichiamo. Richiude la porta dietro di sé e ci si appoggia contro. Io tremo in tutto il corpo.

«Cole...». La voce mi trema come le ginocchia. «Cosa stai...».

«Io e Ellie abbiamo rotto».

QUESTO LETTO NON È ABBASTANZA GRANDE PER TUTTI E TRE

«Le cose non andavano tra noi», mi spiega. Siamo nella camera da letto di Cole, sotto il chiarore della luna, la porta bloccata, alla faccia del segnale di pericolo di poco fa. «Da un po' ormai».

«Impossibile. Ellie me l'avrebbe detto». Chiudo gli occhi e il pavimento si inclina. «Se la relazione della mia migliore amica stava cadendo a pezzi, io l'avrei certamente saputo».

O no?

Stasera nei messaggi Ellie non mi ha mai chiesto una sola volta di Cole, mai un accenno a quanto fosse carino in smoking, ma io ho supposto che gli stesse scrivendo direttamente, con le solite paroline da piccioncini innamorati.

Stringo il vestito nei pugni. Era così entusiasta il giorno che l'ha finalmente trovato; aveva addirittura trascinato me e Griff in un negozietto di vintage a LoDo per farcelo vedere. Se solo non si fosse ammal...

«Non è vero che sta male...», dico d'un tratto, riaprendo gli occhi per l'intuizione. La stanza smette di vorticare, ma mi basta l'immagine di Cole che silenzioso si massaggia la mascella per confermarmelo.

«Non posso farlo», dico. «Per favore portami a casa».

Ma so che non è fattibile ancora prima che lui scuota la testa. Abbiamo bevuto e in ogni caso la sua macchina non è qui. Potrà accompagnarmi solo domattina prendendo in prestito quella di John.

Rassegnata, mi lascio andare seduta sul letto, con un gran cigolio di molle, e sento qualcosa di ruvido che mi graffia le cosce. Infilo una mano sotto la cascata di chiffon e tiro fuori un paio di ali di fata.

Perfetto. Ho appena schiacciato con il sedere la mia fatina buona.

Cole mi si siede accanto ma io non riesco a guardarlo. Devo rimanere lucida, vigile. Guardandolo non farei che rivivere il bacio. Era già dura quando potevo solo immaginarlo, ma adesso che l'ho avuto sul serio, non riuscirò a togliermelo dalla testa. E se è vero che lui e Ellie hanno rotto…

No. No, no, no, no, *no.*

«Perché hai baciato Marceau?». La voce di Cole è venata dal tradimento. «Dicevi che non ti piaceva».

«A te cosa importa? Non ho fidanzati e posso baciare chiunque io…», tento di dire, ma il senso di colpa mi ricaccia indietro le parole. Quando riprendo a parlare, lo faccio sussurrando. «Ellie è la tua fidanzata, o almeno lo era. La mia migliore amica. L'abbiamo tradita».

La confessione fluttua avvolgendosi a spirali tra di noi come fumo, e con lo sguardo vago verso la finestra per evitarla. La luna ha perso il suo manto caliginoso e in alto sui pini scintilla adesso la sua falce bianca. Cassiopea è nascosta e se riesce a vederci dal suo trespolo nel cielo, lo fa senza commentare.

«Senti», mi dice, «non sto cercando di giustificare nulla, okay? Tra me e Ellie è finita. Non so cosa ti abbia detto lei, ma è vero. Perché pensi si sia tirata fuori stasera?».

Di nuovo sento il pavimento sotto piedi slittare di lato e appoggio una mano sul cassettone per tenermi in equilibrio. Le pareti sono troppo vicine, l'aria appesantita da un pungente odore di terra. Sul ripiano del mobile c'è un berretto da baseball, arancione, sudicio, con una decalcomania a forma di foglia di erba gratta-e-sniffa.

«Sembrerebbe che 420 sia passato di qui», dico tanto per dire.

«Lucy, guardami, per favore». La voce gli trema. Voglio guardarlo, ma non oso. Mi sta dicendo la verità? Di chi è stata l'idea di farmi venire qui al posto di Ellie stasera? E di farmi indossare il suo vestito e il bouquet? Perché non le ho detto di no per una volta? Me ne sarei potuta rimanere a casa a squartare zombie, senza le labbra violate da baci. Senza regole infrante o limiti oltrepassati.

E un'amicizia integra.

«Non mi rivolgerà più la parola», dico con un filo di voce.

«Non è colpa tua. Lo sbaglio è stato mio».

Il cuore mi schizza in gola.

«Oh...*kay*», aggiunge subito. «Non uno sbaglio... Intendo che non lo è stato. Io volevo solo...».

«No. Cioè sì. Hai ragione. Siamo stati presi dal momento».

«Ed eravamo anche un po' brilli».

«E anche un po' brilli». *Sì, sì.* Annuisco, ma lo stomaco mi si accartoccia per il senso di colpa. E per la delusione. Che genera altro senso di colpa, una marea intera di senso di colpa, ormai, pungenti onde bollenti che mi si infrangono contro la schiena. Mi rialzo in piedi e mi metto a camminare per la stanza, mentre le scuse vengono trasportate via dalla tempesta.

Non posso tenerglielo nascosto.

Un'onda fresca mi scotta la pelle, ma questa è la verità. Cole avrà pure fatto la prima mossa, ma io comunque non l'ho fermato. Almeno non prima di aver ricambiato il bacio. Anche qualche istante fa, di fronte alla porta aperta della sua camera, volevo...

Sul ripiano della cassettiera c'è una crepa. Ci infilo dentro l'unghia del pollice e inizio a muoverla avanti e indietro, evitando di toccare il berretto di 420, immaginando di scavare una trincea. Presto raggiungerò i vestiti all'interno. Poi il pavimento. E la festa al piano di sotto. La terra. E la massa densa incandescente nel mezzo che la fa ruotare.

«È per questo che mi hai invitato alla festa?», chiedo, consapevole del letto alle nostre spalle. «Come ragazza di rimpiazzo?».

All'esterno le nuvole tornano a offuscare la luna, rabbuiando la stanza. Cole tocca il nastro rosso che ho dietro la schiena e con una voce cerea come il cielo, mi dice: «Neanche per sogno».

«Le magliette sono nel primo cassetto in alto», mi dice. I suoi gli hanno chiesto di non far entrare nessuno nelle altre camere da letto per cui abbiamo deciso di dormire insieme nella sua. Soluzione tutt'altro che ideale, ma non c'è altro posto disponibile. Sono sfinita e non ce la faccio ad affrontare nessuno di sotto. Di sicuro non Marceau. Soprattutto non Griffin.

Verrà a saperlo.

«Torno subito», mi dice Cole. «Voglio solo assicurarmi che nessuno si metta al volante».

«Dì a Griff che... dille solo che sono tramortita e che parleremo domani. E per favore scusami con Marceau».

Cole contrae la mascella.

«L'ho mollato lì come un fesso», commento. «Digli solo... che ho mal di testa».

Cole rilassa lo guardo. «Vuoi un'aspirina?»

«Cole, non *ho* mal di testa».

Sospira e tira li chiavistello.

«Aspetta, non ci riesco da sola». *Respira, Lucy.* Gli volto le spalle. «Ho bisogno di aiuto con la fascia e la cerniera».

Cole fa tre passi verso di me, e le tavole del pavimento scricchiolano sotto i suoi piedi. Sposta l'aria, odore di fuoco da campo e mele e birra, e poi sento tirare alla cintola mentre scioglie il fiocco che mia madre ha legato con mano esperta. Mi arrotolo l'estremità della fascia rossa attorno alle mani per smetterla di giocarci nervosamente. Per non toccarlo.

Poi afferra il tessuto con una mano e la cerniera con l'altra, sfiorando con le nocche le mie scapole.

«C'è un gancetto in alto», dico. «Devi prima sganciare quello».

Si muove con mano lenta e delicata, come se temesse di fare qualcosa di sbagliato, di toccarmi. Il minuscolo fermaglio di metallo si sgancia e la cerniera si apre, dente dopo dente dopo dente, esponendo la mia schiena al freddo esterno in una stretta e profonda V, e cedo a un leggero fremito.

«Scusa», bisbiglia lui. Tiene ancora una mano sul vestito, con le dita appena sotto la mia spalla sinistra, solleticandomi la nuca con il respiro, atrocemente vicino. Deglutisce una volta. Poi una seconda. Sposta l'altra mano verso la curva dei miei fianchi e le parole di Griff mi tornano in mente ossessionanti.

Non lo scoprirebbe nessuno se...

«Grazie». Gli scivolo accanto diretta al cassettone, stringendomi il vestito contro il corpo con le mani legate. «Dai una controllata a Principe Macula? E mi prendi anche il cellulare? L'ho lasciato in terrazza».

Una volta sola, apro il cassetto e prendo un paio di pantaloncini corti da basket e una maglietta di Estes Park. *Gli orsi amano le persone!* dice una scritta sotto un orso che insegue un uomo stilizzato. *Sanno di pollo!*

Appoggio il vestito di Ellie a faccia in giù sul letto e richiudo la cerniera, ricordando di nuovo quanto era felice di averlo trovato. Io stasera ho fatto solo la comparsa in costume, una specie di bambola Cenerentola, ma lei amava questo vestito. Lo chiamava il *vestito con la V maiuscola*, con gli occhi illuminati in previsione della grande sera.

Come è riuscita a nascondere una cosa come questa? Perché non me l'ha detto?

Quando abbiamo iniziato a tenerci dei segreti?

Quattro anni fa...

Appoggio il vestito alla pediera del letto, appendo le stupide ali da fata al pomello d'angolo, tolgo gli orecchini a cascata che mia madre mi ha prestato, mi infilo calzoncini e maglietta di Cole e sfilo gli spilli decorativi dall'acconciatura scuotendo i capelli.

Quando scivolo sotto le lenzuola verde foresta, la trasformazione è completata. Non sono più una principessa.

Sono solo una ragazza con un cuore accartocciato. Mi giro sul fianco e incollo gli occhi al muro, sul rilassante blu oceano della parete. Non importa cos'abbia detto Cole, da quanto lui e Ellie siano in crisi o quanta colpa si assuma. Ex o non ex, io non sarò più in grado di perdonarmi.

Il bacio è finito ancor prima di iniziare, ma i miei sentimenti no.

Non sono finiti.

E questo è il crimine peggiore, perché per la prima volta in quattro anni... penso che forse valga lo stesso anche per lui.

Cole torna in stanza, chiude la porta e la blocca con il chiavistello. Sento aprire e chiudere cassetti, sbottonare bottoni, aprire cerniere, il fruscio di pantaloni sfilati, camicia tirata via per le maniche e gettata a terra, calzoncini infilati, tintinnio metallico di chiavi appoggiate sul mobile, e poi un flash luminoso come un fulmine.

Dite... magica polvere di stelle!

«Scusa», dice. «Cercavo di impostare la sveglia sul tuo cellulare. John mi ha dato le chiavi della sua macchina. Partiamo alle nove».

Quando solleva il lenzuolo, entra una folata di aria fresca e il letto cigola. Si gira e si rigira per qualche istante e poi trova la posizione giusta. Il lenzuolo si riabbassa dolcemente, solleticandomi un braccio.

Dal pavimento filtrano musica e risate dal salotto di sotto e sul cassettone il mio cellulare vibra per un messaggio. Poi un altro. Ellie. Schiaccio gli occhi e cerco di rallentare la respirazione, convincendo sia gli uni che l'altra che sto già dormendo.

«Lucy? Tutto okay?», mi bisbiglia Cole.

Il letto è piccolo, un singolo, Cole è senza maglietta e c'è a malapena spazio sufficiente per due. Fino a oggi non ho mai semplicemente condiviso il letto con un ragazzo, solo amiche o eventuali fidanzati, e adesso la mia pelle involontariamente cerca il suo calore, il suo contatto. Nello spazio ristretto tra noi sento la presenza di Ellie che ci guarda con le guance rigate di lacrime chiedendo una spiegazione che non esiste.

Mi accosto al muro senza rispondere alla sua domanda.

«Domattina ci alziamo e partiamo immediatamente». Si sporge verso di me e mi bacia sulla spalla; sento il calore delle labbra attraverso il tessuto della maglietta degli orsi che *amano le persone* e Ellie svanisce. «Domattina andrà tutto meglio».

Il letto cigola mentre lui si sistema di nuovo sul suo lato. Io mi concentro per svuotare la mente. Conto le pecore. Dieci. Cento. E scivolo via.

In un luogo lontano, molto lontano.

«Lucy?». Le sue dita sfiorano le punte dei miei capelli e io ho un fremito. Incappa in una molletta per capelli dimenticata e la lascia cadere a terra.

Ping!

È impossibile rimanere aggrappata alla mia determinazione; come desidera la mia fatina buona, la sento fluttuare via, respiro dopo respiro.

Le pecore. Conta le pecore, Lucy. Uno, due, tre…

Il letto cigola di nuovo. Cole rotola verso di me.

«Per la cronaca», bisbiglia, «semmai dovessi sentirti male, non avrei problemi a tenerti indietro i capelli».

LA SANGUINARIA SQUINZIETTA ANCHE NOTA COME MIA SORELLA

«Stiamo bene?», chiede Cole quando si ferma nel vialetto di casa mia l'indomani mattina.

È stato un viaggio di mezz'ora un po' stordito; adesso Cole mi guarda con occhi appesantiti dal sonno, i capelli scompigliati che lo rendono adorabile, e per un battito di cuore immagino di svegliarci insieme nel suo letto, sorridenti invece che vergognosi, godendoci la beatitudine post-ballo invece di sforzarci di parlare della baita ridotta uno schifo tanto per non rimanere zitti. Spence, il rapitore del cavallo, e Principe Macula avevano già sloggiato, ma per il resto il posto era ancora pieno di ubriachi e dannati, il tutto immerso in un sospetto odore equino.

Cole sorride prima che io gli risponda e tutto quello che mi viene da pensare è *dovrei guardare questo sorriso davanti a una bella colazione con frittelle e caffè...*

«No». Scaccio via quel sogno a occhi aperti con un battito di palpebre. «Cioè intendo sì. Mi chiami quando ritrovi il mio cellulare? Ho anche dimenticato la patente e altre cose nella tua giacca. Oh e non sono riuscita a trovare gli orecchini. E ho anche lasciato delle forcelle da capelli in bagno».

In pratica ho dimenticato tutto ciò che non era attaccato al mio corpo, per la fretta di sparire prima che Griff si svegliasse. Sono sicurissima che ieri sera fosse ubriaca persa, troppo per ricordarsi del nostro battibecco, ma non mi avrebbe mai lasciato varcare la porta con i vestiti di Cole addosso, ancora mezza addormentata e con aria colpevole. Non senza sottopormi alla grande inquisizione.

«Forcelle per capelli?», ripete.

«Sono morta se mia madre scopre che li ho persi. Gli orecchini, non le forcelle. Anche il cellulare».

«Devo chiamarti sul cellulare sparito?», chiede.

«Smettila di tentare di farmi ridere».

«Mai», sussurra. Gli è tornata la sua tipica malizia negli occhi e mi lascio sfuggire un sorriso. «Lucy...». Cole tamburella con un dito sul volante e il mio sorriso sparisce di nuovo, un fantasma nel sole del mattino. «Nemmeno io so cosa fare, okay? Non è che non me ne freghi niente di Ellie. Non voglio farle del male. È solo che... è finita. Quello che è successo tra noi...». Cole sospira, spostando lo sguardo su un pettirosso tra l'erba, poi torna a concentrarsi su di me. «Ci faremo venire in mente qualcosa. Andremo da lei e...».

«Devo farlo io», lo interrompo. «Da sola. Voglio che lo senta dire da me». Anche se Ellie mi ha mentito sul fatto che fosse malata e sul perché ha deciso di rinunciare al ballo di fine anno, io questa cosa non posso tenergliela nascosta.

In testa iniziano a turbinarmi immagini di Ellie e Cole, i nostri momenti migliori degli anni del liceo si fondono insieme: i concertini dei Vanitas nel garage di Cole, puntuali a ogni fine settimana; le gite di pesca alla baita; io e i miei che ci prendiamo cura di Spike mentre i Foster sono in viaggio in Italia lo scorso anno; papà che insegna a me e a Ellie come usare il cambio nella sua vecchia Accord a cinque marce; Ellie che riceve la lettera di ammissione alla UCLA un giorno dopo di me, e poi io e lei che saltiamo insieme di gioia davanti alla sua cassetta della posta e iniziamo a fare progetti per il futuro.

Ellie, la mia migliore amica. E Cole, una scintilla che brucia nel mio cuore, sempre luminosa e silenziosa, sempre solo un sogno.

Fino alla scorsa notte.

Nello spazio ristretto dell'abitacolo, Cole si strofina gli occhi mentre io disegno cerchi col dito sul vetro del finestrino, chiedendomi *perché non posso averli entrambi?*

Faccio per afferrare la maniglia dello sportello.

«So che è assurdo». Cole mi tocca una mano, poi si ritrae subito. «Lo capisco. Voglio solo che le cose non vadano...».

«Non succederà. Stiamo bene. Cioè, voglio dire non *noi stiamo* nel senso di *noi due insieme*, ma solo io e te. Separati. In ogni caso, andrò a parlare con Ellie domani. Ci andrò prima di scuola». Poi sorrido e scendo dalla macchina, raccogliendo il vestito di Ellie dal sedile posteriore.

Sento ancora il contatto della mano di Cole sulla mia pelle, sul mio polso, sulle mie dita dopo aver chiuso lo sportello, ma non mi volto, nemmeno quando sento che la sua macchina sta uscendo dal vialetto di casa mia e riparte, sfrecciando, lungo la via principale.

Disastro categoria cinque.

Porto ancora la maglietta con gli orsi e i pantaloncini da basket, talmente lunghi su di me da coprirmi buona parte degli stivali, che completano l'opera d'arte generale. I miei capelli sono un torbido mare di flutti rossastri; le labbra doloranti per il fantasma del bacio di ieri notte, e mentre risalgo, arrancando, il vialetto verso casa, noto che la porta d'ingresso è *spalancata*.

Sulla soglia, una bellissima bionda a braccia conserte, lancia scintillii dai denti sbiancati cosmeticamente come una regina del male, e dietro di lei Notte del cane vivente abbaia minaccioso.

Chi è la più bella del reame?

Angelica Darling.

Altrimenti nota da legioni di fan accaniti come Jayla Heart.

Altrimenti nota da papà e mamma come Janey Vacarro.

Mia sorella.

«Cristo! Hai un aspetto orripilante», mi dice. «Entra e raccontami tutto di tutto».

Abbattere zombie generati dal computer è la mia tecnica di rilassamento, ma nemmeno la battaglia contro i non-morti riesce a distogliere la mente da Ellie e Cole.

E men che meno aiuta il fatto che mia sorella si sia presentata a casa con un mese di anticipo, annunciando, durante il pranzo post-ballo di fine anno, che si fermerà per *tutta* l'estate, mandando di traverso ai miei i bocconi di frittata alle zucchine per la gioia infinita e strappando a me uno sguardo fulminante del tipo *Porca miseria! Manda almeno un messaggio di preavviso!*

Lavender Oaks le ha pagato il biglietto aereo perché tenga un discorso alla consegna dei diplomi; la preside Zeff mi aveva anche fatto giurare di tenere la bocca chiusa sulla sorpresa speciale, ma lì doveva finire, tre giorni in tutto, arrivo, discorso e ripartenza. Per amore dei miei genitori, sarei riuscita a fingere sorrisini e moine per tre giorni.

Ma l'intera estate?

Prima di stamattina, io e Jayla non ci parlavamo da quasi un anno.

Agguato.

In considerazione della stanchezza post-ballo, mi è stata concessa qualche ora di solitudine dopo pranzo, ma siccome mamma e papà sono fissati con il legame tra sorelle, adesso Jayla è in piedi dietro di me, il faccino liscio e lucido e i burrosi boccoloni biondi riflessi sullo schermo sovrapposti alle immagini della carneficina zombesca in atto.

«Cioè, è così difficile metterti un po' di smalto o comprarti qualcosa di carino come una ragazza normale?», mi fa.

Con un tempismo perfetto, io freddo uno zombie con il machete, imbrattando lo schermo di sangue.

Jay si tuffa sul letto, spingendo via alcuni mostriciattoli di pezza. «A volte mi preoccupo per la tua sanità mentale».

Click-click boom!

Il fucile è perfetto per colpire più zombie alla volta, ma i cadaveri che mando a terra danno vita a un'orda ululante. Mi ricordano le fatine che girovagavano per la palestra ieri sera e mi esalto con un *Fate ciao al mio piccolo lanciafiamme, stronzetti.*

Li arrostisco come salsicce. Alcuni mi sfuggono, mi agguantano. «Colpita!».

«Ti sono mancata?», chiede Jayla.

«Cazzo!».

«Lucy!».

«Sto diventando grigia! *Noooooooooo!*». Pigio freneticamente i tasti ma è tutto inutile ormai. I ragazzi della mia squadra sono tutti glaciali per la mia defezione dal torneo e io sono troppo distratta per una campagna in solitaria. «Contenta adesso, Jay? Sono morta».

«Bene, vieni a chiacchierare un po' con me. Mi sembra un secolo che non lo facciamo».

Permettetemi di tradurre.

"Sembra un secolo" in jaylese sta per "dalla scorsa estate", cioè da dopo la mia disastrosa permanenza nel suo appartamentino chic a Malibu, ultracliché; da dopo che ho cambiato la data del volo per poter tornare un giorno in anticipo; da dopo che Ellie e Cole sono venuti a prendermi al Denver International e da dopo che ho passato una notte da Ellie per non dover mentire a mamma e papà sulle ragioni della modifica del mio itinerario.

«Lucy, andiamo», e sbatte gli occhi blu. Sul serio, io non riuscirei proprio a mandarla giù una cosa del genere. «Raccontami del ballo. Mamma dice che eri stupefacente, una vera ragazza».

«Lasciami indovinare. Questa sei tu che chiedi scusa?».

Jay stacca un filo da uno dei miei mostriciattoli di peluche, evitando il mio sguardo. «È successo un anno fa. Non possiamo lasciarci tutto alle spalle?»

«Proprio come pensavo».

«Vivi il momento per una volta. E comunque, è finita. Sto voltando pagina».

Ricaccio in gola una risata-grugnito. Voltando pagina? Permettetemi di nuovo di tradurre.

Nel suo serial televisivo settimanale, Jayla recita la parte di un'assassina tutta intrighi e connivenze, la cui discutibile moralità è giustificata da un'originale premessa narrativa fatta di una sfilza di fidanzati fedifraghi, un padre assente e una madre alcolizzata che si porta a letto gli amici di Angelica, il nome del suo personaggio.

Nella vita reale, la discutibile moralità della cara sorellina non ha le stesse giustificazioni. MISS ANGELICA PERICOLO È UN PERICOLO PER SE STESSA, recitava il titolo dell'ultima campagna diffamatoria apparsa su un tabloid. SABATO NOTTE LA STREGA FA LA PANTERONA A VENICE BEACH. Il servizio conteneva una foto di Jayla languidamente stesa sui gonfi addominali tatuati di un tipo, gli occhi grandi e vitrei, gonnellino in pelle sollevato ad hoc sulle cosce. La scorsa settimana ho trovato un pacco intero di questa rivista nel cesto della differenziata, ancora stretto nelle fascette plastificate, come se mia madre se le fosse fregate direttamente dal camioncino delle consegne.

Mamma è convinta che questi giornali scandalistici mentano.

La fisso stringendo gli occhi. «Stai tramando qualcosa».

«Ho un po' di tempo libero prima dell'inizio delle riprese della nuova stagione, per cui ho deciso di vedere che aria tira a Denver». Osserva una serie di star zombificate che ho attaccato con le puntine al muro sopra il letto, dei lavori a penna e inchiostro che ho realizzato qualche mese fa per un progetto di educazione artistica. «Ovviamente niente di che».

Io non sarò certo Sherlock Holmes, ma ci vuole poco a capire che le cose non quadrano. Se mia sorella ha tempo libero, perché dovrebbe volerlo trascorrere qui? Ha una casa in riva al mare a Martha's Vineyard, fidanzati in ogni continente, io e lei siamo costantemente ai ferri corti, e anche le sue telefonate ai miei sono superbrevi, chiama puntualmente per il ciao di rito nel bel mezzo di qualche ripresa importante e un secondo dopo *oh, scusa, devo andare!*

La osservo dall'altra parte della stanza, cercando qualche crepa nella facciata, ma è talmente abbronzata e tutta sorrisi che diventa difficile non esserne sopraffatti. Difficile non crederle quando ogni sua spiegazione è resa logica dalle sue labbra attraenti. Difficile tenerla a distanza quando ti si riavvicina e cerca di fare la sorellona.

Mi soffio sulla frangetta. È *sempre* così con Jay, come il ragnetto portato via dalla pioggia della filastrocca che mi cantava durante i nostri bagnetti da bambine. Quando questa ragazza ride, spunta il sole e asciuga tutta la pioggia e rispunta il ragnetto.

E poi colpisce l'uragano, proprio quando meno te lo aspetti.

«Oh!», squittisce tutto a un tratto. «Devo assolutamente farti vedere una cosa! *Morirai* di dolcezza!». Mi si siede accanto sulla sedia del computer spintonandomi. «Fammi spazio, fammi spazio».

Mi faccio in là e inghiotto il groppo che ho in gola, immergendomi nell'essenza dell'ultimo profumo che ha firmato. Pere, di questo odora. Pere folli, costose, incastonate di diamanti.

Le sue dita compongono veloci l'indirizzo della sua fan page Facebook, *Tutti i fidanzatini di Jayla*. Duecentomila fan, numero in crescita di ora in ora, ne sono certa. Ogni foto ha centinaia di *like* e commenti. *Centinaia*.

La mia mente non può dirsi certo scientifica – già appurato che non sono una Sherlock – ma riesce facilmente a individuare una distinta correlazione tra il davanzale di Jayla in bella vista nelle foto e il numero di *like* di ragazzi.

«Congratulazioni per essere l'ultima cosa a cui migliaia di adolescenti maschi pensano quando si infilano a letto la sera», dico.

«Non è fighissimo?»

«In maniera volgare e illegale, certo».

Jayla tenta di mollarmi un ceffone, ma io lo schivo. Giocando online ho affinato moltissimo i miei riflessi.

Risponde a qualche messaggio con una sfilza di X e O mentre alla tenue luminosità dello schermo io studio la curva della sua mascella, le labbra color fragola, le sopracciglia curatissime. Anche quando non aveva tutti i soldi che ha adesso, Jayla è sempre stata uno schianto. Ma per la prima volta da quando è diventata famosa, sembra più vecchia, molto più dei soli sette anni che la separano da me.

«Non inizi di solito a girare la stagione successiva in estate?», chiedo.

«Questa volta inizieremo in autunno».

«Ma tu...».

«Ecco quello che volevo farti vedere». Picchietta sullo schermo con un'unghia dal french perfetto e legge: «"Cara Jayla Heart. Il mio cuore è tuo. Avrò diciotto anni tra due anni, se sarai ancora single, mi sposerai?" Non è dolcissimo?».

Io roteo gli occhi disgustata. «Sì, come lo sciroppo d'acero con aggiunta di fruttosio».

«Quante proposte di matrimonio hai ricevuto *tu*, piccola miss arroganza?».

Batto le mani e le sorrido radiosa. «Perbacco! Non ne ho idea. Magari il mio Principe Azzurro sta aspettando la mia risposta proprio in questo momento!». Mi sporgo sulla tastiera e accedo al mio sciattissimo profilo Facebook, dandogli a malapena uno sguardo.

«Wow». Jay si gratta il naso. «Hai lo stesso numero di amici che io ho appena nel mio gruppo di trucco e parrucco».

Poof! Rumore del riacceso affetto tra sorelle che evapora. «Forse è per questo che le mie possibilità di ricevere una proposta di matrimonio online sono così risicate», dico.

«Capisco che non sei una festaiola, ma almeno a questo dovresti arrivarci. Non devi nemmeno lavarti i capelli per rimorchiare online».

Le mani mi schizzano in testa. «Io mi *lavo* i capelli».

Jayla scoppia in una risata nasale. «Sul serio, Lucy. Facebook è, tipo, il doppio delle amicizie con la metà dello sforzo».

«Dici?».

Jayla proprio non ci arriva. Io non ho abbandonato il social perché non volessi fare sforzi, ma perché non sopportavo più tutti quei continui "siamo così innamorati" e "non siamo adorabili?" degli aggiornamenti dello stato di Ellie.

Ellie.

Senza il cellulare non ho idea di cosa stia succedendo alle mie amiche. Per quanto ne so io, Cole ha già confessato tutto. O Griffin sta condividendo le sue teorie, consumando la sua vendetta contro di me per averle urlato contro ieri sera ed essermela svignata stamattina senza salutarla. E io mi sto nascondendo a casa, codarda senza cellulare e senza nemmeno una vaga idea di cosa dire a Ellie domani.

Mi premo i pollici sugli occhi per cancellare l'immagine di ieri sera e quando li apro e sbatto le palpebre per eliminare i residui e guardo Jayla, lei sta scuotendo la testa con una faccia della serie *Ma che cazzo hai fatto?*

«Stai cercando di farti odiare da tutti? O questa è solo, boh, una richiesta di aiuto?». Strizza gli occhi sulle immagini che si stanno caricando sul mio profilo. Se ne vede una di una ragazza con un reggiseno di pizzo rosa, il vestito arrotolato attorno alla vita. È inginocchiata sul pavimento e si sta curvando a ponte all'indietro, bevendo da una bottiglia di Mike's Hard Lemonade incastrata tra le poppe.

Didascalia: *La piccola dolce Olivia lo fa intostare anche alle bottiglie di limonata! #scandalo*

Sento crescermi dentro il terrore. «Ma questo è sul mio profilo?»

«Per niente simpatico. Alla gente non piace che le proprie vergogne da sbronzi vengano diffuse in rete». La voce di Jayla è affilata come un machete. «Credimi».

«Togliti». La spingo via con un colpo di fianchi e trascino la sedia più vicino al computer. Le acrobazie di Olivia fanno parte di un intero nuovo album del mio profilo, creato due ore fa e intitolato "*PROMiscuità*".

Qualcuno deve essere entrato nel mio account, ma come? La mia password è supercomplicata e non l'ho mai data a nessuno, non ho mai fatto accessi da scuola né da casa di nessuno. Tra l'altro su Facebook ci entro pochissimo. L'unico modo per caricare foto sul mio profilo è violandolo o direttamente dal...

Oh cazzo. Il mio cellulare!

Non l'ho dimenticato, allora, qualcuno deve avermelo sottratto la scorsa notte. E chiunque sia stato, ha anche fatto un mucchio di foto di gente ubriaca e le ha caricate poi sul mio profilo Facebook, taggandole #scandalo per farle poi apparire sulla pagina di Miss Decenza per il suo concorso. Un conto è caricarsi volontariamente le foto delle proprie bravate idiote, ma chiunque abbia violato il mio profilo, l'ha fatto sembrare come se quelle foto le avessi postate *io*, e Jayla ha ragione, questo non è per niente simpatico.

Inizio ad aprire le foto con le mani che mi tremano. Birra con gli imbuti? Strip poker? I vampiri che fumano da un... Ma che cos'è quell'affare? Chi ha fatto entrare Principe Macula in salotto e per quale motivo Margo Hennessy ci sta pomiciando?

L'album è già stato condiviso e ripostato decine di volte, centinaia forse, e ogni dannata foto poi legata alla pagina di Miss Decenza, in mezzo ad altre che avevo fatto all'inizio della serata, foto di cui mi ricordo benissimo: John nello stagno, la palestra superaddobbata, foto di gruppo davanti al party Hummer, Cole che cerca nervosamente di bloccare il mio bouquet con le spille per la prima volta, Paul che succhia un lobo di Griff nel giardino davanti a casa mia, scivolando con una mano su una tetta, i miei genitori seduti nell'Hummer, per ridere.

E poi mi si ferma il cuore.

Kiara in posa con Principe Macula.

MAL(e) non vede, foto non duole! Quello che gli amici di Kiara ignorano non può far loro alcun male... ma potrebbe costare alla piccola traditrice l'espulsione dal suo adorato club! #scandalo.

Le ho promesso che non ne avrei fatto parola con nessuno e adesso sembra quasi che l'abbia spiattellato a tutta la scuola.

«Questo spiega perché sembri un cadavere ambulante stasera», mi fa Jayla.

Apro la foto successiva. Io e Marceau in terrazza.

«Slurp!». Jayla inarca un sopracciglio con aria d'un tratto più stupita che accusatoria. «Bel colpo, sorellina».

La didascalia dice: *Impegnata a tenere vive le relazioni internazionali, oh-la-la... nonostante l'abbraccio appassionato, le labbra di Marceau non si sono dimostrate al pari di quelle del mio accompagnatore, Cole Foster! #scandalo*

Sbatto velocemente le palpebre per ricacciare indietro le lacrime, la gola secca e strozzata, le dita tremanti.

Click.
I miei peggiori timori…
Confermati.
Io e Cole, sotto la scala, con le labbra incollate in un bacio di cinque secondi totalmente fortuito nonché inopportuno al trecento per cento.
Click.
L'abito con le ciliegie nere di Ellie appoggiato ai piedi del letto di Cole e le alette rosa buttate sopra.
Click.
Un piede nudo. Due. Quattro. I miei capelli sparpagliati sul cuscino. E un braccio di Cole stretto attorno a me, i nostri corpi aggrovigliati sotto un nodo di lenzuola verde scuro.
A chi serve una maschera per ricreare ricordi così magici, così mitici? #scandalo.

PRINCIPE MACULA SI APPELLA AL QUINTO EMENDAMENTO

Miss Decenza
2742 like 👍
601 utenti ne parlano

Lunedì, 28 aprile

Buon lunedì mattina, pescettini miei! Come state tutti? Subito una bella dritta: bere acqua. Tantissima. Le vostre testoline ancora martellanti mi ringrazieranno!

Secondo l'usanza di antichissima tradizione dei balli di fine anno da quando gli umani uscirono per la prima volta dal brodo primordiale con i dinosauri (e/o apparirono sulla terra esattamente sette giorni dopo che essa venne alla luce quattromila anni fa, anno più anno meno, a seconda del vostro credo che io sostengo interamente e pubblicamente, sparlandovi poi alle spalle a schermo di computer spento), molti di voi questo fine settimana si saranno sicuramente cimentati in alcuni riti di passaggio. Prima di continuare, quindi, vi prego di unirvi a me in un momento di silenzio dedicato alla perdita collettiva della compianta innocenza.

...

A propositissimo, ragazzi, tanto di cappellino per esser riusciti a tenere lontani i vostri nomi dai registri della polizia! È sempre un motivo di orgoglio per me quando i miei stimati colleghi della Lavender Oaks evitano imbarazzanti rogne legali (e spese connesse). Fate tesoro di questa mia piccola preziosa rivelazione: l'ultima cosa che mamma e papà vorrebbero fare è pescare dal vostro gruzzolo studi per pagarvi la cauzione. Imbarazzante per tutti, *please* fate passare la bottiglia di hard lemonade. E già che ci troviamo nel non troppo irrilevante argomento di hard lemonade e cazzate imbarazzanti di cui i vostri genitori non sono a conoscenza, grazie a tutti per aver condiviso numerosi le deliziose foto del ballo e della festicciola a seguire! Avremo un gran daffare per decidere quali siano i momenti più #scandal-succulenti.

Le ragazze della squadra femminile di lacrosse che ballano in mutande e ali da drago al Red Rocks? Re e regina del *prom* con tutta la corte al completo che si vomitano l'anima sugli scalini del palazzo governativo?

La preside Zeff stracciata al torneo dalla presidente del club di fisica? Come dico sempre io, vere signore. Quando si tratta di lance a duello, non è la forma o la grandezza che conta, ma la velocità dell'affondo e l'angolo della traiettoria!

Passando alla baldoria tenutasi in un non ben identificato posticino tra le montagne, concedetemi uno straWOW. Qualcuno sta tentando di mettere in grande imbarazzo Angelica Darling. Buon Dio (e con Dio includo Dio, dee, Buddha, Allah, Madre Terra, Zeus, la forza universale e ogni altra divinità presente, passata e non ancora scoperta) dimmi che dietro questa storia c'è molto più di quello che appare ai nostri occhietti iniettati di sangue. Nonostante l'intensa attività di corruzione a suon di zollette di zucchero, Principe Macula non dice una parola.

Iniziate a parlare, pulcinelli. Miss Decenza è sempre in ascolto.

xo – Ciao! – xo

Miss Decenza

QUANTI DOLCETTI CI VOGLIONO?

F*ai la gnorri, Lucy. Tu, quelle foto, non le hai mai viste.*

Questa è la strategia con cui ieri sera se ne è uscita la mia autonominatasi agente. Non mi ha nemmeno permesso di cambiare la password Facebook o di cancellare delle foto. «Ti farebbe sembrare solo più colpevole», ha detto, quasi stesse citando testualmente dal suo manuale *Tecniche di difesa contro le valanghe di merda*.

Naturalmente stamattina il «CelebStyle» contiene un primo piano di Jayla nel terminal dell'aeroporto di Denver, Louis Vuitton al braccio, dita medie ritte con fare minaccioso e un fazzolettino di pelle bianca che con estrema fatica riesce a passare per vestito.

TEMPI DI SBALLO NELLA DENVER DELLO SBALLO PER J-HEART

Alla faccia delle tecniche di difesa...

Agguanto le copie rimaste sul portariviste del Black&Brew mentre il barista imbusta la mia ordinazione. Ellie può anche ignorare le mie e-mail disperate, ma non potrà certo rimanere fredda e impassibile se mi presento alla sua porta di casa con caffè e dolcetti delle scuse.

Ho il dubbio fermo in gola come un groppo, ma lo ingoio, pago colazione e riviste e mi incammino verso il quartiere di Ellie. Ho regolato i tempi del tragitto per arrivare dopo che le sue madri sono uscite per andare al lavoro, ma una volta saliti i gradini della veranda e premuto il campanello, mi accorgo di tremare tutta per la paura. Forse sarebbe stato meglio avere testimoni...

«Che vuoi?». La faccia di Ellie appare dietro la zanzariera.

Ha gli occhi gonfi e arrossati, i capelli color cioccolato tirati su alla meno peggio in un groviglio in cima alla testa.

Le parole danno forfait, per cui allungo avanti il portabicchieri di cartone con i due caffè e la bustina di carta e spero che rendano quello che le parole non mi aiutano a dire. *Mi dispiace. Possiamo parlare? Non odiarmi. Dolcetto? Caffè? Ancora amiche?*

Ellie esamina il contenuto della busta.

«Cioccolato e lampone», dico. «E kiwi e cioccolato bianco?». L'ultima parte mi esce in tono incerto.

«Deve dispiacerti *veramente* tanto». Ellie apre la porta a zanzariera ed esce, bloccandomi l'accesso in quella che per sei anni ho considerato la mia seconda casa. «Ripeto. Che vuoi?»

«Volevo solo… pensavo che potessimo parlare e… possiamo entrare?», biascico e punto caffè e dolci verso la porta, avvicinandomi di un passettino. Ellie rimane monolitica.

«Mi fidavo di te». Sull'ultima parola, la voce le si incrina. Socchiudo le labbra per rispondere, ma in testa ho solo una gran confusione.

Non volevo. Lui mi piace. Avevamo bevuto. Volevo assolutamente farlo. Lo amo da sempre. Non volevo andare al ballo. Sono felice di essere andata al ballo. Spero tu voglia ancora fare il nostro viaggio estivo in macchina. E il college. E mi hai mentito…

«Forse è meglio che tu vada a scuola», mi dice Ellie.

«E tu?»

«Rimango a casa a gustarmi una deliziosa colazione». Agguanta busta e bicchieri di caffè prima che io riesca a rigurgitare un'altra parola e mi richiude la porta in faccia.

«Non è come sembra», bisbiglio, ma la mia migliore amica è già sparita.

Venti minuti prima dell'appello collettivo, il tentacolare campus di Lavender Oaks sembra una città fantasma, fatta eccezione per un gruppetto di studenti di fronte alla scala dell'accesso principale. Kiara assente, i rimanenti quattro membri del MAL(e) marciano in tondo attorno al loro leader in sedia a rotelle, alzando silenziosamente i loro cartelli:

FATE L'AMORE, NON AGGIORNAMENTI ALLO STATO FACEBOOK!
I VERI AMICI NON HANNO BISOGNO DI BATTERIE!
TIRATE FUORI LA TESTA DALLA CLOUD!

Franklin Margolis, direttore del giornale scolastico nonché studente prescelto per il discorso di commiato alla cerimonia di diploma, li osserva in disparte con una penna in mano. Giocherella con il suo caschetto ricciuto e poi scribacchia qualcosa su un blocco giallo. Non capisco perché si sbatta ancora con questa fissa del giornalismo, considerato che da quando lo scorso anno è scesa in campo Miss Decenza, nessuno ha più degnato di uno sguardo il «Lavender Oaks Explorer», ma se la sua incrollabile consacrazione allo sfacelo dello stile a colpi di jeans e giacca sportiva può essere presa come metro, allora Franklin è un risoluto controtendenza.

Quando mi avvicino, il gruppetto si disperde per poi riaggregarsi in fondo al parcheggio per accogliere le automobili in arrivo.

Gratto un po' di entusiasmo in fondo allo stomaco e riesco a urlare un "grazie!". Saranno pure strambi quelli del MAL(e), ma non certo scemi. Facebook è fuori controllo e anche se il mio profilo ha messo in bella mostra la sveltina di Kiara con la tecnologia, loro potrebbero sempre essere dalla mia, seppur con stretta di mano segreta nella migliore delle tradizioni del complotto.

Non come Griffin che mi strattona d'un tratto dentro l'accesso principale della scuola.

«Che diamine succede, Lucy?», mi fa. «Non faccio che chiamarti e messaggiarti da tutto il week-end. Ho pensato fossi morta».

Fai la gnorri, fai la gnorri, fai la gnorri...

«Ho visto le foto», dice secca, costringendomi a guardarla negli occhi. Sul viso le vedo un misto di confusione e rabbia a malapena mascherato, e al ricordo delle foto di lei e Paul avvinghiati, mi faccio piccola piccola. «Dimmi dov'è Cole», mi chiede perentoria. «Che sta succedendo?»

«Niente. Io non… non ho postato io quella roba».

«È il tuo profilo Facebook». E fa di nuovo la smorfia di disgusto alla fettina di vitello. «E hai fatto la civetta con Cole per tutta la sera».

«Griffin. Perché avrei dovuto postare foto del genere sulla mia pagina? Tipo per rovinarmi di brutto? Non ha senso».

Griffin scoppia in un risata nasale. «E invece appiccicarti a Cole come una ventosa e passarci la notte a letto? E tra l'altro dopo aver baciato Marceau che, per tua informazione, poco fa si aggirava attorno al tuo armadietto tutto cuoricini e cupidi e "dov'è la mia Lucy Vacarro"? *Questo* invece ha senso, forse?»

«Sto solo dicendo che non ho caricato io le foto».

«Scusami, Lucy, ma le prove sono, come dire, inoppugnabili».

«Qualcuno mi ha fregato il telefonino», rispondo e Griff fa una faccia della serie *Sì certo*. «Che è successo all'innocenza fino a prova contraria?».

Franklin attraversa la porta con il suo blocchetto giallo da ficcanaso, guardandoci con distaccata educazione.

Griff incrocia le braccia al petto e si appoggia con la schiena contro gli armadietti marroni e aspetta. Passato Franklin, mi spara secca: «Okay, dimostralo».

Non pretendo la sua fiducia, ma l'improvvisa constatazione dell'assenza di essa mi ferisce. «Adesso non andare in blackout con me», mi dice di fronte al mio silenzio. «Sei stata nervosa tutta la sera e adesso Ellie pensa che io sapevo cosa stava succedendo e che gliel'abbia tenuto nascosto ed è…». I suoi ricci biondi sembrano ingarbugliarsi per i proverbiali diavoli e Griff scuote la testa per districarli. «Io *scherzavo* su te e Cole che ve la facevate. Non ho mai pensato che tu…».

«Il bacio è solo… solo capitato. E Ellie…». Mi sento bruciare tutta dentro. Voglio chiedere a Griff se sapeva che si erano lasciati, se Ellie le aveva detto qualcosa prima del ballo, ma lo sguardo di accusa nei suoi occhi mi ammutolisce.

Tre giorni fa avevo due amiche del cuore; non eravamo perfette, ma eravamo unite. E adesso?
«Senti, Lucy…». Griff incrocia di nuovo le braccia. «Ellie vuole indietro il suo vestito».

Lo scorso anno l'amministrazione della scuola ha fatto ridipingere le pareti dei bagni in fondo all'ala delle aule di disegno di un orrido arancione e installare una filodiffusione di pallosa musica da sala d'aspetto. Dicevano che aveva lo scopo di "disincentivare imboscamenti, fumo e socializzazione tra gli studenti" forti della convinzione che la posizione appartata del bagno rendesse tutto più facile.
E invece sono diventati il rifugio "emo" di default, riservati e freddi, in cui poter sfogare le piccole miserie quotidiane all'essenza di candeggina e al ritmo di personali colonne sonore lacrimose.
Lavender Oaks è un luogo in cui si trova sempre un lato positivo.
Un luogo in cui proprio adesso Phil Collins mi sta mettendo in guardia con minacciosa enfasi: *oh think twice… pensaci bene Lucy…*
«Lucy?». La prateria di capelli di Griff fa capolino da sopra la cima del bagno affianco.
«E se non fossi io?», dico. *'Cause it's another day for you and me in paradise…*
«Ipotesi plausibile. Ho riconosciuto il tuo urlo straziante». Griff scende e irrompe nel mio bagno. «Non volevo fare quella scenata da *Mean Girls* là fuori, okay? Sono solo scioccata».
Strappo una striscia di carta igienica e mi soffio il naso.
«Sono rimasta al telefono con Ellie per tutta la notte», mi dice. «È devastata».
«Ha detto qualcosa di Cole?»
«Ehm, vediamo…». Griff si preme un dito sulle labbra, riflettendo. «Bugiardo, traditore, testa di cazzo e altri nomignoli per cui mi sono dovuta documentare online».

«Lui mi ha detto che si erano...». La scusa fa acqua ancor prima che mi escano le parole di bocca, per cui il resto della frase – *lasciati* – lo ricaccio in gola. Mi sento risalire un'ondata di tristezza; mi appallottolo altra carta igienica in mano e mi tampono forte gli occhi fino a farmi male. «Mi faccio schifo per averti coinvolta. Se vuoi scaricarmi, lo capirò».

Griff strappa un altro pezzo di carta dal rotolo e me lo passa. «Sono una che ama, non che scarica. Solo che... non so cosa fare, onestamente. Ovvio che ci sono in mezzo anch'io, tu ed Ellie siete le mie migliori amiche, fuori discussione che prenda le parti di una».

«Questo vuol dire che mi credi sulla storia del telefono?».

Griff rotea gli occhi. «Tu cosa dici?».

Mi soffio il naso. Traduzione: grazie.

«Chi potrebbe fare una cosa del genere?», chiede Griff. «Non c'era tutta la scuola alla festa di Cole. Conoscevamo tutti». Griff scuote la testa. «Non ha senso».

Chiudo gli occhi e vedo scorrermi davanti i visi dei partecipanti alla festa, potenziali sospetti. Olivia, le sue amiche, Clarice. Miss Decenza è sempre a caccia di scandali, avrebbe potuto essere lì anche lei, nessuno conosce la sua vera identità.

La campanella annuncia un minuto all'appello collettivo e alla capillare dannazione eterna, e all'esterno del microcosmo del nostro bagno si sente la porta principale aprirsi e richiudersi e un'ondata di chiacchiericcio che filtra dai corridoi.

«Lucy?».

Cole.

Faccio uno sforzo sovrumano per cancellare i rivoli di mascara colato, ma è tutto inutile: ho gli occhi talmente gonfi che riesco a malapena a vedere, e il cuore a mille al pensiero di trovarmi di nuovo davanti a Cole, al ricordo del fine settimana. Al ricordo di Ellie in accappatoio sulla veranda, la zanzariera che si chiude sbattendo prima che io trovi la forza di scusarmi.

«Vado nell'aula dell'appello», fa Griff, «e dico alla professoressa King che stai male». Abbozza un sorriso rapido, ma apparentemente autentico, e la seguo fuori dal bagno. Lancia uno sguardo glaciale a Cole, e a me dice: «Ci vediamo a matematica» e l'istante dopo sparisce, lasciandomi sola con Cole e una lagna di canzone su occhi marroni che diventano blu.

Gli occhi di Cole, né marroni né blu, hanno perso un po' del loro scintillio, sostituito da un velo di inquietudine.

«Margolis ti ha vista dirigerti da questa parte», spiega. «Volevo…». *Baciarti ancora.* «Dovevo vedere se stavi bene». Si passa le mani tra i capelli che ormai sono sparati a livelli epocali e io maledico il mio batticuore per essere così evidente.

«Non ho postato io le foto», dico. «Il mio telefono…».

«Lo so». Cammina avanti e indietro, quasi frenetico. «L'ho scoperto, tipo, un'oretta fa. Ieri sera io e John siamo rimasti a dormire alla baita. Avevamo passato tutto il giorno a riordinare, senza nemmeno controllare i cellulari. E lui stamattina mi fa: "Ehi, internet è esploso"».

«Hai chiamato Ellie?», chiedo.

«Non risponde, ha la segreteria. Oh, ho trovato un po' delle tue cose». Da una tasca laterale dei suoi bermuda verde oliva tira fuori una bustina con zip: dentro ci sono orecchini, forcine, patente, trucchi e chiavi.

«Niente cellulare», dico.

«Niente cellulare». Si preme il dorso del naso. «Questa cosa è folle. Ellie starà sclerando».

Gli racconto del fallito tentativo di colazione pacificante, e lo stomaco mi si rivolta per il nervosismo ancora acceso. Questa mattina da Ellie ho gettato troppo presto la spugna quando invece avrei dovuto parlarle in tutta sincerità. Quando avrei dovuto tirare fuori le unghie e costringerla ad ascoltare le spiegazioni e le scuse che merita.

«Non riesco a farmi una ragione che l'abbia scoperto da Facebook», dice Cole. «E tu…». La sua voce si fa più morbida quando incrocia i miei occhi ancora gonfi. «Non avresti dovuto affrontare… quella zona di guerra di Facebook». Affonda le mani nelle tasche, facendo scendere i bermuda più giù sui fianchi. «Sul mio niente di niente, solo le foto taggate...», conclude.

«Tocca sempre alla donna, è così che vanno le cose». Apro l'acqua e faccio del mio meglio per ripulirmi la faccia rigata. Occhi rossi e lucidi nel giorno della mia pubblica lapidazione? Ho avuto idee migliori.

Alle mie spalle, Cole sospira. «Non è giusto, c'ero anch'io lì».

«Posso sempre allearmi con i cappellini di stagnola». Gli racconto della protesta che quelli di MAL(e) hanno organizzato per me, ma invece di riderci sopra, Cole fa una smorfia.

«Non stanno... Lucy, protestano *contro* di te». Tira fuori un volantino giallo accartocciato dalla tasca posteriore e me lo passa.

LUCYGATE!
ENNESIMO ESEMPIO DI COME LA NOSTRA
OSSESSIONE PER I SOCIAL NETWORK
VIOLI LA PRIVACY, DISTRUGGA LE RELAZIONI
INTERPERSONALI E ALLA FINE SARÀ CAUSA
DEL CROLLO DELLA SOCIETÀ LIBERA.
SPECULARE SULLO SPUTTANAMENTO DI ALTRI STUDENTI
PER PROMUOVERE LA PROPRIA POPOLARITÀ
E AMPLIARE L'AREA DELLA PROPRIA TRACCIA ELETTRONICA
NELLA CLOUD NON VA BENE. VUOI FARE
QUALCOSA PER QUESTO?
UNISCITI A NOI PER L'ASSEMBLEA PLENARIA PRE-ESTIVA DI MAL(E).
BANDITI I TELEFONI CELLULARI.
CHIEDI INFORMAZIONI AD ASH HOLLOWELL, DI PERSONA. NIENTE
CLOUD, NOI FACCIAMO COSÌ.

«Li stavano distribuendo nel parcheggio», mi spiega. Sul retro c'è uno schizzo a pennarello di una che non posso che essere io – capelli rossi, stivali inguinali neri, il vestito – che scatta foto con un telefonino gigante. Il tutto circondato da un enorme cerchio rosso e una sbarra obliqua al centro.

Divieto di Lucy.

«Nel disegno sono proprio negati». Il volantino puzza ancora di evidenziatori, saranno stati svegli tutta la notte per scrivere a mano. Lo lancio nel cestino della spazzatura.

«Ehi». Cole mi fa scivolare una mano dietro il collo, un gesto amichevole fino a qualche tempo fa, ma che sulla scia del nostro bacio è tutto tranne che amichevole. «Possono dire quello che vogliono. Per quanto mi riguarda, è una cosa tra me e te e…».

«Toh, ma guarda che dolci». La voce è tagliente e trasuda disprezzo.

Non ho sentito aprire la porta del bagno, ma vedo l'immagine minacciosa di Olivia riflessa allo specchio, con gli occhi arrossati.

Lo fa intostare anche alle bottiglie di limonata!…

«Olivia!». Mi ritraggo da Cole, ignorando il brivido che mi sta risalendo lungo la spina dorsale.. «Mi dispiace così tanto. Qualcuno mi ha rubato il cellulare e ha…».

«Risparmiatelo». Ci passa accanto e stacca un asciugamano di carta dal dispenser.

«Era solo un gioco da festa», dico. Le mie parole difettano in convinzione, ma compensano in volume e velocità. «Le acque si calmeranno presto, vero? Tutti facciamo cose idiote alle feste».

Olivia inumidisce il pezzo di carta e se lo preme sul viso, soffocando un grugnito sarcastico.

«Pensa a tutte le cazzate folli che la gente farà alle feste di diploma tra qualche settimana», dice Cole. «Nessuno si ricorderà più della tua foto».

Olivia scopre gli occhi, accesi da una tale furia minacciosa che cozza con la sua corporatura mingherlina. Lancia l'asciugamano di carta appallottolato che finisce troppo lontano dal cestino, colpendo il pavimento con un tonfo sordo. «Mio padre l'ha vista e ha una memoria eccellente».

«La cloud è per sempre, Lucy Vacarro», mi sento echeggiare alle spalle.

Sbatto lo sportello del mio armadietto e mi giro di scatto, rimanendo delusa che la ragazza del MAL(e) che mi sta beffeggiando non sia Kiara Chen. Missione incauta a parte, l'allontanamento forzato di Kiara dai cappellini di stagnola è ingiusto. Le devo una spiegazione.

La minion che ho davanti in questo momento, invece, è una tipa di cui mi sfugge il nome, una sportiva in tuta da allenamento con il logo del Pescespada, capelli biondi screziati e le gambe lunghe e muscolose da nuotatrice. Tra le braccia, un oceano di volantini gialli.

«Non dovresti essere in giro a cercare Atlantide?», replico secca.

Lei, imperterrita, mi porge un volantino e per il resto della mattinata vado avanti così: strisciando lungo i muri grigio-marroni come un cacciatore di zombie, entrando e uscendo da aule e ripostigli per evitare Clarice, Marceau e vari altri ogni volta che individuo qualcuno che era alla festa.

Sfuggire ai volantini, comunque, non rientra nelle opzioni. Sono un virus cartaceo, si spostano di armadietto in armadietto, scivolano sotto le porte e sotto i banchi, si intrufolano negli zaini e nelle tasche. Impossibile fare un solo ripasso di esame senza essere molestata da battute sulla "cloud", perfino Griff ne ridacchiava in aula di analisi matematica quando avremmo dovuto calcolare la forza della pressione del liquido sui marshmallow negli stampini di gelatine della signorina Smolinski.

A differenza dei nostri insegnanti, la fabbrica delle chiacchiere sta lavorando a pieno regime e per la pausa pranzo è ormai chiaro che mangiare al mio solito tavolo in cortile con Cole e John – soprattutto con Ellie ancora latitante e tutti quei volantini appiccicati su ogni superficie piatta dello stato del Colorado – non è certo il modo migliore per far svanire lo scandalo. E allora decido di vedermi con l'unico compagno che sicuramente terrà il muso chiuso sulla cloud.

Principe Macula nitrisce quando mi vede entrare nella stalla, un nitrito di benvenuto più che di rimprovero. Trascino il seggiolino da stalliere vicino a lui e scarto il mio pranzo, felice di essere ignorata dagli altri cavalli e dai loro dolci e pacifici nitriti. Probabilmente sto violando almeno dieci diversi regolamenti di igiene e il gusto del mio panino uova e lattuga e del budino al cioccolato sono mitigati dall'odore di fieno e animali, ma almeno la compagnia compensa pienamente.

«Allora sei sopravvissuto al tuo primo ballo di Lavender Oaks», dico. «Tanto di cappello, amico. Non è un'impresa da poco».

Parla per te! Principe Macula batte sul terreno con gli zoccoli ancora ricoperti di brillantini.

«Almeno tu ti sei liberato del corno. Non ti faceva fare una gran bella figura». Scoppio a ridere al ricordo del fotografo della magica polvere di stelle, di tutta la stupida scenografia con il recinto e il fieno e le finte strobosfere. Ellie sarebbe morta, avrebbe convinto il fotografo a farci mettere in posa sul cavallo, io, lei e Griffin, in groppa senza sella con i nostri vestiti sfarzosi come tre Xena gemelle, leggermente più principesse che guerriere.

Ma così non doveva andare. Se Ellie fosse stata al ballo, io avrei passato quel sabato sera con i non morti invece che con lo stravivo-e-vegeto Cole Foster, sarei stata assente nelle foto a cavallo, ma ancora in possesso del mio cellulare e dei miei segreti e della mia amica del cuore. La persona più importante della mia vita.

Devo porre rimedio a questo.

«Vi do qualche consiglio, cavalli». Mi alzo dal seggiolino. Nei loro scompartimenti lungo il muro rizzano tutti le orecchie, scacciando mosche invisibili con le code. «State lontani da Facebook».

Principe Macula nitrisce. Traduzione: *e magari evitiamo pure di prenderci una cotta per i fidanzati delle nostre amiche del cuore.*

«Stai diventando un po' troppo sveglio». Gli passo ciò che resta del mio pranzo, una mela che è ben lieto di divorare, e gli accarezzo la macchiolina vellutata grigia tra gli occhi. «A domani, amico».

Trenta secondi e sono di nuovo nell'edificio principale, sommamente rilassata dopo il mio pranzo equestre, quando sento il ronzio funebre dell'interfono risuonare nei corridoi:

«Lucy Vacarro è attesa nell'ufficio della preside Zeff».

IL LATO AMICHEVOLE DELLA PRESIDE

«Ma è *paglia* quella?». Jayla abbandona ogni parvenza di compostezza e arriccia il naso, osservandomi entrare nell'ufficio. È appollaiata su una sedia di fronte alla scrivania di quercia della signorina Zeff, e con il foulard a motivi floreali e gli occhiali da sole che le coprono metà del viso sembra una bambina che gioca a travestirsi da grande.

Incrocio le braccia sulla mia canottiera nera e dico: «E tu che ci fai qui?»

«Si sieda, signorina Vacarro». La preside Zeff mi indica la sedia accanto. «So che i suoi genitori sono fuori città e sua sorella ha gentilmente rimandato i propri impegni per poter discutere di persona sulla situazione».

Fuori città?

Gentilmente?

Impegni?

«Situazione?», chiedo. *Fai la gnorri, fai la gnorri, fai la gnorri.* La preside Zeff sposta lo sguardo da me a Jayla e di nuovo indietro su di me.

Solitamente la Zeff mi piace. È preside da appena cinque anni per cui non è ancora arrivata alla fase stanca e odiosa, e non si inventa mai pretesti per romperci. Ha appena una decina d'anni più di Jayla ed è altrettanto carina con i capelli castani che le scendono ondulati sulle spalle e gli occhi nocciola. Discreta, dico sempre quando i miei mi chiedono di lei. Simpatica.

Ma per la prima volta nella mia vita, mi trovo nel suo ufficio, gli occhi fissi al di là dell'immensa superficie liscia della sua scrivania e la gola strozzata in modo decisamente poco simpatico.

«Un biscottino alle gocce di cioccolato?», dice alla fine, porgendo un vassoio ricolmo. «Trovo che le discussioni complicate si affrontino meglio con qualche dolcetto».

Mi chiedo se non sia stata per caso Griff a passarle questa teoria o viceversa. Quale che sia il caso, mi lascio andare sulla sedia come uno spaghetto scotto e allungo una mano verso i biscotti, prima piacevole nota del giorno.

Mi accorgo all'istante del grave errore. Merdosi biscottini all'avena e uvetta.

«Mi sembra di capire che ha partecipato a una gran bella festa questo week-end, signorina Vacarro». La preside spinge il vassoio dei biscotti dietro il monitor del suo computer ed estrae una risma di fogli gialli, i lavorini di quelli del MAL(e).

«È tutto okay, Lucy». Jayla si toglie gli occhiali e mi guarda con esperta compassione. «Qui puoi parlare tranquillamente».

«*Davvero?*». Le punto addosso occhi-pugnali fiammeggianti; alla signorina Zeff, invece, spiego: «Eravamo solo un gruppo di amici».

«Capisco». La preside sfoglia tra le sue carte ed estrae un foglio bianco dal fondo. «Sa cos'è questa?».

Mi sporgo in avanti per leggere il titolo. «*Linee di condotta contro il cyberbullismo nel distretto scolastico di Lavender Oaks*. Cyberbullismo?». Il battito del mio cuore passa dal trotto al galoppo. Sì, giusto, è uno schifo che qualcuno mi abbia sottratto il cellulare e abbia postato foto viscide, ma non ho certo bisogno che la preside combatta le mie battaglie. Miss Decenza probabilmente creerà una sezione apposita nella sua bolgia di fan page . «Non sono vittima di… non è una cosa così grossa. Non a quel livello, insomma».

«Ho visto le foto», dice lei. «*È* una cosa grossa».

Spezzo il biscotto in due e me ne lancio in bocca una metà, costringendomi a masticare.

«Voglio mostrarle una cosa». La Zeff digita qualcosa sulla tastiera, poi ruota il monitor così che tutte e tre possiamo vedere.

Facebook.

Azz. La preside Zeff non dovrebbe esistere al di fuori di questo edificio e sbirciare nel suo profilo Facebook è come beccare i miei che pomiciano sul divano.

«Le sto facendo dare un'occhiatina alla mia vita privata», dice, «perché voglio che capisca che i social network possono essere anche un mezzo positivo...».

«I fidanzatini di Jayla!», squittisce Jayla quando individua la sua faccia nella lista dei preferiti della preside. «E *Miss Pericolo*! Yes!». Poi strizza gli occhi accostandosi allo schermo. «Chi è Miss Decenza?»

«Una che si è inventata una pagina sullo scandalo del mese», rispondo, vedendo che la Zeff non apre bocca. «Nessuno sa chi sia». Guardo la preside inarcando un sopracciglio. «Lei è una sua fan?»

«È importante monitorare ogni voce che circola nella scuola, sì. Ma non commento mai. C'è un limite, signorina Vacarro, e gli adulti devono...».

«Coach!», strepita di nuovo Jayla, indicando i *like* della Zeff, scoprendo un altro interesse in comune nel paradiso social. «Le piacciono le borse Coach!».

«E *Cinquanta sfumature di grigio*», dico. Strepitoso. Adesso sarò costretta a fissare il sole per bruciare *queste* immagini dalle mie retine. Mi lancio in bocca un altro pezzo di biscotto. L'avena mi diventa pastosa sulla lingua.

«Bizzarro». Jayla arriccia di nuovo il naso in maniera tremendamente adorabile. «Tutti i suoi amici sono bambini».

«Cosa? Oh no!». La signorina Zeff scoppia in una risata. «*Sfornano* bambini, di continuo».

«Ma lei ha praticamente la *mia* età», le dice Jayla. «Un po' troppo giovane per amici con prole».

«Lo dica a mia madre. Scusatemi un istante». La preside si tuffa sulla tastiera, ripetendo a voce alta le parole mentre risponde a un messaggio che le è appena arrivato. «Grayson. È. Adorabile», dice-digita. «Adoro. Quei. Video. Di capricci». Poi ci sorride. «Visto? Posti episodi della tua vita e incoraggi i tuoi amici a fare altrettanto, un modo simpatico e di buon gusto per condividere momenti importanti senza farsi prendere troppo la mano».

Spunta un altro messaggio in cui qualcuno chiede se la preside Zeff "ha visto quello della vasca da bagno".

«Visti. Tutti. Quanti!», risponde lei, roteando scherzosamente gli occhi. «Neogenitori», ci spiega. «Sono molto... entusiastici. Ad ogni modo, il mezzo rimane decisamente innocuo fintantoché ognuno rimane rispettoso. Il rispetto è la chiave per avere interazioni positive sui social media».

Osservando i post che si caricano sulla sua bacheca, bimbetto lacrimoso dopo bimbetto lacrimoso, intuisco due cose: primo, che i profili Facebook dei neogenitori sono un eccellente strumento per il controllo delle nascite, e secondo che la preoccupazione della Zeff non è che io possa essere vittima di bullismo.

Ma che sia *io* il bullo.

«Signorina Zeff, io non ho postato quelle foto», dico. «Della festa?».

Il suo sorriso professionale si fonde in uno sguardo serioso che dice *io voglio aiutarti, ma prima devi aiutare te stessa dicendo la verità*. «Tecnicamente, la regola vuole che si prenda insieme in esame il manuale antibullismo».

«Ma io non sono un...».

«Esiste un manuale?», chiede Jayla.

«Qui prendiamo la cosa seriamente, signorina Heart». La preside sposta gli occhi di nuovo sul monitor del computer, sgranandoli improvvisamente per lo shock. «Diversamente da mia *madre* che non prende mai *nulla* seriamente! Da non crederci! Ha appena postato un commento su mio padre che ha guardato il sedere a una donna». La Zeff cancella il messaggio offensivo e mitraglia una risposta stringata: MAMMA STAI VIOLANDO DI NUOVO IL MIO SPAZIO PERSONALE.

Poi torna a dedicarci tutta la sua attenzione. «Quello che volevo dire è... Lucy, la scuola non ha bisogno di un altro scandalo e...».

«Signorina Zeff?», ronza la voce della sua assistente dall'interfono. «Spiacente di interromperla, ma ho sua madre sulla linea uno. Dice che è importante».

«Scusatemi signorine». La preside alza la cornetta e mormora qualcosa nel ricevitore, continuando a filtrare con gli occhi i messaggi Facebook. «Ciao. Sì, sto solo... capisco ma parlane con papà. Vivete nella stessa casa, per amore del... okay ma non postarli sulla mia pagina... certo che ti voglio bene, ma non posso... no, non voglio dire ciao a... ciao papà. No, sto bene. A scuola tutto bene, in realtà sono nel bel mezzo di una...». La preside incrocia rapidamente il mio sguardo, poi torna sul monitor. «Miss Decenza? Come fai a... clicca su "non mi piace". Deve esserci un pulsante... cosa sta lampeggiando? No. Ascolta papà, ne riparliamo più tardi, okay? Sono a una riunione con... adesso riattacco. Anch'io ti voglio bene. Ciao. *Ciao!*».

Tutto a un tratto la preside sembra esausta, come se fosse lei quella a cui hanno coperto di fango il profilo Facebook e che rischia forse di perdere l'amica del cuore e la cui preside legge *Cinquanta sfumature* e propina biscottini di fiocchi di avena e uvetta spacciandoli come agevolatori di conversazioni difficili.

«La situazione è questa, Lucy», mi fa in tono fermo. «Dal momento che l'episodio molesto non è avvenuto sui computer della scuola o durante l'orario delle lezioni, e non è un reato di odio generalizzato, legalmente non posso fare nulla, ma ho già ricevuto telefonate da alcuni genitori e la redazione dell'«Explorer» mi ha chiesto un comunicato ufficiale per il giornale... è una falla che sta diventando enorme e non possiamo lasciarcela sfuggire di mano».

«Ma non sono stata io a...».

«Falla enorme?», biascica Jayla. «Pensavo fosse il fallo a gonfiarsi e a sfuggire di mano».

«Falla, signorina Heart, falla... Altro biscottino?». La Zeff porge di nuovo il vassoio, ma io rifiuto. Fregata una volta, non ci casco più. «Ecco cosa dovrà fare», riprende poi a dire. «Vorrei che lei cancellasse tutte le foto del ballo dal suo profilo e postasse delle scuse formali, aggiungendo magari qualche parolina su cosa ha imparato da tutta questa…».

«Qualcuno mi ha rubato il cellulare…».

«Eppure ero certa che fosse il fallo». Jayla mordicchia gli occhiali da sole, palesemente contrariata.

«Agevolerebbe molto la situazione, signorina Vacarro», mi dice la Zeff, «se mostrasse dispiacere nei confronti degli studenti coinvolti. Olivia Barnes, ad esempio, ne è rimasta particolarmente traumatizzata, non fa che entrare e uscire dallo studio dello psicologo da stamattina».

Ingoio il grumo all'avena che ho fermo in gola. «Mi dispiace terribilmente per Olivia, ma anch'io ne sono rimasta scossa. Mi spieghi lei per quale motivo dovrei postare foto incriminanti di *me stessa*? Possibile che nessuno si renda conto di quanto sia assurdo?»

«Gli adolescenti fanno un sacco di cose nell'impeto del momento», ribatte la preside. «Purtroppo la combinazione di smartphone e social network fanno sì che un momentaneo errore di giudizio non si dimentichi più».

«Ma io non ho…».

«Signorina Vacarro», mi interrompe la Zeff, sollevando entrambe le mani in segno di *stop, nel nome dell'amore!* «È chiaro che lei era alla festa e che ha fatto delle scelte poco felici questo fine settimana, indipendentemente da chi abbia postato quelle foto. Darebbe solo il buon esempio se si limitasse semplicemente ad accettare qualche responsabilità in questa storia».

«Signorina Zeff», interviene Jayla, tornata finalmente tra noi sul pianeta terra, «scelte poco felici a parte, lei si rende senz'altro conto che è Lucy la prima vittima di questo atto di bullismo».

«Capisco che ci sono alcune zone d'ombra, signorine».

Bleah.

«Ma quali zone d'ombra», rispondo. «Io non ho fatto niente, punto».

«Voglio credervi. Entrambe. Lucy, il tuo rendimento scolastico è perfetto, i tuoi disegni parlano da soli. E Jayla, sono una sua grandissima fan. Mi sarebbe piaciuto far parte dello staff della scuola mentre lei era studentessa qui».

«Oh grazie», fa Jayla; io invece sto solo aspettando il fatidico "ma".

«*Ma* il fatto è che quelle foto sono apparse sul profilo di Lucy», riprende la Zeff, «che ovviamente sollecito a denunciare l'episodio a Facebook, ma la scuola non ha l'autorità di... di...». Gli occhi le finiscono di nuovo sullo schermo verso un nuovo messaggio della mamma.

Digita un'altra missiva inferocita – MAMMA! I CONFINI NON ESISTONO SOLO PER LE NAZIONI! – e si ricongiunge poi alla nostra conversazione, *multitasking* come Jayla quando guida. Mi sta venendo un colpo di frusta.

«Dal punto di vista legale, non ho alcuna autorità», risponde la Zeff, «ma se ravviso in questo scandalo rischi turbativi del processo educativo o scopro che alcuni studenti sono vittime di atti di bullismo all'interno della scuola a causa di quelle foto, ho il potere di perseguire... un'azione disciplinare». La Zeff ha almeno la cortesia di mostrarsi dispiaciuta, ma non abbastanza da decidere di prendere le mie parti.

«Prima fai le tue scuse», continua in tono contrito, «prima la cosa passerà. E non è quello che vogliamo tutti?».

E annuisce iniziando a dondolare la testa, e dondola e dondola e un attimo dopo la dondola anche Jayla e alla fine anche la mia testa inizia a dondolare. La preside Zeff ha ragione, io *voglio* che tutto finisca, non ci tengo minimamente a tener testa a dei bulli o a diventare un caso federale o una faccia su un cartellone per quelli del MAL(e); voglio tirarmi fuori da questa cosa, riprendermi le mie amiche e dimenticare come se tutto questo non fosse mai successo.

O almeno una buona parte.

Mi rassegno alle sorti di Facebook. «D'accordo, lo farò».

«Brava la mia ragazza!». La preside torna a sorridere e si mette a frugare in un cassetto per cercarmi una giustificazione di ritardo. «Adesso che questo è risolto, quale sarà la prossima mossa?»

«Signorina Zeff? Se lei permette», prende la parola Jayla, ostentando tutta la falsa autorità riconosciutale per la sua figura di mia temporanea tutrice, «preferirei riportare Lucy subito a casa con me per discutere la questione in famiglia e stabilire le mosse successive più adeguate. Oltre a postare le scuse formali, ovviamente».

«Oh, sì certo». La preside la guarda con occhi gentili, straripanti di ingenua credulità. «E... Lucy, so che è dura quando non si è portati per socializzare, ma esistono canali di sfogo più positivi per la frustrazione. L'arte, per dirne una, può essere molto utile come antistress. O lo hot yoga. Mia sorella soffre di ansia da socializzazione e ne ha tratto enormi benefici».

«Io non ho ansia da socializzazione». Sono socialmente annoiata, su questo non ci piove, ma non penso ci sia un hot yoga anche per questo.

«Facci un pensierino», mi dice la Zeff, legando cenno della testa e sorriso che vogliono dire *Sei già d'accordo con me sullo yoga, vero?*. «E ricorda che la mia porta è... scusate, un istante».

E via di nuovo il ticchettio di tasti con la Zeff che sibila fuori parole a denti stretti. «Maggie. ho. Già. Visto. Il video. Due volte. Adorabile!». Poi mi fa un sorriso forzato. «Su con la vita, Lucy. La mia porta è sempre aperta. Intesi?»

«Intesi», rispondo.

«Ottimo». E si riconcentra immediatamente sul suo profilo Facebook, pronta a scoraggiare i compulsivi della condivisione. «Vi spiacerebbe chiudere la porta uscendo?».

I CONSIGLI DI ANGELICA DARLING A UNA DONNA DILEGGIATA DA UNA DONNA ASSAI DEDITA AL DILEGGIO (COME ANCHE AGLI INGANNI, ALLE BUGIE, ALLE CONNIVENZE, ALLE PUGNALATE ALLA SCHIENA E A QUALCHE SPORADICO AVVELENAMENTO)

Nel parcheggio per i visitatori c'è un'elegante Porsche bianca con finestrini oscurati e cerchioni cromati lucidissimi, una 911 turbo truccata come quella guidata da Angelica Darling nel serial.

Se il mio scandalo personale è stato il primo segnale dell'apocalisse incombente e il permesso di uscita-anticipata-dalla-galera è stato il secondo, questa Porsche è decisamente il terzo.

«Non potevi noleggiare una Camry come qualsiasi persona normale?», chiedo.

«Mamma ha pensato che sarebbe stata una mossa astuta», mi risponde Jayla, sentendosi splendida con quel suo foulard in testa molto finta Jackie Kennedy. Schiaccia il portachiavi e la macchina si apre. «Sali».

«Ma che cavolo dici, Jay?»

«Hai mai sentito parlare di "basso profilo"? Chiudi la bocca e sali in macchina, non voglio che qualcuno mi riconosca».

«Idem», le ribatto. Jayla usa il suo nome d'arte da quando girò il suo primo spot commerciale per uno shampoo al primo anno di liceo e per quanto ne so io, Ellie, Griff e Cole sono gli unici del mio anno che sanno che siamo sorelle, ma chiunque sia dotato di una mezza cellula cerebrale sarebbe in grado di fare due più due e collegare i puntini della stringa di DNA. Lucy viene dallo stesso bacino genetico di Angelica Darling? Il mio quoziente scandalistico schizzerebbe alle stelle.

Sprofondo sul sedile anteriore senza discutere oltre, e sento subito il bollore della morbida pelle nera contro le cosce. Jayla schizza in strada ancor prima che io riesca ad allacciarmi la cintura.

«Sai cosa sarebbe fighissimo, miss basso-profilo? Se non mi ammazzassi prima di arrivare a casa. La giornata è già abbastanza schifosa senza dover anche morire in un terribile incidente».

«Non stiamo andando a casa». Brucia le curve che portano verso l'autostrada, schiacciando come una pazza sull'acceleratore con le sue scarpette rosa tacco dodici. «Andiamo in terapia». E sbatte le ciglia. «Shopping-terapia».

«Che schifo».

«Non fare la stupida. Quando la tua sorellina ricca ti invita a fare shopping, tu devi dire "che sballo!"».

«*Tu* devi essere sballata se pensi che un giro di shopping possa aggiustare tutto».

«Fare compere è l'unico metodo efficace per sopravvivere a uno scandalo», mi risponde. «Ci hanno fatto pure, ehm, studi clinici».

«Pensavo che dovessimo, cito testualmente, "discutere la questione in famiglia" o sbaglio?»

«Oh idea fantastica!». Jay si immette sull'autostrada scalando la marcia, facendo rombare il motore. «Ringraziami di aver già scaricato papà e mamma all'aeroporto quando la Zeff ha chiamato a casa e lascia fare a me il genitore adesso, d'accordo?»

«Aspetta. Cosa? E dove sono andati mamma e papà?»

«Laguna Beach», butta lì con disinvoltura. «Li ho spediti in un bel posticino da coppiette così io e te possiamo legare. Tranquilla: torneranno prima del diploma. Oh, mi hanno chiesto di dirti ciao».

Ignorando il mio sguardo stupito, Jayla si butta sull'autostrada e si lancia a tutta birra in mezzo a quattro corsie di traffico pomeridiano, portando entrambe, orfane di genitori, verso l'unico posto che odio più della scuola.

Il centro commerciale di Lavender Oaks.

«C'è una cosa che dovresti sapere», mi dice, trascinandomi sottobraccio nell'Apple store. Nessuno sembra accorgersi più di tanto di noi – appena arrivate le ho fatto cambiare foulard e tacchi con una felpa dei *Broncos* e un paio di infradito di Dick's Sporting Goods – ma Jayla rimane comunque teatrale anche in assenza di pubblico. «Mentre tu stavi buttando la mattinata con la tua istruzione, io monitoravo la situazione online. I tuoi compagni di classe sono dei bastardi».

«Fantastico». Sbadiglio. La shopping-terapia stanca. «La conversazione è del genere complicato che necessita di un biscotto?»

«Guarda... qui...». Jayla digita un indirizzo web su un iPad in esposizione e me lo gira a favore.

Il mio profilo Facebook, desolato fino a due giorni fa, si è trasformato adesso in un animato centro di comunicazione. La maggior parte delle vecchie foto taggate – io che bacio Cole, io che bacio Marceau, io e Cole nel suo letto – ormai sono storia; ce n'è una nuova, taggata dal profilo di Olivia, di me e Cole che usciamo dal bagno-rifugio emo questa mattina e qualche altra taggata da un nuovo profilo chiamato "Allerta spiona": io che vago immusonita per la scuola questa mattina e un'altra di me che salgo sulla Porsche – Jayla, fortunatamente, solo una macchia irriconoscibile – e la didascalia *Cole & Marceau non hanno speranze con questo paparino impaccato. La ragazza ha necessità! #scandalo.*

«Quale terribile virus potrebbe obbligarmi legittimamente a diplomarmi per posta?», chiedo con gli occhi lacrimosi di vergogna. «E dove possiamo procurarcene una fiala?»

«Lucy. Prima di tutto evita di piangere e rovinare la trasformazione firmata Sephora». Jayla mi strofina i pollici sotto gli occhi per correggere le linee. «Te l'ho fatto vedere per motivarti, per far uscire la leonessa che hai dentro, okay? Non puoi permettere che questa gente detti la tua vita. Sono dei piraña. E non spariscono dopo il liceo». Chiude la pagina e riappoggia l'iPad sul ripiano di esposizione. «Dato che la tua preside è inequivocabilmente pro-piraña...».

«La signorina Zeff è okay». L'ho retrocessa da simpatica a okay perché i biscotti all'avena e uvetta, in nessuna circostanza, possono essere spacciati per biscotti alle gocce di cioccolato. E poi, diciamocelo, la finta lettera di scuse che mi sta costringendo a scrivere è una boiata.

«A quella donna preme di più spuntare le voci del suo manualetto *Come fermare il bullismo* che fare il proprio lavoro», mi fa Jayla.

«Ma questo *è* il suo lavoro».

«Ho una strategia migliore per te». Jayla mi si accosta come se volesse condividere una teoria del complotto. «Quando posterai le tue scuse, scrivi che ti dispiace...».

Pausa teatrale. Occhi sgranati. Fiato sospeso tra il pubblico. Eeee...

«...che ti dispiace di aver sprecato quattro anni della tua vita con un branco di vomitevoli bacherozzi ciucciasangue che godono a montare tragedie per potersi succhiare il sangue della vittima innocente, a trasformare il dolore privato di una giovane donna in un trogolo pubblico per un mazzo di vermi piagnucolosi e pallemosce che si venderebbero le ceneri della nonna per cinque secondi di godimento alle spese di quelle donne senza le quali non saprebbero a chi invidiare le tette e su chi sputare falsità».

Io sgrano gli occhi. «Bacherozzi ciucciasangue?»

«Be', ovviamente sto parafrasando, Lucy. Il punto è: che mettano la boccuccia a culo di gallina e si succhino questo...».

«Come posso aiutarvi, signorine?». Il tipo della Apple evidentemente non deve aver riconosciuto mia sorella che sta facendo gestacci verso l'iPad e lui la fissa con una faccia della serie *se fai il dito medio alla mia merce, tu poi te la compri.*

E nel frattempo dà anche una sbirciatina alle poppe di Jay, tipo *dove siete state voi due finora?*

«In effetti...», Jayla strizza gli occhi sulla sua targhetta nominativa, «*Steve*, penso che tu *possa* aiutarci. Voglio questo iPad. Ne voglio due. E voglio anche un cellulare di rimpiazzo per mia sorella perché qualche somaro smucinafango ha rubato il suo per ignobili scopi offensivi. Non è forse la più grande ingiustizia della nostra era, *Steve*?»

«Scusi», dico io, «stamattina ha saltato le sue pillole. Pessima idea».

«Steve!». Jayla gli fa schioccare le dita davanti agli occhi. «Ci aiuti o hai intenzione di startene a fissare inopportunamente la *mia* di merce?»

«Uhm», mugugna Steve.

«Un'attività non esclude l'altra, Jay», le faccio notare.

«Cosa? Aiutare e molestare?», replica lei.

«Sì!». Steve è diventato del colore della salsa barbecue. «Cioè, voglio dire no. Sì, sono qui per aiutarvi. Come posso esservi, ehm, utile?»

«Concedici solo un istante per conferire». Jayla gli spara il suo sorriso da diva del cinema e gli fa segno di sloggiare con un molle cenno del polso al profumo di pera. Steve si trascina via mogio mogio dietro il Genius Bar con le spalle avvilite.

«Troppo?», mi chiede.

«Ma dài! Dici davvero?»

«Tutta questa cosa mi ha talmente alterata», dice.

«Steve?»

«Ma no! Lo scandalo, Lucy!», sospira lei. «È così tipico! Incolpare la donna. Adesso c'è un nome per questo, non come quando io avevo la tua età. Onta della sgualdrina. *Onta della sgualdrina*, Lucy! Se una ragazza fa sesso è ignobile, e il ragazzo invece? Bisogna essere in due per ballare il tango, o sbaglio? O qualsiasi altra cosa voi due stavate facendo nel…».

«Non stavamo facendo niente». *Tango?*

«Il punto è che è proprio quello che è successo nell'episodio sette della terza stagione», mi fa, «cioè quando tutti hanno pensato che Angelica fosse andata a letto con il fidanzatino della madre».

«Angelica *è andata* a letto con il fidanzatino della madre», sottolineo, per prima cosa. E secondo punto: i consigli di una troietta da fiction non hanno la benché minima utilità soprattutto considerato che, punto tre, io non sono una troietta. Non che lo consideri un disonore, ma anche volendo attenersi alla definizione più approssimativa, non lo sono. E punto quattro: «Jay, ti sei resa conto che non siamo in TV, vero?»

«Sto solo tentando di dare una mano». Dà un colpo di fianco contro il tavolo su cui sono ancorati gli iPhone. «Ecco che arriva il nostro *Steve*. Meglio che decidi che colore vuoi».

«Non devi comprarmi un cellulare, Jay, o un iPad».

Jayla sventola una mano in aria in segno di non rompere. «Ho detto che ti avrei portato a fare spese. Parola chiave: comprare!».

«Parola chiave: questo!». E mi volto per farle vedere le buste che ho già a tracolla: ombretto Urban Decay, eyeliner e mascara di Sephora; cinque diversi tipi di smalto OPI più un flacone di Burberry Brit che ha scovato mentre la commessa mi rifaceva il trucco; due paia di jeans Lucky Brand, occhiali da sole Gucci che coprono l'intera area della mia faccia e un paio di bikini nero e argento che coprono molto meno.

«Odio come sono finite le cose in California, okay?». Jayla sembra aver detto addio alla sua accanita sicurezza. «Tu infuriata peggio di Katrina e io... io che non sapevo proprio cosa dire. Non è stato il mio momento brillante come sorella, lo ammetto».

Il peso di quei ricordi mi schiaccia i polmoni spremendo fuori tutta l'aria in un sospiro. «Jayla, è che tu...».

«Permettimi di farmi perdonare», mi sussurra. «Scegliti un cellulare».

Steve inscatola il nostro apparecchio, inclusi accessori, custodia e pacchetto di assistenza Apple, e poi striscia allegramente la carta di credito di Jayla.

Il suo iPad emette due brevi pigolii.

«Proviamo di nuovo», dice e ristriscia due volte la carta, ma senza fortuna.

«C'è qualche problema?», chiede Jayla.

Steve ci soffia sopra e ritenta un'altra volta. *Stessi pigolii!*

Le dice che la carta è stata rifiutata con aria imbarazzata. «Probabilmente è un errore della banca».

Io sposto le buste stracariche da una spalla all'altra. «Probabilmente sta per fondere».

«La mia assistente deve aver dimenticato di avvertirli che ero in viaggio», liquida Jayla in tono sdegnoso. «Penseranno che è stata rubata. La chiamo più tardi e faccio sistemare tutto». E intanto pesca dal portafoglio un'altra carta, poi ricambia idea e carta. «Accettate anche bancomat, giusto?».

Steve sposta gli occhi da noi alla catasta di acquisti, poi torna sul davanzale di Jayla e si dà un buffetto in testa. *Eureka!* «Non ha detto che è un'insegnante? Ho dimenticato di farle lo sconto docenti».

Jayla scatta subito stizzita. «Insegnante? Io sono la...».

«Migliore insegnante di teatro della Lavender Oaks», finisco io. «La adorano tutti. È *super*teatrale».

Il totale di spesa crolla di ben duecento verdoni. La carta di debito funziona e una volta che Steve mi ha avviato e impostato il cellulare, ripristinando i vecchi dati tramite, ironia della sorte, la iCloud, ce ne andiamo da lì.

Jayla si porta una mano alla fronte e simula un mancamento. «Sono affamata. Cantina Blue?»

«Non devi chiamare Macie?», le chiedo. «Per le carte di credito?»

«Come se non avessi abbastanza contanti per un tex-mex... Per favore!». Parte tronfia verso la zona ristoranti, picchiettandosi sul polso. «Ehi, ragazzi e ragazze, sono le Margarita in punto!».

«Cioè, è così stupido», mi dice. «Steve non mi conosce. Non conosce il mio conto in banca». Tracanna il secondo Margarita e fa un cenno alla cameriera perché gliene porti un terzo e io ormai sono sicura che dovrò guidare la Porsche per tornare a casa.

Faccio buchini nel mio Virgin Daiquiri alla fragola con la cannuccia. «Ti ha fatto risparmiare duecento dollari, Jay».

«Ma è il principio!», ribatte lei, facendo il musetto che l'ha resa famosa: se fosse un cagnolino, sarei già lì a coccolarla. «Cioè, ha presunto che avessi problemi finanziari, dico *problemi finanziari*. Non mi ha nemmeno riconosciuta. Era dispiaciuto per me».

«O magari era dispiaciuto per *me* perché ho una tale rompicoglioni per sorella».

Jayla sbuffa. «Siamo ancora in tempo per restituire quella roba di Sephora».

«Toccala e muori».

«Non faresti del male a una mosca».

«A una mosca, no, a una sorella, sì», rispondo, brandendo la cannuccia grondante di cremolata rosa a mo' di spada. «Sono una distruttrice di zombie molto allenata. Non provocarmi».

Jayla scoppia in una risata vera, di gusto e quando la cameriera ci porta i nostri Mile High Nachos e i Veggie Fajita Rolls sfrigolanti, sono felice che mi abbia portata al centro commerciale. Seppur temporaneamente, mia sorella è tornata. Non Jayla ma Janey, e ci stiamo ingozzando di tex-mex, godendoci la musica ranchera, ordinando altre Margaritas e poi a lei viene quel luccichio di determinazione negli occhi che significa che la nostra seratina latinoamericana sta per diventare ancora più olé.

«Lucy! Lucy! Ommioddio!». Jayla incespica fuori dal sedile e mi afferra una mano. «Hanno un toro meccanico! Dài, saliamo!».

Io tento di trattenerla, di corromperla con la promessa di gelato fritto e caffè, ma quando Jayla Heart sintonizza la testa sul disastro pubblico, non c'è niente che possa fermarla.

Otto secondi dopo sto infilando quarti di dollaro in una scatola metallica, pregando il Dio delle Attrazioni Turistiche che mia sorella sia coperta da una dignitosa assicurazione medica e che a Cantina Blue, adesso, non ci siano fan di Jayla Heart, paparazzi di «CelebStyle», miei compagni di classe alla

Lavender Oaks e – tanto per stare sicuri – chiunque abbia uno smartphone connesso.

«Facciamolo, Toro! *Yuhu!*», urla Jayla quando il bestione prende vita, sobbalzando e cigolando. Le monete le danno diritto a cinque minuti e un vero cappello da cowgirl per la montata, cappello che si sta premendo in testa con una mano mentre con l'altra si tiene stretta al corno della sella.

Attorno le si raccoglie un gruppetto di uomini e ragazzini e la incitano a suon di "stringilo forte", "monta duro" e "faglielo vedere, bella". Tre minuti dopo, convinta di avere in suo completo potere sia il toro che il pubblico, Jayla lancia un urlo e il cappello in aria. «Vai, cowgirl, vai! *Ohh!*».

In un groviglio di gambe, braccia e infradito, atterra sul materassino di sicurezza, ridendo mentre il toro sopra di lei si ferma.

«Fanculo toro… fanculo tutti… stupidi… tori». Stesa sulla schiena, Jayla alza il medio verso il toro, ridendo, e dai sedili del ristorante spuntano altre teste incuriosite.

Un aiuto-cameriere ha già in mano il telefonino e smanetta con le dita sullo schermo, probabilmente per caricare un video della "cowgirl ubriaca" sul Muro della Vergogna del Blue Cantina. Dietro di me una mamma zittisce il figlio e chiede immediatamente il conto alla cameriera.

Siamo a un reclamo così da parte di un cliente per far arrivare il direttore a chiederci: «Tutto bene qui, signore?».

Mi inginocchio sul materassino accanto a lei. «È ora di andare, Jayla».

«Chiamami *cowgirl*!». Afferra il cappello lanciato via e mi getta le braccia al collo, due spaghetti mosci.

«È ora di andare, cowgirl. Molla il cappello». La aiuto a rimettersi in piedi e la guido al nostro tavolo. Consapevole che potremmo ancora essere guardate e filmate, sbatto un mazzetto di contanti di Jayla sul tavolo e raccolgo velocemente le nostre cose. Ho quasi guadagnato l'uscita, in equilibrio tra buste di acquisti e borse su un braccio e mia sorella aggrappata all'altro, quando lei si accascia.

«Oh Lucy! È orribile!», piagnucola, una pozzanghera bionda sul pavimento di finte mattonelle. «Sono un terribile genitore!».

«Tu non sei un genitore».

«Non sto dando il buon esempio», biascica. «Sono vergognosamente irrespregevole... sponsabile».

Con gli occhi stanchi, guardo Jayla raggomitolata a terra, la macchia di salsa sulla sua coscia, il bozzo del cappello infilato sotto il cappuccio della felpa. «Oh, fidati, sei un esempio *grandioso*».

«Se la preside Zeff mi vedesse, chiamerebbe subito i servizi sociali, mi rinchiuderebbero e butterebbero la chiave! In prigione si usano ancora le chiavi normali o sono, tipo, quelle elettroniche? I servizi sociali mi manderebbero in prigione? Sono orribile!».

E giù altri lacrimoni.

«Cristo, Jay. Come cazzo hai fatto a sbronzarti in questo modo?». Appoggio a terra le borse e le aggancio le braccia attorno ai fianchi. «Dammi una mano, cowgirl. Non ce la faccio...».

«Lucy? Di cognome Vacarro?».

Ritorno in posizione eretta e mi volto lentamente, stampandomi in faccia un sorriso festoso. «Marceau! Ehilà! Io sto... ehm... la lente a contatto di mia sorella... sei qui da tanto?».

Jayla mugugna stesa a terra.

Marceau mi guarda con occhi caldi e gentili e un sopracciglio scetticamente inarcato – unica nota di giudizio – e mi dice: «Lascia che ti aiuti, *chérie*».

Solleva in piedi Jayla, grugnendo per lo sforzo e lasciandosi usare come cavalletto mentre io raccolgo le borse. «Sono qui con la mia mamma ospitante», mi fa. «Dice che non posso lasciare il Colorado senza prima provare i Miles High Nachos».

«Mile High», lo correggo. «Solo uno».

«Un solo nacho?»

«No, un solo miglio. È l'altitudine», spiego.

«Benvenuto a Denver!», farfuglia Jayla. «Un miglio sul livello del mare».

Marceau sorride. Un sorriso da Oscar. «Nel mio paese si direbbe "Nacho un chilometro e sei».

Sento punzecchiarmi la nuca dal senso di colpa. Non riesco a credere che sia così dolce. Probabilmente gli ho rovinato la sua prima esperienza di ballo studentesco e adesso pure la sua esperienza ufficiale con i nacho, ma lui mi sta comunque aiutando a trascinare la mia sorella cowgirl ciucca fino in macchina senza protestare.

«Odori proprio proprio buono», gli fa Jayla, accostandosi al suo collo. «Mia sorella dovrebbe proprio accalappiarti».

«Ma non eri diventata una buffa pecorella?», le dico. «Adesso stai zitta, okay?». Poi mi rivolgo a Marceau. «So che è...folle, ma pensi che potresti... insomma, *non* dire niente a scuola di questo? Mia sorella è tipo...».

«Sono famosa!», farfuglia lei. «I tori mi si inchinano davanti!».

Marceau sorride ancora. «Riesco a capire perché».

Cerco le parole per una spiegazione ma sono certa che Jayla ha appena perso i sensi e Marceau non sembra ansioso di sapere. Difficile che possa riconoscerla; a meno che la sua mamma ospitante non sia una fan, lui probabilmente non ha mai visto una sola puntata di *Miss Pericolo*.

«Allora, sarà il nostro segreto?», chiedo.

Marceau fa una volta di sì con la testa. «Mio fratello maggiore è come lei. Sempre a fare festa».

Siamo alla macchina, Jayla sempre abbarbicata addosso a Marceau come una sciarpa mentre io rovisto nella sua borsa in cerca delle chiavi. Sistemati i pacchi nel bagagliaio e me stessa sul sedile del guidatore, Marceau depone dolcemente Jayla sul sedile accanto, lanciando il cappello da cowgirl sul sedile posteriore. Poi si sporge sopra di lei per allacciarle la cintura nell'esatto momento in cui lo sto facendo anch'io. E le nostre guance si sfiorano. I suoi lunghi capelli mi carezzano vellutati la guancia. I nostri sguardi si agganciano.

Per la miseria. Ha *davvero* un odore proprio proprio buono.

Perché non mi faccio piacere un ragazzo che non è collegato alla mia migliore amica?

Sospirando, lo ringrazio e avvio il motore. Marceau incastra le braccia molli di Jayla contro il suo corpo e chiude lo sportello. Mi osserva mentre esco dal parcheggio in retromarcia, impalato con le spalle ricurve, unico segno di rammarico per ciò che non può accadere tra di noi.

O magari per i nacho mancati.

~~Cari coglioni:~~ Ai miei compagni di classe di Lavender Oaks

~~Anche se non è stata per niente colpa mia,~~ sono ~~un casino molto~~ profondamente dispiaciuta per le fotografie apparse ~~senza nessuna mia colpa~~ su Facebook durante il fine settimana ~~dopo che qualche stronzo mi ha fregato il cellulare e ha violato l'accesso del mio account~~.

Sono d'accordo che le fotografie non siano appropriate per la pubblica diffusione ~~perché a differenza dello stronzo/a summenzionato io non sono una pervertita~~, e sono sinceramente dispiaciuta per ogni imbarazzo, dolore o guaio che possano aver causato ~~soprattutto quelle che stanno rovinando la mia vita in questo momento~~. Vi assicuro che le foto originali sono state cancellate dal mio profilo. Ho anche disattivato e sostituito il mio vecchio cellulare con il quale sono state scattate le foto e il nuovo cellulare non contiene né foto compromettenti, né password di social network memorizzate. ~~Per cui mettetevi l'anima in pace bacherozzi ciucciasangue.~~

Vorrei incoraggiare altri studenti a seguire il mio esempio ~~e alzarvi tante dita medie~~ e cancellare eventuali foto rimanenti, condivise o taggate, dal proprio profilo. ~~Soprattutto tu, Miss Decenza, idiota spettegovendola. È anche e soprattutto colpa tua se tutta questa cosa è iniziata. Scandalo del mese? Ma come ti è venuto in mente?~~

I social network possono essere uno strumento di comunicazione utile e divertente, ~~soprattutto per chi non è in grado di comunicare in situazioni di vita reale,~~ ma solo se tutti noi ~~decidiamo accettiamo~~ ci impegniamo a trattarci gli uni con gli altri con rispetto e dignità, sia online che offline.

Con sincerità
Lucy Vacarro

~~Ps: è la preside Zeff che mi ha costretto a scrivere questo~~
~~Pps: mia sorella dice: CIUCCIATEMELO~~

Mentre mia sorella è collassata sul mio letto, rileggo la lettera di finte scuse almeno una decina di volte. Alla fine la posto su Facebook e taggo una marea di persone che erano già taggate nelle foto originali, pronta a ricevere.

Sono una tale medusa invertebrata da non riuscire a capacitarmi che i miei tentacolini gelatinosi abbiano davvero la forza di digitare sulla tastiera, ma la preside Zeff ha ragione: questa cosa deve essere messa a tacere.

Compiuta la missione, mi rimetto la T-shirt con l'orso di Cole e controllo se Jayla respira. Viva ma totalmente priva di sensi e stasera non andrà da nessuna parte. Le sfilo i jeans e le rimbocco la coperta sotto le spalle. È una bimbetta persa sotto le lenzuola; mi infilo sotto anch'io accanto a lei, avvoltolandomi bene, sapendo che non la troverò qui quando mi sveglierò.

QUANDO NON C'È PIÙ SPAZIO ALL'INFERNO, I MORTI ANDRANNO NELLA SCUDERIA

«Regola numero uno». Un bisbiglio da dietro le spalle mi scatena brividi alla testa. «Mai scusarsi con le masse». Stamattina ho saltato il caffè pensando che Black&Brew fosse offlimits per me e non sono pronta ad affrontare un assalto di quelli del MAL(e). Asher Hollowell, però, non può sapere che non ho caffeina in circolo, per cui eccolo che zitto zitto è arrivato a tampinarmi dalla sua postazione di comando a rotelle come se comunicassimo in codice.

«Rilassati, operazione segreta». Chiudo il mio armadietto e mi volto. «La lettera è una richiesta diretta della Zeff. In caso non l'avessi notato, devo sganciarmi dal suo radar».

«E se ti dicessi che ti posso aiutare?».

Modalità sospetto inserita. «Aggiornerei il mio stato Facebook da "pesantemente seccata" a "moderatamente intrigata, ma cauta". Quindi, chi è l'artista?».

Asher giocherella con una cartellina gialla appoggiata sulle gambe, guardandomi diffidente. «Aspetta. Rientra *tutto* nell'aggiornamento del tuo stato o riguarda solo la parte dell'intrigata?».

Prima di venir risucchiata in questa conversazione in stile *Ai confini della realtà*, ho trovato un altro volantino infilato nell'armadietto e adesso glielo lascio cadere sulle ginocchia. «Chi è il responsabile di questi?».

SLOGGATEVI E SVEGLIATEVI
LUCY VACARRO È VERAMENTE
UNA STUDENTESSA DELL'ULTIMO ANNO
ALLA LAVENDER OAKS HIGH SCHOOL?
O UN ANDROIDE CREATO
DAI SERVIZI SEGRETI PER RACCOGLIERE DATI
SUI NOSTRI MOVIMENTI? SULLE NOSTRE CONVERSAZIONI?

SULLE NOSTRE MALSANE ABITUDINI ALIMENTARI?
SULLE NOSTRE FESTE? NON CREDETE A TUTTO
QUELLO CHE VI DICONO! METTERE IN DISCUSSIONE
L'AUTORITÀ NON È ANTIPATRIOTTICO:
È LA VOSTRA RESPONSABILITÀ DI PATRIOTI!
FACCI VEDERE IL TUO CERTIFICATO DI NASCITA,
SIGNORINA VACARRO!

Sul retro, un altro disegno di Lucy, sempre con l'abito vaporoso, ma questa volta con un'antenna che le spunta dalla testa e un quadrante a pulsanti sul petto.

Ash si preme una mano sulla T-shirt nera regolamentare. «Mi rifiuto di scusarmi di essere un vero patriota».

«In questo caso, potresti patriotticamente togliere il tuo culo dalla mia strada? Non ho nessuna intenzione di beccarmi una nota di ritardo per colpa tua».

Con uno scatto impressionante, Ash dà una sterzata di ruote a mano singola e mi blocca il passaggio. «Posso veramente aiutarti», insiste. «Ma ho bisogno di qualcosa in cambio».

«Non avrai il mio certificato di nascita».

«Lascia stare quello. Si tratta...», nel dirlo tamburella con le dita sulla cartellina. Il suono che produce sembra accendergli l'entusiasmo. «Unisciti a noi! Insieme possiamo combattere questa cosa! La forza è nei numeri, cosa di cui siamo più seriamente a corto. Ehm, i numeri intendo, non la forza».

Sfilo il mio nuovo iPhone dalla tasca e glielo sventolo davanti agli occhi. «Spiacente, con questo mi autoescludo».

«Abbiamo un programma specifico per quello».

«Un programma?».

Quando manca appena una manciata di minuti all'appello collettivo, i corridoi si stanno riempiendo e Asher si schiaccia contro lo schienale della sedia per evitare la fiumana di studenti. «Sì, una specie di Alcolisti Anonimi per gli schiavi dell'elettronica», risponde. «Con l'unica differenza che in realtà non è *anonimo*», e ride. «Se il regime tiene sotto controllo il tuo traffico mobile, come potrebbe essere *anonimo*?»

«C'è un regime di controllo del traffico mobile?».

Asher annuisce solenne. «La conoscenza è potere, Miss Vacarro».

«Allarme pezzente! Yuppy!», mi *boolulano* dietro Quinn e Haley, le amiche spiritelli di Olivia al ballo, scatenando le risate di un gruppo di studenti nei paraggi.

«Non frequentare Polposa Lucy, Asher», dice Quinn, «o finirai in una lista nera del governo».

Haley intona la sigla di *X-files*, scoppiando a ridere con Quinn mentre si disperdono tra la folla dell'entrata.

«Mi ha chiamata Polposa Lucy?», chiedo.

Asher mi guarda con occhi pieni di vera compassione. «Visto? Chi meglio di te potrebbe farsi voce dei pericoli dei social network? Dei processi online in un mondo i cui un "like" è una pietra e le condanne sono emesse con il click di un mouse?».

Sento avanzare strisciante un mal di testa dietro agli occhi e il suo nome è Asher Hollowell. E poi, Asher Hollowell non ha tutti i torti.

Forse ho veramente degli alleati in questa storia. Forse le illustrazioni di Lucy vogliono essere ironiche.

D'altra parte, però, Jayla una volta ha rilasciato un'intervista a «#TRENDZ», un giornaletto di spettacolo che una settimana prima aveva pubblicato alcune foto che la ritraevano, alle prime luci dell'alba, in piena passeggiata della vergogna dopo una notte nell'appartamento del suo assistente di studio. La redazione le aveva promesso la possibilità di chiarire per poi invece estrapolare le sue parole dal contesto e gonfiare lo scandalo.

«Devo andare all'appello», dico.

«Allora non mi lasci alternative». Asher apre la cartellina, rivelando un'impressionante collezione folle di stampate da siti web, annotazioni a mano su tovagliolini, post-it di vari colori, fotografie in stile CIA.

«Se non credi nella tecnologia, come fai a sapere del mio scandalo? E dove hai preso tutta la roba che hai nella cartellina?», chiedo.

«È un *dossier*». Mi si accosta, abbassando la voce. «Conosci il tuo nemico, Miss Vacarro. Abbiamo infiltrati all'interno. Controspionaggio nella *macchina immensa*».

«Macchina? Avevo capito che era un regime. Vedi, è questo il vostro problema nel reclutamento: troppi codici e neologismi. Le persone le intimidite».

Asher china la testa ed estrae pomposamente due pagine stampate a colori. Riconosco il logo di Facebook e quando vedo il nome della fan page, mi si secca la lingua.

Polposa Lucy: date una strizzatina alla succosa Lucy!

Digito l'URL nel browser del mio smartphone. Sul minuscolo schermo le foto di me e Cole sono solo in anteprima, ma il numero di visitatori fa paura. La pagina è stata aperta solo questa mattina ma ha già oltre duecento *like*.

«Per la cronaca», mi dice Asher, «non è piaciuto a nessuno della mia squadra».

«Nessuno della tua squadra ha Facebook».

«Sottigliezze tecniche». Infila di nuovo la stampata nel dossier, rimettendo in ordine i fogli con dei colpetti. «I disegni dei nostri volantini sono volutamente scioccanti, una tecnica di reclutamento. Ma questa fan page è solo crudele. Vogliamo aiutarti, Lucy».

Mi appoggio agli armadietti. Una vocina nella testa mi dice che Ash, a differenza di «#TRENDZ», è una brava persona. Un po' eccentrico, forse, ma non subdolo. Non paparazzi.

«Posso fidarmi di te?», gli chiedo.

«Forse Elvis è vivo e vegeto a El Segundo in un programma di protezione testimoni come informatore sui narcotraffici per l'FBI?».

Gulp.

«Significa sì», mi bisbiglia. «Ti puoi fidare di noi».

«E Kiara?».

Asher abbassa gli occhi a terra, arrossendo immediatamente. «In prova vigilata. Non devi preoccuparti di lei».

«Non sono preoccupata. Voglio che sia reintegrata. Le ho solo scattato quella foto perché gliel'aveva chiesto la madre».

«Kiara conosceva le regole quando si è iscritta», risponde.

«Il ballo di fine anno è un rito di passaggio, Ash. Alla mamma non si può negare una cosa del genere».

Asher si stropiccia il mento, soppesando il mio ragionamento. «Sono tutte qui le tue condizioni?»

«Metterai anche fine ai volantini con i disegni?».

Mi fissa negli occhi, esita qualche istante per lasciar passare un gruppetto di ex vampiri maschi. A differenza delle ragazze, loro non si fermano a fare battute, ma ci guardano e aggiungono pure qualche gestaccio osceno tipico del branco.

«D'accordo», mi fa alla fine. «Kiara è dentro e i disegni sono fuori. Consideralo fatto».

«Bene. Consideralo... considerato». Cosa si dice in queste situazioni? Affermativo? Roger? Evvai? «Ehm, grazie. Io ci...».

Un viso familiare sull'altro lato del corridoio intercetta il mio flusso mentale: Griffin è entrata a scuola.

Con Ellie.

«Ehi ragazze! Aspettate!». Mollo Asher e mi metto a correre tra la folla per raggiungerle. Quando ci riesco sono senza fiato. «Sei... sei tornata».

«Già. Ehi.». Ellie non mi guarda. «Non sono mica morta, sai. La pagina Polposa Lucy? Penso che sia orribile».

«Ovvio che no». Di fronte al suono sconfitto della sua voce, ai suoi capelli sottosopra, i miei occhi si riempiono di lacrime. «Mi dispiace di aver insistito ieri... con i dolcetti... volevo solo parlare e...». Ellie rimane con gli occhi fissi sulle mie Converse bianche, sui piccoli teschi che ci ho disegnato sopra tutto l'anno.

Dopo un'eternità di sofferto silenzio, Griff le fa scivolare un braccio sulle spalle, la raffigurazione per antonomasia del sostegno tra amiche.

Poi a me dice: «Informa il professor King che non verrò all'appello».

Nella prima ora di analisi matematica, lo stampino di gelatina ha lasciato il posto a un parallelepipedo alle pesche del Colorado e la signorina Smolinski sulla lavagna bianca compone una storia d'amore tra equazioni differenziali e prodotti da forno. Esattamente il tipo di cabaret accademico su cui io e Griff ci saremmo messe a scambiarci messaggi di nascosto, ma adesso che Ellie è di nuovo in scena, Griff mi snobba.

Se questo significa *non* prendere le parti…

«E la soluzione è pura eleganza», sta dicendo la Smolinski, ma invece di prendere appunti, io sono nascosta dietro il libro di testo per dare un'occhiata alla pagina della Succosa Lucy sul nuovo cellulare.

Confermato: Ellie, Cole, Griff, Marceau e i membri dei Vanitas non sono nell'elenco dei fan, ma con più di duecento *like*, rimane dentro gran parte dei miei compagni di liceo, oltre a una decina di ragazzini che nemmeno frequentano Lavender Oaks.

Ci trovo le solite foto che mi radono al suolo, più uno scatto di me e Asher di questa mattina titolato: *ti faccio vedere il mio bunker segreto se tu mi fai vedere il tuo*. Anche la mia lettera di scuse è stata ripostata, completa di commenti critici del tipo *il tuo esempio è andare a letto con il fidanzato della tua migliore amica!* e *dovresti scusarti di essere nata!* oltre al semplice ma classico *TROIA!*

Forse avrei dovuto seguire la traccia dei bacherozzi ciucciasangue suggerita da Jayla.

«Non c'è problema al mondo che l'analisi non possa risolvere». La Smolinski sta ancora scribacchiando sulla lavagna con accanita determinazione. Sul cellulare mi arriva una notifica di messaggio.

Cole: *ho visto su fb k hai un nuovo cell. Spero k qst sia il 1° msg k ricevi:-) OH CIAO CELL DI LUCY!*

Io: *hai vinto. Mi hai salvato dalla storia d'amore di analisi della Smolinski adesso. :)* tralascio di scrivere la parte in cui vedere il suo nome sul cellulare mi fa scoppiettare tutto dentro.

Cole: *zzzzz ;-) … ttt ok? Io e john stiamo cercando di capire chi ha fatto la fan page. Nn sa niente nessuno.*

Io:
Ma cosa sto facendo? Ellie ancora non mi parla; Griff fa la voltafaccia; lo scandalo sta varcando i confini del distretto scolastico. Se Cole ci si infila ancora di più dentro, la fabbrica dei pettegolezzi macinerà a tutta birra e per Ellie diventerà ancora più difficile.
Qualsiasi cosa sia accaduta tra me e Cole, qualsiasi cosa rimanga ora... deve tornare in una fase di ipersonno.
Cole: *ti prg parlami. Preoccupato x te. Voglio aiutarti :-/*
Io: *sto ok. Vado.*
Questo #scandalo deve assolutamente finire, ma come? La lettera di scuse ordinata dalla Zeff si è rivelata un vicolo cieco; senza nessuna offesa per la signorina Smolinski, ma nemmeno la matematica avanzata riuscirebbe a tirarmi fuori da questo casino. L'offerta di Asher mi guizza in testa, ma... no. L'ultima cosa di cui ha bisogno la mia reputazione è un'affiliazione con quelli del cappellino di stagnola.
Mi serve un sostegno solido.
Altrimenti noto come (ex?) amici.
Dopo aver arrancato per il resto della lezione di analisi, superato letteratura inglese, fisica e una breve parentesi di pianto con le Indigo Girl in sottofondo nel bagno emo, mi dirigo di filato alla mensa per intercettare Ellie prima di pranzo.
Abbiamo sulle spalle sei anni di leale amicizia del cuore, per quanto ancora potrà continuare a ignorarmi? Soprattutto nei "martedì fritti" quando io e lei facciamo squadra per rubare le patatine nei piatti di Cole e John? Abbiamo un viaggio in macchina da programmare, arredi per la stanza da scegliere, il resto della nostra vita da mappare.
Insieme. Inseparabili.

Lasciami in pace, Lucy!
La furia di Ellie rimane in sospensione come una nuvola temporalesca mentre mi trascino mogia verso le stalle. Detesto

fare il cliché ambulante per due giorni di seguito, ma la mensa ormai è troppo dietro le linee nemiche, totale zona rossa. Temo che verrei intercettata da più di una patata-drone.

Portapranzo e blocco da disegno alla mano, supero i box degli altri cavalli e raggiungo quello di Principe Macula, rilassandomi all'istante in sua presenza.

E non sono l'unica.

Franklin Margolis è già in piena socializzazione con il mio amichetto equino, studia la scena e prende appunti sul suo blocco giallo. Ha lasciato la tracolla appoggiata su una balla di fieno subito fuori del box.

«A che scoop lavori, strillone?». Mollo a terra lo zaino e mi butto seduta sul fieno.

Franklin non sembra né divertito né sorpreso di vedermi. Rimane esitante con un sorriso educato stampato in faccia mentre probabilmente sta scansionando il suo personale vocabolario giornalistico per un sinonimo di "schizoide dissociata" per potermi descrivere adeguatamente nel suo articolo.

«Lucy Vacarro, forse puoi assistermi». Il suo accento britannico ne potenzia l'aurea di intelligenza tanto quanto quello di Marceau ne potenzia il fattore bocconcino. «Sto intervistando gli equini sui maltrattamenti subiti la notte del ballo studentesco. Presunti maltrattamenti, in realtà. Devo ancora individuare il corno dorato di cui si dice in giro, ma sembra che il comitato abbia utilizzato una supercolla per decorare gli zoccoli», dice, indicando con la testa le zampe di Principe Macula ancora scintillanti di brillantini.

«Idee?»

«Mi appello al diritto di non rispondere».

Franklin mi si siede accanto sul terriccio, sostituendo il blocco degli appunti con il pacchetto del suo pranzo. «A dire il vero, cercavo te, tesoro. Ho visto che venivi qui nelle scuderie a pranzo ieri e speravo di trovartici anche oggi. Ed eccoti qui».

«Ed eccomi qui. E potrei sapere per quale motivo sarei braccata dal caporedattore del giornalino? Vorrei andarci piano con la pubblicità per un po', se non ti dispiace».

Principe Macula fa un nitrito, scuotendosi tutto, come se volesse dirmi *ti copro io le spalle, Lucy Belle*.

«La pubblicità non mi interessa», risponde Franklin. Sotto i ricci castani, i suoi occhi sono vigili e sinceri e non distoglie lo sguardo mentre parla. «Quello che mi interessa è la tua storia. Inutile dire che ho visto le foto e la pagina di Polposa Lucy, di cui, per inciso, non sono fan».

«Dicono tutti così». Ammetto però che con il suo accento *British* suona tutto decisamente meglio, più ufficiale.

«Non vado pazzo per la spazzatura online acchiappafan», dice, «e, tanto perché tu lo sappia, penso che sia una porcata quello che ti stanno facendo per qualche incresciosa fotografia».

«Tanto perché tu lo sappia, non le ho postate io».

Franklin annuisce. «Diciamo che ti credo».

«Ti credo», diciamo contemporaneamente. Scoppiamo a ridere insieme, inaspettatamente, considerato che ho appena scoperto che Jayla mi ha messo delle olive nella mia insalata di uova. Tutta la mia gratitudine per avermi preparato l'insalata, Jayla, ma le *olive*? Che cosa ti stanno mettendo in testa quegli insensati di Hollywood?

«Qualche idea su chi possa averlo fatto?», mi chiede.

Ci ho riflettuto un centinaio di volte ma non sono mai arrivata a capo di niente. Non c'è stato nessuno alla festa che si sia salvato dalle foto. Sbronzi, pomicioni, culi in bella vista, fumati, nessuno ne è uscito illeso. Per quanto ne so io, nella baita potrebbe essersi introdotto un orso che si è fregato il mio cellulare, ha scattato le foto e poi si è dileguato, caricando in rete le prove incriminanti dalla sua tana segreta nel Wyoming.

Plausibile come ogni altra spiegazione.

Scuoto la testa.

«Ciononostante…», dice Franklin, tirando fuori una lattina di ginger ale e un cartoccio di falafel dal suo portapranzo, «vorrei che tutti a scuola leggessero la tua versione della storia».

«E come? Nemmeno i miei amici vogliono sentirla».

«Un'intervista esclusiva». Stacca un paio di morsi, manovrando abilmente il cartoccio. A me si sarebbe già spappolato in mano.

«Tu che produci le tue prove, che parli di quanto sia pericoloso giudicare senza conoscere i fatti e che inviti gli altri studenti a una discussione sana su...».

«È così dolce».

Franklin inclina la testa.

«Il tuo cieco idealismo», spiego. «La tua fiducia nei nostri compagni di scuola».

«Pensi che non siano in grado di discutere intelligentemente su una questione in un forum pubblico neutrale?».

Io soffoco una risata. «Sono sicura che tutte le discussioni si stanno consumando sulla pagina di Miss Decenza. Senza offesa, ma se voglio consigli sui miei compagni di scuola, faccio prima a inviare un messaggio a lei».

«Strano. Non ti facevo tipa da Miss Decenza». Divora l'ultima falafel e ripiega tovagliolo e cartoccio, riponendoli accuratamente nella borsa marrone. «Ascoltami. Non puoi fare finta di niente. Cioè, potresti, ovvio, ma ti diplomeresti con questo scandalo sul groppone e tra vent'anni, al primo raduno di classe, ti chiamerebbero ancora Polposa Lucy perché la gente è crudele e meschina e annoiata. È quello che vuoi?»

«Non ho nessuna intenzione di partecipare a raduni di classe».

«Era solo un esempio. L'ironia americana non è il mio forte».

Infilo quel che resta del panino nella busta e tiro fuori una barretta di cereali, in realtà una barretta di fibre. L'ultima volta che mi faccio preparare il pranzo da Jayla.

«Grazie per l'offerta», dico, «ma non sono interessata a un'intervista». Per aggiungere altra carne sul fuoco? Tra noi distruttori di zombie la chiamiamo "campanella per la cena" ed è il modo più rapido per farti divorare.

«Sei sicura?», dice Franklin.

«Voglio solo aggiustare le cose con la mia amica del cuore. Ellie Pike, la conosci? È quella che… con Cole… Cole è quello che io…». Scuoto la testa per sbloccare le parole. «Non mi parla più».

«E pensi che Miss Decenza possa aiutarti?», mi chiede.

«Chissà. Barretta di fibre?», chiedo, porgendogliela.

«Ci vado abbastanza regolare, grazie». Franklin ha l'aria tirata. Picchietta con un dito un lato della lattina, guardandomi negli occhi. «Quindi non vuoi concedere a me un'intervista, ma non ti faresti problemi a cazzeggiare con un'anonima lingualunga della rete?»

«Perché no?»

«Hai più chance di farti sentire sulle pagine dell'«Explorer», credimi».

«È un fatto?»

«Tecnicamente un'opinione, ma un'opinione valida che, a differenza di quell'orrenda colonna di gossip, merita di essere considerata seriamente».

Franklin incrocia le braccia sul petto, senza la minima perplessità nello sguardo. Le sue intenzioni sono amichevoli, ma la sua assoluta sicurezza mi suona come una sfida, come i novellini che iniziano a giocare a *Distruggi il morto vivente* sicuri di sbaragliare il mondo e poi finiscono per andare loro allo sbaraglio da soli, facendosi ammazzare.

«Non giudicare Miss D. solo perché non si dà le arie della studentessa modello che ha chissà quale dannato importantissimo discorso da fare», dico.

«Il tuo discorso tiene a metà», risponde lui con un sorrisetto sbilenco. «E per l'altra metà non tiene affatto».

«Voglio solo dire che se sei così giusto ed equilibrato, dovresti sostenere ogni forma di giornalismo. Anche quello di Miss Decenza». Afferro il cellulare e accedo al campo di battaglia del mio account Facebook. Qualche digitata dopo sono ufficialmente una fan di Miss Decenza e scrivo di getto un messaggio alla grande consigliera del nostro tempo.

Da: Lucy Vacarro
Cara Miss Decenza:

avendo tu il polso della situazione come proprietaria del più popolare canale di gossip di Lavender Oaks, probabilmente sai già chi sono. Recentemente mi sono trovata invischiata in uno scandalo per alcune foto scattate a una festa post-ballo studentesco, in parte a causa del tuo continuo incoraggiamento a documentare gli scandali.

In un certo senso, si potrebbe anche dire che mi devi un favore.

Lungi da me giudicare, naturalmente. Mi rendo conto che fomentare lo scandalo è il tuo settore e io non sono certo tipo da ostacolare le scelte di vita di altri studenti. Eppure, ritenendoti equa ed equilibrata, ho pensato che ti avrebbe fatto piacere conoscere la verità.

Nonostante tutto sembri dimostrare il contrario, io non ho postato quelle foto e non ho avuto relazioni sessuali con il soggetto maschile delle stesse. Vorrei riabilitare il mio nome e ricucire il rapporto con la mia migliore amica che attualmente non mi rivolge la parola proprio a causa di questo disastro (il soggetto maschile di cui sopra fino a qualche giorno fa era il suo fidanzato).

Sono certa che ne sei a conoscenza.

Ad ogni modo, alla Lavender Oaks si dice che tu sei quella a cui ci si deve rivolgere per un consiglio. Per cui... ne hai uno per me?

Sinceramente tua
Vilipesa e Offesa

«Vilipesa e offesa?». Franklin scoppia a ridere quando gli mostro il messaggio.

«Be', sai, come nelle rubriche dei consigli ai lettori dove si firmano tutte "abbandonata a Sacramento" o "Afflitta e disperata". Cerco di essere quanto più possibile credibile».

«Sull'«Explorer» non avresti bisogno di fingere credibilità. *Offesa*, buon Dio!».

Esco dal mio profilo Facebook sentendomi leggermente meno distrutta di quanto mi sono sentita quando Ellie mi ha mandato al diavolo. Fortunatamente Jayla non ha fottuto anche la mia porzione di budino al cioccolato e sollevo la coppetta in un brindisi. «Franklin, vecchio mio, sono stata definita molto peggio e ancora sono qui a raccontarlo».

Franklin alza la sua lattina di ginger ale con il suo astuto sorriso sbilenco. «Puoi dirlo forte».

CON AMICI COME QUESTI NON SORPRENDE CHE ANGELICA DARLING MASSACRI I SUOI

Miss Decenza
2983 like 👍
788 utenti ne parlano

Mercoledì, 30 aprile

Il Mercoledì delle Parole Sagge di oggi – un *meme* che ho appena ideato perché è mercoledì e perché io sono prodiga sia di parole che di saggezza – sarà dedicato a una coppia di ex amiche nel mezzo di uno spinoso #scandalo, i cui dettagli sono stati già ampiamente divulgati.
In situazioni di pugnalate alle spalle come queste, voglio chiedere CAAD: Come Agirebbe Angelica Darling?

Ogni volta che un amico ha fatto il doppio gioco con Miss Pericolo, lei l'ha fatto fuori, mossa che nel nostro caso non è né un'opzione contemplata, né una buona idea. Nonostante io stessa talvolta confonda l'una per l'altra, qui siamo nella vita reale, non in televisione.
Se da una parte i tradimenti tra amici del cuore non sono certo senza precedenti, le parti "offese" dovrebbero avere la saggezza di verificare le prove. Mettere fine a un'amicizia è una decisione seria e spesso irreversibile, e senza un'assoluta prova di tradimento si potrebbe incorrere in gravi errori.
Se sei tu il presunto traditore e stai cercando di rimediare, perché non farti avanti con tutti i tuoi sentimenti onesti e sinceri? Se cerchi una piazza in cui aprire quella vena, Miss D. è la ragazza che fa per te, ragazza. Chiamami Svizzera, sarò imparziale. O era neutrale? Bah, quale che sia, consideralo un invito a far sentire la tua voce!

E già che siamo in argomento di voci, voci che circolano, in tempi drammatici come questo, vorrei ricordare che chi abbocca ottusamente fa la fine del boccalone.
Ora, io non ho idea di chi possa essere questo signor boccalone, ma sono pronta a scommettere che se fosse uno studente di Lavender Oaks, si concentrerebbe su questioni ben più pressanti, come per esempio l'organizzazione dell'attesissimo scherzo dei diplomandi. E se incanalassimo la nostra rabbia collettiva verso qualcosa di più produttivo, tipo riposizionare l'automobile della preside Zeff sul tetto della scuola o dare

alla statua del nostro Pescespada di ferro una bella riassegnazione di sesso? Sto solo elargendo qualche suggerimento, ragazzi. La rappresentante di classe, nonché grande equinofila, Margo Hennessy mi comunica che l'appuntamento ufficiale per i preparativi si terrà a dove-sapete-voi, il giorno-che-sapete-voi, all'ora-che-sapete-voi in punto. A meno che *non* lo sapete e in tal caso non sapete nemmeno cosa vi state perdendo.

Cervellotico, direi, ma sapete cosa manca a me di più in questo momento? Una bevanda da adulto.

xo – Ciao! – xo

Miss Decenza

SE NON PUOI SCONFIGGERLI, FATTELI ALLEATI E SUBITO DOPO ANNIENTALI, PERCHÈ NON SI ACCORGEREBBERO DI TUTTA LA MERDA CHE GLI STA PER ARRIVARE ADDOSSO

Deve essere proprio una settimana fiacca di notizie se il caporedattore del giornale della scuola e la *gossip blogger* mi stanno offrendo entrambi spazio per dire la mia. Senza contare l'invito di Asher del MAL(e) ieri. Un modo per fare gruppo in tempi di crisi, tutta gente con cui non ho mai scambiato una sola parola prima d'ora!

Stracciato il mio record personale a Fruit Ninja durante la camminata fino a scuola, chiudo la custodia dell'iPad e mi fermo a sorseggiare un caffè da Black&Brew ormai riabilitato giacché la mia dipendenza è più importante delle vendette meschine. Stamattina ho fatto un'altra alzataccia e varco il portone della scuola con una missione ben precisa: fare il cambio di alcuni libri dal mio armadietto e intrufolarmi nella sala dell'appello senza confronti, accuse o inviti. Non che mi dispiaccia tutto questo improvviso sostegno – soprattutto alla luce dell'esplosiva popolarità della pagina di Polposa Lucy – ma i miei migliori amici non dovrebbero leggere la mia difesa sulle pagine di un giornale o nell'arena di Facebook. È una questione privata tra amici (e, okay, conoscenze non così amichevoli che si sono trovate invischiate nello scandalo delle foto), *non* una specie di grido di richiamo pro-balene o anti-social.

A meno che non ottenga una T-shirt in regalo e/o un Veggie burrito di Chipotle, la mia faccia non la presto per nessun manifesto di denuncia.

Anche se adesso il mio armadietto ne è totalmente ricoperto.

Ignorate la donna dietro questa cortina di mistero e contraddizioni!

«Stiamo cercando di tirarli via», mi dice John mentre mi avvicino. C'è Cole con lui e sta grattando la superficie di metallo con violenta determinazione, dalla tasca posteriore gli spuntano le bacchette da batteria. Avranno avuto le prove della band stamattina in palestra: i Vanitas suoneranno al pre-partita di venerdì prossimo.

A terra c'è un mucchio di brandelli di volantini, ma chiunque li abbia attaccati, si è impegnato seriamente perché rimanessero a lungo: le stampate della ignobile foto del letto sono state fissate sull'armadietto a più strati con un resistente nastro adesivo telato.

«Creativo», mormoro. Secondo le scritte a pennarello sulla foto sono, nell'ordine: una spiona, una troietta, una rovinafamiglie e una brutta stronza che *ne* avrebbe grande bisogno. «Ma inconsistente».

Mi siedo a terra scivolando con la schiena contro l'armadietto accanto.

Aria fredda si insinua nei miei jeans strappati, supera le calze a rete porpora e mi colpisce la pelle. Non riesco a guardare John dritto negli occhi, ma mi scuso per la foto dello stagno.

«Scherzi? È la cazzata più divertente che abbia mai fatto. Non preoccuparti per me». Mi solleva il mento perché lo guardi e il suo sorriso mi dà sollievo. «Intesi?».

Rispondo con un sorriso. Forse questo inatteso sostegno da più parti non è poi così accio dopotutto.

«Devo scappare». John mi strattona una treccia, dando poi una spallata a Cole. «Ci becchiamo più tardi». Andandosene, raccoglie i brandelli di volantini e li lancia appallottolati in un cestino.

Cole continua a graffiare l'armadietto con le chiavi della macchina tentando, invano, di strappar via un altro strato di carta.

«Lascia stare», gli dico, «tanto ne attaccheranno altri. È ovvio che qualcuno ha tutte le intenzioni di umiliarmi».

«Umiliar*ci*», corregge Cole. Con la chiave indica una foto e picchietta sulla sua faccia pixellata. «Ci sono anch'io con te».

Dentro di me sento l'ardore miscelarsi al senso di colpa, come una malerba che soffoca un fiore; scandaglio il corridoio semibuio per controllare che non ci siano cecchini armati di cellulare. Solo qualche insegnante, ma del resto è presto, la maggior parte degli studenti è ancora a casa a prepararsi la colazione.

Cole si accovaccia di fronte a me, avvicinandosi con la testa. «Ti ho cercata nel bosco ieri sera», mi dice sottovoce. «Niente Lucy, niente Notte del cane vivente. Spike inizia a sentire la mancanza del suo amico del cuore».

«Già, la situazione è un po' estrema a casa. I miei sono in California e mia sorella è tornata per l'estate, per cui è un bel... problema».

E poi non volevo incontrarti da sola. Ti sto evitando perché ogni volta che mi guardi in questo modo è una stilettata. Smettila di guardarmi così. Non smettere mai di guardarmi così.

Cole ruota sulle punte dei piedi e mi si siede accanto, appoggiando le bacchette a terra. Le nostre spalle si toccano e l'atmosfera è del tipo siamo-i-più-grandi-amici-del-mondo, se non fosse per il fatto che il mio cuore sta impazzendo a un ritmo non da amicone.

«Va meglio tra te e Jay?», mi chiede. È stato lui a portare Ellie in aeroporto per recuperarmi di ritorno dal disastro estivo californiano. In quell'occasione non sono stata a dare dettagli, ma si capiva che io e Jay avevamo avuto una lite epocale.

«Così così», rispondo. «Sta... facendo tentativi». Mi stringo le ginocchia al petto, avvolgendomi in un abbraccio. «È dispiaciuta per tutta la storia dello scandalo».

«Già...». Cole si passa una mano tra i capelli perennemente arruffati. «Ieri sera finalmente ho parlato con Ellie. Ben cinque minuti tondi».

«Cinque volte più di quello che ha concesso a me».

«Sono più che certo che odia me più di quanto odia te», mi fa Cole.

«Se odiasse te, non avrebbe motivo di odiare anche me perché tra chi odia e chi è odiato... non... conosci il modo di dire, no? Tipo che il nemico del tuo nemico non è tuo nemico, per cui...».

«Basta così. È ora di passare al deca». Allunga una mano e mi arraffa il bicchiere di caffè, beve un sorso come se ci conoscessimo da secoli e solo adesso, all'indomani di tutte le scintille, realizzo che l'ha sempre fatto. Ogni cena con cinema a cui lui ed Ellie mi trascinavano come terzo incomodo, ogni raffazzonata uscita a quattro che combinavano per me, Cole ha sempre spiluccato le patatine dal *mio* piatto, sempre rubato il gran boccone finale del sandwich con pane di segale e formaggio grigliato o del brownie *à la mode* di turno. Non dal piatto di Ellie ma dal *mio*, come se avessimo sottoscritto una specie di tacito accordo di condivisione patatine, e io l'ho sempre lasciato fare. Era una cosa tra me e lui, accettata e irrilevante, significativa solo con il senno di poi.

«Dopo il diploma?», mi fa, restituendomi il bicchiere. I suoi occhi color verde rame sono di nuovo inondati di luce, i volantini alle sue spalle insignificanti al confronto. «Affare fatto?»

«E Ellie?»

«Oh quella ragazza non passerà *mai* al decaffeinato. È fin troppo… oh». Cole si blocca quando vede l'espressione che ho in faccia, a due nanosecondi dallo scocciato. Mi dà una strizzatina di incoraggiamento a un ginocchio.

«Uno schifo. Tipo che c'è così tanta tristezza nella sua voce e sono io quello che ce l'ha messa e questa cosa mi uccide. Cioè, lo capisco. È furiosa per le foto, che nessuno di noi due ha mai detto niente di…», e fa un gesto con la mano a indicare *me e te, te e me*. «Le cose. Noi. Vorrei tanto sapere come rendergliela più facile. Più facile anche per te. Tutta questa cosa».

E il mio cervello parte in quarta: *perché* prima *c'erano cose*? Noi *cose*? Noi prima *cose*? Ma la bocca se ne esce con una performance da Oscar: «Già…».

«Signorina Vacarro, signor Foster», ci saluta la preside Zeff, percorrendo placida il corridoio, tirata e ordinata come al solito. Se ha notato i volantini sul mio armadietto, non si ferma comunque a indagare, a verificare che non violino i parametri del manuale *Atti vandalici contro la proprietà scolastica*. «Felice di sapervi studiosi di buon mattino».

Una volta che non è più a portata di orecchio, chiedo: «Come è possibile che una persona veda due ragazzi imbronciati seduti a terra e possa pensare che stiano lì per studiare?»

«Be', siamo all'interno dell'edificio scolastico mezz'ora prima della campanella», mi risponde Cole, «e non ci stiamo smezzando una canna in bagno con 420. Cos'altro *potrebbe* supporre secondo te?»

«Ma io ho comunque la faccia imbronciata, non la vedi?».

Cole mi sfiora le labbra con la punta delle dita come a voler far sparire il broncio. «Cancellalo, perché ho un'idea pazzesca e non sei autorizzata a bocciarla».

«Ho già avuto i miei otto minuti di divertimento», rispondo. «Per cui il contratto ti ha liberato da ulteriori obblighi». È alquanto rischioso scherzare su quella notte, ma allo stesso tempo mi sembra anche normale. Ovvio, come la storia di patatine e caffè rubati. E anche se il mio armadietto è coperto di prove di colpevolezza e le mie labbra fremono ancora al suo contatto, è così bello ridere con lui, così reale, e quando mi restituisce il sorriso, è tutto *Wow, è come sentirsi a casa*.

«Facciamo un salto al raduno per il grande scherzo stasera?». Cole fa di sì con la testa, trionfante, come Franklin mentre ieri asseriva la superiorità del suo «Explorer».

«Dici sul serio o fa parte dello scherzo?», chiedo. «No perché, detto alla Miss Decenza, è cervellotico».

«Shhh!». Cole si preme le dita sulle tempie. «Farò finta di non aver sentito che hai ammesso di leggere Miss Decenza e che invece sei d'accordo con la mia idea».

«Ragazzo, non possiamo presentarci a una cosa di gruppo *insieme*».

«Mi stai bocciando, Lucy. Ne abbiamo parlato».

«Hai visto la mia fan page? E questa porcheria?», mi infurio, mollando un pugno sull'armadietto.

«Sì, ma possiamo essere al di sopra di tutto questo». Prende una delle mie trecce e la attorciglia distrattamente tra le dita. «Ricordi il vecchio detto se non puoi sconfiggerli...».

«Fatteli alleati fornendogli altre foto per il progettino dei volantini? Ottimo piano».

«Non è quello... okay. Sai quella scena di *Walking Dead* in cui Rick e Glenn si "travestono" da zombie con le interiora di quel tipo?». Lascia andare la treccia, riafferra il bicchiere di caffè e ne beve un altro sorso. Poi si riappoggia il bicchiere su un ginocchio in perfetto equilibrio su un buco dei jeans. «Qualcosa mi dice che non hai colto la metafora dell'"allearsi" in quella scena».

«Possibile che abbia frainteso *tu* la scena», rispondo. «Il che non sorprende, venendo da uno che si è autoprofessato dilettante di zombie».

Cole inarca un sopracciglio.

«Quella scena funziona su piani multipli», spiego. «Dal punto di vista della trama, dovevano riuscire a raggiungere il camion senza attirare attenzioni e rivestendosi di budella potevano ingannare gli zombie per quel tanto che bastava per superare l'orda».

«Ma che mi dici del...».

«Sul piano simbolico, invece, ha una forte valenza spirituale, è un momento decisivo. Doveva essere una morte metaforica, cioè dovevano diventare temporaneamente zombie essi stessi, per poter poi rinascere in un mondo in cui i morti camminano e i vivi stanno perdendo umanità. È una delle ultime scene in cui trattano ancora gli zombie come umani, come vite interrotte da un incidente spaventoso. Ecco perché controllano la patente del tipo morto prima di squartarlo dicendo che poteva essere un donatore di organi».

«Uhm... io continuo a pensare che sotto sotto c'era un'alleanza».

Io scuoto la testa. «Guarda che Rick non è che fosse così entusiasta di portarsi dietro Glenn nell'orda per poter dimostrare agli zombie che lui era superiore. Lo ha fatto per salvare le vite di tutti».

«Ma...».

«Se proprio vuoi una metafora, nel nuovo mondo di Rick la morte è diventata vita e i veri mostri non sono gli zombie cannibali, ma i vivi che si sono involuti a una modalità basica di sopravvivenza perché non possono affrontare là realtà della morte. Il motivo per cui gli zombie affascinano tanto non è lo spargimento di sangue, ma il fatto che noi viviamo la nostra vita in uno stato comatoso, muovendoci come se fossimo già morti, tenuti sotto controllo solo dal sistema e dalle leggi».

«Gli hai dedicato parecchia...».

«Rick e i suoi compagni non combattono solo per sopravvivere ma anche per tenersi aggrappati alla propria umanità, l'unica cosa che li separa dai veri morti viventi. Non è diverso al liceo, che è una metafora della gara di popolarità della vita. Vuoi che continui? Potrei andare avanti in questo modo per tutto il giorno». Mi riprendo il mio caffè e scolo quanto rimane, mentre Cole mi sorride e mi fa liquefare il cuore in un mucchietto di gelatina appiccicosa.

Quando schiaccio il bicchiere di carta vuoto sul pavimento, Cole fa un lungo fischio. «Penso che la mia proposta di decaffeinato sia fondata e necessaria».

«A differenza del raduno per lo scherzo». Cole sospira e per qualche minuto rimaniamo seduti in silenzio mentre attorno a noi la scuola lentamente si risveglia: il brulicare dei professori verso le classi, luci che si accendono, cellulari che bippano. Dalla fermata dello scuolabus sciama dentro la prima ondata di studenti; Cole mi dà un colpetto sul ginocchio per dirmi che la nostra pace è finita.

In fondo al corridoio viene aperta la porta principale e il corridoio viene invaso da luce e studenti. La confusione ci distrae temporaneamente ma poi i nostri occhi si incrociano di nuovo e lo sguardo di Cole è intenso e fermo.

«Mi manca la mia groupie preferita», mi dice, e io ho un fremito, sperando che non mi abbia vista. «Non posso fare finta che non significhi nulla... credimi, sono a pezzi per Ellie e con ciò? Dovrei comportarmi come se ti odiassi solo perché si dicono stronzate in giro?».

Appoggio la testa contro l'armadietto e chiudo gli occhi. Forse ha ragione. Prima di questa storia, andavamo a passeggiare per i boschi con i cani, ci scambiavamo appunti per le materie in comune, d'estate passavo al suo garage in bicicletta e rimanevo a guardare mentre si esercitava con la batteria.

Forse se andiamo al raduno come semplici amici, facendo vedere a tutti che non ci nascondiamo, che non ci lasciamo intimidire dai pettegolezzi e dai soprannomi... magari è proprio questa la chiave per sistemare tutto questo casino.

«Vieni con me stasera», mi ripete, di nuovo con aria trionfante. Raccoglie le bacchette e mi picchietta sul ginocchio. «Ci sediamo in fondo, prendiamo in giro le idee che tirano fuori e ci rideremo sopra per anni».

«Wow, tu sì che sai come far colpo su una ragazza».

«È il mio cavallo di battaglia. Prendere o lasciare». Si alza e mi porge una mano e io l'accetto. Legge un *sì* rassegnato nei miei occhi e mi stringe delicatamente la mano.

«Passo a prenderti alle sette. Mettiti qualcosa di...», dice, ammiccando, «qualcosa di adatto all'occasione», e arretra verso la sua aula dell'appello.

«pensavo che avresti detto di mettermi piuttosto qualcosa con le palle».

«Ehi ehi», mi fa, puntandomi contro le bacchette, con un sorriso contagioso. «Decaffeinato, Vacarro. Mi raccomando».

Io, Cole e John ci ritroviamo al mio armadietto durante la pausa pranzo per continuare a ripulirlo dai volantini. Ad eccezione di un paio di spallate intenzionali e delle continue occhiate glaciali da parte di Ellie e Griff, per quasi tutto il pomeriggio sembra che Lavender Oaks abbia messo da parte lo scandalo.

Jayla ha preparato il *pad thai* per cena – punto di recupero a suo favore – e per dessert ricevo un nuovo messaggio di allerta da Facebook: un book fotografico degno del Pulitzer per la categoria "Fotografia da reportage" ripostato per me da "Olivia con amore" sulla pagina Polposa Lucy. L'album contiene quindici foto di me e Cole che beviamo caffè questa mattina, con una sfilza di commenti dai miei numerosi affettuosi sostenitori.

OLIVIA: qui praticamente LO STANNO FACENDO in corridoio

JACKSON (VAMPIRO): un po' di classe, fratello

JOHN: entro in questa RIDICOLA pagina solo per dire: lasciateli in pace. Cole e Lucy sono miei amici.

SPENCE: entro solo per dire: quello che ha detto lui ^ ^

CLARICE: entro solo per dire: John forse faresti meglio a preoccuparti dei TUOI pantaloni (o della loro assenza) invece che di quello che succede dentro a quelli di Cole

JOHN: perché sei così ossessionata da quello che ho nei pantaloni?

MARGO: entro solo per dire: ragazzi, io non stavo assolutamente pomiciando con il cavallo in salotto. Lucy, spero che muori o che ti venga un'orticaria terrificante

OLIVIA: Bleah! Sono sicura che l'orticaria ce l'ha già!

JOHN: ma stiamo scherzando? Ragazzi, datevi una calmata. Lucy non ha fatto niente.

HALEY: perché dovremmo darci una calmata quando quella brutta pezzente ha messo online gli affari nostri? Rimarrò in punizione a vita. Spiacente ma nessuna compassione dai prigionieri.

QUINN: se i miei fossero stati su FB, adesso sarei morta anch'io. Io sto con i prigionieri. Solidarietà!

REN (VAMPIRO): prima gli amici poi la figa, Lucy. O quale che sia la versione femminile del detto

OLIVIA: *datemi il cinque Haley & Quinn* combattiamo il potere! Il potere della TROIA! Lol

JACKSON: certa gente cerca solo attenzione. Oh, avete visto le foto di me e della zombie Farrah? Stavamo proprio ROVINATI, fratello. Da sbellicarsi.

REN: mmm, zombie Farrah...

HALEY: ritorno sul punto... date una strizzatina alla Polposa Lucy!

Seguono altre due pagine di avvincenti scambi di battute, ma prima di arrivare alla ciliegina conclusiva, la casella chat mi notifica un invito da parte di Franklin.

FRANKLIN: ti ho vista online. Non stai facendo quello che penso stai facendo, vero?

LUCY: se pensi che mi sto deprimendo leggendo i commenti perfidi da cosiddetti compagni di scuola su una fan page di loro creazione, allora... no. Assolutamente no

FRANKLIN: guarda questo video, mi tira sempre su, soprattutto al punto 2:04

LUCY: ok, sto guardando ora… rimani in attesa per eventuali espressioni di entusiasmo
LUCY: !!! sto per messaggiarti.

Da: Lucy Vacarro
Caro Franklin,
gufetti? Eccchi se lo immaginava che fossi un tale tenerone? Mai visto prima tanta dolcezza in video. Dico: adottiamoli "a scopo di ricerca". Possiamo allevarli nelle scuderie, sono certa che i cavalli non avrebbero nulla in contrario. Seriamente, grazie. Mi è stato utile. Veramente :)
Io e Cole abbiamo deciso di adottare il vecchio adagio: se non puoi sconfiggerli, fatteli alleati. Sarai anche tu al raduno per lo scherzo stasera?

Tua "Poco Poco Meno Vilipesa"

Da: Franklin Margolis
Cara PPMV,
ebbene sì, ho un cuore tenero: non farti ingannare dalla mia raffinata sofisticatezza e dal mio aspetto stilosamente sciatto da afroebreo. Felice di averti fatto sorridere. Sfortunatamente, tu e i tuoi compatrioti dovrete organizzare i vostri piani diabolici senza di me. Sono gravemente allergico a qualsiasi progetto di gruppo. Principe Macula suggerisce che potrei soffrire di un complesso di superiorità e forse non ha nemmeno torto, perché la mia risposta all'accusa è stata: «Tu che ne sai? Sei solo un cavallo» e lui ha risposto «Niiiihihihihi».
In ogni caso tieni la testa ben alta stasera.
Ci vediamo domani a pranzo dai nostri amici a quattro zampe? Così potrai raccontarmi del raduno. In via confidenziale, naturalmente.

Tuo Burlone x Delega

Da: Lucy Vacarro
Caro BxD,
e pranzo domani sia. Scambierò due paroline con Principe Macula sulle sue maniere. Ha buone intenzioni, ma a volte può risultare un po' spigoloso.
Pronta per il mattatoio.

PPMV

SUGGERIMENTO PER SOPRAVVIVERE A UN FILM HORROR: QUELLA CHE INDAGA SU STRANI RUMORI IN CANTINA IN MUTANDINE E CON SOLO UNA TORCIA IN MANO RIMARRÀ DELUSA E/O UCCISA

«È strambo presentarsi davanti al plotone di esecuzione con delle ciambelline *bundt*, vero?».

Non avrei mai pensato di portare dei dolci in una situazione di gruppo, ma quando ho parlato a Jayla del raduno per lo scherzo, lei ha appoggiato la filosofia del farseli alleati di Cole (alla faccia della fustigatrice dei bacherozzi ciucciasangue) e ha insistito per "preparare una cosina" per me. Traduzione: fare un salto dal pasticcere dietro l'angolo e ordinare sessanta mini *bundt*, cospargerli poi di granella di zucchero dorata e presentarli con la sua tipica maniera plateale, occhi grandi e "Lucy, li ho fatti proprio io!".

Adesso Cole tiene in equilibrio la torretta di scatole da dolci su una mano e con l'altra mi stringe la spalla mentre attraversiamo il parcheggio della scuola, il dannato che guida la dannata. «Alternativo forse».

«Sta esagerando un po' troppo con questa storia del farmi da genitore», dico. «Ieri nel mio pranzo ho trovato una barretta di fibre».

«Be', è importante andarci regolari».

«È importante che non si affronti più il discorso».

«E cosa ne pensano i tuoi *veri* genitori?», chiede.

«Li ho sentiti ieri al telefono: totalmente liberisti. Mamma è felicissima che Jayla stia "mostrando interesse"».

Cole mi stringe la spalla. «Sei ancora arrabbiata per la scorsa estate?»

«Onestamente? Si sta dando parecchio da fare». Gli racconto del pomeriggio di shopping folle, dei pranzi e delle cene che mi prepara, di come mi abbia coperta le spalle con la preside Zeff.

«Ieri sera ha anche fatto un bagno aromatico a Notte», dico. «Limone e zenzero. Adesso profuma di tè e si ama alla follia».

«Spike se lo spupazzerà tutto», mi fa Cole. «Quindi alla famigerata Angelica Darling batte un vero cuore sotto quelle sue piccole morbide t...». E si abbassa per evitare un mio pugno, scoppiando a ridere. «T-shirt... stavo per dire T-shirt!».

«E io stavo per bombardarti di ciambelle, ma giacché abbiamo raggiunto la nostra destinazione, hai ancora un altro giorno di vita. Celebra la vita». Spingo il maniglione dell'uscita di emergenza perennemente aperta e non allarmata. In fondo al corridoio c'è l'accesso all'auditorium, anche quello incustodito. Dubito che la preside Zeff sia del tutto ignara del raduno "segreto" per lo scherzo annuale, ma evidentemente il consorzio dei cervelli radunato stasera non è in cima alla sua lista nera delle minacce per la scuola, considerato che dal "Bagno dei Burros" del 1972 – esatto, proprio il bagno di asini ispanici nella piscina della scuola – non sono stati più organizzati scherzi degni di particolare nota.

Le porte dell'auditorium sono state bloccate aperte e gli studenti dell'ultimo anno vengono fatti entrare uno alla volta da una matricola con una cascata di ricci biondi e un portablocco. All'interno decine di ragazzini gironzolano già impacciati per i corridoi, messaggiando, a bocca aperta, stupefatti e sperduti.

C'è anche Olivia, chirurgicamente attaccata a Quinn e Haley. Nel vederci arrivare, smettono di parlottare il tempo necessario a lanciarci il loro triplice sguardo assassino.

«Gesù», dico a Cole con voce più alta del necessario. «Ricordi quando Olivia Barnes era simpatica?». La mia vuole essere una battuta a metà, più sulla difensiva che sull'irriverente, ma sulla faccia di Cole vedo solo dispiacere. Non ho bisogno che mi dica cosa sta pensando, in fondo al cuore anch'io mi sento come lui. Olivia si è sentita talmente umiliata da quelle foto, da vergognarsi addirittura di guardare in faccia i suoi stessi genitori, e tutte le prove di colpevolezza indicano me. È *normale* che non mi stia tirando baci.

Il sospiro pesante di Cole dice *forse dopotutto non è stata tutta questa idea pazzesca venire...*

Continuiamo a camminare senza starci a pensare.

Arrivati alla porta, la ragazza-portablocco allunga di scatto un braccio di lato come una barricata. «Voi non siete sulla lista».

«Ci siamo eccome sulla lista», le risponde Cole. «Siamo dell'ultimo anno».

Lei lo guarda, assottigliando gli occhi. «Lo so chi sei, Cole Foster».

«Ottimo!». Cole sposta la torre di scatole di dolci da una mano all'altra. «E tu invece sei...».

«L'assistente di Margo Hennessy», e con la penna indica la scritta STAFF a lettere rosse sul davanti della magliettina rosa che indossa, come se questo togliesse ogni dubbio. «Con ordini rigidissimi di non farvi entrare. Margo non vuole...». Mi scruta da capo a piedi, soffermandosi sulle mie infradito dalla soletta rossa. «...disturbatori».

Disturbatori? Margo è quella che ha superato di gran lunga la fase del *Ti amo, maschione* con Principe Macula e una bottiglia di bourbon.

«Stai escludendo due sole persone dall'intero gruppo di diplomandi?». Cole pone la domanda con voce neutra ma ha le orecchie rosse e le spalle tirate.

«Discriminazione?», dico io.

«Non trattandosi di un evento autorizzato dalla scuola, no». Poi la tipa si fa da parte per lasciar passare altri studenti anziani, tutta gente che non conosco. «E nemmeno quelli del MAL(e) possono entrare. Margo dice che fanno troppe domande».

«Chissenefrega», ringhio. «Ce ne andremo... da qualche parte e faremo una... bella festicciola privata. E abbiamo sessanta mini *bundt*, *con* granella di zucchero, e non li divideremo con nessuno».

L'assistente sbuffa esasperata. «Sbollisci nervosetta. Non sono andata io a letto con il fidanzato della mia migliore amica e non ho postato io le foto su Facebook invece di, che ne so, confessarglielo in faccia».

«*Scusa*?». Sto per dire qualcosa che le farebbe schizzar via tutti i ricci che ha in testa, ma Cole mi afferra per un braccio e mi trascina via lungo il corridoio nella direzione da cui siamo arrivati. E non si ferma finché non siamo tornati nel parcheggio e alla luce arancione del sole basso all'orizzonte la mia rabbia evapora.

«Cavolo». Lo fisso trattenendo a fatica una risata. «Siamo stati appena respinti da una finta guardiana con portablocco di una finta attività scolastica o sbaglio?». Cole si strofina la testa con la mano libera, lasciandosela arruffata come un cespo. «Passiamo al piano B. Seguimi».

«Ma non possiamo introdurci di nascosto, se lo aspettano. Siamo, ehm, *disturbatori* ufficiali della pace».

«Siamo venuti per rimanere al di sopra di tutto, Vacarro». Il suo sorriso, un perenne invito ad avventure folli, mi cattura e trascina via nel suo flusso. «E al di sopra di tutto rimarremo».

«Sei molto letterale stasera», dico, masticando un boccone di *bundt* miele-vaniglia.

Come promesso, io e Cole, ci siamo "tenuti al di sopra" e adesso ci godiamo la vista del sole che si liquefa dietro la catena montuosa con le gambe penzolanti oltre il cornicione del tetto della scuola. La preside Zeff ha sicuramente un regolamento contro questo, ma nessuno ci ha visti salire per la scala antincendio e nessuno sa che siamo quassù.

Da una certa distanza il campus di Lavender Oaks è molto più tranquillo.

«Se vogliamo tornare alle metafore», mi fa, «adesso capisco il paragone tra il liceo e l'apocalisse degli zombie». Stende le braccia in avanti e mugugna, a bocca aperta, facendo l'imitazione dei nostri compagni di scuola. «Burla, buuuuuurla!».

«*Magari*. Se fossero zombie veri, almeno saprei come sconfiggerli».

«Grazie, te li lascio volentieri». Cole pesca una mini ciambella rossa dalla scatola e la divora in un sol boccone. «Posso arrivare alle tecniche di sopravvivenza base, tipo purificare l'acqua, ricavare un riparo da un grosso tronco d'albero, ma combattere gli zombie? Mi manca l'allenamento».

«Regola numero uno?», gli chiedo. «Rimanere insieme. Se ti separi, muori».

«Rimanere insieme», mi fa eco, leccandosi le briciole dalle dita. «Vai avanti».

«Il lanciafiamme è la mia arma preferita».

Cole strabuzza gli occhi. «Sul serio? Io ti ho sempre immaginata come una da accettata in faccia».

«Be', sì, per combattimenti molto ravvicinati. Anche la pala funziona benissimo».

«Il fucile?»

«Alla grande».

«E quelle bottiglie in cui infili un pezzo di straccio e le accendi?». Cole solleva le braccia ad arco sopra le teste come per proteggerci e insieme guardiamo oltre il campo da calcio in attesa dell'esplosione.

«Una *mollie*», dico. «Sì, certo». Ho la vista abbagliata dalla luce rossastra del sole morente, offuscata e felice, e non mi interessa di metterla a fuoco. «Palle da bowling, mazze da golf, gambe di legno. Usa tutto quello che hai».

«Buono a sapersi, e tanto per chiarire, tu non vuoi *veramente* trucidare tutti i diplomandi, vero Vacarro?». Mi molla una gomitata e mi si accosta; il suo respiro è caldo come il sole sul mio collo nudo. «Lo chiedo giusto in caso che i satelliti spia stiano registrando».

Gonfio una risata per nascondere il fremito che la sua vicinanza regolarmente mi causa. «Ovviamente no, Foster. Tutto strettamente teorico, ultima spiaggia tipo rompere-il-vetro-in-caso-di-emergenza».

Cole si lancia in bocca un'altra mini ciambella al cioccolato, cospargendosi la maglietta grigia Led Zeppelin di bricioline.

Se le spazzola via, sorridendo quando si accorge che lo sto osservando e alla luce del tramonto i suoi occhi emettono tutto il proprio splendore ramato. Per un istante chiudo i miei, mi dico che è tutto reale, che ho chiamato Ellie quattro anni fa, la prima volta che ho incontrato Cole nel bosco con Spike, e che le ho detto: «Penso che mi piaccia proprio un tipo che si è trasferito da poco qui vicino».

Cole non dice altro, pago di mangiare ciambelline e ammirare il frastagliato orizzonte porpora, e in quel rassicurante silenzio tra noi, ripenso a Ellie. Mi sembra quasi di sentir svanire la sua amicizia e al momento della morte ne rivedo la nascita davanti agli occhi.

C'era questa specie di musical intitolato *La sirenetta della baia di cristallo*, una caciottata stratosferica, e al primo anno delle medie la signorina Killian, l'insegnante di musica, aveva deciso che dovevamo metterlo in scena. Tutta la classe avrebbe avuto una parte sul palco, cantando e ballando.

Io facevo il tricheco. Portavo un grosso costume di tela di iuta e degli asciugamani di carta attorcigliati come zanne; dovevo arrancare a quattro zampe fino al centro della scena, sbattendo le pinne e recitare una battuta di quattro righe:

> Nel grande mare blu vive una ragazza
> che ha squame di pesce e una coda pazza,
> conchiglie luccicanti tra i capelli corvini
> e un trono di corallo nei bui meandri marini.

A quell'epoca Jayla era già in California, ma ogni sera mi faceva esercitare al telefono finché non imparai a recitare le battute in avanti e all'indietro.

La sera della prima, quando arrivò il momento di battere le pinne per il mio debutto, rimasi impietrita.

La signorina Killian tentava di spingermi verso il centro del palcoscenico, ma io non riuscivo a muovermi. Tesa e imbarazzata, mi strinsi con le mie pinne di iuta, preparandomi al drammatico disastro, al mondo che mi sarebbe crollato addosso.

Ma non successe nulla. Quando la signorina Killian capì che

non mi avrebbe mai smosso da lì, urlò semplicemente le mie battute da dietro le quinte e tutti continuarono a cantare.

A spettacolo terminato, la sirenetta, star del musical, mi trovò dietro le quinte. Gli altri se ne erano già andati con le famiglie per festeggiare con un gelato o altro; alzai gli occhi lacrimosi e la vidi lì davanti a me, tutta uno scintillio di paillettes verdi e argento e conchiglie rosa pastello tra i capelli come orpelli.

«Cosa ti è successo?», mi chiese. «Panico da palcoscenico?».

Io annuii.

«Io ti stavo aspettando lì fuori ma tu non arrivavi».

Scrollai le spalle, non sapevo cosa dire.

«Be'...». Ebbi l'impressione che stesse valutando il mio costume, quel sacco goffo e triste che ero nel complesso, e poi mi disse: «Le mie mamme mi stanno portando a Cold Stone. Fanno il gelato al brownie. Tu vieni con noi».

Allungò una mano verso di me e mi tirò in piedi e così, da un momento all'altro, mi ero fatta un'amica. E da quel giorno non mi pesò più non essere splendida splendente, che mia sorella era sempre al centro della scena agli occhi dei miei, di rifiutare sempre gli inviti ad andare a dormire a casa di compagne di scuola o a feste di compleanno per paura che si scoprisse di Jayla o che qualcuno potesse usarmi per arrivare a lei o, peggio, per prendere in giro la mia famiglia. Mi resi per lo più invisibile e mi andava bene così; ma non fui mai invisibile per Ellie.

È per questo che ho accettato di andare al ballo. Nonostante tutte le riserve, ho accettato senza discutere. Farei qualsiasi cosa per lei e lei farebbe qualsiasi cosa per me e l'idea che Cole o chiunque altro possa mettersi tra di noi è come una lama arroventata che mi straccia le viscere.

«Anch'io sono in pensiero per lei», mi dice Cole, intuendo la direzione dei miei pensieri. La sua voce è ferma ma confortante, gli occhi colmi di comprensione e speranza. «Ha bisogno di tempo, Lucy».

«Probabilmente», rispondo, ma la mia voce fluttua via a briglia sciolta, sparendo oltre le montagne. Cole conosce Ellie quasi come la conosco io, ma lui non è una ragazza, non conosce le regole implicite in materia di fidanzati, ex fidanzati o quello che siano; confini che le amiche del cuore non dovrebbero mai oltrepassare.

Le foto hanno detto a Ellie che io sono andata a letto con Cole.

Prendo un'altra ciambellina, di pasta rossa questa volta, e la sbocconcello sul bordo, con i pensieri che saltellano dalla baita, al bacio, a Ellie, a Cole e poi di nuovo al bacio, ai nostri progetti universitari e di nuovo alla baita. È già pesante che il mio profilo Facebook abbia messo tutti i presenti alla festa nei guai, ma adesso tutta la scuola è convinta che io sia andata a letto con Cole, che sia stata *io* a farli lasciare, anche persone che non conosco personalmente, come l'assistente di Margo o i visitatori casuali della pagina di Polposa Lucy.

Miss Decenza ha suggerito alla parte lesa di indagare a fondo sulla faccenda prima di mettere fine a un'amicizia, ma se Ellie è convinta che io abbia infranto la regola non detta e, come ha detto l'assistente di Margo, abbia poi postato le prove perché lo scoprisse su Facebook, posso anche scordarmi che si metterà a spulciare il mio account come Veronica Mars.

Se voglio che la verità mi scagioni, devo andare a cercarmela da sola.

Per quando io e Ellie partiremo per la California questo autunno, il mio #scandalo dovrà essere solo un aneddoto ammonitore in lontananza, una deviazione di poco conto sull'autostrada altrimenti lunga e panoramica dell'amicizia. I miei sentimenti per Cole, tristemente ma inevitabilmente, sprofonderanno nel pozzo del mio cuore e lì rimarranno il mio ricordo preferito, il mio segreto più caro.

«Noi tre abbiamo passato troppo tempo insieme per non poterlo capire», mi dice Cole. Mi rimbocca una treccina dietro l'orecchio, facendomi il suo tipico sorriso trionfante. Le sue dita si soffermano sul mio collo e il ricordo del bacio mi accarezza le labbra…

D'un tratto dietro di noi si sente un *click-click-click-click* e poi, sfarfallando, si accende un faretto, inondandoci di un bagliore accusatore.

Io schizzo in piedi come un lampo.

Cole scoppia a ridere, rimanendo tranquillamente seduto sul cornicione del tetto. «Luci di sicurezza, hanno il timer».

«E me lo dici adesso?». Paranoica? Gesù. Il cuore è partito per le montagne russe. Chi immaginava che salire di nascosto sul tetto della Lavender Oaks con l'ex della mia migliore amica e una tonnellata di dolcetti mi avrebbe dato una tale scarica di adrenalina?

«Stai di nuovo pensando», mi dice Cole. «Te lo leggo negli occhi».

«Penso che… potrei avere un piano», rispondo. «Per Ellie. Be', non tanto un piano, quanto una serie di obiettivi». Torno a sedermi sul cornicione accanto a lui. «Ellie ha bisogno della prova che io non ho postato quelle foto e che io e te non abbiamo… che non è stato… che è stato solo un bacio. Fondamentalmente». Faccio un profondo respiro per placare il calore che sta aumentando in maniera vertiginosa. «Ma non posso pretendere che sia lei a trovare questa prova, giusto? Spetta a me».

«A noi». Cole si appoggia alle mani puntellate a terra, il viso rivolto verso il cielo porpora.

«A noi», ripeto. «Quindi smascheriamo il responsabile, gli estorciamo una confessione, riabilitiamo i nostri nomi e riveliamo… l'ignobile complotto?».

I miei occhi seguono di nascosto la linea dei suoi fianchi, la leggera barba incolta lungo la mascella, la curva in cui si unisce all'orecchio sembra calda e morbida. Da sfiorare.

«Esiste un ignobile complotto?», mi chiede.

«Se state complottando, ragazzi», dice una voce familiare, «contate su di me».

«Griffin?». Mi volto e la vedo spuntare dalla cima della scala. Quando la vedo sul tetto, il senso di colpa si irradia lungo tutta la mia spina dorsale e immediatamente mi rimprovero. Non stiamo facendo nulla di male quassù, nulla per cui sentirsi in colpa.

Oppure sì?

«Ellie aveva un appuntamento al cinema con le mamme e allora ho pensato che magari potevo imbucarmi al raduno per rendere la serata più frizzante. Nemmeno per sogno». Scalcia via le scarpe da ballerina e si siede accanto a me sul cornicione. «Stanno parlando di fare un accampamento. E dove starebbe il dispetto in questo?».

Appuntamento al cinema. Come ho potuto dimenticarmene? Heather e Kathy, le mamme di Ellie, lo avevano programmato da settimane: la serata delle ragazze, diceva Heather, anche per me e mia madre. Sentivano la mancanza della loro peperina texana. Non vedevano mia madre da mesi. Ellie le prendeva in giro dicendo loro di organizzare delle seratine tra mamme una volta che io e lei fossimo partite per il college.

Fingo uno sbadiglio – unica spiegazione logica per le lacrime calde – e mi stropiccio gli occhi.

«Come hai fatto a sapere che eravamo quassù?», le chiede Cole.

«Ho seguito le tracce», risponde lei. «Sono passata a casa di Lucy, ma Jayla mi ha detto che eravate già qui. Il sergente maggiore Guastafeste di sotto mi ha informato del vostro status di persona non gradita sulla lista e allora ho controllato la palestra, l'aula di disegno, il campo giochi e alla fine ho intuito l'ultima possibile location. E poi ho visto i piedi penzolanti. Sono ciambelline quelle?»

«Ricerca veramente… scrupolosa». Cole mi passa una scatola e io e Griff ci avventiamo su di essa. Anche Cole ne prende un'altra.

«Allora, di che piano parlavate?», chiede Griff, esaminando la granella di zucchero sul suo *bundt* al cioccolato. «Prima mettiamo fine a questa epica fiera del pianto e meglio sarà. Io non faccio altro che ripetere "Ellie chiamala!". Mi sto deprimendo tipo per osmosi».

Si butta la ciambellina in bocca, sbattendo i tacchi contro la parete dell'edificio per la contentezza, tre amici seduti su un tetto, chiacchierando dei bei vecchi tempi. È quasi... bello. Normale. Una parte di me è ancora risentita per il suo recente boicottaggio nei miei confronti, ma mettendo da parte la nevrosi da "gelosia da amica del cuore", sono felice che sia stata accanto a Ellie. E adesso è con me, niente giudizi, niente commenti sarcastici del tipo io-te-l'avevo-detto.

«Stiamo ancora elaborando la logistica», le dico, «ma, stringendo, vuol dire che smaschereremo il responsabile, riveleremo la verità e riconquisteremo Ellie».

«Wow, suona come una festa». Griff prende un'altra ciambellina dalla scatola e dà una scrollata di spalle. «Io ci sto».

«*Salud*», dice Cole. Sbattiamo tutti e tre i rispettivi *bundt* in un cincin e li trangugiamo in un'abbuffata collettiva.

«Ma in soldoni?», chiede Griff. «Io non so un *cacchio* di come si fanno delle indagini».

«Evvai», dice Cole, dandole il cinque.

«Siamo fortunati», dico. «Conosco io il tipo che fa per noi».

È TEMPO CHE KEITH E VERONICA STANINO LA CAROGNA

«Ed ecco dove entri in gioco tu».

Ho appena terminato di ragguagliare Franklin su quanto partorito dalla fucina del complotto sul tetto e mi butto sul letto con il cellulare premuto sull'orecchio, con un batuffolo al limone e zenzero raggomitolato accanto.

Il sospiro di Franklin sibila lungo tutta la linea telefonica. «Perché mi suona sospettosamente come un piano di gruppo?»

«Tutto il lavoro lo facciamo noi», dico. «Ci servono solo indicazioni, suggerimenti di giornalismo investigativo per intenderci, l'ABC del bravo detective in poche parole».

«Vuoi diventare una miss Veronica "detective" Mars?»

«Io pensavo più a una Buffy, o ancora meglio una Faith, tipo la cacciatrice dark, animo tormentato, spavalda...».

«Devi risolvere un mistero, non ammazzare demoni. Quella di Veronica è sicuramente la migliore analogia». Franklin sospira ancora, ma sia lui che io sappiamo che questa è la cosa più elettrizzante che gli sia capitata dopo il caso della misteriosa gelatina nera, al secondo anno, la quale, anziché una contaminazione alimentare tale da giustificare la chiusura della scuola, come avevamo sperato tutti, si è rivelata poi nient'altro che il risultato di un miscuglio di polvere di ciliegia e lime della cuoca Ethyl.

«Lucy», mi dice, «sei proprio sicura che le foto siano state caricate dal tuo cellulare?»

«Affermativo. Sono entrata pochissimo in Facebook e l'ho sempre fatto o da casa o dal mio telefono, che è tuttora "disperso in azione", sparito, volatilizzato. Cole ha rivoltato la baita dopo aver rimesso tutto in ordine, l'ha cercato anche fuori, attorno allo stagno. Qualcuno deve averlo rubato».

Si sente un brontolio soffocato, seguito dal fruscio di fogli di carta e poi l'inconfondibile ticchettio di una tastiera. «Non che voglia immischiarmi in queste bravate, ma se dovessi, la prima cosa che farei è compilare un elenco dei presenti».

«Cole conosceva tutti», dico. «Non era proprio una gran baldoria, forse solo trenta o quaranta persone».

«Bene, questo restringe il campo dei potenziali sospetti. Il tuo cognome si scrive con due R, giusto?».

Mi alzo seduta sul letto, svegliando di soprassalto Notte, che mi fa una mezza abbaiata – la sua versione canina dello scazzo – e poi se ne va trotterellando, riaggomitolandosi sotto la mia scrivania. «Questo non lo metti agli atti, vero?»

«Ovvio che no». Anche le sue lunghe pause hanno un suono vagamente *British*. «Sto solo prendendo qualche appunto».

Mi rilasso. Franklin non mi sembra proprio il tipo da ingannare le sue fonti, come #TRENDZ. Per contro, sembra gli piaccia parecchio prendere appunti. Sarà una cosa da detective. Prendo l'iPad dal comodino e apro la app Notes, felice di trovare un uso alternativo a Fruit Ninja per l'investimento di Jayla.

«Due R», gli confermo.

«Ottimo», mi fa. «Poi scriverei un resoconto dettagliato dell'intera notte, senza omettere niente. I tuoi spostamenti, con chi hai interagito, l'ultima volta che ricordi di aver visto il tuo cellulare, comportamenti strani da parte dei presenti».

«Franklin, la metà della gente era vestita da fata».

«In modo più strano del solito», puntualizza. «Non va trascurato nessun dettaglio. Non sai mai cosa potrà venire fuori collegando i punti di circostanze apparentemente scollegate».

Scrivo qualche appunto sull'iPad. «Vai avanti».

«Ti servono prove visive. Vai su Facebook e scaricati sul disco fisso delle copie delle foto della festa. Ingrandiscile e cerca indizi supplementari: ombre, immagini riflesse, vestiti della gente, indicatori di tempo, qualsiasi cosa possa suggerirti chi possa averle scattate, chi *non* potrebbe averle scattate e chi altro potesse essere nelle vicinanze».

«Ombre, immagini riflesse, indicatori… ricevuto». Digito tutto col pollice sull'iPad in un elenco puntato. Penso che sicuramente non era un uso investigativo al liceo quello che aveva in mente Jayla quando me l'ha comprato o la Apple quando l'ha inventato, ma l'aggeggio si sta rivelando uno strumento sorprendentemente versatile. Posso solo lontanamente immaginare cos'avrebbe potuto farci Veronica Mars. A quest'ora sarebbe stata direttore della CIA.

«Poi, elenco dei presenti, resoconto e prove fotografiche alla mano», riprende Franklin, «inizi a restringere il campo dei sospetti raffrontando i nomi degli invitati con chiunque a scuola potrebbe avere un qualsiasi motivo per incastrare te e Cole». In sottofondo sempre il *click click* dei tasti. «O un motivo per farti passare da spiona».

Nel sentire quella parola trasalgo, ma mi rendo conto che ha totalmente senso e subito due sospetti saltano direttamente in cima all'elenco: Olivia e Clarice.

Clarice mi ha sempre detestata e Olivia ha sempre avuto una cotta per Cole. Era ferma sulla porta quando Cole è scappato in casa dopo il bacio. Potrebbe anche averci visto qualche istante prima e scattato subito qualche foto incriminante. Poi si è sputtanata da sola con l'acrobazia con la bottiglia di birra, ma poteva benissimo essere una montatura, una parte del suo piano generale.

E poi c'è la coppia vampiro-zombie che Cole ha cacciato dal bagno. Potrebbero essersela legata al dito per essere stati interrotti nel bel mezzo della pomiciata e aver deciso di vendicarsi. Senza dimenticare Paul, della Saint Paul: Griff gli ha rifilato il dolcetto delle scuse domenica mattina, e lui potrebbe essersi messo in testa di distruggere le sue amiche per ripicca.

E poi lo stesso John… magari è più scocciato che la foto di nudo possa rovinargli la carriera di quanto non voglia far credere e mi ha aiutato a staccare i volantini dall'armadietto solo per sviare i sospetti. E poi c'è Spence, con cui Cole era parecchio incazzato per essersi portato dietro Principe Macula, magari hanno pure litigato. E Marceau? L'ho piantato in asso dopo il bacio e se c'è una cosa che ho imparato da Angelica Darling è che gli amanti offesi diventano motivati nemici.

Senza contare tutti quelli alla festa che non avevano particolari simpatie nei miei confronti, tutta gente che avrebbe potuto semplicemente approfittare di un'ultima, estrema opportunità col botto di apparire sulla pagina #scandalo di Miss Decenza...

Fare l'investigatore è molto più complicato di quanto non sembri in TV.

«Una volta che hai tutte le prove in ordine», spiega Franklin, «inizieremo a interrogare sospetti e testimoni».

«Figo. Io... hai per caso detto "inizieremo"?»

«Niente per niente, tesoro». Lascia che il suo commento decanti, continuando a digitare. Poi aggiunge: «Se io aiuto te, forse tu potresti concedermi quell'intervista».

Adesso sono io a sospirare. Mi ha già dato degli ottimi consigli e mi farebbe anche piacere restituire il favore. Ma questa non è una crociata, è un piano per riprendermi la mia amica. Non sono Jayla, ansiosa di spiattellare la mia vita privata su ogni mezzo di comunicazione di massa, online e offline.

«Franklin», rispondo, «e se invece riuscissi a farti avere un'intervista con Jayla Heart?».

Dopo una lunga inarrestabile risata, mi fa: «Se anche fosse possibile, avresti più fortuna a piazzarla alla tua amica Miss Decenza».

Non può certo sapere lui che in questo momento Jayla è nella mia/nostra cucina e chatta con i suoi numerosi fan.

«Non sei interessato?», chiedo.

«A Jayla Heart? Buon dio, ovvio che no! In ogni caso...». Riprende a digitare, lesto e frenetico. «Sei aperta a compromessi? Qualcosa di assolutamente non ufficiale?»

«Ti ascolto».

«Io concederò a te e alla tua squadra pieno accesso ai miei servizi investigativi», mi fa, «e in cambio tu mi autorizzerai a scrivere una storia sulle scoperte che faremo. Niente riferimenti diretti, niente interviste, solo fatti».

«Servizi investigativi?», ripeto. «Avevo capito che non facessi progetti di gruppo».

«Questo non è un progetto di gruppo», mi dice, «è un caso da risolvere».

Dall'altra parte della stanza, Notte solleva il muso e fa scrocchiare la mascella in uno sbadiglio epico. Senza preavviso, poi, schizza a correre come un lampo nero e si tuffa a bomba sul mio letto nel modo più sgraziato possibile. Gli mollo uno spintone giocoso.

«Non sono fatta di croccantini, imbranato!».

Franklin scoppia a ridere.

«È il cane», spiego. «Mi sta praticamente sbranando! Notte, datti una calmata!». Lancio via l'iPad e sistemo le gambe sotto quaranta chili di pastore tedesco. Notte appoggia il muso sul mio grembo, senza spostarsi di un millimetro, e io mi appoggio con la schiena sui cuscini e chiudo gli occhi.

Quando poco fa ho chiamato Franklin, cercavo solo qualche suggerimento, qualche idea su come stanare l'hacker, non mi aspettavo certo che si tirasse dentro anche lui, non sono nemmeno certa che si renda conto lui stesso in cosa si sta imbarcando.

«Vuoi veramente metterti in società con una spiona e un cascamorto patentato?», gli chiedo. «La tua credibilità potrebbe risentirne».

«Ci costruirò una storia sopra, tesoro», mi risponde in tono gentile ma pragmatico. «Smascherare l'ingiustizia. Fare chiarezza sui fatti per tutte le parti interessate è ciò per cui vivo, cara la mia Veronica».

«Faith», lo correggo. «La cacciatrice dark, ricordi?»

«Scusa, ma devi essere Veronica così io potrò essere tuo padre Keith».

«Keith? Ma non dovresti essere invece un *very British* Sherlock Holmes?». Scoppio a ridere. «Voltagabbana! Traditore della patria!».

Franklin sbuffa indignato e io mi immagino i suoi svegli occhi marroni, i capelli ricci impazziti: un eccentrico folle genio inondato dal bagliore dello schermo del computer. «Niente Keith, niente Veronica, niente indagine».

Gratto la pancia a Notte. «Non vuoi proprio gettare la spugna, eh?»

«Improbabile, tesoro». Il suo accento si è fatto cupo e serio. «Risolveremo questo mistero, capisci, e inchioderemo il responsabile al muro».

Notte sospira sul mio grembo e per la prima volta da quando è scoppiato lo scandalo, intravedo un barlume di speranza che forse forse riusciremo davvero a risolvere questa storia e riuscirò a riprendermi la mia amica.

«Facciamo così», gli rispondo. «Io ti do Keith e Veronica, e la tua storia, e tu prometti di non usare più quell'accento».

Franklin ride. «Sembra proprio che ci siamo appena assegnati un'indagine, Veronica».

QUANDO LA TEORIA DEL RESPONSABILE UNICO FINISCE CON LE ZAMPE ALL'ARIA

«Spiona! Spiona! Spiona! Spiona! Spiona! Spiona! Spiona!». Il corridoio grigio-marrone è diventato lungo un chilometro durante la notte e la cantilena riecheggia all'infinito mentre mi dirigo all'appello. Nessuno mi tocca, ma mi lanciano addosso proiettili di carta bagnata e gomme, bersagliandomi con elastici e sguardi truci. Più aumento il passo, più i loro fischi si intensificano e il *click click* metallico di decine di fotocamere mi fa venire in mente Jayla quando è braccata dai flash sulla porta dei locali alla moda che frequenta. «Spiona! Spiona! Spiona!», da sinistra. «Troia! Troia! Troia!», da destra, fazione, questa, capeggiata da Quinn e Haley. Olivia non si unisce al coro, ma rimane alle loro spalle, braccia conserte, i lineamenti delicati contorti in una smorfia di rimprovero.

«Troia! Spiona! Troia! Spiona!». Il coro ritmico rimbalza da un lato all'altro del corridoio e si avviticchia a spirale in un nuovo refrain: «Sproia! Sproia!».

Supero di corsa il mio armadietto inseguita da picchi di risate che si accavallano, spumeggiando come onde. C'è appiccicato sopra un nuovo strato di volantini e, anche se vorrei fermarmi e strapparli via tutti, fermarsi significherebbe affrontare la folla inferocita. Significherebbe guardarli negli occhi mentre mi insultano e mi tirano gomme per cancellare in testa. Significherebbe farmi vedere in lacrime.

Decisamente non sulla mia lista delle cose da fare prima di morire.

Mi metto però a camminare più veloce, quasi correndo, ignorando le masse e le palline di carta nei capelli. L'aula dell'appello di Ellie è a distanza di qualche porta dalla mia. Mentre passo, ci vediamo. I nostri sguardi si agganciano.

Poi lei spezza il collegamento e si inginocchia a terra, infilando le mani nella borsa.

Io faccio comunque un sorriso.

Stasera tutto finirà.

Cole sta preparando un elenco dei presenti alla festa e Griffin sta usando le sue astuzie femminili per interrogare i ragazzi, incluso Paul Saint Paul, anche se lui sta ancora curando il suo cuore distrutto. Jayla fa la sua parte da casa, alternando la lettura delle mail dei suoi ammiratori maschi adolescenti a uno scrupoloso monitoraggio della pagina di Polposa Lucy in cerca di commenti potenzialmente incriminanti. Io e Franklin ci vediamo a pranzo per studiare le prove.

Nemmeno i proiettili di carta riescono a scalfire la speranza e, quattro minuti dopo essere entrata nell'aula dell'appello, la scoperta di un video in HD di me che mi faccio piccola piccola sotto l'attacco in corridoio appena caricato sulla pagina di Polposa Lucy, non fa che rafforzare la mia determinazione.

A sole tre settimane dal diploma, la maggior parte dei professori ha abbandonato ogni forma di sorveglianza sull'uso dei telefoni cellulari e passo le ore di lezione della mattina a esaminare le foto della festa sul mio iPad, ripercorrendo gli eventi in un lista per Franklin.

Per l'ora di pranzo sono pronta e l'immagine di Franklin chino sulla tastiera nel laboratorio di informatica è come guardare spuntare il sole dopo l'oscurità di un temporale.

«Preparati a rimanere a bocca aperta», annuncio, sedendomi sulla sedia accanto alla sua. «O almeno un po' colpito». Sollevo la cover dell'iPad per rivelare il mio rapporto da principiante.

«Me lo mandi per mail?», mi fa. «Dobbiamo centralizzare ogni cosa. Sarà un file criptato», si affretta a spiegarmi quando vede la mia faccia spaventata. «Sono l'unico che può accedervi, giuro».

«E l'Agenzia per la Sicurezza Nazionale?».

Franklin riflette sulla domanda e poi scuote la testa. «Probabile che abbiano scandali molto più interessanti su cui investigare. E non aver timori, Veronica», aggiunge, continuando a digitare. «Non pubblicherò nulla sull'«Explorer» che possa metterti in imbarazzo. Hai la mia parola».

Soddisfatta, digito il suo indirizzo mail e spedisco le mie annotazioni nell'etere. Un istante dopo, lui digita la sua password sulla tastiera e il file appare sul video.

Scorre il mio rapporto. «Hai lasciato immediatamente la baita quella mattina?»

«Volevo sloggiare prima che si svegliassero gli altri», rispondo. «Non volevo rimanere lì per i racconti della "migliore notte della mia vita" e la commiserazione da sbornia».

«Esattamente il motivo per cui io ho saltato il ballo», mi fa lui.

«Be', sì, diciamo che non è nemmeno la mia idea di divertimento». E gli racconto di Ellie e della storia della Principessa a noleggio. «So come può sembrare dal di fuori, ma non avevo intenzione di rimorchiarmi il... della mia migliore amica».

«Ehi». Lo sguardo fermo di Franklin è rimasto immutato. «Non mi devi spiegazioni, Lucy. Siamo una squadra. Pensi di poterti fidare di me?».

Domanda semplicissima con risposta altrettanto semplicissima. Sì penso di *potermi* fidare di lui. È affidabile ed è stato più che discreto dall'inizio di tutta questa storia, anche da prima che iniziasse. Non ci siamo mai frequentati, ma Franklin è proprio un bravo ragazzo. Niente fedeltà di gruppo, niente scenate. Brillante, ma mai superiore. Tutti gli vogliono bene.

Eppure è passato molto tempo da quando ho permesso a qualcuno di avvicinarmi. Ellie allo spettacolo della sirenetta; e poi Cole, perché quando ti prendi una cotta così sonora per qualcuno, la fiducia è inclusa nel pacchetto. L'ultima persona da cui mi sono lasciata avvicinare è stata Griffin, ma neanche *lei* l'ho lasciata fare al cento per cento.

Franklin sta aspettando pazientemente, con le dita appoggiate sulla tastiera.

Ma io continuo a non rispondere.

Ruota la sedia verso di me, le nostre ginocchia si toccano quasi. «So che è difficile», mi dice dolcemente, «ma dobbiamo esaminare le prove. Appunti, fotografie, commenti su Facebook. È imbarazzante per te, ma dico sul serio, stellina, da parte mia niente giudizi».

Sento il timore invadermi il petto, ma so che ha ragione: non possiamo indagare seriamente se non mi apro totalmente. Devo condividere le prove. Dargli fiducia. Mostrargli le mie ferite, ammettere i miei errori.

La scorsa estate Cole ha invitato me, John e Ellie a un'escursione in tenda con suo padre. Ellie non è proprio il tipo da vita spartana all'aperto, ma quella volta ha deciso di mettersi in gioco. Ogni giorno facevamo passeggiate nel bosco, giocavamo a carte e leggevamo libri sotto gli alberi. La sera facevamo grigliate e cantavamo canzoncine da campeggio, poi io ed Ellie ci infilavamo nei nostri sacchi a pelo nella tenda delle ragazze, cercando di terrorizzarci a vicenda con racconti di fantasmi.

Il quarto giorno il padre di Cole uscì in escursione solitaria mentre Cole guidava il resto del gruppo su un sentiero che risaliva verso il monte Elbert, la cima più alta del Colorado. Partimmo prima dell'alba e continuammo a camminare per l'intera mattinata. A metà salita, io e Ellie eravamo sfinite. Ellie aveva dolore alle ginocchia e io mi lamentavo degli scarponi da trekking; superata la linea degli alberi, a ogni passo annaspavamo e volevamo disperatamente fare dietrofront. Cole e John, invece, ci incoraggiavano a continuare e quando finalmente raggiungemmo la vetta eravamo letteralmente due morte viventi.

Poi, di punto in bianco, Ellie gettò le braccia in aria e urlò: «*Girl power!* Abbiamo conquistato questa stronza di montagna!». E si avventò su di me abbracciandomi trionfante e insieme iniziammo a ridere e a cantare a squarciagola *I will survive* di Gloria Gaynor a oltre 4000 metri sul livello del mare.

Poi abbiamo visto un lampo in lontananza, un temporale spaventoso, e lo scoppio di un tuono mentre le nuvole andavano a coprire il sole. Cole disse subito che era ora di rientrare. Ci siamo rimessi in marcia svelti svelti giù per il sentiero, rincorsi dai tuoni e dalla pioggia, senza osare fermarci se non dopo aver raggiunto l'accampamento.

È stata la cosa più impegnativa, esilarante e terrificante che avessi mai fatto.

Fino a questo momento.

«Mi fido di te», dico a Franklin. «Solo che... non ho raccontato a nessuno di quella notte».

Franklin si volta di nuovo verso lo schermo del computer, apre l'album #scandalo sulla pagina di Miss Decenza. «Tranquilla. Fai solo finta di non essere te. Dammi solo i fatti. Pronta?»

«Sono pronta». Devo esserlo, devo risolvere questa storia. Per me. Per Ellie. Per cantare di nuovo insieme a squarciagola *I will survive*.

Franklin clicca sulla foto di me e Cole a letto; me l'aspettavo ma mi toglie comunque il respiro, un'ondata di colpa e desiderio e il ricordo di tutto quello che è accaduto, fotografato o meno. Chiudo gli occhi e cerco di decidere quanto condividere e quanto invece seppellire.

Riesco a raccogliere il coraggio sufficiente per raccontare la discussione con Cole dopo il bacio, tutte le parole che ci hanno portato in camera da letto e che hanno portato Cole a confessare che con Ellie si erano lasciati.

«Dopo quella discussione siete andati a dormire?», mi chiede.

«Prima Cole è sceso di sotto a dare una controllata alla situazione. Gli ho chiesto di recuperarmi il cellulare e di dire a Griffin che ero distrutta». I ricordi iniziano a tornarmi alla memoria, flash e immagini a brandelli che si legano insieme. «Lo avevo lasciato fuori sulla terrazza».

I miei occhi sono ancora chiusi ma sento Franklin battere sui tasti.

«La foto di voi due, dei soggetti che si baciano in veranda», chiede. «Si vede un telefonino argento sulla ringhiera, è il tuo?»

«Sì».

«È lì che lo avevi ancora in tuo possesso?»

«Sì, ma ho detto a Cole dove lo avevo lasciato e...». I ricordi iniziano ad arrivare sempre più rapidi adesso che la nebbia si sta diradando. Nelle orecchie mi riecheggiano le parole di Cole. *Cercavo di impostare la sveglia sul tuo cellulare...*

«No, Cole l'ha portato di sopra», dico. «Io ero già a letto. Lui è entrato, ha chiuso la porta...e poi c'è stato un flash. Ha detto che stava cercando di impostare la sveglia per poter partire presto, ma... Sì!». Riapro gli occhi. «Cerca una foto a caso del vestito ai piedi del letto. Dovrebbe averla scattata mentre stava trafficando con la sveglia».

«Vista», dice Franklin. «Hai detto che ha bloccato la porta... era aperta la mattina seguente?»

«Non lo so. È stato Cole ad aprirla per primo, si è alzato poco prima di me».

Franklin si tamburella una penna sulle labbra. Penna, computer... non c'è metodo che questo ragazzo non conosca per prendere appunti. «Se quello che stai dicendo è fedele ai fatti», dice, «questo ci lascia aperte tre possibilità. Primo che tu o Cole avete impostato il timer della fotocamera e che avete scattato le foto voi stessi. Ridicolo».

Non sono andata io a letto con il fidanzato della mia migliore amica e non ho postato io le foto su Facebook...

Sbatto veloce le palpebre per scacciare l'immagine dell'assistente di Margo con la T-shirt STAFF. «Totalmente ridicolo. La seconda?»

«Quando Cole pensava di aver impostato la sveglia, ha inavvertitamente impostato il timer della fotocamera, ma questo presume ancora che le foto poi le abbia caricate tu stessa o un'altra persona in seguito ha sottratto il tuo cellulare e postato le foto che comunque avevi scattato tu». Scuote la testa. «Questa cancellala: la spiegazione più lineare è di solito quella giusta. E qui passiamo allo scenario numero tre. Molto più semplicemente qualcuno ha visto te nel letto, ha visto il cellulare, ha visto l'opportunità e se l'è arraffata».

«Per Miss Decenza», dico io.

«Esatto. Ma per quale motivo qualcuno dovrebbe voler rischiare tanto? Mettiamo anche che questo qualcuno sia entrato nella camera di Cole e abbia scattato le foto con il tuo cellulare, questo lascia comunque fuori molti altri passaggi». Si incastra la penna dietro l'orecchio e spunta con le dita. «Fotografare gli altri ospiti della festa, capire che il cellulare era collegato al tuo profilo Facebook, decidere di caricare tutto il mattino seguente, presumibilmente ormai in stato di sobrietà. Un livello strategico del genere fa tanto pensare a una volontà di vendetta, non a un semplice scherzo. Qualcuno ce l'ha con te».

«Ma il blocco della porta è un chiavistello scorrevole dall'interno». Mi sporgo leggermente più vicino allo schermo per dare un'altra occhiata alla foto di me e Cole, per esaminarne ogni ombra, ogni pixel... «Le ali! C'era un paio di ali da fata rosa sul letto, mi ci ero seduta sopra poco prima e avevo fatto la battuta di aver schiacciato la mia fatina buona».

Franklin ride. «Fatina buona? Oh Signore...».

«Dico sul serio. Dopo essermi sfilata il vestito, l'ho appoggiato sulla pediera del letto insieme alle ali. La composizione era buffa, tipo una favola dolce trasformatasi in maligna. Avevo quasi pensato di farne uno schizzo».

Franklin si sporge sulla mia spalla e indica verso lo schermo, sul punto della foto in cui dovrebbero trovarsi, ma non si trovano, le ali. «Qui?»

«Sono sparite. Anche se fossero cadute a terra, il mattino dopo le avrei dovute vedere, quando ho raccolto il vestito. Guarda».

Cerco tra le foto e trovo quella che Cole ha scattato accidentalmente, il letto con il vestito appoggiato ai piedi. E ovviamente le ali. Rosa e brillantinate.

«Nella baita non si sentiva un rumore quando mi sono alzata», dico, continuando a ricomporre il puzzle. «Ho tenuto addosso quello con cui avevo dormito, sono andata in bagno, mi sono sciacquata la bocca con del collutorio… sono tornata al letto e mi sono seduta per infilarmi gli stivali, ma le ali non c'erano».

«Potrebbe essere entrato qualcuno mentre eri in bagno? Cole dov'era?»

«Era già sceso di sotto. Io sono rimasta in bagno per, tipo, un paio di minuti. Avevo fretta di tornarmene a casa. Ti ripeto, non si sentiva un rumore. Io e Cole eravamo gli unici svegli, oltre a Spence che se ne era già andato da un bel pezzo ormai, doveva riportare Principe Macula nelle scuderie».

«Poi cos'è successo?»

«Ho cercato i miei orecchini sulla cassettiera e… il berretto! Il berretto!». Salto su dalla sedia, le gambe elettrizzate dall'eccitazione. Adesso mi suona proprio come una vera indagine, come se ci stessimo veramente battendo per la verità e la giustizia. «La sera prima quando io e Cole siamo entrati nella camera, sulla cassettiera c'era il berretto di 420, ma l'indomani mattina era sparito».

«Magari pensi di aver sentito Cole tirare il chiavistello». Franklin riprende la penna e se la avvolge tra i riccioli. «Magari era il rumore di qualcos'altro».

«Ho sentito il chiavistello scorrere e scattare, ne sono certa. Quando è tornato, io ero, insomma, molto confusa. Era tutto amplificato». Torno a sedermi.

«Ti sento incerta», dice Franklin. «È possibile che non ricordi l'esatto ordine degli eventi. Del resto, mi sembra anche normale vista la scimmia sonora che ti eri presa».

«Una sonora… cosa?»

«Eri ubriaca», chiarisce. «Sbaglio forse?»

«Non *ubriaca*, ma nemmeno sobria. Ma comunque…». Su questa parte non ho dubbi: quando Cole è tornato, ha aperto la porta, l'ha richiusa e poi bloccata, si è spogliato, ha impostato la sveglia e si è infilato nel letto. La sveglia non è mai suonata perché il cellulare è stato sottratto durante la notte. Stesso discorso per le ali: si vedono nella foto precedente, ma non in quella con me e Cole nel letto, il che significa che qualcuno le ha rimosse *prima* che quella foto fosse scattata.

Ricapitolo tutto per Franklin.

«Ma continui a ribadire che la porta era bloccata e nessuno sarebbe potuto entrare», osserva.

«Esatto». Il berretto, le ali... Strabuzzo gli occhi quando mi si accende la lampadina. «Erano già dentro! Dovevano essersi nascosti nell'armadio di Cole quando siamo arrivati noi e devono aver aspettato che ci addormentassimo prima di sgattaiolare di nuovo fuori, 420 e... non saprei. Una delle tante fatine».

«Vuoi dire che sono rimasti chiusi in un armadio per tutto quel tempo? Senza fare un solo rumore?»

«È una cabina armadio», gli dico. «E di solito i Foster usano la baita come casa per le vacanze, non è che Cole la tenga strapiena di vestiti. C'è spazio dentro. E noi ci siamo addormentati all'istante».

E, anche se poco, ma abbiamo dormito.

«Chi indossava ali quella sera?», mi chiede.

«Praticamente tutte le ragazze. Penso che le uniche che *non* le avevano al ballo eravamo io , Griff, una vestita tipo da troll, e Kiara. Kiara, comunque, poi non è venuta alla festa». Sento avvamparmi la nuca, ma caccio il senso di colpa. Spero che Ash l'abbia già reintegrata nel gruppo.

«Pensi che chi era nell'armadio abbia fatto le foto? E ti abbia rubato il cellulare?». Franklin mi fissa con la stessa espressione da fettina di vitello di Griff. Non posso certo biasimarlo, la storia si fa più strana ogni secondo che passa.

«No... suppongo di no. Se temevano di essere sorpresi, non si sarebbero certo fermati a fare foto. La loro missione era uscire da lì senza essere beccati. E 420 non ha decisamente quelle che chiamerei cellule cerebrali da mente criminale».

«Altro vicolo cieco», fa Franklin, stropicciandosi gli occhi.

«Forse, però, se sono rimasti lì fin quando noi non ci siamo addormentati, potrebbero anche sapere se è entrato qualcun altro, o se abbia tentato di entrare o anche se si sia solo appostato lungo il corridoio. E possono quantomeno confermare che io e Cole non... che mentre erano lì dentro, le cose sono rimaste totalmente... sul platonico». *Totalmente sul platonico.* Una forzatura magari e le parole mi causano un sapore amarognolo sulla lingua, ma proseguo. «E probabilmente sono usciti dalla stanza separatamente, per evitare sospetti. E se qualcuno si è infilato nella stanza tra le loro due uscite separate...».

«Buona osservazione», commenta lui. «Potrebbero aver visto qualcosa».

«C'è un solo modo per scoprirlo». Raccolgo le mie cose e mi preparo al mio primo interrogatorio ufficiale. «Ci possiamo vedere dopo scuola per un aggiornamento? Vedo se possono venire anche Cole e Griff».

«No problem... sei sicura che 420 parlerà? Quanto ci sei in confidenza?»

«Abbiamo fatto delle profonde chiacchierate, io e il buon vecchio quattro-due-zero». Alzo gli occhi al cielo, ma è la mia prima pista e non voglio rinunciarci così facilmente. «E poi ho le prove del *suo* piccolo scandalo. Dubito che i suoi amichetti di canna la prenderebbero così bene se venissero a sapere che si è rimorchiato una fatina sbrilluccichina. Parlerà».

Franklin mi guarda di sbieco. «Intimidazione? Non ti facevo proprio tipo da ricatto, Veronica».

«Non vederlo come un ricatto, Keith, ma come un *riscatto*, piuttosto, a mio favore, un riscattino insomma: tu vuoti il sacco e io acqua in bocca».

LIBERACI DAL MAL(E)

«Rapporto dal fronte maschietti». Finite le lezioni Griffin irrompe nel laboratorio di informatica e molla le sue cose su una sedia. «Ho forse appena detto "rapporto dal fronte maschietti"? Come non detto». Si tira le chiome bionde in una coda di cavallo e continua con piglio deciso. «Notiziario flash: non è stato un ragazzo».

«Come fai a dirlo?», le chiede Franklin, senza staccare le dita dalla tastiera. Ho appena terminato di ragguagliarlo sul mio vano tentativo di interrogare 420 – durante il quale l'inquisito mi ha fissata con sguardo vuoto, offerto Doritos e congedata in una nuvola di fumo e ridarella – e Franklin sta ancora registrando i dettagli.

«Cole mi ha passato l'elenco dei presenti». Griff apre un foglio di quaderno spiegazzato e gli dà una lisciata appoggiandolo sulla sua gonna corallo. «E lui dov'è?»

«I Vanitas hanno le prove oggi. Ha detto di mandargli un messaggio se ci sono novità».

Griff batte un dito sul foglio. «Ho parlato con quattordici ragazzi di Lavender Oaks: John, Spence, i vampiri della squadra di rugby, 420 e qualcun altro a casaccio. I vampiri hanno fatto gruppo per tentare di bloccarmi in una mischia, ma un paio di doppi sensi e qualche sbirciatina di tette dopo, li tenevo tutti già stretti per il...».

«Griffin», la fulmino con un'occhiataccia. «Rimani sull'argomento».

«Ma io sono *totalmente* sull'argomento. Esco con Brian questo fine settimana», dice. «O Ryan? Brian è il biondo, giusto? Ryan invece è...».

«Grazie mille per la dettagliata analisi del colore dei capelli dei rugbisti», le dice Franklin da sopra la spalla. «Ma almeno sei riuscita a ottenere qualche indizio concreto?»

«Uffi. *Perdono*, Sherlock Holmes».

«Preferisce Keith Mars», la informo. «Non chiedere perché».

«*Perdono*, Keith Mars». Griffin spalanca il suo collaudato sorriso provocante, a metà tra il finto offeso e il baciami-stupido. Dietro le spalle di Franklin, con il labiale dico: «Finiscila». Griffin gode nelle sfide e per lei Franklin è solo un'altra montagna da scalare, ma non possiamo far deragliare le indagini a causa dei suoi insaziabili ormoni.

Poi la sua attenzione torna sull'elenco. «È così ovvio, Lucy. Certo, alcuni di quei ragazzi potrebbero vincere la supercoppa della stronzaggine, ma non sono proprio dei cospiratori. Un conto è fare un commento stupido su Facebook, tutt'altro è marcarti stretto a una festa, rubarti il cellulare, scattare tutte quelle foto, postarle sul tuo profilo e addirittura taggarle sulla pagina di Miss D, e incastrarti. Senza parlare poi della pagina di Polposa Lucy». Griff si appoggia allo schienale della sedia e spinge in fuori il petto. «Solo un altro soggetto femminile potrebbe arrivare a un tale livello di "pugnalata alle spalle". Giusto?».

Continuando a digitare dietro di noi, Franklin sente il bisogno di commentare: «A nome del cromosoma Y, esprimo il mio sdegno per la tua mancanza di fiducia nelle nostre capacità di complotto. Ad ogni modo, la tua argomentazione è valida. E inoltre non ritengo che pugnalata alle spalle sia la definizione giusta».

«E Paul?», le chiedo.

«L'ho chiamato a pranzo. Me l'ha cantata peggio di una boy band, ma nemmeno lui è un complottista. E poi sono stata con lui tutta la notte, dopo che tutti si erano addormentati in salotto. Stavamo... *be' lasciamo stare*. So che non è stato lui». Si scuote una mano davanti agli occhi per cancellare l'immagine di lei che si rotola sul pavimento con Paul. «Una cosa del genere puzza di furia femminile».

Prendo l'elenco e mi lascio andare contro lo schienale, esaminando i nomi. I ragazzi che ha già sentito sono stati spuntati con una croce, ma l'ultimo è cerchiato. «Perché Marceau è cerchiato?».

Griff spalanca gli occhi. «Ecco! Un altro interessante sviluppo. Ha fatto scena muta. Si è chiuso in un sospetto silenzio e se ne è andato prima che potessi insistere».

Mi sporgo in avanti in una nuvola del suo profumo speziato. «Pensi che sia stato *lui*?»

«Amante geloso, crimine passionale». Ci riflette su. «Le motivazioni le avrebbe tutte, per non parlare di un gran bel culo», conclude, sbattendo le ciglia. «Ma, nonostante i requisiti, rimango della mia idea. Qui non c'è la mano di un ragazzo».

«Marceau non è un ragazzo», dico subito. «Cioè, è un *ragazzo*, ma è diverso. Lui è francese».

«Canadese», mi corregge Franklin. «Franco-canadese. Sottile ma importante differenza».

«Abbiamo uno studente in scambio di studio dal Canada?», chiede Griff. «E in quale scuola?»

«Alla Lavender Oaks ovviamente», le risponde Franklin. «E allora che problemi ha? Perché pensi che faccia così il misterioso?».

Griff scoppia a ridere. «Ma quale misterioso, Sherlock, cioè scusa, Keith... è solo innamorato di Lucy».

«Finiscila! Non è...».

«Franklin. Signorine». La preside Zeff ci fissa sulla porta con le braccia conserte. «Proprio le persone che possono dare una mano». Griff si alza dalla sedia. «Noi *stiamo* aiutando. Siamo aiutanti».

«Stiamo imballando l'ultimo numero di «Explorer». Queste due intrepide lettrici sono le mie casse di risonanza».

Zeff sorride, inchiodandomi lo sguardo addosso. «Sono felice di sapere che stai incanalando le tue energie in qualcosa di positivo, Lucy». Poi il sorriso svanisce e gli occhi si incupiscono. «Venite con me. Tutti».

«È tutto il giorno che vanno avanti così, in posti diversi», ci spiega la Zeff facendoci strada attraverso la palestra. Le strobosfere della sera del ballo non sono state ancora rimosse e mentre passiamo ci proiettano in faccia scintillii di luce.

«È la quarta segnalazione che mi arriva oggi», fa la Zeff. «Gli insegnanti sono nervosi, ma c'è molto altro dietro». La preside apre a spinta la porta di emergenza che dà sui campi di calcio e lacrosse e ci fa strada fuori. Non scattano allarmi. «Reclamano Lucy».

Strizziamo tutti gli occhi per l'abbaglio del sole. La stagione delle gare è terminata, ma la squadra di calcio utilizza ancora il campo per le partite di allenamento, e adesso è in campo, Marceau incluso, e osserva tre studenti interamente vestiti di bianco, dalla testa ai piedi.

Il centro del campo è occupato da quelli del MAL(e).

«Sono dei... baschi?»

«Mettiamo subito agli atti che sono pochissimi gli uomini ai quali stanno bene i pantaloni bianchi», dice Griff.

Marceau incrocia il mio sguardo e mi fa un piccolo cenno di saluto con la mano. Prima che riesca a ricambiarlo, Griff mi dà una gomitata. «Non lo illudere». Poi rivolgendosi alla Zeff: «Li ho visti oggi a mensa. Stavano facendo una specie di ballo, una cantilena, ma... non so. Basta non farci caso».

«Quindi sei d'accordo che non sono una minaccia?», chiede con un filo di voce la Zeff. Sembra incantata, come se stessimo osservando gufi di una specie rara in libertà.

Griff scoppia a ridere. «Probabilmente stanno solo mettendo tutti in guardia contro i rapimenti degli UFO e le sonde non necessarie».

«Esistono anche sonde *necessarie*?», le chiedo. Griffin mi strizza l'occhio con fare cospiratorio.

Al che la Zeff si rivolge a Franklin. «Tu hai lavorato con loro in passato. Qualche idea su cosa possa significare?»

«Hai lavorato con loro?», chiedo a Franklin.

«Ricerca». Franklin scuote la testa. «Grazie per aver confermato i miei sospetti che non hai mai letto l'«Explorer» una sola volta».

«Preside Zeff!», dice Asher con un megafono. «Non c'è niente da temere. Questo è un pacifico raduno per esercitare la nostra libertà di espressione, cioè per esercitare il nostro diritto alla libertà di parola».

La Zeff forma un imbuto con le mani ai lati della bocca e risponde: «Io. Sostengo. I vostri. Diritti. Costituzionali».

«Questo. È. MAL(e)!», risponde Asher.

«Sì, ma... male cosa?», chiede la preside.

Asher fa un gesto rotatorio con la mano davanti a sé, indicando il suo numeroso seguito di tre persone.

«Rappresentare!», urla.

«Rappresentare!», gli si accodano in coro gli altri, lanciando il pugno in aria.

Io, Griff, Franklin e la preside Zeff li guardiamo perplessi.

Poi Ash risolleva il megafono. «Questo. È. Un. Flash. Mob».

La Zeff trasforma l'imbuto-megafono in un amplificatore per il proprio orecchio. «Un cosa?»

«Un flash mob!», ripete Asher. «Per Lucy Vacarro e tutti coloro che sono stati bruciati dalla nostra dipendenza culturale dal...».

«Signor Hollowell», lo blocca la Zeff, facendogli segno di avvicinarsi. «Tutto meraviglioso, certo, ma perché lei e i suoi amichetti flashmobbini non lasciate continuare la partita alla squadra di calcio e non venite a discutere qui come poterci essere di reciproco aiuto? Le piace come idea?».

Asher chiama a raccolta i suoi minion per una consultazione e poi si stacca e risolleva il megafono. «Abbiamo discusso tra noi la sua richiesta e siamo arrivati a un accordo! Intendiamo soddisfare le sue richieste! Stiamo venendo da lei!». Poi rivolgendosi ai calciatori, aggiunge: «Prego, continuate pure Pescispada, e perdonate la nostra interruzione molesta ma di estrema sociale importanza». Appoggia il megafono in grembo e spinge avanti la sedia a rotelle, seguito dagli altri.

La squadra di calcio si rimette in formazione. Marceau mi fa un ultimo, affranto sorriso e io gli rispondo con un piccolo ciao con le dita.

«Finiscila!», mi fa Griff bruscamente. «Gli rendi solo tutto più difficile».

Riguadagnate le linee laterali, Asher ci saluta con un cenno secco e ufficiale del capo. Alla preside Zeff china la testa, poi stende una mano per lasciarle la parola.

«Mi dica lei», ribatte la Zeff. «Sembra che abbia cose importanti da dire».

Ovviamente elettrizzato dall'invito, Ash si lancia in quella che, con qualche centinaio di persone in più attorno, sarebbe stata una perfetta arringa sobillatrice sulla caduta dell'Impero romano, sulla cospirazione della grande industria farmaceutica che ci riduce tutti malati, accenni al Dipartimento di Sicurezza nazionale di cui non sono certa al cento per cento perché per un minutino mi sono persa, e...

«Lucy». Asher incrocia le braccia al petto e gli altri due si scambiano cenni di approvazione. «Dipende tutto da lei».

«Dipende tutto cosa da chi?», chiedo, tornando d'un tratto in me. Il sole continua a riflettersi, accecante, sui loro baschi bianchi. «Puoi ripetere la domanda?»

«Lucy», dice la Zeff, guardando l'orologio, «mi sembra un'altra ottima occasione per espanderti in una direzione positiva. E, Asher, sono orgogliosa di vedere che il tuo gruppo stia sondando i confini dell'impegno civico. Sono certa che voi due risolverete questa cosa da giovani adulti responsabili, senza disturbare le squadre sportive, vero?». E poi, senza attendere conferme che non le interessano, aggiunge. «Ottimo! Vi lascio discutere!».

E così fa.

Il discorso di Asher per farmi aderire al MAL(e) non è altro che una ripetizione di quanto mi ha già detto davanti al mio armadietto l'altro giorno. L'unica differenza stavolta è la presenza dei suoi minion.

«Potrebbe veramente essere un'occasione di forza», dice

uno degli altri due. Porta *dreads* sottili e lunghi fino alle spalle con piccole conchiglie sulle punte e un piercing d'argento al sopracciglio. Tens, credo che lo chiamino così. Sono quasi certa che sia il miglior amico di Asher, li ho visti spesso insieme.

«Potresti essere la nostra Katniss, la nostra ghiandaia imitatrice, il simbolo della nostra rivolta», dice l'altra, la nuotatrice bionda che mi ha dato il volantino il primo giorno. Al sole i suoi occhi sono di un azzurro chiarissimo. «Guidaci nei nostri *Hunger Games*, nella marcia alla demolizione del regime del *corporate social network*».

«E non penserai che sia solo una coincidenza, Stephie», le dà il cambio Tens, seguendo un copione che si capisce hanno già provato e riprovato, «che cambiando l'ordine delle lettere di "corporate social network" escono fuori "Capital" e "Snow "».

«Per non parlare poi dell'oscuro "Orreo Rocket" che rimane...», aggiunge lei, annuendo convinta. «Decisamente un messaggio in codice».

«Ma fate sul serio, ragazzi?», dico. «Cosa sta accadendo qui?»

«Cosa sta *accadendo*?», chiede Asher. «Le tecnologie della frivolezza stanno corrompendo le nostre relazioni, distruggendo le nostre anime e rendendo ogni genuina interazione umana un pittoresco relitto d'altri tempi che la gente non sarà più nemmeno in grado di ricordare, perché ricordarlo richiederebbe proprio quella interazione di cui noi stiamo piangendo la rovina. *Ecco* cosa sta accadendo qui».

«Io intendevo dire...».

«E tu in quanto vittima diretta di amici voltafaccia che *sfacebookkano* gli amici», dice Stephie, «sei la più indicata per prendere una posizione pubblica sulla questione».

Griff nel frattempo ridacchia dietro di me. «Da grandi scandali derivano sempre grandi responsabilità, Lucy cara».

«Sono più che certo che non è così che dice il detto», la sbeffeggia Franklin.

«Perché ci godi così tanto a correggermi la sintassi?»

«Questa non è sintassi, è...».

«Tu parli sempre troppo», lo interrompe Griff. «E per tua informazione, ho un bell'ottimo in grammatica».

«Ragazzi!». Il treno sta rapidamente deragliando. Sono le quattro passate, dovrei già essere a casa davanti a una partita di *Distruggi il morto vivente*. «Asher», dico, «comprendo parte di quello che dici, ma io non sono… non posso… no».

«Ti prego, Lucy», mi dice Stephie. I suoi occhi azzurri sono così sinceri, ma… no.

Asher sbuffa frustrato. «Momento della verità», dice. Mi fa segno di chinarmi verso di lui e quando gli sono a portata di orecchio, mi mette una mano sulla spalla. «Stiamo cercando una causa, Lucy. Qualcosa di valido che ci faccia ricordare prima del diploma, qualcosa che possa rimanere per le future generazioni di studenti della Lavender Oaks».

«Avete bisogno di un'eredità?»

«Abbiamo bisogno di nuovi membri, soprattutto adesso. Il Dipartimento di sicurezza nazionale monitora le nostre comunicazioni; quello per la sicurezza nei trasporti ci controlla anche le cavità corporee; la sorveglianza con i droni è ai massimi livelli storici…». Nel dirlo, rivolge lo sguardo verso il cielo, in cerca. Franklin e Griffin fanno altrettanto.

«Droni?», chiede Franklin.

«Droni», ribadisce Asher. Quando torna a guardarmi, i suoi occhi sono lucidi per la luce del sole e/o per la passione che mette nella causa contro l'invasione della privacy.

«Sai qual è la cosa buffa?». Mi rialzo e mi pulisco l'erba dalle mani, offrendogli un sorriso sincero ma di scuse. «Che riuscireste a reclutare molte più persone se usaste Facebook e Twitter invece di quei pantaloni bianchi e dei megafoni. Lo fanno tutti i rivoluzionari più progrediti».

«L'ho sentito dire anch'io, ma ascolta…». Asher mi strizza l'occhio e l'uomo ragno che c'è in me mi bisbiglia *qualsiasi cosa dirà adesso, non sarà niente di buono*. «Ti sto logorando, Lucy Vacarro. Credimi. Dopo il pre-partita domani? Verrai. Inutile fare resistenza».

«Quelli in pantaloni come voi sono inutili», reagisce Griff. Ma ormai Asher mi ha agganciato con lo sguardo come con un fascio antigravitazionale extraterrestre; Franklin si gratta la testa, Tens e Stephie annuiscono con l'aria di chi la sa lunga, e io alla fine mi ritrovo a guardare in cielo, perché non si sa mai.

I FLASH MOB DI LAVENDER OAKS SONO NIENTE FUMO E NIENTE O POCO ARROSTO

Miss Decenza
3123 like 👍
702 utenti ne parlano

Venerdì, 2 maggio

In una serie di rimostranze pubbliche senza precedenti e alla fin fine nemmeno poi così pubbliche, i nostri simpatici teorici del complotto hanno dismesso i cappellini di stagnola per passare a dei baschi, avviando numerosi flash mob autoproclamati in tutto il campus. I combattenti biancovestiti hanno affidato ai megafoni le seguenti nobili richieste: lo smantellamento del regime dei social network (*Buuu! Fiiiii! Stagnolati! Buuu! Fiiiii!*)! Il boicottaggio degli smartphone! E... altra roba che nessuno ricorda... forse una scelta poco azzeccata dell'uniforme.

(Suggerimenti di stile per i manifestanti pubblici: se decidete di indossare pantaloni bianchi, evitate poi di mettervi le mutande colorate).

Per quanto inadeguato possa essere stato il loro abbigliamento, il tentativo del MAL(e) di difendere una studentessa di Lavender Oaks contro la tirannia della massa è comunque da lodare. Non dalla sottoscritta, ovviamente, in quanto esistente solo online e perché la squadra noi-odiamo-i-social-network non darà mai un *like* alla mia fan page, non in questa era almeno (e non è un eufemismo, ciccini).

Per cui, mie masse massicce, se incrociate uno dei flashmobbini niente fumo e niente o poco arrosto, ringraziatelo per... qualsiasi cosa stiano facendo perché probabilmente ha a che fare con la libertà di parola e con l'affrancamento dall'oppressione e con tutto quel pandemonio di diritti inalienabili di cui non ho voglia di stare qui a ciarlare adesso perché il bagno, in cui orgogliosamente sfoggio tendina da doccia con motivi costituzional-statunitensi e rivestimento coordinato nei toni Carta-dei-Diritti, è troppo distante dal letto su cui orgogliosamente giaccio adesso.

Come per gran parte delle cose di cui riferisco con gran tenacia, anche in questo caso dovrete fidarvi della mia parola. E il resto lo sapete. Combattete il potere e compagnia bella.

xo – Ciao! – xo

Miss Decenza

LA VERITÀ *È* LÀ FUORI, DA QUALCHE PARTE, MA DI CERTO NON A PORTATA DI MANO

Dieci buoni motivi per non defilarmi al pre-partita della Lavender Oaks:

1. Suonano i Vanitas
2. Jayla farà un'apparizione a sorpresa nei panni di Angelica e io le ho promesso che le farò sapere cosa penso della performance
3. MAL(e). Asher ha detto che la resistenza è inutile? E io non oppongo nessuna resistenza
4. In realtà i motivi sono solo i tre suddetti.

All'interno della palestra tirata a lucido, sondo le tribune in cerca di facce amiche. La chioma biondo platino di Griffin spicca in mezzo alla folla, ma è seduta accanto a Ellie e si volta non appena mi vede. Qualche secondo dopo, il cellulare si illumina.

Griff: *scusa. Sn con ellie. franklin mi ha chiesto di coprirti le spalle.*

Io: *tranquilla. Qualcosa da segnalare sulle ali del mistero*?

Dopo l'assalto del MAL(e) di ieri, io e Franklin abbiamo ragguagliato Griff su 420 e Franklin le ha affidato il compito "ali del mistero" e di passare al setaccio le foto della festa e vedere se riesce a confrontare le prove e scovare la nostra fatina. Nonostante il loro pseudo battibecco sul campo di calcio, Griff mi è sembrata più che entusiasta di occuparsi dell'incarico.

Griff: *ancora niente ma tengo d'occhio olivia, nasconde dcsmnt qualcosa. per ora è tutto. agente colanzi passa e chiude. xo.*

Leggere il nome di Olivia mi fa ribollire il sangue. È dura immaginare che qualcuno possa volontariamente postare una foto così imbarazzante di se stesso – mi è sembrata veramente a pezzi quel giorno nel bagno emo della scuola – ma non riesco a togliermi dallo stomaco la sensazione che lei sia coinvolta. E non solo nelle modalità più lampanti, come i commenti sulla pagina di Polposa Lucy, l'operazione *Mean Girls* con Quinn e Haley – ma in qualcosa di più profondo, di più sinistro.

Oppure ho passato troppo tempo con Asher Hollowell.

Lascio cadere il cellulare in borsa e mi abbasso gli occhiali da sole per cercare Franklin. Quando i nostri sguardi si incrociano, lui si alza e si sbraccia per farmi capire di raggiungerlo.

Salgo le tribune e mi siedo accanto a lui. «Vivacizzi il già vivace pre-partita, Keith?»

«Ho pensato che fosse una buona posizione strategica da cui controllare ogni possibile attività sospetta». Indica lo striscione di Jayla sotto il tabellone. «Dobbiamo tenere gli occhi aperti su chiunque tenti di paparazzare la nostra piccola Darling».

«Pensavo che la visita di Jay, cioè… ehm, ci sarà Jayla Heart?». Avevo quasi dimenticato che Franklin *non sa* che Jayla è mia sorella. Pensava che scherzassi quando gli ho proposto di fargli avere un'esclusiva da lei. «Come lo sai?»

«La Zeff mi ha chiesto se avevo bisogno di qualcuno del club di fotografia per qualche foto per il giornale», risponde. «E in ogni caso, per noi è un'occasione fantastica».

«Perché sei un grande ammiratore di Jayla Heart?».

Franklin mi dà una spallata. «Miss Decenza è una megaminion di Jayla Heart. Se c'è qualcuno che potrebbe farsi prendere la mano con la fotocamera, questa è sicuramente lei. E potrebbe anche correre l'imprudenza di bruciarsi la copertura».

«Pensi che Miss D sappia qualcosa sul criminale?», chiedo, intuendo la sua idea. «Qualcosa che possa esserci utile?».

Franklin mette su un'aria di supremo autocompiacimento.

«Ma *tutti* simulano adorazione all'altare di Jayla», dico. «Hai mai *visto* la sua fan page? La gente non si fa mai sfuggire l'occasione di farsi un selfie con una celebrità, anche se è solo per prenderla in giro».

«A scopi investigativi, in effetti ho esaminato la pagina dei *fidanzatini di Jayla*», mi fa Franklin, grattandosi la nuca che d'un tratto si è visibilmente arrossata. «Ma non è questo il punto. Miss Decenza è veramente ossessionata. Tu cerca di... stare allerta, okay? Non bruciare il nostro appostamento».

«Operazione segreta. Mi piace». Inforco di nuovo gli occhiali da sole e gli reggo il gioco, scrutando la folla da dietro le lenti scure.

«Occhi aperti, socia». Franklin indica il centro del palco con la sua bottiglia di acqua mezza vuota. «Inizia lo spettacolo».

Gli amministratori di Lavender Oaks hanno imparato molto tempo fa che i discorsi degli insegnanti sono in grado di soffocare il brusio di qualsiasi evento studentesco più velocemente di una squadra di sbirri che irrompe a una festa.

Dopo un paio di brevissime – delizia delle delizie – paroline di benvenuto e un'inutile richiesta di spegnere i cellulari, la preside Zeff ci chiede di accogliere con un applauso i Vanitas.

La folla esplode quando Cole, John e Spence salgono sul palco. Cole si sistema dietro la batteria, fa roteare le bacchette e sorride al pubblico. È il preliminare di riscaldamento che gli ho visto fare tante volte a ogni prova nel suo garage, ma adesso, mentre sorride al pubblico, per un piccolo proibito momento, mi abbandono alla fantasia che stia sorridendo a me. *Per* me. Colpisce il timbro per introdurre il riff di chitarra di apertura di John e il mio cuore parte a raffica.

Suonano cinque canzoni, tre cover e due inedite. Ogni mio senso è concentrato su di lui: gli occhi sulle acrobazie velocissime delle bacchette, sul dondolio della testa ispida; le orecchie per distinguere il suono della batteria tra tutti gli altri strumenti. Me lo sento dentro, il profondo tonfo metallico contro la mia cassa toracica. E quando chiudo gli occhi, sento le labbra di Cole premute sulle mie, assaporo il suo respiro sulla mia lingua, tenue e caldo e assolutamente indimenticabile.

Al termine dell'ultima canzone, il pubblico è tutto in piedi, le gradinate tremano per le urla, ma io rimango seduta, con il cuore aggrappato a un ricordo che non dovrebbe appartenermi, desiderando follemente di potermi insinuare in esso e vivere lì per sempre.

Franklin mi tocca il braccio. Incantesimo rotto. «Tutto bene, tesoro?».

Sto guardando Cole e anche lui mi sta guardando. Franklin deve essersene accorto perché si sporge verso di me e mi offre un sorriso di sostegno.

«Non è una colpa innamorarsi», mi dice, «anche se con un tempismo sbagliato».

«Anche se le persone a cui tieni ne rimangono ferite?», chiedo. Non cerco una risposta da lui, ma risponde comunque.

«Non è che si possano spegnere i sentimenti così. La repressione non ha mai fatto bene a nessuno».

«Carina la frase. Da adesivo da parafango».

«Sei innamorata di lui», mi dice Franklin, riportandomi alla realtà delle cose. «Non cercare di sfuggire. Non ce la fai». Ha gli occhi invasi dal rimpianto e mi chiedo come sia arrivato a questa consapevolezza, a questo dolore. Ho iniziato a fare il conto alla rovescia per il diploma dal primo giorno del primo anno di liceo, ma adesso, per un momento, vorrei avere più tempo. Più tempo per conoscere Franklin. Asher. Kiara. Più tempo da passare con Ellie, Cole, Griff. Più tempo per essere onesta, per essere me stessa.

Per capire cosa questo possa veramente significare.

Seduto dietro la batteria, Cole continua a guardarmi, il suo sguardo è appassionato e diretto, e io so che Franklin ha ragione: nemmeno con un allenamento cardio da sopravvivenza da zombie potrei sfuggire a tutto questo. E nemmeno lo vorrei.

È un pensiero raccapricciante: l'amore che ti penetra nel petto, divorando il cuore dall'interno. Quest'immagine mi assale, mi manda scariche elettriche in ogni nervo. Schizzo quasi letteralmente su dalla sedia, corro giù al centro della palestra e mi getto tra le braccia di Cole.

Amore. Divoratore. Cuore…

Un trambusto all'accesso laterale mi distrae e il momento esplode, i nervi, sfrigolando, tornano alla normalità, il cuore batte impazzito ma ancora intatto.

Felino. È l'unico aggettivo che mi viene in mente per descrivere l'avvicinamento di mia sorella e sprofondo nel mio sedile mentre la folla esplode in un tifo per lo più sarcastico.

Jayla ha il sorriso stampato in faccia, bello e sintetico. Se si accorge della derisione nell'aria, o non le interessa o è diventata bravissima a reprimere.

Nella tasca sento vibrare il cellulare.

Griff: *guarda olivia 2 file sotto di me. ammiratrice sfegatata segreta lei?*

Individuo la sezione di posti davanti a Griff e Ellie. Olivia è in piedi, pompa i pugni in aria in una standing ovation solitaria. Haley e Quinn sono ai suoi lati, ma sedute, ridono e riprendono Jayla con i cellulari. Hanno perfezionato gli urletti da finte fan. Olivia, per contro, sembra fare sul serio.

Io: *quantomeno... inaspettato*

Griff: *solo lei sembra tifare x la sorellina. Ti ho detto che era parecchio losca. Sto attaccata a lei e alle sue amiche spiritelli come Angelica al materasso.*

Io: *:) ottimo lavoro, agente colanzi. vacarro passa e chiude.*

Quando il boato alla fine si spegne, con metà del pubblico impegnato a smanettare freneticamente con i cellulari, Jayla si lancia in un drammatico monologo tratto da una scena dell'episodio della scorsa settimana. Recita, però, tutte le parti, non solo quella di Angelica, e nonostante lo sforzo di fare voci diverse, la cosa non ha nessun senso. Il pubblico esplode in risate isteriche e fischi di finte acclamazioni e io mi sento avvampare le guance e sono certa che, se Franklin non mi avesse offerto la sua acqua, avrei preso fuoco.

Critica ufficiale? Mia sorella è al cento per cento totalmente umiliante.

«Angelica Darling», urla a squarciagola, rimbombando per tutta la palestra, «chiude gli occhi su molte cose, Mikayla

McBride, ma il tradimento *non* è una di esse. Io ti credevo la mia confidente, ma adesso racconterai i tuoi segreti direttamente al diavolo… vai all'inferno!», e si slancia in avanti, simulando un montante contro un'avversaria invisibile. O potrebbe essere una scena di duello con coltelli, o magari un abbraccio. Prima che abbia il tempo di terminare la scena, c'è uno sfarfallio di luci, seguito dall'inconfondibile stridio di ruote di gomma e di scarpe da ginnastica sul pavimento di parquet lucidato.

«Noi! Siamo! Lo zero-virgola-zero-cinque per cento!». Asher ha di nuovo in mano il megafono e i suoi minion – aumentati, oggi, da due a tre, Kiara inclusa – si dispongono a linea da una parte all'altra della palestra. Hanno sostituito il bianco con il nero e si sono dotati tutti di megafono e occhiali da sole.

Gli insegnanti sono seduti in prima fila e alcuni di loro si alzano come a voler mettere fine a quell'azione di disturbo. Zeff, sorridente e incuriosita, allarga un braccio per fermarli e solleva l'altra mano in segno di stop: *aspettate. Dategli un istante.*

Senza perdersi d'animo, Kiara fa un passo avanti, brandendo il megafono, testa alta e orgogliosa dopo la breve sospensione.

«Noi siamo i pochi. I pochi che dicono basta all'imperante Facebook. *Basta* ai perpetui crudeli pettegolezzi sulle celebrità. *Basta* alle frivolezze elettroniche. *Basta* al decadimento cerebrale da social network e basta al controllo governativo attraverso l'acquisizione coatta dei dati personali e le SPAM consumistiche».

Quella sera con Principe Macula al ballo, tutta in ghingheri nel suo abitino da sirenetta, Kiara era in preda all'ansia mentre inviava di nascosto una foto alla madre. Stasera, invece, al centro dell'attenzione per una causa nella quale crede incondizionatamente, sta brillando.

«Pensate con la vostra testa», le dà il cambio Asher, avanzando sulla sedia a rotelle, quando Kiara arretra. «I padri fondatori non avrebbero voluto che le cose andassero a finire in questo modo. La costituzione? Loro l'hanno coccolata. Noi l'abbiamo devastata».

«Loro l'hanno coccolata», gli fanno eco gli altri. «Noi l'abbiamo devastata».

«Per cui onoriamo i nostri favolosi padri fondatori. Scollegatevi. Scendete in campo e...». Asher abbassa il megafono e si guarda attorno. Kiara si stringe nella spalle. Al che Asher risolleva il megafono. «Dov'è Roman?»

«Penso che non abbia trovato il post-it sulla variazione dell'orario», risponde Kiara.

«Ancora convinto che non possiamo avere i telefoni cellulari?», chiede Stephie. L'intera conversazione avviene via megafono. «Un po' complicato coordinare le variazioni di un flash mob all'ultimo secondo con degli avvisi scritti a mano».

«Un messaggino di testo sarebbe più facile», concorda Kiara.

«Allora non avete proprio capito niente!», urla Asher. Sempre via megafono. Il pubblico nel frattempo si è azzittito; gli insegnanti si scambiano occhiate confuse in attesa che la preside Zeff metta fine a tutto questo... e all'improvviso Asher sembra rendersi conto che tutti gli occhi sono puntati su di lui. Si schiarisce la voce nel megafono e con la mano libera indica me e Franklin. «Lucy Vacarro non è una criminale. È una vittima. Tutti voi che vi collegate, che aggiornate, che postate, siete tutti delle vittime. La colpa è solo di quel maledetto Facebook».

«Lucy Vacarro è una troia!», urla qualcuno da qualche fila dietro di me.

Jayla, che si è vista rubare la scena da quelli del MAL(e), gira di scatto la testa in direzione della voce che mi ha assai eloquentemente etichettato e, ancora microfonata per la performance, urla: «Angelica non tollera le malelingue che offendono gratuitamente, piccolo verme schifoso!».

«Spia!», urla qualcun altro.

«Troia!», ripetono. Sono sicurissima che è stato uno dei vampiri.

Il coro sta per gonfiarsi e l'attesa riempie la sala come un pallone di gomma che è sul punto di esplodere. Franklin mi afferra la mano e me la stringe dolcemente. «Ci facciamo un fugone di corsa?»

«La verità è là fuori, gente!», tuona Ash nel megafono, dirottando tutta la forza crescente dello slogan prima che decolli. «Aprite gli occhi! Dite NO ai social network e SÌ alla realtà sociale! Amici non "amicizie"!».

«Amici non "amicizie"!», gli fanno eco i suoi minion. Saranno pure quattro gatti, ma l'entusiasmo ce l'hanno per mille. «Amici non "amicizie"! Amici non "amicizie"! Amici non "amicizie"!».

«Chi siete voi? Gli sbirri dell'hashtag?». Jayla arriva alle spalle di Asher e gli ruota la sedia così da guardarlo in faccia. L'esplosione di fischi e urla di scherno è assordante, ma Asher rimane abbagliato dalla star che ha davanti.

«Sai cosa ha da dire Angelica Darling a questo proposito?».

Questo è il momento. Agente Vacarro passa e chiude.

Franklin mi tiene ancora per mano. Gliela stringo e gli faccio un cenno con la testa in direzione dell'uscita.

«Non ho una particolare simpatia per gli sbirri», dice Jayla-Angelica mentre io e Franklin ci intrufoliamo tra il pubblico. «Soprattutto quelli con il megafono. Sai cosa si dice dei tipetti piccoli con la voce grossa? Che hanno dei piccolissimi…».

«E con questo abbiamo concluso! Grazie, Jayla Heart». La preside Zeff alla fine si è messa in azione, balzando sulla scena. Afferra il megafono di Asher e fa cenno agli altri del gruppo di tornare al proprio posto. «Grazie, bambini del male, per averci ricordato quanto sia importante equilibrare l'immaginazione con la vita reale, online e offline. Rimanendo in argomento di equilibrio… fate insieme a me un bell'applauso alle ragazze ponpon della nostra squadra dei Pescespada e al numero che le ha rese famose su Youtube per violazione del copyright *Who Let the Fish Out (Woof woof woof woof woof)*!».

Nella relativa tranquillità del laboratorio di informatica, mi accascio su una sedia con rotelle e tiro fuori il cellulare: l'ho sentito ronzare per l'arrivo di messaggi nell'istante in cui io e Franklin abbiamo lasciato la palestra.

Griff: *ma lo stiamo sognando?*

Griff: *asp, dove state andando?*

Cole: *che czz gli è preso ai male? hollowell è fuori di testa! Troppo forte*

Cole: *asp, dove stai andando con* FM*? tutto ok?*

Griff: *zeff sembra tipo inczzta nera x qst bordello. Alla faccia dell'impegno civico*

Griff: OMD *olivia ha chiesto a ellie dove 6 andata. adesso! vuole sapere xké lucy se n'è andata*

Griff: *ellie le ha rspst che 6 allergica ai numeri delle ponpon.* LOL*! mitico!*

Griff: *rispondi signorina!!!! Ehi!!!!*

Cole: *:-(torna :-(*

Invio un messaggio lampo a tutti e due: *fugone prima del finimondo. Già troppi problemi con zeff, meglio stare bassa! @ lab pc in buone mani con il ns capo detective.*

«Pensi che i MAL(e) stiano tentando di farmi sospendere?», chiedo a Franklin. È seduto sulla sedia accanto alla mia e per una volta non sta prendendo appunti. «O comunque si possa dire quando stai per diplomarti e non puoi in realtà essere sospesa».

«Sono più che certo che stanno tentando di dare una mano», mi risponde. «Tutta quell'arringa contro i social network... ho come l'impressione che vogliano indurre una confessione attraverso l'intimidazione di gruppo. Strategia classica, zero tecnologia ma di forte impatto».

«Per cui stanno interrompendo solo per *finta* lo spettacolo di Jayla Heart? Chiamandomi in causa di fronte a tutti gli studenti?»

«Direi piuttosto che stanno mandando un messaggio camuffato», risponde Franklin. «Ma sì, suppongo di sì».

«Riflettevo su una cosa», dico. «Asher sembrava parecchio "colpito" da Jayla».

«L'ho notato anch'io. E quindi?», risponde Franklin.

«E se Miss D non fosse una persona singola ma un gruppo? E se quel gruppo fosse il MAL(e), una specie di milizia per la giustizia social? E se fossero *loro* il complotto? Nessuno lo sospetterebbe mai». Mi do una spinta con i piedi a terra per far girare la sedia e la blocco quando incrocio il suo sguardo. «Riflettici, Keith. È il crimine perfetto».

Franklin mi sta ridendo in faccia, ma quando ride gli si illuminano talmente gli occhi che io non riesco a sentirmi offesa. «Frena, Veronica. Benché il nome possa trarre in inganno, Miss Decenza non è una combattente per la giustizia social. La sua rubrica – e sottolineo che uso il termine in senso assai vago – è ampiamente responsabile del tuo scandalo».

«Certo, ma non è che abbia chiesto lei di prendere e incastrare qualcuno. Lo scandalo gliel'hanno servito e... aspetta, cos'è che ho appena detto?»

«Lo scandalo gliel'hanno servito?»

«Ma certo, quello! Proprio così!». Tiro fuori l'iPad dalla borsa e apro la pagina di Miss D. «Tu hai detto che se identificassimo Miss D potremmo chiederle chi ha caricato quelle foto o se l'hanno contattata o qualcosa del genere».

«Penso che sia una buona idea, sì. Potenzialmente...», risponde Franklin.

«Perché non andare dritti alla fonte?»

«Non capisco».

«Dammi cinque minuti». Mentre Franklin aspetta seduto zitto zitto, io scrivo un'altra missiva alla nostra segugia di scandali preferita. Terminato, soddisfatta del risultato, premo invio e poi passo l'iPad a Franklin perché lo legga. «Beati in questo splendore, Keith».

Da: Lucy Vacarro

Cara Miss Decenza,

grazie della dedica nel tuo Mercoledì delle Parole Sagge sullo scandalo delle foto alla festa post-ballo e per il lucido sguardo sui nostri tempi. Sebbene non mi sia fatta più sentire, vorrei che sapessi che il tuo consiglio mi ha dato conforto e forza.

Potrebbe sembrarti forse una richiesta troppo esosa, ma sto tentando di vedere la cosa in positivo, per cui ti esporrò comunque la mia idea. Considerata la grande influenza che tu hai sulle masse della Lavender Oaks e che non hai ancora selezionato la foto vincitrice per il tuo concorso #scandalo, spero che tu possa prendere in considerazione questo suggerimento fuori lizza:

Principe Macula che si gode la festa alla baita in tutto il suo splendore glitterato.

Prima di ridere dell'idea di concedere il grande onore della glorificazione sulla pagina di Miss Decenza a un soggetto non umano, permettimi di spiegarti (e in parte implorarti).

Sebbene il tuo suggerimento di indagare sul caso fosse diretto alla parte offesa, io, come presunta responsabile, ho deciso di prendere in mano la situazione (con l'aiuto di una manciata di amici fidati). Lo scopo primario delle nostre indagini è identificare l'individuo che ha postato e taggato le foto dal mio account. Se tu scegli la foto di Principe Macula come vincitore del concorso, chissà che in un moto di orgoglio la fotografa non si faccia viva per reclamare il suo momento di gloria. Ipotesi azzardata, mi rendo conto, ma a volte anche i più intelligenti di noi cedono alla tentazione della fama e della gloria, per quanto fugaci, e la mia speranza è che questa persona possa rimanere talmente accecata dai riflettori da finire per tradirsi inavvertitamente come responsabile.

Ti ringrazio per la considerazione e il sostegno.

Con sincerità

Perseguitata ma fiduciosa

«Non ti vedo granché beato», gli dico quando mi restituisce il tablet. Non riesco a leggergli nulla in faccia. «Mi aspettavo più entusiasmo».

«Sono intenzionato a risolvere questo mistero», dice, «e forse la tua idea di Principe Macula può anche funzionare. Ma… ti fidi veramente di questa donna? Ragazza? O chiunque lei sia?»

«Pensaci», gli rispondo. «Ha dato un consiglio valido, arricchendolo di sarcasmo. E sì, è vero che sguazza in questa cosa, ma non attacca nessuno. Non è Miss D che dubita di me, ma i miei amici. Ellie. Cosa ti dice questo?».

Franklin punta una penna verso di me. «Forse Miss D *è una* dei tuoi amici».

«Torniamo alla teoria del complotto? Sai, Lavender Oaks ha un club per appassionati del genere».

Scoppiamo a ridere, ma dopotutto la sua idea non è poi così

folle, è passata per la testa anche a me, ma Ellie è troppo seria per l'operazione Miss D e Griff non è abbastanza subdola.

«Allora forse Miss D non sta tra tuoi amici», ammette lui. «Ma rimane comunque capricciosa. Una persona in disperata necessità di attenzione? Da ricovero, non trovi?»

«Mi piace. Ufficialmente».

Franklin sospira con il naso. «Io rimango sempre dell'idea che il modo migliore per affrontare la cosa è di pubblicare la tua versione sull'«Explorer», prendi una posizione».

«Eccoci di nuovo».

«No, stammi a sentire! Non vuoi appoggiare il MAL(e), non vuoi informare la Zeff dei volantini sull'armadietto, non vuoi dire la tua». Spinge la sedia più vicino a me . «Pensi forse che tutto questo prima o poi evaporerà da solo?»

«Non è questo il punto».

Franklin tende le mani in segno di *lavora con me qui!*

«Tu sei come loro», dico io. «Come tutti quelli che fanno finta di adorare Jayla Heart, tutte le insulse rivistine scandalistiche, la pagina di Polposa Lucy, quelli del MAL(e). Tutti della stessa pasta: volete tutti la vostra fetta di torta millescandali».

«Spero proprio che non la pensi veramente così».

Mi appoggio contro lo schienale della sedia e chiudo gli occhi. «No, penso di no. Sono solo… sono sfinita».

Il pre-partita è stato un fallimento. La Zeff mi starà di nuovo alle calcagna, potrei scommetterci. Griff fa sempre pappa e ciccia con Ellie, la quale continua a ignorarmi. Olivia… chissà come la pensa Olivia, ma decisamente non è dalla mia parte.

E nonostante gli sforzi per convincermi che è sbagliato, che devo togliermelo dalla testa, non posso fare a meno di non essere sempre più innamorata di Cole, ogni volta di più, sempre più profondamente della volta precedente.

AMORE SPORCO E VIGLIACCO

Nessuno ha mai accusato Notte del cane vivente di essere normale.

Domenica sera, in cielo, non troppo lontano, rimbomba un temporale e Notte inizia a grattare freneticamente contro la porta, che nell'idioma internazionale canino sta a significare *portami fuori a passeggio o te ne pentirai per tutta la vita*.

Mi infilo la felpa dei *Broncos* di Jayla e aggancio il guinzaglio, e lascio che mi trascini nel bosco dietro casa.

«Il Colorado è nella top ten degli stati con il maggior numero di morti per fulmini, lo sai amico?».

Notte mi ignora, annusa il sentiero che porta al suo albero preferito proprio mentre sulle foglie iniziano a ticchettare le prime gocce di pioggia. È il suo posticino, il nostro posticino: tranquillo, abbastanza lontano dalle case circostanti da permetterci il più delle volte di starcene per conto nostro. Nonostante la pioggia, sono felice di quest'uscita.

Jayla è stata tranquilla per quasi tutto il fine settimana; stasera mi ha fatto un sorriso forzato, che io ho ricambiato, mentre organizzavamo una cena gourmet a base di gelato all'amarena Cherry Garcia di Ben and Jerry's, denso cioccolato caldo e pretzel sbriciolati. Alcune foto dello scontro tra lei e Ash al pre-partita sono arrivate a «CelebStyle» e anche se era tutta una messinscena e Asher era entusiasta di farne parte, i titoli di ieri ne danno però una versione diversa.

JAY-HEART AMA I SUOI FAN FINCHÉ SONO "ABILI" A RICAMBIARE, E LO SCONTRO AL LICEO DELLA SUA CITTADINA NATALE RIVELA IL VERO VOLTO DELLA STAR.

Da quando è venuta fuori la storia, Jay ignora il telefono e passa il tempo a cancellare i continui messaggi maligni dalla sua fan page.

Dopo aver orbitato attorno a soli diversi per anni, d'un tratto io e mia sorella abbiamo molto in comune.

Sgancio il guinzaglio di Notte e lo lascio andare in esplorazione, e sotto le fronde di un pioppo tremulo e di un pino, mi arrampico sulla mia roccia preferita, perfetta per tenerlo d'occhio. Mentre lui bighellona nel fango, i miei pensieri vagano a ruota libera da Jayla a Ash alla preside Zeff, da Ellie a Griff a Olivia, ma dentro la testa di Lucy tutte le strade portano a Cole, alle emoticon tristi dei suoi messaggi, al suo assolo alla batteria, al suo bacio…

Quando riapro gli occhi, Cole si sta dirigendo verso di me con Spike. È come se lo avessi trascinato fuori dai miei sogni ad occhi aperti; quando incrociamo lo sguardo, mi sorride, con le spalle della sua felpa grigio-blu scurite da puntini di pioggia.

«Ti ho vista incamminarti da questa parte», dice, sganciando Spike, che parte di corsa lungo il sentiero in cerca del suo amico del cuore.

Salto giù dalla roccia e mi pulisco le mani sui pantaloncini corti militari.

«Stai bene?», mi chiede. «Ero preoccupato. Al pre-partita te la sei data e… cazzo. Mi sto trasformando in un maniaco?». Poi fa il vocione grosso da papà e sbattendo un pugno sulla mano dice: «Dannazione Lucy, non hai risposto alle telefonate e ai messaggi».

Io rido. «Magari giusto un pochino maniaco, ma per lo più paparino infuriato».

«Okay. E di questo che ne dici?», e con voce più roca, fa: «Sembra che tu e Margolis stiate diventando parecchio amici».

«Ancora un po' troppo paparino infuriato», rispondo.

«Aiutami tu, Lucy». La sua voce torna normale, anche se un po' nervosa. «Sono geloso marcio. Non una bella figura per me». Sorride e a me viene in mente una cosa tipo *geloso? Decisamente una bellissima figura per te, ragazzo.* Ma poi lo aggiorno sullo stato delle indagini e lo rassicuro che non sta succedendo nulla tra me e Franklin.

Ed è tutto così irreale che mi blocco a metà spiegazione, scuotendo la testa. «Cole, questa cosa... che stiamo facendo? Non abbiamo nemmeno scoperto chi ha pubblicato quelle foto, e Ellie sta uno schifo ed è così...».

«Folle. Totalmente, dannatamente folle». Mi si accosta a tal punto che riesco a sentire l'odore della pioggia sui suoi capelli, così vicino che anche i droni spia di Asher capirebbero, seppur a chilometri di distanza nel cielo, che non c'è nulla di nemmeno lontanamente "amichevole" in tutta questa storia.

«Non è stata una cosa tanto per fare», dice, e io capisco che si riferisce al bacio. «Non per me».

«Stavamo bevendo».

«Pensi che sia stato per colpa di qualche birra se ti ho baciata?».

Forse, forse no. Non ero assolutamente in condizione di potermi fidare dei miei pensieri la sera del ballo. Nel momento in cui è spuntato sul vialetto di casa mia in smoking e mi ha appuntato il piccolo bouquet di rosa tea, la mia scheda logica è andata a farsi friggere.

E ancora lo è.

«Halloween», dice. «Secondo anno. Eri mascherata come uno di quei cosi speciali infettati del tuo gioco di zombie, giusto?»

«La strega», rispondo. Sono stupefatta che lo avesse riconosciuto in quel momento e che se ne ricordi ancora. «Ti uccide con gli artigli. Un colpo e ti ritrovi incapacitato, se non addirittura morto».

«Esatto, la strega».

«Ma non una strega *vera*. Quelle speciali infettate sono potenziate...».

«Volevo baciarti», mi dice secco. Sento il suo respiro soffice come polvere contro la mia guancia. «Quella sera. Ma ero con Ellie e l'amavo, sul serio. Mi sono fatto una doccia fredda convincendomi che stavo andando fuori di testa».

La pioggia ormai viene giù a scrosci, in testa, a terra, inzuppando il terreno.

«Per i successivi due anni», riprende, «ho pensato che sarebbe passata, magari ci avrei ripensato, così mi disse John. Ho concentrato tutto quello che avevo in Ellie e per un po' è andata avanti molto bene».

Parlò a John di me in quel momento?

«Ma non era grandioso», prosegue. «Amore e amicizia? Sì certo. Cioè, sai che Ellie è strepitosa. Ma le scintille?». Si preme una mano sul cuore e io capisco esattamente cosa sta dicendo perché è la stessa cosa che provo io. Adesso. Al ballo. Ogni volta che lui mi è vicino, ogni volta che il mio nome attraversa le sue labbra.

«Ce ne siamo accorti entrambi, io e Ellie», dice. «Sapevamo che quello mancava. Perché pensi ci siamo lasciati?».

In lontananza sento Notte ululare e qualche secondo dopo lui e Spike ritornano, ricoperti di fango, continuando a rincorrersi attorno alle nostre gambe. Cole si abbassa per giocare con Notte, per dargli un grosso abbraccio fradicio, e io penso a Ellie, ai suoi simpatici aggiornamenti dello stato, alle foto in posa su Facebook e a tutte le volte che mi rassicurava che con Cole andava tutto bene ed erano felici.

Per tutto quel tempo si è tenuta dentro i suoi dubbi, oscuri segreti che ha tenuto nascosti anche alla sua migliore amica.

Come io le tenevo nascosti i miei.

Vedo il suo viso, il suo sorriso, le sue lacrime. È al tempo stesso un'anima gemella e una sconosciuta.

«Non era previsto, Lucy», mi dice Cole. Si rimette di nuovo in piedi, indifferente al fango che ha sui vestiti, e io so che parla di nuovo del bacio. «Ogni volta che ti vedo con quegli stivali, mi gioco una manciata di cellule cerebrali. Poi tutt'a un tratto siamo sotto le stelle e ripenso a tutto quello che abbiamo fatto insieme, alle risate... siamo lì fuori da soli e io penso *vai, è il momento, amico. Se la lasci andare adesso, non l'avrai mai più*».

Ma io sono ancora qui. La foresta è verde e viva sotto la pioggia, i cani accucciati e affannati ai piedi del masso, tutto lussureggiante e bello come se fosse stato dipinto solo per noi, solo per questo momento.

Guardo a terra e dico: «E ti sei pentito?»

«Sulla terrazza?», chiede. «Mi sono fermato solo perché… be' perché ero preoccupato di averti spaventata, cioè magari mi sbagliavo a pensare che anche io piacessi a te». Cole sospira, sopra di noi la pioggia continua a ticchettare ritmica sul fogliame. «Magari è ancora così».

Il mio cuore romba fragoroso come una tempesta che copre gli ammonimenti, i non avremmo dovuto e i non possiamo; incrocio il suo sguardo e lo aggancio, cerco le stelle nei suoi occhi.

E le trovo, luccicanti e infinite.

«No, non ti eri sbagliato». Lo spazio tra di noi è sparito.

«Cristo», sussurra. «Sono così incasinato con te».

La mia pelle è elettrizzata dal suo tocco scivoloso, infangato e fresco. La pioggia ci bagna la faccia, sopra di noi le fronde fremono come il suo corpo contro il mio; un gemito morbido e caldo nel mio orecchio e io cedo.

Solo per questa volta.

Ripeto la promessa dentro di me e mi abbandono a quattro anni di desiderio, quattro anni di risvegli sotto le coperte nelle prime ore dell'alba, con le luci spente, pensando solo a lui, alle sue mani, alla sua bocca, al suo respiro, tutto su di me, che mi copre e mi stringe.

Solo per questa volta. Solo per questa volta. Solo per questa volta.

Amore. Divoratore. Cuore.

«E tu non puoi fare proprio niente?», dice Jayla al telefono. È appoggiata con un fianco contro il ripiano della cucina e mi dà le spalle, tese, rigide. «Sicuro che non hanno intenzione di ripensarci? No, lo so. È solo che… sì, dispiace anche a me». Con un sospiro di sconfitta, lascia cadere il telefono sul ripiano.

«Jay?».

Si volta, con una mano premuta sul cuore, gli occhi rossi, rivoli neri di eyeliner sotto di essi. «Che paura che mi hai fatto!».

«Stai piangendo?», le chiedo, poi faccio un cenno verso il telefono con la testa. «Chi era?»

«Nessuno». Si asciuga le lacrime, stanca e abbattuta. «Solo il mio inutile agente. Sto pensando di mollarlo ma è difficilissimo trovarne uno bravo». Sfila una bottiglia di vino rosso dalla rastrelliera sul ripiano, legge l'etichetta, la rimette a posto e ne prende un'altra. Questa la stappa. Quando torna a guardarmi, socchiude gli occhi con aria indagatrice. «Cosa è successo a *te*, invece? Perché stai tremando? Dov'è Notte?»

«Ho dovuto lavarlo con il tubo, adesso si sta asciugando in garage». Mi sfilo la felpa e mi incammino verso la lavanderia, ma Jayla mi ferma.

«È la mia felpa questa?»

«È tua?». Guardo il tessuto blu e arancione infangato appallottolato nella mia mano. «Scusa, non sapevo avessi iniziato a tifare per i *Broncos* così all'improvviso».

Jayla mi si avvicina e mi sfila un ramoscello dai capelli, esaminandolo poi con grande interesse. «Spiegami, sorellina, come è possibile che uno esca per una innocua passeggiata con il cane e ritorni a casa ore dopo con fango in faccia, ramoscelli tra i capelli e impronte di mani infangate sui pantaloncini. Impronte di mani *maschili*».

«Oh… ho incrociato Cole». Mi passo le dita tra i capelli, rendendomi conto ora di come sono conciata. Una foglia umida cade sul pavimento della cucina.

Poi facendo finta di niente, dico: «C'è parecchio fango là fuori».

Jayla strabuzza gli occhi. «Tu e Cole avete fatto la lotta nel fango?»

«Cosa?! Sono caduta! Notte stava correndo, io sono scivolata e sono finita dritta in questo… ehm…».

«Pozzo nero?»

«Letto di torrente?»

«Letto di Cole?»
«Jayla!».
«Lucy!».
Una mano mi sale alla bocca e la copre istintivamente. Ci sento ancora sopra il suo bacio, la prova bollente e invisibile sulle mie labbra. Sono sicura che Jayla lo veda sotto lo strato di fango, che riesca a leggermi tutto in faccia come se ce l'avessi scritto a lettere cubitali.
Versa un generoso bicchiere di vino e me lo porge. «Bevutina?».
Scuoto la testa e lei butta giù un lungo sorso.
«Allora fatti un bagno». E si riempie di nuovo il bicchiere fino all'orlo.
«Butta quei vestiti in lavatrice e preparati a raccontarmi i tuoi piccoli sporchi segreti. Tutti».
Appollaiata sulla tazza del gabinetto coperta, Jayla mi scruta da dietro il suo bicchiere di vino mentre io riassumo gli eventi del *prom*: la finta influenza di Ellie, i balli, la festa, il bacio sulla terrazza, il litigio, tutte le foto caricate e taggate.
Ho un piccolo asciugamano bagnato caldo sugli occhi e il resto del corpo immerso in una schiuma al limone e zenzero, il lussuoso bagnoschiuma di importazione di Jayla, ma sento comunque il suo sguardo addosso.
«Lucy». Segue una sorsata di vino e un sospiro. «Non raccontarmi bugie. C'è molto di più in questa storia e ti sta consumando da dentro. Una madre intuisce queste cose. Sputa l'osso, sorellina».
«Aspetta, sei una madre o una sorella?»
«Pensi che ti voglia fare il processo, vero?». Altra sorsata. Altro sospiro. «Lucy, tutta la mia vita è una lunga beffa scandalistica». La voce le si rompe sulle ultime parole. «Sono l'ultima persona che possa giudicare gli altri. Voglio solo che torni a fidarti di me, siamo *sorelle*».
Nella stanza c'è silenzio ad eccezione del rumore dell'acqua, l'acqua che goccia dai miei capelli, l'acqua che goccia dal rubi-

netto, l'acqua che sciaborda contro la vasca mentre la schiuma frizza. Spingo le dita dei piedi fuori dall'acqua e le muovo nell'aria fresca sopra la superficie.

«Io e Cole...», dico. «Le foto... non è esattamente come può sembrare. Ma...». Dietro l'asciugamano sugli occhi, l'oscurità è anonimato. In esso finalmente trovo il coraggio di confessare. «La sera del ballo c'è stato più di un semplice bacio. Molto di più».

Per la cronaca, se dovessi sentirti male, non avrei problemi a tenerti indietro i capelli...

La voce di Cole era profonda e io avevo il cuore impazzito, ho iniziato a voltarmi e lui mi ha girata completamente. Eravamo l'uno di fronte all'altra, tanto vicini da riuscire a sentirne quasi il sapore, ma ho resistito. Non ci siamo baciati, non abbiamo parlato, a malapena respirato e alla fine, nonostante il martellare nel petto e il ronzio nella testa, sono scivolata nel sonno.

Un'ora? Forse due? Non so dire quanto sono rimasta addormentata, ma quando ho riaperto gli occhi, tra le braccia di Cole, la stanza era rischiarata da una pallida luce color lavanda. Nel passaggio tra la notte e il giorno, la baita era silenziosa, le stelle stavano svanendo e il momento era gravido di pericolose possibilità.

Un ultimo istante prima che l'incantesimo si spezzi, prima che il sole stenda le sue dita nel cielo, che indori le ombre e ci riporti nella vita reale...

Cole aveva gli occhi chiusi, la bocca socchiusa, i capelli arruffati. Sospirava nel sonno, sono scivolata verso di lui e ho strofinato le labbra sulle sue... un secondo, forse due. Gli occhi ancora chiusi, si è mosso, un respiro e il mio nome è apparso sulle sue labbra... *Lucy*... ha sussurrato nella mia bocca come fumo, come un fantasma, e mi ha tirato contro il suo petto, dandomi un bacio infinito e morbido.

Quella notte sono scivolata sotto di lui nel letto, accogliendo il peso del suo corpo sul mio, guardandolo dritto negli occhi come se il mondo stesse per finire. E magari stava proprio finendo, ma non me ne sarei comunque accorta.

Dopo non abbiamo più dormito. Siamo rimasti abbracciati mentre il sole sorgeva, parlando di tutto e di niente con un ultimo bacio.

In tutti i racconti su quella notte, sulle foto, le spiegazioni e le difese, i riepiloghi e le scuse, le allusioni e le paure e le confessioni segrete, di quel momento non abbiamo mai parlato. Era troppo intimo, troppo delicato. Troppo nostro.

Adesso so che in quel momento le foto erano state già scattate e avevano già iniziato a raccontare la loro versione della storia, una versione diversa, con battute e scene sbagliate.

Non è andata come raccontano le foto.

La nostra storia, dolce e silenziosa prima dell'alba, è stata molto, molto di più. E per molti giorni di seguito – talvolta ancora adesso – mi sono chiesta se non si fosse per caso trattato solo di un sogno.

Con la faccia ancora coperta dall'asciugamano, racconto a Jayla verità e segreti e quando arrivo all'incontro nel bosco di questa sera, so di essere una canaglia. So che, nonostante il tempismo perfetto della rottura tra Ellie e Cole, io mi merito lo scandalo e tutte le angherie che ne sono seguite. Che hanno tutti ragione su di me. *Troia. Spia. Bugiarda. Rovinafamiglie.* Oltre che pugnalatrice alle spalle dell'amica del cuore e persona cattiva a trecentosessanta gradi. Mi sono guadagnata la pagina Polposa Lucy, i volantini sull'armadietto, i sorrisetti di accusa nei corridoi.

Senza cuore, mi hanno urlato dietro l'altro giorno. Una stronza senza cuore. Ma è qui che casca l'asino.

Se sono così senza cuore, cos'è allora questo graffio nel petto, bruciante, ma pieno di speranza, che pulsa così forte da impedirmi di dormire, di pensare? Che cos'è che mi fa star male quando lui mi bacia, quando mi allontano da lui?

Mi tiro via l'asciugamano dal viso e incrocio lo sguardo di Jayla, le guance in fiamme per la vergogna e la confusione.

«Sei innamorata di lui», mi dice in tono dolce e contemplativo, non interrogativo. «Seriamente innamorata».

Io annuisco. «Ma è come se fosse... sporco. Come se avessi imbrogliato per arrivare a lui. E adesso devo scegliere tra la mia amica del cuore *e* il mio cuore. La ragazza con cui dovrei partire per il college e il ragazzo che tra tre mesi si trasferisce all'altro capo del paese. Una ragazza che potrebbe non perdonarmi mai più e un ragazzo che potrebbe non ricambiare il mio amore, indipendentemente da cosa io decida di fare».

«Cosa ne dice Cole?», mi chiede Jayla.

«Vuole che stiamo insieme, ma io non posso fare questo a Ellie».

«Lo stai già facendo, e comunque non è questo il punto». Jayla beve l'ultimo sorso di vino e mette giù il bicchiere vuoto, chiudendo gli occhi. Io la osservo e attendo, armandomi di coraggio per incassare le stoccate su come sto diventando sempre più simile ad Angelica Darling ogni giorno che passa, e come tutta questa storia sembra la trama di un film per la TV, e che mi ci vuole solo una bella bevuta e un pacco di carte di credito per cancellare tutto.

Ma la stoccata non arriva.

«Cosa faccio?», le chiedo.

«Raccontaglielo». Quando Jayla riapre gli occhi, sono limpidi e determinati. «Quello che è successo è successo. Tu non hai altro che la verità. Alla fine Ellie dovrà ascoltarla, anche se non vuole. Per la miseria, Lucy! Tu e Cole siete innamorati, non puoi semplicemente voltare le spalle e andartene».

«Ma tutti...».

«Non c'è malalingua o scandalo al mondo che possa mutare i tuoi sentimenti. Sei già scesa sul campo di battaglia, giusto? E allora combatti». Jayla raccoglie il bicchiere e si china per darmi un bacio sulla testa, seguita come sempre dalla scia del suo profumo alla pera. «Dacci sotto, cazzo».

LO SPETTACOLO DELLA MERDA DEVE CONTINUARE

Miss Decenza
3396 like
803 utenti ne parlano

Lunedì, 5 maggio

Angelica Darling può anche essere una complottatrice, ma di certo non teme un po' di improvvisazione. I complottisti le rubano la scena venerdì scorso per una tiritera sui padri fondatori? E Angelica non si lascia sfiorire come un bocciolo delicato. Ci sguazza dentro. Non mi interessa quello che scrivono i tabloid, Jayla Heart è un'attrice di livello e si merita tutta la nostra capricciosa lealtà online, per cui filate dritti alla sua fan page e dateci sotto con il pollicione alzato!

Se c'è una cosa che abbiamo imparato questo fine settimana dalla grazia di Jay-gelica di fronte allo sfregio è questa: qualsiasi cosa ci buttino addosso i segugi di scandali senz'anima sul nostro cammino verso la moralità, non fermiamoci. Per cui, anche se è il Cinco de Mayo ed è il momento per un Margarita del lunedì mattina (*Muchas gracias* Messico! Grazie per avermi dato l'opportunità di appropriarmi indebitamente del tuo patrimonio culturale per poter bere tequila prima delle nove di mattina!), lo spettacolo, nonostante tutto, deve andare avanti.
Ho un annuncio importante da fare.

fruscio di scartoffie

Il premio (sì, OMD, finalmente!) per la finale del concorso #scandalo di Miss Decenza (sapete che vi mancherò) (evitate le lacrime) (non c'è maggiore dimostrazione d'affetto di una donazione anonima su un conto bancario da me indicato) va a un quadrupede di classe, e non sia di offesa per nessuno. Per la sua granitica incarnazione della classe, in un mondo in cui di classe non è rimasta più neanche l'ombra, e per essere stato in grado di carpire perfettamente la quintessenza dello #scandalo con tanto di lustrini e casini annessi e connessi in occasione della festa post-ballo della Lavender Oaks del secolo, abbiamo scelto…

PRINCIPE MACULA!

applausi applausi applausi

Purtroppo come tutti i suoi fratelli equini nativi americani, anche Principe Macula è sprovvisto di pollici opponibili e non è in grado di accedere al proprio profilo Facebook per ritirare il premio. Sicuramente se ne sbatte non una, ma anche due volte di aver vinto una stella d'oro di immoralità su una rubrica gossip di ben pessimo gusto in un liceuccio di provincia. Dopo approfondite consultazioni con la mia saggia consigliera Josefa Tequila, ho deciso di premiare, per procura, lo stimato fotografo che accidentalmente ha *catturato* lo speciale momento di Principe Macula. Detto questo: fatti avanti e reclama i tuoi quindici minuti di fama, stimato fotografo accidentale! Te li meriti tutti fino all'ultimo secondo, non uno di più, non uno di meno!

xo – Ciao! – xo

Miss Decenza

LOVE IS IN THE AIR... E *SMELLS LIKE TEEN SPIRIT*... L'AMORE SARÀ PURE NELL'ARIA E ODORERÀ PURE DI FRESCO *TEEN SPIRIT* MA... DOPO AVER ACCIACCATO CACCA DI CANE

«Non vedo dolcetti».

Lunedì mattina, mensa scolastica: Ellie mi rivolge un'occhiataccia gelida. Incrocia il mio sguardo per un solo secondo e poi torna a dedicare tutta la sua attenzione al panino brezza tropicale, un mix di cocco, burro di arachidi, miele e banana che abbiamo io e lei inventato la scorsa estate.

«Cosa vuoi adesso?», mi chiede in tono glaciale.

Sei già scesa sul campo di battaglia...

«Vieni fuori con me». Faccio un profondo respiro e mi appoggio sul tavolo per tenermi in equilibrio. «Quelle foto non dicono la verità, El. Ho bisogno che tu la senta da me».

Ellie si interrompe a metà masticazione, scivola con gli occhi sul panino e incrocia i miei. «E se non me ne importasse niente?»

«Ti conosco e so che invece ti importa, *eccome*».

Non vedendola negare, continuo.

«Ho fatto una cazzata. Enorme. E se vuoi mettere fine alla nostra amicizia, ne hai tutto il diritto, ma non prima di avermi lasciato parlare... Dopo tutto questo... non cambio università ma ti lascio libera, possiamo trovarci altre compagne di stanza o... qualcosa del genere». La butto lì sperando che lei me la rimpalli. Che mi risponda che sono pazza per aver anche solo preso in considerazione un'alternativa all'essere amiche del cuore per tutta la vita.

Ellie lascia cadere i rimasugli del panino in una bustina di plastica «Non voglio che cambi università. Cristo, Lucy. Non eravamo d'accordo che i melodrammi fossero la specialità di

Griff? La quale, già che siamo in argomento, negli ultimi tempi ha iniziato a usare un accento britannico. Qualche idea?»

«Si è presa una piccola cotta per quello che deve fare il discorso di commiato al diploma, che è inglese».

«Scioccante». Ellie si alza, raccoglie i resti del suo pranzo e dice: «Andiamo».

Si incammina davanti a me verso il cestino dei rifiuti e io sono così concentrata su di lei e su quello che devo dirle da non fare assolutamente caso alla figura che mi sta puntando, finché non ci scontriamo. Con una violenza da teppista, Quinn mi sperona allo stomaco con un vassoio colmo di rifiuti: spaghetti sulla mia maglietta Ani DiFranco e latte al cioccolato sugli stivali. Il vassoio poi cade rumorosamente a terra.

Tutti quelli che ci sono attorno urlano e battono le mani.

«*Bleah!*». Dalle dita di Quinn cola lo stesso latte al cioccolato e lei me li scuote in faccia. «Che guaio. Se fossi stata meno occupata a guardare i fidanzati altrui, avresti potuto fare più attenzione a dove stavi andando».

Io sbatto le palpebre per liberarmi dal latte. «Io non sto... io non stavo...».

«Davvero?». Ellie si intromette, fisicamente, tra me e Quinn, affrontandola di petto. «Immagino che avrai passato tutto il fine settimana a montare questo tiro, vero? Ed è tutto quello che sei riuscita a partorire?».

Prendo un ammasso di tovaglioli abbandonati su un tavolo e cerco di ripulirmi alla bene e meglio. La maglietta è macchiata di sugo, gli stivali, invece, da veri duri, ne escono illesi.

Forse c'è una metafora della vita in tutto questo.

Quinn non reagisce alle provocazioni di Ellie. Tira fuori il cellulare e inizia a digitare qualcosa andandosene, scomparendo nella dimensione infernale della mensa dalla quale era spuntata.

«Tutto okay?», mi chiede Ellie.

«Come nuova». La afferro per il gomito e la dirigo verso il cortile assolato. Troviamo un posticino protetto da alcuni pini gialli, dove dal terreno spunta una lastra di arenaria rossa. Nessuna delle due si siede.

«Quinn era alla festa», le spiego. «È nera per le foto di Olivia. Che io non ho postato».

«Lo so». Ellie strizza gli occhi contro il sole. Non capisco se vuole dire che sa il motivo per cui Quinn è così incavolata o che non ho postato io le foto.

«Mi dispiace che ti stia arrivando addosso tutta questa merda per questa storia, Lucy. Non è giusto. La gente è cattiva».

«Pensano che abbia infranto la regola cardinale del quel-che-accade-alle-feste-rimane-alle-feste», dico. «Per non parlare di quella del fidanzato-della-tua-migliore-amica».

«Be', in un certo senso l'hai fatto».

«Ellie, è successo senza volerlo. Io detesto balli e feste di fine anno. Volevo solo arrivare alla fine del ballo e tornarmene a casa. Ma tu conosci Cole... mi ha fatta divertire».

Ellie solleva un sopracciglio. «Ah sì?»

«Al *ballo*, intendo», dico. «Quando mi ha detto della festa, io... be', io mi sono lasciata convincere. E mi dispiace per quello che è successo, ma tu... come hai potuto non dirmi che vi eravate lasciati? Perché fingerti malata solo per tirarti fuori dal ballo con un ragazzo con cui, ufficialmente, stavi da tre anni?».

Mi tornano in mente le parole di Cole di ieri sera, su loro due che sapevano che non sarebbe potuta durare, che sapevano che non c'era la scintilla.

E come se potesse leggermi nel pensiero, Ellie tira un sospiro, fissando lo sguardo nel vuoto oltre il cortile. «Le cose con Cole stavano... appassendo. Ci siamo lasciati di comune accordo. E mi dispiace se ti ho tenuto il segreto, ma ne avevo tutto il diritto. Sapevo che comunque saremmo tutti partiti per il college e volevo che le cose semplicemente... svanissero, così, senza drammi».

«E allora perché chiedermi di andare al ballo?», le chiedo. «Non potevate rinunciarci entrambi? Oppure andarci semplicemente come amici? Non mi sembra che vi odiate».

Ellie guarda una gazza che sta passando in volo sopra le nostre teste e aspetta che sparisca oltre i tetti delle case al di là della strada. «Lui voleva andarci e io… non ce la facevo a fingere. Poi ho iniziato a immaginarlo che ci provava con tutte e mi sono ingelosita, che poi non è nemmeno il suo stile ma… capisci. Mi faceva strano lasciarlo andare da solo». Mi guarda dritto negli occhi. «E l'unica di cui mi fidavo per accompagnarlo eri tu. Pensavo che vi sareste divertiti».

Cosa pensavi *sarebbe potuto accadere, El?* Il sospetto mi viene automatico, ma lo respingo. Ellie non ha mai saputo cosa provavo per Cole. Come non ha mai saputo cosa provassi praticamente per qualsiasi cosa di importante.

Non gliel'ho mai detto.

Le osservo il viso, i capelli castani, scapigliati ma con stile, la solitaria lentiggine scura sulla guancia sinistra e avverto di nuovo quel divario, amiche del cuore e semplici conoscenti. Anime gemelle e sconosciute.

«Tutta questa cosa è imbarazzante da matti», dice. «Mi sento come la moglie stupida che se ne sta a casa a preparare la cena mentre il marito si sbatte la segretaria».

«Be', tecnicamente tu sei la moglie che butta il marito fuori di casa, ordina la cena all'indiano, fa un pensierino sul gran pezzo di figo del ragazzo delle consegne e poi dà di matto quando scopre che il marito…».

«E questo dovrebbe farmi sentire meglio?», mi fa. «Forse dovresti lavorare un po' di più sulle tue capacità empatiche».

Scoppiamo tutte e due a ridere. Fugace e un po' forzato, magari, ma comunque rivedo spuntare lì, nei suoi occhi, il sorriso che conosco. Odio dover interrompere questo momento, questa fragile pace. Vorrei tanto che fosse possibile spazzare via tutto sotto un tappeto, dimenticare, fare come se non fosse mai successo nulla. Vorrei tanto poter tornare a uscire con Ellie e le nostre mamme e guardarci *Friday Night Lights* per la seconda volta, come avevamo programmato.

Ma dimenticare il nostro litigio significherebbe dimenticare il motivo che l'ha causato. Significherebbe dimenticare Cole. Dimenticare il primo bacio e il secondo e tutti quelli che sono seguiti, tutte le cose che ci siamo sussurrati ieri sera nel bosco, tutte le promesse che devo ancora permettergli di mantenere.

Litigio del cazzo.

Le racconto la parte sui ricordi in terrazza, le racconto del bacio, della discussione, di come sono crollata sul letto di Cole. Lei mi ascolta con estrema calma, come se – nonostante i segreti che ci siamo tenute l'una con l'altra, nonostante il casino per lo #scandalo e tutte le dicerie cattive – come se capisse.

Come se, tipo, quando arrivo alla parte della fioca luce color lavanda della camera, potesse dirmi che io e Cole siamo fatti l'uno per l'altra, che lei lo ha sempre saputo.

Vuole solo sentirsi dire tutto dalla mia voce, una confessione completa. Le parole più cupe, più profonde, più vere che io conosca.

Sono innamorata di lui, Ellie. Lo amo da sempre. Lo amo ancora.

Ma lui è di nuovo qui.

Sbucato direttamente dalla mia fantasticheria a occhi aperti.

E nel suo sorriso vedo centinaia di scuse, nessuna diretta a me.

«E *tu* cosa ci fai qui?», gli chiede Ellie. L'aria si raffredda di almeno una decina di gradi.

«Ascoltami, ti prego», le dice lui. «Mi dispiace da morire, non ho mai voluto farti del male».

Ellie sbuffa. «Mi sembri la canzone di una boy band. Risparmiatelo».

«Mi dispiace», ripete Cole, stringendole un braccio. Ellie non lo scaccia, ma nemmeno ricambia il calore. «È successo tutto senza volerlo, El. Te lo giuro. Ma non posso nemmeno dire che ne sia dispiaciuto. È il tempismo che fa schifo, e il modo in cui sei venuta a saperlo, ma è successo. Puoi odiare me quanto vuoi, ma non prendertela con Lucy».

Adesso gli scrolla via la mano dal suo braccio. «Queste sono cose tra me e lei».

«*E* me», ribatte lui. «Per me siete importanti entrambe. Andiamo, El, siamo amici».

Ellie sembra calmarsi. Qualche momento dopo siamo seduti tutti e tre sul masso di arenaria, rosso scuro e caldo per il sole.

Cole scivola con la mano sulla superficie liscia della roccia e ride e io so esattamente cosa sta ricordando.

Due estati fa, al Red Rocks Amphitheatre, uno straordinario tramonto che lentamente cedeva la scena a un mare di stelle, visibili nonostante le luci del palco.

«Radiohead?», dico.

Ellie non riesce a nascondere un sorriso. «Ve ne dimenticherete prima o poi voi due?»

«Ti ricordo che ci hai fatti praticamente arrestare», le rispondo.

Ci eravamo organizzati per una nottata da urlo – borsa termica per cibo e bibite, coperte, un thermos di cioccolato caldo alla cannella – ma Ellie cosa fa? Si dimentica a casa i biglietti del concerto. Non avendo tempo per tornare a recuperarli, Cole ci aiuta a salire su una sporgenza di roccia sulla quale era normalmente vietato salire, figuriamoci sistemarcisi per guardare a scrocco un concerto con il tutto esaurito. Non avevamo la visuale del palco, ma il suono era perfetto. Stendiamo le coperte sulla roccia calda e ci sdraiamo ad ascoltare Thom Yorke e a guardare la luna salire.

Tutto fila liscio finché Ellie non si alza per fare pipì e un agente di sicurezza ci vede.

«Che ne dite ragazzi di passare la notte in gabbia?», Ellie imita la voce grave del tipo. «È vietato arrampicarsi su quelle rocce. Non sapete leggere i cartelli?»

«Giuro di non aver visto cartelli», risponde Cole. «Cioè quell'agente era tipo in trasferta. Ancora non riesco a credere che l'abbiamo fatta franca».

Io gli mollo una pacca sulla spalla. «*Abbiamo?* Sono *io* quella che l'ha convinto che stavamo facendo rilevazioni geologiche».

«Oh già», fa Ellie, lanciandomi un'occhiata sarcastica. «È

per questo che ci ha lasciati andare, non perché gli hai fatto gli occhi dolci, vero?».

Ridiamo tutti e tre per quell'episodio che, come tutti i ricordi, scivola velocemente nel passato, trasformandosi in niente più che uno spettro.

Ellie salta giù dalla roccia e si pulisce le mani strofinandole una contro l'altra. «Non so cosa dire, ragazzi. So bene che ci eravamo lasciati, ma comunque… il mio ancora-non-del-tutto-ex e la mia migliore amica che fanno gli scemi al ballo della scuola? Brucia, okay? E non riesco semplicemente a fare finta che…».

«Io sono innamorato di Lucy».

Io e Ellie giriamo contemporaneamente la testa e ci fissiamo con occhi sgranati, io con il cuore ancora nel pieno della sua guerra quadriennale. *Prendere. Lasciare. Prendere. Lasciare. Andarsene. Andarsene. Andare dritto tra le sue braccia…*

«Co-cosa?», tartaglio io.

«Sono innamorato di te», ripete Cole con un filo di voce, «nel caso tu non te ne sia ancora accorta». Sorride dispiaciuto e fiducioso, sollevato e timoroso. Due per Ellie e due per me.

Ellie mi fissa con gli occhi lucidi di lacrime, l'intermezzo di pace ormai interrotto. Sparisce prima che riesca a chiederle di restare, incamminandosi tra gli alberi verso l'edificio della scuola.

«Non è così che…». Senza terminare, Cole schizza via di corsa dietro Ellie, trascinandosi dietro le sue parole di scusa che evaporano e si disperdono come uccellini sospinti dal vento.

Mi dispiace mi dispiace mi dispiace…

«Anch'io sono innamorato», sento dire dietro di me. «L'amore sa di *intenso*, babe».

Non ho bisogno della conferma visiva. L'odore pungente è quello tipico di 420. Mi volto, sorrido e osservo la bustina di Doritos che ha in mano, un accessorio onnipresente, non esce mai di casa senza. Fisso il triangolino arancione sulla confezione, qualsiasi cosa pur di non far girare la terra su cui poggiano i miei piedi.

Ieri sera anche Jayla ha detto che io e Cole siamo innamorati, ma sentirlo direttamente dalla voce di lui, mentre lo guardo negli occhi e capisco che dice sul serio, *percepirlo*...

Sono innamorato di te...

«Cioè, tipo, è okay», biascica 420. Oggi porta un festoso sombrero, calcato sul suo sudicio berretto arancione. «Metti che ti fai dei Tostitos. E ti piacciono proprio, così buoni, croccantosi e salatosi».

Caro universo: potrà mai questo giorno diventare più bizzarro di così?

«Ma *poi*!», continua 420, «poi assaggi i Doritos». Solleva la busta e fa scattare in alto le sopracciglia. «Questi deliziosi nacho formaggiosi, croccanti ma anche intensi. Non ho ragione?»

«Amico», rispondo, «non ho la più pallida idea di cosa stai dicendo, ma mi stai facendo totalmente sbellicare, per cui grazie».

«L'amore è una cosa buffa...», mi fa. «Un Dorito?». Mi porge la busta e io mi servo. I Doritos sono veramente da paura. Chissà, magari è sulla pista giusta. Una *pista* se l'è sicuramente fatta, su questo non ci piove.

«Oh mio Dio, state per caso fumando erba qua dietro, ragazzi? Perché se vi becca la Zeff, scordatevi il diploma». Clarice sbuca fuori da dietro gli alberi come un ninja della narcotici, annusando l'aria attorno a noi.

«Sono solo sballata di vita, Clarice», le dico, ammiccando.

«Clarice, babe. In fondo in fondo tu sei una Doritos babe, lo so». 420 le offre la busta, ma lei arretra, quasi le stesse mettendo sotto il naso una testa mozza.

«Tornatene a lezione», gli dice, mollandogli una spintarella. «Non mi costringere a farti rapporto».

420 ridacchia. «Lezione. Sì. Ci vediamo, bimbe». Ci saluta con le dita appiccicose di polverina arancione, strascicando i piedi, si ferma un istante a guardare un uccellino sul sentiero e poi si rimette in marcia. Gira a sinistra prima di raggiungere la scuola e punta verso... qualche altra parte. Quasi si lasciasse portare dal vento.

«*Whichever way the wind blows...*», canticchio.
Clarice fa schioccare la lingua. «Non dovresti dargli spago, Lucy. Ad ogni modo, Marceau ti sta cercando, dice che è importante».

«Ho staccato qualcosa per te», mi fa, porgendomi un mazzolino di piccoli fiori bianchi e viola, sorridendo orgoglioso e radioso.
Cioè, è spaventosamente dolce.
«Hai *colto* qualcosa per me», lo correggo. Mi siedo accanto a lui su una panca di pietra appena fuori dal portone della scuola.
«*Colto*...», si corregge. «Erano dietro la scuola».
«Già, è illegale. I fiori di Colombina sono una specie protetta».
Gli crolla istantaneamente il sorriso. «Mi metteranno a Guantanamo Bay? Ci andrei per te. Ne varrebbe la pena».
Mi porto i fiori al naso e annuso, cercando di rompere lo sguardo adorante di Marceau. Lui mi prende una mano e vedo lo stesso strano sfarfallio nei suoi occhi che aveva anche la sera della festa, quando mi disse che "mi aveva mancata" trovandomi fuori in terrazza, gli occhi pieni di adorazione. Non mi era sembrato geloso di Cole, non esattamente almeno. Ma forse qualcosa c'era...
«Marceau, quella sera... hai fatto delle foto, per caso? Intendo alla festa, dopo che io e te...». Lascio la domanda in sospeso. *Stupida*. Non può essere stato lui. E tra l'altro, a che scopo? La confessione di Cole mi ha bruciato l'ultima possibilità che avevo di ricucire le cose con Ellie.
Ha ancora qualche importanza chi ha scattato quelle foto adesso?
La confessione di Cole...
«Signorina Vacarro, l'ho cercata ovunque». Dalla porta spunta la preside Zeff e scende, tacchettando, gli scalini fino alla panca su cui siamo seduti. «Signor Chantrelle, non dovrebbe essere a lezione?»

«Sì, madame», risponde Marceau, e si preme la mia mano sulle labbra.

«Signor Chantrelle?», ripete la Zeff. «Lezione?»

«*Oui*, sì, *pardon*». Marceau si alza dalla panca e risale la scala a passi giganti all'indietro, fissandomi fino all'ultimo secondo possibile.

Zeff accenna ai miei fiori con la testa e poi me li prende di mano per guardarli più da vicino. «Non sono protetti questi?»

«Ho cercato di dirglielo».

«Okay, possiamo fare a meno di un altro scandalo adesso. Farò come se non li avessi mai visti», dice, e getta il mazzolino tra i cespugli dietro di noi. «Buone notizie, Lucy. Il consiglio d'istituto ha intenzione di discutere il tuo caso in occasione della prossima riunione di stasera. Tu e tua sorella potete venire, se ne avete voglia. Le riunioni di consiglio sono aperte al pubblico».

«A dire il vero… ehm… io e Jayla facciamo le volontarie con gli animali stasera». Non le dico che sarebbe piuttosto "animale", al singolare, e che si tratta del nostro cane.

Sottigliezza semantica, direbbe Franklin.

«Oh che bello. Okay. Be', voglio che tu sappia che siamo dalla tua parte e sembra che finalmente le cose stiano avvenendo. Voglio solo che continui a vederla in positivo, a concentrarti sullo studio». Mi dà un goffo buffetto sulla testa, consegnandomi una copia dei punti in discussione alla riunione di consiglio. «Risolveremo questa storia. Ce ne sbarazzeremo una volta per tutte».

DISTRETTO SCOLASTICO CENTRALE DI LAVENDER OAKS

ORDINE DEL GIORNO DEL CONSIGLIO D'ISTITUTO DI FINE ANNO

1. Cyberbullismo: Come proteggere i nostri studenti
2. Episodio dei "Sessaggi" post-ballo Studentesco ("Sesso" + "messaggi" ovvero foto compromettenti o messaggi che diventano "Virali") e pagine di emulazione sul Facebook
3. Codice Etico Online
4. Regolamento sull'Uso di Telefoni Cellulari e Tablet nell'Area del Campus
5. Corso di formazione sulla "Netiquette" ("Net" + "Etiquette"), obbligatorio per docenti e studenti?
6. Provvedimenti Disciplinari nei confronti dei vibratori.

Alla fine delle lezioni, nel laboratorio di informatica Franklin legge in silenzio l'ordine del giorno ipermaiuscolato.

«Tu ne sapevi qualcosa?», gli chiedo.

«No», mi risponde, profondamente pensieroso. «Ma presumo che intendessero dire "violatori", non trovi? Mi sembra un refuso assai infelice. Mi chiedo...».

«Franklin! Non sto parlando dei vibratori!».

«No, ovvio che no». Franklin si sfila la penna da dietro l'orecchio e annota qualcosa sull'ordine del giorno. «Questo è fantastico. Una discussione ufficiale delle questioni».

«È una discussione su di me! Ed è, tipo, orripilante!».

«Rilassati. È raro che le riunioni di consiglio abbiano risvolti così drammatici», ridacchia Franklin. «Li seguo per il giornale, cosa che sapresti anche tu se l'avessi letto, razza di bestiolina analfabeta».

Gli rubo la penna dalla mano e gliela sbatto sul ginocchio. «Giacché sei così pappa e ciccia con il consiglio d'istituto, come faccio a convincerli a farsi gli affari propri?».

Franklin scrolla le spalle. «Coraggio, Veronica. Vibratori sull'ordine del giorno in una sala gremita di mamme provinciali? Si dimenticheranno del tuo nome ancor prima di averlo pronunciato».

INTERROMPIAMO QUESTO NONSENSE PER DIFFONDERE LE ULTIME VOCI DI CORRIDOIO CIRCA LA FUNESTA MINACCIA ELETTRONICA IN AGGUATO NELLA PRIVACY DELLE NOSTRE PARTI INTIME

Miss Decenza
3877like
1105 utenti ne parlano

Martedì, 6 maggio

Cosa si annida negli oscuri recessi tra le lenzuola? Quale squallido demone ha evocato viscide entità che si aggirano nella notte? Corrompendo le nostre figlie e causando complessi di inferiorità nei nostri figli?

Questi criminali tascabili a batteria si stanno infiltrando, reclutano membri, dispensano promesse che non possono mantenere. Sbarrate le porte, chiudete i cassetti perché gli stimati membri del consiglio d'istituto del distretto scolastico centrale di Lavender Oaks hanno portato ~~all'erezione~~ all'attenzione di tutti una fosca situazione che rischia di trasformare i vostri figli integri in una masnada ben organizzata di predatori disperati affamati di sesso (invece dei più tipici disorganizzati predatori disperati affamati di sesso che praticano le proprie scorribande sessuali individualmente).

Chi sono questi lugubri usurpatori? Questi incalzanti dispensatori elettrici di piacere degenerati? Sono vibratori indisciplinati, cari miei. E non c'è niente da ridere, gemere, sospirare, urlare o altro.

Se avete la sfortuna di incappare in una di queste furie di plastica rosa, non, ripeto, *non* innescateli. Limitatevi a indietreggiare lentamente facendo quanto più possibile i vaghi e contattate le autorità non appena vi sarete messi al sicuro.

Al contrario, se fate parte della feccia che ben volentieri alberga questi pericoli elettronici nell'intimità della propria dimora o delle proprie mutande, abbiate la compiacenza – per il bene dell'infanzia – di DISCIPLINARE I VOSTRI VIBRATORI.

Questo era un annuncio di servizio ~~pubico~~ pubblico.

(Ma per la miseria! Di questi tempi sembra che alla Lavender Oaks le boiate si scrivano da sole).

E adesso diffondete!

xo – Ciao! – xo

Miss Decenza

PIETRE E BASTONI POSSONO FRACASSARMI LE OSSA, MA INFERNET È UNA CONDANNA A VITA, RAGAZZI

Principe Macula sentirà sicuramente la mia mancanza, ma invece di pranzare da lui con Franklin, martedì vengo convocata nell'ufficio della preside Zeff, dove è accaduto quanto segue:

«Signorina Vacarro, prenda un biscottino».

Questa volta sono veri biscotti al doppio cioccolato fondente per cui ne prendo un paio, cascando dritta dritta nella sua trappola. Rimango letteralmente pietrificata dalla sorpresa quando gira il monitor a mio favore e mi dice: «Mi parli di questa pagina Polposa Lucy».

È già abbastanza spiacevole essere d'ispirazione per l'ordine del giorno ufficiale del consiglio scolastico, soprattutto considerato che stamattina ne ho trovate alcune copie – opportunamente commentate e illustrate per il mio piacere – appiccicate sul mio armadietto. Ma dover presenziare a una speciale sessione di screening della mia personale onta in salsa Facebook è in *pole position* tra i momenti più imbarazzanti della storia.

Zeff inizia a spulciare la pagina di Polposa Lucy, indicando foto e commenti sull'incontro chiarificatorio di ieri a pranzo con Cole e Ellie, uno scatto di me e 420 che suggerisce più di un'innocente condivisione di Doritos, e un intero video di Marceau che mi regala il mazzolino di fiori illegali che qualche intraprendente bontempone di Lavender Oaks ha ridoppiato in una proposta di matrimonio con tanto di accompagnamento orchestrale.

Da qualche parte esiste sicuramente una psicoterapeuta che potrà permettersi di iscrivere i figli in costosissime scuole grazie ai soldi che mi spillerà per risolvere i problemi che mi sta causando quest'ultimo anno di liceo.

«Non ho idea di chi l'abbia fatto», rispondo. «Fondamentalmente sto tentando di ignorarlo».

La Zeff annuisce, un'espressione seria e impensierita in faccia. «Il consiglio scolastico ha esaminato la pagina durante la riunione e...».

«Cosa? Come?»

«Abbiamo un proiettore. Lucy, i genitori sono scioccati, in particolare il padre di John Brandt e la madre di Griffin Colanzi. Sono entrambi preoccupati per il futuro dei figli».

Posso solo immaginare la madre di Griffin alla riunione. Scommetterei che aveva la totale attenzione di tutti i presenti mentre illustrava tutti i modi in cui *io* posso influenzare negativamente, sa come tenere in pugno un pubblico. Per non parlare poi della faccia da stronza totale che ha: fa piangere i bambini e causa anche infarti ad alcuni cagnolini di piccola taglia.

«La signora Colanzi era sconvolta che i genitori non fossero stati informati immediatamente sulla natura virale delle foto». La preside si sporge in avanti sulla scrivania e si prende la testa tra le mani. «Speravo di riuscire ad arginare questa storia, ma Facebook è quello che è...».

«La madre di Griff è un po' fuori di testa», dico, staccando un pezzo di biscotto. «Dovrebbe vederla alle cene di famiglia».

«Ho avuto quell'impressione», risponde la Zeff. «Le persone sane di mente non portano rossetti di quel colore austero. E comunque non è stata l'unica. Si è scatenato un parapiglia generale della serie "il mio angioletto è il più bravo in tutto", e reclamavano tutti un colpevole».

«Me».

«Io non ho fatto nomi, ma sì. La chiamano "la studentessa delle lenzuola verdi". Comunque sono sicura che qualche genitore l'abbia riconosciuta».

Le guance mi si infuocano come l'asfalto in estate. «La madre di Griff».

«La madre di Griff». La preside spegne il monitor con un colpetto su un pulsante e poi incrocia le mani sulla scrivania tra noi due. «Signorina Vacarro, deve sapere che... l'altro giorno quando nel mio ufficio le ho mostrato la mia pagina Facebook... Volevo che fosse un momento educativo. L'ho ripresa ingiustamente. Non avevo idea che le cose fossero degenerate a tal punto, che lei fosse stata presa di mira in questo modo».

In testa risento l'eco delle parole di Franklin *Devi dare la tua versione... prendere una posizione... non vuoi informare la Zeff dei volantini sull'armadietto, non vuoi dire la tua...*

«Qualche idea su chi possa averla presa di mira?», mi chiede.

Mi lancio in bocca un pezzo di biscotto e scrollo le spalle. Non è che posso farle vedere i file segreti di Franklin o spifferarle del controllo incrociato e delle nostre indagini. Non prima, almeno, di avere prove alla mano. E con Ellie di nuovo in zona ghiaccio perenne nei miei confronti, non sono nemmeno più sicura che mi interessi ancora.

La Zeff si sporge in avanti e abbassando la voce mi dice: «Signorina Vacarro, mi trovo in un bel pantano adesso. Il consiglio d'istituto preme perché faccia qualcosa e io non so da dove iniziare. Lei sostiene che non è stata lei a postare le foto originali...».

«Proprio così».

«...E io le credo, ma questo lascia aperte molte falle nel garbuglio». Tiene gli occhi incollati ai miei e poi sospira. «Pensavo che almeno gli adulti avrebbero potuto dare un esempio, evitando di collegarsi a Facebook per un po', ma non è proprio storia. Non dica a nessuno che le ho rivelato questa cosa, ma sembra che alcuni dei miei stimati colleghi siano online tanto quanto voi ragazzi. Sono praticamente insorti quando ho osato insinuarlo ieri sera...».

«È come postare ossessivamente le foto dei propri figli», dico. «Classica condivisione compulsiva genitoriale».

Gli occhi della Zeff si illuminano. «Oh come è vero. Sono talmente stufa delle foto di bambini, che ormai mi fanno vomitare».

Io butto lì una risatina di circostanza, ma la Zeff sembra intuire di essere ormai con un piede in zona adulti-che-tentano-di-fare-gli-amiconi e si irrigidisce. «Signorina Vacarro… Lucy… Voglio che sappia che annuncerò l'introduzione di alcune nuove regole studentesche domani. Faremo anche indagini sulla pagina di Polposa Lucy per vedere se riusciamo a rintracciarne il proprietario». Guarda lo schermo nero e poi di nuovo me. «Olivia Barnes è venuta qui ieri e ha cercato di convincermi che la pagina l'ha creata lei stessa, signorina Vacarro, per coprire le sue tracce».

Io l'ascolto, spalancando la bocca e lasciandomi cadere qualche briciola di biscotto sulla maglietta.

«No, non le ho dato ascolto», aggiunge la preside. «È solo innervosita e ansiosa di risolvere questa questione tanto quanto noi. Le foto che la ritraggono sono parecchio imbarazzanti».

«Posso immaginare». Non sospettavo che la cotta di Olivia per Cole fosse così in stile *Attrazione fatale*. Mi chiedo se non sia il caso di mettere Notte a fare la guardia al povero Spike.

«So che prima mi sbagliavo ma adesso questa storia è sotto gli occhi di tutti e io devo fare qualcosa». La Zeff mi stringe le mani sulla sua enorme scrivania di quercia. «I presidi devono proteggere tutti gli studenti, indipendentemente dagli errori che hanno commesso. E talvolta questo significa rendere impopolari altri studenti».

Intende me.

«Non potrebbe rimandare la fase del "rendere impopolare" a dopo il diploma?», propongo.

La Zeff mi fa un sorriso compassionevole. «Vorrei poterlo fare, ma purtroppo sembra proprio che lei sia la causa di questo scandalo, e quel gruppo con i megafoni, com'è che si chiama?»

«MAL(e)».

La Zeff ride. «Oh, ne pensi così male?»

«Ma no, MAL(e) è, tipo, il loro nome di battaglia, è un acronimo: Movimento Anti-social e di Lotta all'(e)lettronica frivolezza».

«Wow», fa lei. «È… arguto».

«Ash Hollowell è il capo, un tipo brillante. Lo sono tutti. Pazzi ma brillanti».

«Mi fa piacere sentirtelo dire, rende più facile quello che sto per dirti», mi fa.

Poi indica il vassoio dei biscotti con un cenno della testa. Io faccio segno di no e sprofondo ancor di più nella sedia.

«Tra te, Asher e i suoi compagni complottisti», dice, «ormai tutta la scuola è furiosa. I professori si lamentano dei disordini e i genitori, come abbiamo scoperto ieri, iniziano a farsi insistenti».

«Ma dopo gli esami e i diplomi si sgonfierà...».

«Non succederà, soprattutto se non tiri fuori i nomi». Aspetta, fornendomi un altro varco, ma io non colgo. Puntare il dito contro qualcuno senza prove? Un piano che puzza di ritorsioni a chilometri di distanza.

«Non penso che lei si renda conto della gravità della cosa, signorina Vacarro. Le sue bravate la sera del ballo e il caos che ne è seguito – che lei non merita ma che si sta scatenando comunque – ci ha costretti a riconsiderare l'efficacia delle nostre attuali politiche in fatto di cyberbullismo. La maggior parte degli studenti è minorenne e i genitori potrebbero anche decidere di coinvolgere la polizia. Non sto cercando di spaventarla, ma è semplicemente così che vanno le cose nell'era dei social network». La Zeff si ferma un istante per lasciar decantare le sue parole. «Purtroppo, per mostrare che ci stiamo dando da fare, devo sacrificare qualcuno per dare l'esempio. E voi siete i più visibili».

«Che tipo di esempio?», le chiedo.

«Niente di troppo doloroso, spero». Sorride a labbra strette. «Vorrei che faceste un lavoro di gruppo. Metterò a disposizione uno spazio di dieci minuti durante la cerimonia di diploma e mi aspetto che mettiate insieme i vostri brillanti cervelli per creare una presentazione sui pericoli del cyberbullismo e dei "sessaggi"».

«Uhm...». *Mi sto impallando... mi sto impallando... mi sto impallando...*

«È una causa che quei ragazzi sentono particolarmente», dice, «e nella quale tu ti sei ritrovata coinvolta tuo malgrado. Non potrebbe esserci collaborazione migliore».

«Oh sì che potrebbe». Mi ritorna in mente l'immagine di Asher e dei suoi in *total white* sul campo da calcio. I megafoni. «Signorina Zeff, non potrei, invece, che so, pulire le lavagne? O riordinare… lo schedario degli studenti? Siete pieni di schede, le ho viste. Potrei archiviarle, sono un'eccellente archivista».

«Apprezzo il suo entusiasmo, signorina Vacarro, e non vedo l'ora che lo canalizzi tutto nella presentazione. Informerò gli altri e potrete iniziare già da domani dopo le lezioni».

«E come potremmo coordinarci se loro non hanno nemmeno il cellulare?»

«Nemmeno io lo avevo alla sua età, ma sono sopravvissuta». Negli occhi le vedo uno sguardo nostalgico che mi ricorda mia madre quando mi racconta dei suoi Texas barbecue. «Lo sa che dovevamo avere sempre in tasca delle monete da un quarto di dollaro per poter usare un telefono pubblico in caso di emergenza? E dai telefoni pubblici non potevi certo inviare messaggi. Riesce a immaginare? L'altra faccia della medaglia, invece, era che non rimanevano tracce virali delle mie personali indiscrezioni, non che io fossi indiscreta, ma comunque… Ne ho già parlato con sua sorella. Non serba rancore nei confronti del signor Hollowell per aver interrotto la sua performance al pre-partita e si è offerta di ospitare gli incontri del gruppo a casa vostra. Le cose iniziano a muoversi, Lucy. Cavalchi l'onda».

«Ma… ehm, onda? Ma se non abbiamo sbocchi sul mare?». Io sono ancora impantanata sulla questione del progetto di gruppo, mentre la Zeff mi fissa con un'aria della serie *dobbiamo discutere ancora di questo, signorina Vacarro?* «Preside Zeff, sono assolutamente d'accordo che il cyberbullismo sia una causa utile. Cioè l'anti-cyberbullismo, ma non preferirebbe assegnare a Jayla quella finestra di tempo durante la cerimonia? Sa bene come riesce a smuovere le folle e poi ci saranno telecamere e giornalisti e…».

«Mi permetta di essere totalmente chiara». La Zeff si sporge in avanti sulla sedia, improvvisamente granitica. «Se non trova il modo di fare quello che le ho chiesto, lei il diploma se lo può scordare, lo stesso accadrà al signor Hollowell e ai suoi soci e potrete consolidare la vostra amicizia durante i corsi di recupero estivi». Afferra il vassoio di biscotti dalla scrivania, sostituendo lo sguardo glaciale con un sorriso radioso. «Biscottino?».

CHE IL LAVORO DI GRUPPO ABBIA INIZIO

«In conclusione, siete tutti incoraggiati-barra-intimati a detestare e sparlare di Lucy per il resto dell'eternità e a rubarle i soldi per il pranzo e a prendere a calci il suo cane quando dorme, e se si farà vedere al raduno dei vent'anni dal diploma, infilatele il pannolone nel surgelatore».

Annuncio tipico in sala appello la mattina seguente, solo leggermente parafrasato.

«Tieni duro, ragazza. Risolveremo questa maledetta storia». Griffin mi fa un sorriso di supporto, ma io mi concentro sulle mie Converse, aggiungendo un nuovo teschio al capolavoro a inchiostro che ho cominciato all'inizio dell'anno. In quel momento disegnare sulle mie sneakers in sala appelli era semplicemente un modo per passare il tempo. Adesso è, tipo, il mio personale rifugio zen dove vado a sorseggiare tè verde e ascoltare il suono delle campanelle a vento e a tentare di convincermi che nessuno sta complottando la mia fine in stile fallo-sembrare-un-incidente.

Perché...

REGOLE PER LA CYBERSICUREZZA
DELLA LAVENDER OAKS HIGH SCHOOL
(CON EFFETTO IMMEDIATO)

1. L'uso del cellulare da parte degli studenti è severamente vietato durante l'orario scolastico. Ogni studente intercettato con un cellulare – anche durante la pausa pranzo e nelle ore di buco – si vedrà confiscato il suddetto cellulare.
2. Gli studenti dell'ultimo anno saranno tenuti a frequentare un corso di formazione online di Sensibilizzazione all'anti-cyberbullismo, tenuto tutti i giorni durante l'orario di mensa da un esperto in cyber crimine delle forze dell'ordine.

3. Tutti gli studenti saranno tenuti a visionare come compito a casa un video sul Cyberbullismo disponibile su Youtube e a sottoscrivere – assieme ai genitori o facenti funzioni – un Impegno contro il bullismo.
4. Ogni studente colto in atti di teppismo contro la proprietà scolastica o a usare i computer della scuola per atti di bullismo sarà sospeso e, a seconda della natura e della gravità dell'atto di bullismo, denunciato alle autorità di polizia.
5. Si invitano vivamente gli studenti responsabili della creazione e/o del mantenimento della pagina Facebook di Polposa Lucy a venire allo scoperto con una piena confessione. In caso contrario la suddetta pagina sarà sottoposta a indagine e, una volta smascherati, i responsabili saranno puniti con la massima pena possibile.

Stranamente la pagina di Miss Decenza si sta tenendo fuori da tutto questo fango. Probabilmente perché in realtà è più un canale che un vero e proprio artefice di contenuti. O forse Miss Decenza è la preside Zeff. O forse sono io che mi sto riempiendo fin troppo la testa delle teorie complottiste di Asher Hollowell e questo mi fa più male che bene. Griff ha deciso di saltare la prima ora di analisi matematica per andare da Black&Brew con Ellie e quando suona la campanella, ognuno prende la propria strada.

Pochi istanti dopo, il corridoio diventa totalmente zona rossa. Chi non mi fa gesti osceni o rumori di natura pseudovibratoria, mi insulta per il nuovo regolamento, intonando il mantra troia-spia-troia di Quinn e Haley con rinnovato vigore. Poi una palla da tennis mi colpisce in testa. I fischi mi bucano le orecchie. Qualcuno scaglia una bottiglia d'acqua aperta, fradiciandomi il braccio di liquido gelato.

Borsa stretta al petto, tengo gli occhi bassi e seguo l'ormai noto tragitto fino al mio armadietto.

Trovo Cole già lì quando arrivo: ha le braccia cariche di volantini e nastro adesivo strappati via dall'armadietto, tornato di nuovo del suo color marrone originario.

Ho cercato di evitarlo dal chiarimento con Ellie dell'altro giorno, ancora sconvolta, scioccata e stordita dalla sua confessione.

«Grazie», sussurro.

Lui sorride e tutto il resto si scioglie. Il peso che mi sentivo sul petto d'un tratto salta via come una molla premuta e rilasciata, facendomi schizzare tra le sue braccia. Cole lascia andare la carta e mi stringe, accarezzandomi la schiena. Con le labbra premute sulla mia testa gli sento dire: «Shhh, shhh, shhh, andrà tutto bene», e io parto.

Niente.

Altro.

Importa.

Non i risolini o gli *ommiodio* che scivolano lungo il corridoio; non i *click click* delle fotocamere che stanno già violando il nuovo regolamento restrittivo sui cellulari; non gli oggetti lanciati; non Olivia che confabula su di noi dall'altra parte della sala.

A volte l'abbraccio giusto dalla persona giusta nel momento giusto può far sparire tutto il brutto del mondo...

E talvolta il vero amore non ha proprio speranza di poter competere con un tipo e i suoi amichetti megafonati.

«Attenzione popolo di ultracorpi internottusi, l'impero del social globalizzato vi ringrazia per i vostri servigi e le vostre anime». Lo scranno a rotelle di Ash rulla lungo il corridoio con determinazione e autorevolezza, seguito dai suoi collaboratori in formazione. Sono vestiti "alla Facebook": magliette azzurre con un F bianca incollata sopra e berretti di maglia con un'immagine dell'icona a pollice all'insù.

Kiara marcia al passo, megafono pronto all'uso. «Ogni volta che caricate una foto nella rete, un cucciolo di foca muore. Grazie».

Alcuni ridono, ma poi nascondono i cellulari.

«Ogni volta che taggate qualcuno in una foto compromettente, si crea spazio in *infernet* per nuovi membri». Tens fa un ghigno cattivo, facendo tintinnare le conchiglie tra i capelli a ogni movimento. «Grazie».

Altri studenti spariscono nelle aule o sfollano lungo il corridoio facendo finta di niente.

«La battaglia per l'umanità si ridurrà alla singolar tenzone della nostra epoca: tech-SÌ e tech-NO, macchine contro cuori. A chi va la vostra lealtà, pecoroni?», urla Kiara. O meglio, non è che stia proprio urlando, ma con il megafono il volume è alto.

«Tech-NO!», scandiscono i membri del MAL(e) all'unisono. «Prima il cuore, poi il cavo. Prima l'anima poi la cloud. Scollegatevi, scollegatevi, scollegatevi!».

Di fronte a noi c'è un gruppetto di ragazze radunato attorno alla fontanella di acqua potabile con i cellulari ancora in mano. Una di esse sembra stia digitando un poema con i pollici mentre le altre ridacchiano. Tens parte in quarta verso di loro senza smettere di ripetere il suo mantra al megafono: «Scollegatevi, automi! Scollegatevi!».

«Ogni volta che perpetuate le vostre scaramucce online e alimentate la discarica tossica di cattivo karma social, i terroristi guadagnano una vittoria. Grazie». Un tipo lungo e smilzo dal colorito incerto, con un esercito di lentiggini in faccia e una cresta da moicano rosso amarena in testa – che ho già visto in giro ma solo ora intuisco essere il "Roman" che mancava al pre-partita – chiude la pantomima con un inchino.

Due prof di scienze fanno capolino dalle loro aule di lezione, ma se sono anche solo minimamente preoccupati da quest'ennesima manifestazione del MAL(e), lasciano comunque che se ne occupi la Zeff, che sta puntando verso di noi alla velocità del tuono.

«Asher Hollowell», sbraita, «apprezzo molto il suo zelo, ma questa è una scuola, non un set cinematografico».

«La cosa mi è perfettamente nota, signorina Zeff, ed è infatti proprio la scuola a cui cerchiamo di rivolgerci».

La Zeff stende avanti una mano a palmo aperto all'insù e fa segno verso il megafono. «Consegnateli. Tutti».

«Ma...».

«Preferisce passare il resto della settimana in detenzione, signor Hollowell? Magari trascrivendo a mano la Costituzione?». La Zeff si è calata nei panni dello sbirro cattivo, ma sulle labbra vedo tremolare un accenno di sorriso. In fondo in fondo è colpita.

Seppur riluttante, Ash fa segno a tutti i suoi di consegnare i megafoni, poi i minion sgattaiolano via in aula con la Zeff alle calcagna.

Ash si avvicina a me e Cole.

«Spettacolo decisamente impressionante», dico. «Come va?».

«Rivoluzionari a Katniss», mi saluta deciso. «Chiedo scusa se non abbiamo potuto informarvi sulla missione, ma eravamo a corto di mezzi non tecnologici per raggiungervi».

Il corridoio si è ormai quasi completamente svuotato, tranne che per noi e qualche altro ritardatario che sta facendo cambio di libri dall'armadietto.

«Ma l'avete organizzato voi?», chiedo. «Per noi?».

Ash fa un cenno secco di conferma. «Ieri la Zeff mi ha detto che avrebbe annunciato il nuovo regolamento e io ho immaginato che saresti stata presa di mira. E poi ci ha anche dato la bella notizia sul progetto».

«Me la chiami bella notizia?», ripeto. «Dobbiamo fare una presentazione di fronte a tutti i diplomandi, per non parlare di genitori e nonni. *E* i paparazzi, perché sarà presente anche Jayla Heart. Se cerchi "schifo totale" sul dizionario, avrai una descrizione del progetto».

«Sarà il momento perfetto per inviare il messaggio. Pubblico prigioniero; vari rappresentanti del regime dei media». Ash tira fuori un'agenda di carta vecchio stampo dalla tasca posteriore della sua sedia a rotelle. «La Zeff dice che sarebbe figo incontrarsi a casa tua più tardi. Ho bisogno delle coordinate».

«Se questo passa il convento», rispondo, ma sono certa che il tono sarcastico non viene colto. Gli fornisco indirizzo completo di vie e incroci e lo ringrazio di aver sfollato le masse internettiane. Poi in una scia di azzurro e bianco e cromo, Ash sparisce lungo il corridoio.

Rimasto muto dal primo "grazie" del MAL(e), Cole adesso inizia a rianimarsi e mi molla una spallata giocosa. «Sembra proprio che hai più amici a scuola di quanti non pensassi, *Katniss*. E sappi che verrò certamente da te dopo, non esiste che ti lasci sola con i tuoi ammiratori».

«Ma... non ho tempo per tutto questo», dico, sentendomi calare di nuovo addosso la realtà come un nuvolone nero. «Devo trovare le prove che mi servono, anche se Ellie non vorrà più rivolgermi la parola, non posso lasciare che questa storia continui. Zeff mi sta col fiato sul collo, i genitori di John sono incazzati, la madre di Griff... tutta la scuola sta venendo risucchiata nel vortice e mi odiano tutti e io nemmeno...».

«Ehi, ehi, stop». Cole mi passa un dito sotto gli occhi per asciugarmi le lacrime. «Fai un bel respiro».

«Cole...».

«Fallo, ti sentirai meglio».

Faccio come mi dice. Ha ragione, come al solito. «Hai parlato con Ellie dopo... dopo l'altro giorno?». Sono ancora una deportata nella Siberia dell'amicizia. L'ho chiamata varie volte, le ho inviato un paio di messaggi e un link al video del gufetto di Franklin, ma niente.

«Ci ho provato. Ci sto ancora provando». Cole mi appoggia le mani sulle spalle e mi guarda dritto negli occhi. «Stai tranquilla, non gettiamo la spugna con Ellie. E ci sono anche altre tre persone che lavorano con te alle indagini. Risolveremo questa cosa, okay?».

Faccio un altro profondo respiro e mi dico che ha di nuovo ragione. Nonostante la mia condizione di paria, ho ancora degli alleati. Amici. Cole.

«Io e Griff ci vediamo con Margolis alle tre per confrontare gli appunti», mi dice, «e dopo veniamo da te per una ricapitolazione e possibilmente per impedirti di barattare i tuoi averi per un posto in un bunker antiatomico sotterraneo con quelli del MAL(e)».

«E una scorta annuale di cibo disidratato», aggiungo io mentre parte la campanella. «Non si può vivere in un bunker sotterraneo senza cibo disidratato».

Cole sorride. «Ecco la mia piccola esperta di sopravvivenza apocalittica. Bentornata».

LA CASA DI MIA MADRE È UN BUNKER SEGRETO PIÙ FIGO DELLA CASA DI TUA MADRE

«Intendevo dire...», continua Ash, spazzolandosi via dalle gambe briciole di tortillas di mais blu, che finiscono sul pavimento della mia sala hobby, una cosa che manda sempre in brodo di giuggiole Notte. «Che la tecnologia di Star Trek è ben poca cosa al confronto. In Guerre stellari hanno metodi ben più funzionali per gli spostamenti intergalattici. Prendi per esempio l'episodio *L'impero colpisce ancora*: la Millennium Falcon schizza da Hoth a Bespin in, tipo, una nanobazzecola, e *senza* nemmeno un hyperdrive funzionante. Quale nave di Star Trek fa la stessa cosa?».

Tens si arrotola un *dreadlock* attorno a un dito. «Il Falcon non ha in dotazione un hyperdrive di riserva di classe dodici?»

«Sì, e questa è un'ottima osservazione. Gli elementi dell'hyperdrive sono mobili, complicatissimi componenti singoli. I motori di propulsione a curvatura, invece, hanno tutte quelle assurde componenti gigantesche: capsule di antimateria, cristalli di dilitio, il nucleo di curvatura, il sistema di raffreddamento. E quanto tempo impiega per andare dalla Terra a Vulcano? Giorni... con i propulsori a curvatura!».

Kiara sbuffa e parte in quarta: «Ragazzi, mi sembrate un branco di svalvolati evasi dal manicomio di Gotham city. Paragonare la tecnologia a curvatura con l'hyperdrive è come mettere a confronto il klingon con il wookiee: il primo ha una grammatica e una fonetica degne di tale nome, cioè è una lingua vera, mentre l'altro è...», e termina emettendo una serie di buffi grugniti wookiee.

«Su gli scudi deflettori!». Asher si copre la faccia con le mani. «Miss Federazione-batte-Impero ha preso la parola».

Sul piccolo tavolo da tè si libra la mano lentigginosa di Roman in direzione delle tortillas, ne prende una e, sorvolando la ciotola del guacamole, la abbassa per inzupparla. Notte ne segue ogni movimento. «Capitano Janeway? Lei sta negando che le astronavi di Guerre stellari...».

«C'è poco da negare. Gli hyperdrive non hanno basi scientifiche reali, né limiti, sono solo fantasia». Kiara fa con le mani il gesto di un'esplosione stellare. «*Poof!* Il funzionamento della propulsione a curvatura, invece, ha solide basi fisiche ed è per questo che ha dei limiti. Realtà contro finzione. Questo non si discute, ragazzi».

«Un'osservazione dal pianeta Terra?». Mi butto sulla poltrona reclinabile di papà e stappo una lattina di Orange Shasta. «Vorrei far notare che il club anti-tecnologia se ne sta comodo comodo nella mia sala hobby a discettare di due diverse società tecnologicamente avanzate, di cui il suddetto club ha cognizione solo grazie alla nostra avanzata tecnologia».

«Hai ragione», risponde Tens. «Antinomico, vero?»

«Se per antinomico intendi ipocrita, allora sì». Accendo il portatile di papà e scarico dalla mail il nuovo manualetto ufficiale sul cyberbullismo che mi ha inviato la preside Zeff, lungo due volte il precedente. In pratica il mio piano è di scopiazzarlo, sviluppando alcuni punti chiave con delle animazioni di PowerPoint. «Ragazzi, io vi facevo più controculturali».

Ash annuisce. «Be', se proprio cerchi le etichette, io sono il classico secchione per una buona metà controculturale, un trenta percento sfigato e un quattordici sociopatico e giusto un pizzico *metal*». Pompa in aria una mano nel gesto delle corna metallare.

«Io per metà sportiva», dice Stephie, stringendosi la felpa con il logo della sua squadra di nuoto sulla maglietta Facebook, «e poi, in egual misura, controculturale, secchia e topo di biblioteca».

«Controculturale io? Naaa», trasale Kiara. «Io sono una vera cybermaniaca con un cuore da groupie. Nel fine settimana, però, mi trasformo in topo di biblioteca».

Roman sbatacchia la cresta vermiglia. «E io invece detesto tutte queste etichette del cazzo, e questo è quanto».

«Lui è un detestatore», interviene Stephie. «È *questa* la sua etichetta».

«Io sono un goloso e un *coffee snob*», afferma orgoglioso Tens. «E anche pasticciere: preparo dolcetti per il locale dei miei nel week-end».

«Quelle non sono etichette, beota», gli fa Stephie. «Quelle sono attività. Le etichette sono roba tipo rockettaro, fumettomane, art-omane».

«Sono anche quello», le risponde Tens e Ash gli lancia una tortilla in fronte.

«Aspetta… ma», dico, «non sarà mica il Black&Brew il locale dei tuoi?»

«Mi prendi in giro? Certo che è quello. Chi pensi gli abbia dato quel nome?», mi risponde Tens, puntandosi entrambi i pollici al petto.

Io sgrano gli occhi.

«Pare proprio che stiamo sgretolando l'idea che ti eri fatta di noi». Roman scoppia a ridere di fronte alla mia espressione sconcertata. È un modo per stuzzicarmi, lo so, ma arrossisco comunque.

È questa l'impressione che faccio a tutti?

Non mi sorprende che l'intera scuola sia convinta che abbia postato io quelle foto. Potrei anche andarmene in giro con una maglietta con su scritto: *Giudicato chi legge*.

«Be' ammetto di avere dei limiti».

«Ehi! Se c'è uno che ha limiti qui, quello sono io!», scatta subito Ash, indicando la sedia su cui è seduto.

Stephie gli molla un pugno amichevole sulla spalla. «Più che altro direi impegnativo. O solo molesto».

«Lucy, noi non siamo contro la tecnologia», dice Kiara in tono serio. «Siamo contro la tecnologia prestata alla frivolezza, alla vanità, che in queste società immaginarie non esiste, e contro il regime corporativo che se ne appropria per suo unico interesse.

Per non parlare di queste boiate di etichette, come Roman ha fatto efficacemente notare».

Ash si sporge in avanti sulla sedia a rotelle per dare una grattatina di orecchie a Notte. «Il governo è in mano alle corporazioni: agribusiness, grandi industrie farmaceutiche. Come se alla FDA importasse veramente cosa contengono le medicine o che quelle stesse medicine poi finiscono nelle riserve d'acqua. Ci stanno lobotomizzando». Dà un pacca sulla testa del cane. «Controllo della mente».

Notte abbaia il proprio consenso.

«Non provocarmi con la FDA», dice subito Roman. «O con la USDA».

«Per non parlare della NSA o del Dipartimento della difesa», aggiunge Kiara. «Dopo il college faccio subito domanda alla Difesa, così posso agire dall'interno». Ash le dà una pacca sulla spalla. «La nostra ragazza, qui, è una maga delle decodificazioni oltre che un hacker geniale. Via cavo, naturalmente, perché in wireless non è sicuro».

Kiara scrolla le spalle. «Come potremmo altrimenti venire a conoscenza delle libertà che il governo sta progressivamente revocando, una velata violazione alla volta?»

«Velate violazioni?», ripeto.

Kiara chiude lo schermo del mio portatile e ne ispeziona un lato in cerca della porta per il cavo ethernet. «Parli come se non avessi mai nemmeno letto di striscio il *Patriot Act*».

Tens e Roman scoppiano a ridere sotto i baffi, della serie *Certo, come no! Chi è che non ha mai letto* quel *vecchio classico?*

Io mi volto verso Ash con un'espressione di supplica. «Che ne dici di tenere a freno i tuoi minion, leader impavido?»

«Non prima che Kiara abbia riconosciuto che la tecnologia dell'hyperdrive è immensamente performante e rende la Millennium Falcon una navicella molto più elegante».

A quel punto sbatto la mia lattina sul piccolo tavolo da tè con simulata indignazione. «Statemi bene a sentire, gregge di sfigati: io ero presente in sala alla Comic Con quando Neil deGrasse

Tyson ha illustrato tutte le ragioni per cui la Enterprise vince la battaglia delle navicelle spaziali, per cui, per tutto ciò che concerne le avanzate tecnologie spaziali, io mi rimetto alla sua opinione, quella di un vero astrofisico, piuttosto che alle chiacchiere di un gruppo la cui primaria missione nella vita è quella di scollegare internet. E adesso, per piacere, finitela con queste società immaginarie e aiutatemi a tirar fuori qualche idea per la presentazione o mi costringerete ad attivare il modulo di localizzazione GPS sul computer e a trasmettere le vostre stronzate all'umanità».

Modulo di localizzazione GPS? Non ho la più vaga idea di cosa ho appena detto. Ash, però, sembra parecchio impressionato e scoppiamo tutti a ridere, me inclusa.

«Tu sei andata al Comic Con?», mi chiede Asher. «E sei stata al cospetto di Sua magnificenza?».

Scrollo le spalle e rispondo: «Affermativo».

«Vuoi sposarmi?», mi fa.

«Solo se poi possiamo aggiornare il nostro stato Facebook».

Ash mi strizza l'occhio. «Troveremo un modo per superare le nostre "incompatibilità digitali", cara Lucy».

«Iniziamo da PowerPoint», dico, riaprendo il portatile e scorrendo i vari modelli di presentazione. «Questi sfondi fanno schifo, dobbiamo trovare qualcosa di più figo».

«Ma anche no», mi fa Asher. «PowerPoint è il parco divertimenti del diavolo. Bill Gates? Lavora per il nemico».

Io lo fisso a bocca aperta. Ormai sarà la mia reazione standard con Ash.

«Permettimi di mostrarti il modo giusto per preparare una presentazione di gruppo». Fa schioccare le dita e Tens, Kiara, Stephie e Roman schizzano in piedi e si mettono in formazione.

«Tutto chiaro», dico. «Mettiamo insieme le nostre teste non lobotomizzate e vediamo cosa riusciamo a tirare fuori».

Alla fine ci accordiamo su un mix di presentazione PowerPoint e un balletto interpretativo dal vivo sugli effetti negativi del cyberbullismo. Facciamo una scaletta dei punti, li lascio montare la coreografia, offro qualche suggerimento perché si capisca meglio che rappresentano elettroni che stanno rimbalzando contro l'umanità.

«Grazie per essere venuti», dico alla fine; salvo la presentazione e richiudo li portatile. «Mi dispiace di avervi trascinato in questo casino con il mio stupido scandalo, ragazzi».

«Non è colpa tua». Ash mi sorride comprensivo e gli altri fanno lo stesso. «E non so chi stia cercando di incastrarti, ma ci si stanno impegnando parecchio; ecco perché questa presentazione è fondamentale. Se riusciamo a raggiungere anche solo una persona, evitare che accada a qualcun altro… capisci?»

«E poi il taggare, Gesù…», aggiunge Roman. «Non bastava postare foto di chiunque senza autorizzazione, adesso c'è pure la tecnologia per il riconoscimento facciale e la localizzazione geografica… spaventoso». Si lancia in bocca un altro triangolino di mais inzuppato nel guacamole. «Stalking legalizzato».

«E bravata legalizzata, bullismo legalizzato». Stephie fa un cenno verso di me, guardandomi con i suoi occhi azzurri, luminosi e compassionevoli. «Tu hai tutto il diritto di farti sentire, Katniss. Stampa a tutti sul culo l'hashtag #dirittodiprivacy».

Mi sposto i capelli dagli occhi con un soffio di frustrazione. «Non sono una ragazza poster, ragazzi. E non sono nemmeno una rivoluzionaria. Sto semplicemente cercando di riabilitare il mio nome, togliermi il fiato sul collo della Zeff e dimostrare ai miei amici che non sono stata io».

«Se sono tuoi amici, non dovrebbero semplicemente *crederti*?», osserva Kiara.

Domanda giusta che ho già preso in considerazione. So che Cole mi crede, ma Griff? C'è ancora un velo di dubbio nei suoi occhi e come potrebbe non esserci? Si sta spartendo tra me e Ellie, presa tra due fuochi. Ellie, invece, è tornata a fare come se non esistessi.

«I miei amici sono…».

«Chi vuole una ciambellina?», cinguetta Jayla entrando dalla porta, con una scatola di dolci in mano. Ci metto la mano sul fuoco che sta leggendo gli articoli sulla genitorialità di mia madre, su come relazionarsi con i figli adolescenti scontrosi e le loro amicizie. Avrebbe dovuto controllare nel congelatore: ce ne sono ancora alcune rimaste dalla sera del "voi non siete sulla lista".

Io le sorrido a denti stretti. «Pensavo avessi promesso di rimanere al centro commerciale e a distanza».

«Ehi! Ma tu sei... Ommiodio... i... Pericolo... tu non sei...?». Kiara è in iperventilazione, i maschietti a tre secondi dalla totale crisi isterica da fan, tutti affannati, calpestando scarpe e ruote altrui, per dare una mano a Jayla.

Prima che qualcuno ci rimetta un occhio, mi alzo e prendo la scatola dalle mani di mia sorella e l'appoggio sul piccolo tavolo.

«Queste informazioni sono top secret, super-riservate, della serie portala-fuori-da-questa-stanza-e-sei-morto», dico, guardando dritto negli occhi tutti i componenti del MAL(e). «Jayla Heart è mia sorella».

Kiara ha ancora il respiro bloccato e i maschietti stanno praticamente squittendo. È una reazione comune tra chi non ha abboccato alle diffamazioni dei tabloid, ma la scena non finisce mai di darmi la nausea.

Eppure, Jayla sembra colpita. Nonostante tutte le proposte di matrimonio e i *like* che riceve sulla sua fan page, Angelica Darling rimane per lo più un gioco. Lei fa sempre la frizzantina e tranquilla, tipo *lo spettacolo deve continuare*, ma *deve* sapere come la vede la gente, come vede la sua versione mondana. La versione Angelica. Ai loro occhi lei è questo, non una persona reale.

La guardo, con quei suoi occhi velati, quel suo sorriso quasi timido e mi si stringe il cuore.

Ash prende la parola. «Signorina Heart, mi scuso sinceramente per l'interruzione della sua performance dell'altra sera e mi auguro che l'esercizio dei diritti sanciti dal nostro Primo Emendamento non l'abbia disturbata».

Jayla scoppia a ridere. «Ehi, non c'è problema. Avete proprio spaccato quella sera! Mi spiace solo che qualche idiota abbia mandato le foto ai tabloid. Spero che i vostri genitori non se la siano presa».

Ash sorride radioso. «Non lo sanno nemmeno», dice. «E non verranno a saperlo se non si mettono a controllare la cache segreta sotto il mio server SETI...».

Stephie strabuzza gli occhi. «Non rivelare mai la posizione della tua memoria cache segreta, cretino».

Mentre i componenti del MAL(e) proseguono la sceneggiata "cuoricini e cupidi per Jayla", arriva la mia squadra della Mars Investigations al completo, Spike al seguito. Appena si intercettano con Notte, vanno entrambi in tilt e insieme schizzano come fulmini giù per le scale verso il seminterrato, della serie *Dài! Combiniamo qualche bricconata mentre gli umani non ci controllano!*

Cole ha in mano una cartellina – sorry, un *dossier* – pieno di foto che Franklin ha ingrandito e stampato nel laboratorio della scuola. Prima di iniziare a condividere con tutti i dettagli, adocchia cauto Asher, in attesa del mio via.

«Asher», dico io. «Tens, Roman, Stephie, Kiara: quello che sto per condividere con voi è, come per l'identità di mia sorella, estremamente confidenziale. Io e i miei amici abbiamo iniziato un'indagine in incognito sullo scandalo. Se non siete interessati, lo capisco, potere andarvene ora, niente rancore. Se però volete partecipare, siete i benvenuti. Avete il mio totale Nulla Osta di Sicurezza».

Guardo uno dopo l'altro i quattro gatti del MAL(e) radunati nella mia sala hobby. Chissà come mi vedranno? La ragazza che fino a poco fa non aveva mai scambiato una sola parola con loro? La ragazza che preferiva prendere in giro il loro club, la loro missione, invece che scoprire cosa cercavano di fare veramente? La ragazza che non si è mai presa il fastidio di conoscere anche una sola cosa su ognuno di loro, che so, un hobby, il libro preferito o come trascorrevano i fine settimana?

Chi sono io per loro? Per chiunque?

Davanti agli occhi mi svolazza tutto uno sciame di etichette, furiose lettere nere su brandelli di carta bianca.

Dark. Malata di game. Sorella imbarazzata. Stronza. Fissata con gli zombie. Cattiva amica. Solitaria. Troia. Spia. Sproia.

«Ragazzi, ma dite sul serio?». Ash spinge in aria una mano chiusa a pugno, tipo *diamoci sotto!* «Parlo a nome di tutti quando dico, ehi sì! Noi viviamo per queste cose. E non lascerò certo la mia futura moglie a pelare la patata bollente da sola».

«Congratulazioni per il fidanzamento», fa Franklin.

Cole e Griff strabuzzano gli occhi all'unisono.

«La riservatezza è una certezza con noi», dice Stephie. «Io non permetto ai miei nemmeno di riprendere gli allenamenti della mia squadra di nuoto e nessuno di noi sta su Facebook o Cacchiogram o su altre diavolerie del genere».

«Solo la mia nonnina», dice Kiara e scoppiamo tutti a ridere; qualche minuto dopo siamo stretti attorno al piccolo tavolo da tè, ciambelline e patatine sparse ovunque, a passare in rassegna una distesa di foto della festa che fino a ieri mi avrebbero mortificata.

C'è qualcosa di speciale in questa missione congiunta nella vita reale, un fardello comune che allevia il bruciore che invece le ore infinite passate a sfuggire agli zombie con la mia squadra online non mi ha mai dato.

«Dopo tutto questo snervante confronto di dati», annuncia poi Griffin, imitando, ormai quasi da prassi, un accento *British*, «sono arrivata alla conclusione che le nostre ali misteriosamente sparite le abbia indossate una delle cinque ragazze. Olivia, ovviamente, ipotesi più facile; le sue amiche Haley e Quinn; Farrah, la ragazza zombie che, a detta dei vampiri, ci aveva dato sotto con tutti, e Clarice, presidente della SASA. A un certo punto della serata, anche John ha avuto delle ali, ma erano color argento, e nonostante la sua smania di dare scandalo a tutti i costi, non penso proprio potesse essere interessato a un qualsiasi approccio di sesso o droga con 420».

«Grazie per l'analisi, agente Colanzi». Torno a esaminare le foto, alcune cerchiate a pennarello per evidenziare le ragazze con le ali rosa luccicanti. «Magari avevano iniziato i saldi al negozio delle fate».

Kiara le riallinea tutte, esaminandole una ad una con austera concentrazione.

«Se devo dire la mia, Olivia è quella che mi convince di più», fa Griff. «Sappiamo che è stracotta di Cole e da quando è successo quello che è successo ti è stata sempre col fiato sul collo».

«E ha anche detto alla Zeff che sono stata io a creare la pagina di Polposa Lucy», aggiungo.

«No», interviene Cole, scuotendo la testa. «È vero che sta dando di matto, ma prima di questo Olivia era assolutamente tranquilla e dolce. È incazzata, ma non penso che arriverebbe a tanto per sputtanare Lucy e me. E poi vogliamo parlare della sua foto? Il padre è andato fuori di testa».

«Magari è tutta una copertura», ribatte Griff. «Del resto nessuno di noi ha parlato con il padre, giusto?»

«Nonostante la sua atroce imitazione *British*», fa Franklin, «Griffin ha perfettamente ragione».

«Oh grazie Franklin», risponde lei raggiante.

«Be' non è nemmeno la zombie», dico. «Io e Cole l'abbiamo vista in bagno con uno dei vampiri mentre la nostra fatina avrebbe dovuto essere chiusa nell'armadio con 420».

«Ehi ragazzi. Ma è *lei*!». Jayla, che fino a quel momento aveva continuato a ingozzarsi in silenzio di ciambelline, indica una foto di Clarice.

«Aspetta... ma ha ragione», dice Ash.

«Amico», ribatte subito Tens, mollando una pedata alla sedia a rotelle di Ash. «Non hai nemmeno visto chi ha indicato, sei solo cotto di Jayla».

«*Tu* sei innamorato di lei», ribatte Ash con la faccia rossa come il toppino di Jayla.

«Jayla Heart? Io sono *totalmente* pazza di lei», dice Kiara con un sorriso divertito. «E anch'io dico che ha ragione».

«Ma ragazzi… Clarice?». Afferro la foto per guardarla più da vicino. Clarice è china sul bidone della differenziata, colli di bottiglie vuote incastrati tra le dita. Si vedono chiaramente le ali. Rosa e luccicanti. «Impossibile. Cioè, sembra così… *pulita*».

Jayla indica la foto che ho in mano. «Guarda le ali. Vedi come il bordo superiore è smerlato? Tre gobbette qui. Le altre ne hanno quasi tutte due». Jayla separa le foto con Haley, Quinn e la ragazza-zombie, tutte con due. Poi prende su una con Quinn. «Questa ne ha tre, ma solo la punta delle ali è brillantinata». Poi indica di nuovo la foto di Clarice. «Queste hanno i brillantini nella parte inferiore. Adesso guarda le ali nella stanza di Cole». Jayla fruga tra le foto e trova quella che cercava. La solleva e la accosta alla prima. «Stesse ali. È assolutamente lei».

Io guardo meglio e per quanto mi bruci dirlo, mia sorella ha ragione.

«Clarice si fa le canne di nascosto?». Cole si gratta la testa. «Non l'avrei mai detto».

«Non è possibile», dico io. «Ho partecipato alle sue conferenze "Imparare a dire di no" e posso garantire che è assolutamente fuori da tutto questo».

Franklin si tamburella il mento con la punta della penna, facendosi una macchiolina blu scuro. «Se le cose stanno così, cosa diamine stavano combinando quei due chiusi nell… oh. *Oh!*». Strabuzza gli occhi.

«Sospetti che stessero, ehm, facendo *quello*?», chiedo io.

Jayla sbotta in una risata nasale. «Chiusi in un armadio? Di certo non stavano sostituendo le cerniere».

Clarice e 420? Lei, la ragazza per cui l'unica *raison d'être* è eliminarlo? Ha convinto la preside Zeff a ottenere un mandato di perquisizione dell'armadietto di 420; gli ha riempito lo zaino di opuscoli; sbuffa e lancia strali ogni volta che lo vede immerso nella sua perenne nuvola di fumo. È questo che fa la presidente dell'associazione Studenti Anti Sostanze d'Abuso. E 420… be',

420 è 420. Lui farebbe volentieri il presidente della Studenti Uniti *per* le Sostanze d'Abuso, se solo essere presidente di qualcosa non fosse troppo mentalmente impegnativo.

«Lucy… stai pensando quello che penso io?». Jayla ammicca, alzando e abbassando velocemente le sopracciglia. «Terza stagione, episodio undici?»

«Ommiodio!… Il barista!».

In quell'episodio Angelica si prende una cotta pazzesca per il suo barista, ma non può farlo sapere al suo fidanzato e il barista le rifila sempre decaffeinato invece del caffè normale perché Angelica è sempre rabbiosa e stronza con gli altri baristi e loro prendono sempre in giro Lady Sculetta, il cagnolino toy di Angelica.

Una sera, però, lei va nel locale proprio mentre il tipo stava per chiudere e lui le prepara un caffè senza farglielo pagare perché ha già chiuso la cassa. Angelica si spertica in mille ringraziamenti – attaccando astutamente bottone – e nella scena successiva si vede Lady Sculetta che infila il musetto nello sgabuzzino delle scorte e rivela Angelica e il barista avvinghiati in piena azione con tanto di prevedibili doppi sensi: "forte e bollente", "molto lungo" e "con lo schizzo"…

«Lucy?», mi chiama Roman.

«Con lo schizzo cosa? Ehm cosa?», farfuglio, tornando alla realtà. Sala hobby. MAL(e) e Cole, Griff e Jay, il duo canino con espressione colpevole perché probabilmente ha rotto qualcosa di sotto, tutti attorno al piccolo tavolo, tutti con gli occhi puntati su di me.

«Ho chiesto se pensi che abbiano fatto loro le foto», dice Roman.

«No», rispondo, «ma forse Clarice sa qualcosa».

«Parlerà?», chiede Franklin. «Da quanto ricordo, il tuo interrogatorio a 420 non è andato molto bene».

Raccolgo le foto sparse e le rimetto nel dossier. «Ho in mano delle foto che incastrano la presidente della Studenti Anti Sostanze d'Abuso in un armadio con il fumato della scuola.

Ho uno spazio di dieci minuti alla cerimonia di diploma, con un proiettore e un pubblico prigioniero. 420 potrebbe anche fregarsene della propria reputazione, ma non Clarice, potrei scommetterci».

Franklin scuote la testa. «Altro riscatto, Lucy?»

«Riscattino», gli rinfresco la memoria.

«Giusto. Nel frattempo...», continua lui, «qualche indizio sulla pagina di Polposa Lucy?».

Ci guardiamo tutti, farfugliando e scrollando le spalle.

«Cercherò di capirci qualcosa io», dice Kiara. «Non garantisco, ma se la pagina è pubblica, potrebbe essere rimasta in giro qualche traccia elettronica». Poi, rivolgendosi ad Asher: «Richiedo autorizzazione per accedere ai social network per scopi investigativi».

«Autorizzazione concessa».

«Autorizzazione per trasmettere risultati a Lucy attraverso indirizzo di posta elettronica sicuro con nome in codice Hackerissima?»

«Autorizzazione concessa», ripete Asher. «Per qualsiasi altra cosa di cui possano aver bisogno Lucy o gli altri. Oh, e un'ultima cosa di grande importanza». Poi si volta verso Jayla con aria seria. «Cosa deve fare un povero ragazzo indifeso in sedia a rotelle per ottenere un giretto su quella Porsche?».

LICEO, L'ALLUNAGGIO E ALTRE COSPIRAZIONI

Miss Decenza
4209 like 👍
1097 utenti ne parlano

Giovedì, 8 maggio

Il momento che tutti voi aspettavate da quando avete sganciato oltre cento dei bigliettoni di papino per un cimelio che in futuro vi peserà sul groppone come un macigno ogni volta che affogherete la depressione nell'alcol, e vi lagnerete a voce grossa dello schifo che vi ha riservato la vita, e che al liceo avrebbero dovuto eleggervi "fancazzista per tutta la vita", anche se non era tra le categorie in lista: quel momento finalmente è arrivato.

IL GIORNO DELLA FOTO DELL'ANNUARIO SCOLASTICO!

C'è qualcosa di magico in esso, non siete d'accordo? E per "magico" intendo... ragazzi, io vi ho osservati nella vita reale e le vostre foto di diplomandi non sono poi così autentiche come ci si aspetterebbe dai virtuosi studenti della Lavender Oaks. Datemi man forte, membri del MAL(e). Voi riconoscete le foto ritoccate quando ne vedete una. Pelli compatte e denti ultrabianchi, vaghe impronte di piedi sulla superficie della falsa luna, forse un UFO, forse un riflesso. Mi seguite?

Cavolo. Mi sono appena ricordata che MAL(e) non è su Facebook. Tutto questo umorismo complottistico confezionato ad arte che adesso si perde nell'etere. Me ne farò una ragione. Per tutti voi altri, a proposito di foto ritoccate, vi informo che, ahimè, il fotografo di Principe Macula non si è ancora palesato. Vi lasciate sfuggire un'irripetibile occasione di infamia con curatela, gente? Cosa aspettate, un invito ufficiale? *Mi scandal es su scandal!*

Ma non voglio trattenervi, pescettini miei. Correte subito a mensa e ritirate i vostri annuari e scrivete i vostri "teniamoci in contatto" e "auguri di buone vacanze" fino a farvi venire i crampi alle mani. Tra vent'anni, quando avremo bello che dimenticato le dolci arti della scrittura e il contatto visivo, e la comunicazione avverrà esclusivamente tra chip cerebrale e chip cerebrale, vi ritroverete un tenero ricordino dei bei vecchi tempi andati. O magari un fermaportello per la vostra capsula spaziale.

In ogni caso, saranno soldi (di tasche altrui) ben spesi.

xo – Ciao! – xo

Miss Decenza

AUGURI DI BUONA ESTATE! *BON VOYAGE!* E CERCATE DI NON ANDARE A LETTO CON IL FIDANZATO DI QUALCUN ALTRO DURANTE IL VIAGGIO

Sono certa al sessanta per cento che mollerò comunque il mio annuario, ma essendo già pagato affronto coraggiosamente il territorio ostile della mensa e mi metto in fila per ritirarlo.

Alle spalle di Olivia e delle sue amiche spiritelli.

La fila si muove con una lentezza estenuante e le ragazze continuano a bisbigliare, a voltarsi e a ridacchiare, montando tutta una gran messinscena, nel caso io non me ne accorgessi.

«Eh già», dico, «voi siete tutte fighissime e io una persona orribile».

«Hai sentito qualcosa?», chiede Quinn a Olivia.

Olivia mi punta gli occhi addosso e osserva la mia maglietta con il disegno della piramide alimentare degli zombie. L'espressione arcigna è buffa sul suo viso dolce, come se l'avesse presa in prestito da una delle sue amiche, ma di una taglia diversa. «Probabilmente solo una corrente d'aria», risponde.

«E perché la corrente d'aria sostiene gli zombie che si mangiano gli umani?», dice Haley, picchiettando distrattamente sullo schermo del cellulare con un'unghia rosa conchiglia. «È così… macabro».

Io le guardo senza parlare, della serie *bla bla bla, voi tre sareste le* prime *a essere divorate se dipendesse da me far mangiare gli zombie*, ma sotto sotto subire questi dispettucci da Olivia e compagnia brucia. Kiara sta violando i loro profili Facebook ma ancora non ha trovato alcun collegamento con l'autore della pagina di Polposa Lucy. Da parte mia, non ho ancora avuto modo di mettere alle strette Clarice che è sempre troppo impegnata a distribuire volantini con l'invito a rimanere sobri durante le imminenti feste per il diploma. Il volantino recita: *evita lo scandalo. Festeggia con orgoglio!*

E poi sono sola, non c'è nessuno dei miei alleati: tutti impegnati nel corso obbligatorio sul cyberbullismo. La Zeff mi ha esentata perché sto preparando la presentazione con i ragazzi del MAL(e), ma ho sentito dire in giro che sta propinando la stessa solfa che ha fatto a me sul suo profilo Facebook personale, con tanto di foto di bimbetti e messaggi fuori luogo da parte delle madri.

«Oh mio Dio, le foto del ballo!», squittisce Haley quando raggiunge il tavolo. Gli annuari sono impilati a piramide e dall'altra parte c'è un raccoglitore con copie ottoxdieci delle nostre foto con l'unicorno. In tutto il delirio che si è scatenato dopo il ballo, me ne ero totalmente dimenticata.

Dite magica polvere di stelle... la più bella coppia mai vista prima...

Aspetto che le ragazze abbiano ritirato le loro copie e poi firmo velocemente il modulo di presa consegna, individuo la mia foto del ballo e, con l'ansia a mille, la sfilo dal raccoglitore.

C'è Cole con gli occhi verdi più luminosi del corno dorato dell'unicorno. Io sto ridendo per qualcosa che mi ha detto e lui tiene un braccio appoggiato sulla groppa del cavallo, una mano sulla mia spalla, e sembra quasi una di quelle foto incorniciate sulla mensola del camino da mostrare ai figli quando hai cinquant'anni.

Quasi.

Se non fosse per le perfide lettere nere scarabocchiate sopra la mia faccia.

#TROIA

Mi sento accartocciare dentro, e poi un gran dolore. Strappo la foto in due e la getto nel cestino della spazzatura.

«Non buttarla», sento che mi dice la voce di Haley alle mie spalle. Adesso è ovvio che sapevano, che mi stavano osservando, che aspettavano una mia reazione. Probabilmente hanno messo loro le mani sulla foto prima di me e hanno lasciato il marchio. «Non vuoi qualcosa che te lo ricordi una volta che ti avrà scaricato?»

«Ho uno scoop per te, Haley», dice un'altra voce dietro di noi. Una voce che riconoscerei tra mille. «Io e Cole ci siamo lasciati molto prima del ballo», continua Ellie. «Per cui suggerisco a te e alla tua gang di perfide malelingue di rivedere le vostre informazioni e smetterla di molestare Lucy. E comunque non sono affari che vi riguardano».

«Ci riguardano eccome», ribatte Haley. «Abbiamo tutto il diritto di sapere chi fa la troietta in giro, cercando di portarci via i fidanzati».

«Nessuna di voi *ha* un fidanzato», ribatte Ellie, prendendomi per mano. È una cosa talmente inattesa che devo resistere per non trasalire. «Siamo tutte ragazze o sbaglio? Dovremmo prendere le difese per le nostre sorelle e *non* fare il gioco del patriarcato demolendoci a vicenda».

«È *lei* quella che si prende cose che non le appartengono e se le mette dove non dovrebbero stare», incalza Olivia.

«Cosa ti è successo, Olivia?», le fa Ellie. «Lucy è una persona, ha un cuore, un'anima e commette errori. Vi piacerebbe che qualcuno parlasse così alle vostre sorelline? O alle vostre madri? Che vi prende, ragazze?»

«Cerchiamo di essere di aiuto», dice Quinn. «Dovresti esserne felice». Ellie scoppia in una risata nasale. «State creando un affare di stato, altro che aiuto, ed è patetico. Cercate di mostrare un po' di amore e rispetto per le nostre sorelle di Lavender Oaks. Per voi stesse».

Io mi volto verso Ellie con gli occhi gonfi di lacrime di gratitudine.

Quando le tre se ne vanno, Ellie lascia andare la mia mano e fa un gesto come per dire che non è stato niente di speciale, niente che non avrebbe fatto per chiunque altro. «Non sopporto di vedere delle ragazze che sparlano di altre ragazze. Bastano le cattiverie dei tabloid».

Deve pur esserci qualcosa di significativo e importante da dire, qualcosa per farla rimanere...

Tra poco dovremmo andare al college insieme. Dovremmo comprare lenzuola coordinate e poster. Riempire la macchina di snack e CD e occhiali da sole a forma di cuore di tutti i colori, e partire per la California, verso il futuro, verso un'amicizia che durerà fino alla fine dei tempi.

Ma tutto quello che mi esce dalla bocca è: «Raccontami». Un istante dopo lei prende il suo annuario dal mucchio, lo infila nello zaino senza chiedermi di firmarglielo.

«Ci vediamo, Lucy».

Nota negativa: alla fine della giornata, la mia copia dell'annuario è sparita.

Nota positiva: più scavo, più non riesco a dissotterrare una sola briciola di dispiacere per questo. Probabilmente è stata Quinn, stiamo nello stesso gruppo di fisica e avrebbe potuto facilmente sfilarlo dal mio zaino mentre ero alla lavagna a calcolare la velocità di un elefante che scivola giù da un piano con una pendenza di quarantacinque gradi.

*Super*rilevante.

La parola del giorno è... *bah?* Quando mi metto a sorvegliare l'armadietto di Clarice dopo l'ultima campanella, mi sento più mossa da curiosità che da desiderio di riscatto rispetto a ieri.

«Mi serve il tuo aiuto», dico, «e prima che rifiuti... 420. Prove fotografiche».

Vedo gli occhi di Clarice schizzare fuori dalle orbite sotto l'elegante frangetta nera e il mucchio di volantini che ha sotto il braccio svolazza a terra attorno ai suoi piedi.

«Rilassati», le dico, accucciandomi per aiutarla a raccoglierli. «Voglio solo farti delle domande. Sto cercando di capire cosa è successo quella notte e chi ha messo tutto su Facebook. Io non sono stata».

«Nemmeno *io* sono stata!».

«Potresti aver visto qualcosa».

Clarice regge il mio sguardo per qualche istante, riflettendo.

«Prove fotografiche», canticchio. «Alette da fata, berretti con foglia d'"erba" in bella vista... potrebbe essere il più grosso scandalo di Lavender Oaks dopo l'altro grossissimo scandalo».

Clarice si sposta la frangetta con un soffio. «Okay. Parlerò con te, perché rispetto Cole e sono una grande sostenitrice della verità. In via confidenziale?»

«Del tutto ufficiosa», rispondo, il che fondamentalmente non significa confidenziale ma nemmeno virale.

Prendiamo su le sue cose e ci infiliamo in un'aula vuota, chiudendoci la porta alle spalle.

Mi conferma che lei e 420 si stavano divertendo nell'armadio quando io e Cole siamo entrati nella stanza e che ci hanno sentito discutere su Ellie, ma non volevano farsi scoprire. Quando ci siamo addormentati, hanno colto l'occasione. 420 è uscito per primo e lei lo ha seguito qualche minuto dopo.

«Al secondo piano non c'era nessuno», dice. «A quell'ora erano quasi tutti tranquilli e rilassati in salotto e in terrazza. Erano tutti ubriachi, biascicavano idiozie e facevano cretinate».

«Tipo Olivia con la bottiglia di limonata», dico.

«Esattamente. No, aspetta...». Clarice scuote la testa e si preme due dita sulle tempie. «Quello è successo più tardi e in realtà non l'ho nemmeno visto. Quando sono arrivata in salotto, Olivia era con le sue amiche, tutte spiaccicate su una grande poltrona. Giocavano al gioco della verità...". Qualche minuto dopo è entrata Farrah e ha detto che tu e Cole lo stavate facendo di sopra».

«Lo stavamo facendo? Gesù... e si sarà scatenato il fuggifuggi generale di sopra?», chiedo. «Mi sorprende che non siano saltate fuori altre foto».

Clarice scrolla le spalle. «No, guarda, erano quasi tutti talmente storditi che a malapena hanno registrato le parole. Olivia e Quinn si sono alzate, tipo, sai, come se ridacchiavano e bisbigliavano sulla notizia. Poi però Brian e Ryan si sono messi a fare una specie di lotta in terrazza con quei due lupi mannari e poi qualcuno ha riportato dentro Principe Macula e… poi non so. Penso che si fossero dimenticati tutti di te e Cole a quel punto. Cioè del resto non è che lo stavate *proprio* facendo. Dormivate insieme. Era un'altra della serie "quello che succede a una festa, rimane alla festa"».

«Puoi affermare con certezza se qualcuno dopo di quello è salito al piano di sopra?»

«Be', alcuni… Olivia di certo, e forse Haley e Quinn. Non le conosco bene e poi tutti avevano ali per cui… io ho visto solo… la gente andava e veniva e io ho trovato…». La faccia di Clarice passa dal pallido al porpora in un secondo secco. «Stavo facendo altro. Nello sgabuzzino delle scarpe». Attende che mi arrivi l'intuizione.

Pulsante di pausa sul mio dramma personale, perché…

«Tu e 420, uh?», dico in tono giocoso. «Ti ha chiamata Doritos babe, giusto? Nella sua lingua equivale a un sonetto».

Clarice arrossisce di nuovo. Nonostante i nostri rapporti tesi, è difficile non farsela stare simpatica in questa versione infatuata. «È affascinante una volta che lo conosci meglio».

«E come farai con il problema droga?», chiedo. «Non prenderla come un'offesa, Clarice, ma la vedo molto dura. Non ti piacciono nemmeno i miei stivali, tu sei una inquadrata, tutta d'un pezzo e lui, invece… è più una specie di svolazzo».

«Onestamente? È un bel problema», mi risponde con voce pensierosa, ma senza perdere il sorriso. «Senti, non sono il tipo di ragazza che pensa di poterlo salvare o addirittura farlo cambiare. Ci provo da anni, ma senza nessun risultato. Il fatto è che per tutto il tempo che gli sono stata alle costole a fargli la ramanzina, ho avuto modo di conoscerlo più a fondo, molto meglio di quanto non sia riuscita a conoscere John. E c'è molto di più dietro la facciata… tanto per cominciare ha un vero nome, Lucas».

Lucas. È così poco, solo un nome, un semplice dettaglio di tutti i giorni che cambia la prospettiva.

Clarice si liscia i capelli dietro la testa. «Non è perfetto, Lucy, ma se ti innamori c'è poco da fare».

Mando un messaggino a Franklin per vederci al laboratorio di informatica per aggiornarlo su Clarice, ma ci incrociamo in corridoio nei pressi del mio armadietto.

Con Olivia.

«Oh, eccoti», dice, tutta falsa gentile. Mi porge un annuario. «Era sul tavolo delle salse in mensa».

«Io non l'ho lasciato in mensa», rispondo.

La sua faccia si fa tesa. «Be', io l'ho trovato lì. Lo vuoi o no?».

Franklin nel frattempo la osserva con uno sguardo ambiguo, come se cercasse di capire dove sta la magagna e quando stendo la mano per afferrare l'annuario, fa lo stesso anche lui. Ma io sono più veloce e nell'istante in cui ce l'ho in mano, Olivia se la svigna in un lampo.

«Nasconde qualcosa», mi dice Franklin. «Forse non dovresti...».

«L'hanno *firmato*? Per me?». Ogni pagina, ogni centimetro di spazio bianco è coperto di scritte.

Ma non sono firme. Sono messaggi. Tutti identici.

Buona #POLPOSA estate!

Dopo gli insulti, i proiettili di carta umida e la pagina di Facebook, questa è la cosa che mi distrugge, l'ultimo atto che mi fa crollare. Dalle guance iniziano a scendermi giù dei gran lacrimoni, inarrestabili, schizzando l'annuario.

«Originale», dico con voce strozzata. Tutta la leggerezza che ho provato con Clarice, inizia a svanire nell'ombra, il cameratismo con i ragazzi del MAL(e) solo un ricordo lontano.

Franklin mi prende l'annuario dalle mani e lo sfoglia. «Per la miseria».

Lo richiude con un colpo secco e io glielo strappo dalle mani e lo getto nel cestino.

«Potremmo parlare con la signorina Zeff», dice. «Chiederle se ne hanno altre...».

«Non lo voglio. A che servirebbe? Non lo firmerà nessuno».

I profondi occhi marroni di Franklin traboccano di preoccupazione. «Siamo quasi diplomati. Non devi permettere che questi meschini atti di vandalismo ti convincano che sei una persona cattiva. Tu non lo sei, Lucy».

«Sono stata con il non ancora ex fidanzato della mia migliore amica».

«Punto primo, so bene che la vera storia è molto diversa da questa versione e, secondo, anche se così fosse, questo non farebbe comunque di te una cattiva persona».

«Ma mi sento come se avessi tutti contro».

«Lucy, ero nel tuo appartamento ieri: era pieno di persone».

Faccio di no con la testa. «Ash e i suoi vogliono solo qualcuno che si batta per la loro causa. Sai, per dimostrare "Ohh, i social network sono robaccia". E la *mia* di causa allora? Qualcuno mi ha rubato il cellulare, punto, e questo è praticamente un reato».

Franklin mi stringe delicatamente un braccio. «Non avercela con me per quello che sto per dirti, stellina, ma non puoi aspettarti che gli altri rischino grosso per te se non sei tu la prima a fare la voce grossa per te stessa».

«Nessuno mi ha dato modo di farlo!», ribatto, strattonando via il braccio. «Mi hanno solo attaccata. Ovunque mi giri, c'è solo gente che mi bisbiglia alle spalle o mi lancia dietro cose. Da quando è iniziato tutto, non ho fatto che staccarmi gomme da masticare dai capelli, lavare macchie di inchiostro dalla tuta, staccare volantini dal mio armadietto, togliere spaghetti dalla borsa. E poi hai visto anche tu l'annuario».

«Non sto difendendo il loro comportamento. Voglio solo dire che... avresti potuto fare dichiarazioni ufficiali, magari sulle pagine del giornale, se non proprio alla Zeff. E invece hai scelto di non farlo».

«Prima vorrei capire come sono andate le cose. Non posso difendermi senza prove. Qualcuno ha rubato il mio cellulare e postato intenzionalmente quelle foto sul mio profilo. Sto cercando di scoprire chi è stato. E ogni giorno che passa diventa sempre più ovvio che si tratta di Olivia».

«Okay», fa Franklin. «Diciamo che è stata Olivia; diciamo che riuscirai a ottenere le tue prove, addirittura inconfutabili. E poi? Tutto questo è inutile se non hai intenzione di prendere una posizione. Questa cosa è più grande di te, Lucy. Non si tratta solo di un cellulare rubato e di qualche foto imbarazzante. E va anche ben oltre le cattiverie di Olivia e delle sue amiche».

«Allora cosa?».

Franklin si mette a camminare, facendo ballonzolare i ricci.

«Si tratta di persone che sfruttano l'anonimato di internet per offrire uno spettacolo pubblico, per promuovere la molestia. I metodi di Asher Hollowell potrebbero anche essere non convenzionali, ma il suo punto di vista è valido. I social network dovrebbero avvicinare le persone, non servire da arena gladiatoria online».

In automatico mi viene in mente Russel Crow nella sua tenuta da gladiatore, ma nemmeno quell'immagine di perfetta cazzutaggine riesce a sciogliermi i nodi che ho nello stomaco. Voglio fare la cosa giusta, dire quello che devo dire, prendere posizione per ciò che è giusto, non solamente per me, ma per tutti quelli che si trovano nella mia stessa situazione.

Non sono però forte abbastanza per farlo da sola.

«Devi fidarti delle persone, Lucy. Magari non di tutti, ma sicuramente di qualcuno».

«Mi fido delle persone, di te, e ho rivelato ai ragazzi del MAL(e) che Jayla è mia sorella e... *ehi*». Alla riunione di ieri, Franklin è entrato in casa, ha visto Jayla nella sala hobby e non si è mostrato sorpreso, avevo dimenticato che avrebbe dovuto esserlo. «Tu sapevi che Jayla Heart è mia sorella?».

Franklin annuisce. «Ho sempre saputo della natura del tuo legame con Jayla. Che razza di giornalista investigativo sarei se non... investigassi?»

«Ma perché non hai detto...».

«Per la miseria, Lucy, io non intendo dire "fidarti delle persone" nel senso di confidargli l'identità di Jayla, ma nel senso di confidare la verità ai tuoi amici. Vogliamo tutti aiutarti, ma nessuno sa cos'è successo quella notte perché tu non ce l'hai raccontato».

«Fidarmi dei miei amici?», ripeto. «Tu mi stai aiutando solo perché ti ho promesso la storia».

«Sì, be'...». Franklin appoggia la testa contro l'armadietto e chiude gli occhi. «Potrei aver cambiato idea».

Non ho capito se ha cambiato idea sul voler pubblicare la mia storia o sull'aiutarmi con le indagini, ma non starò certo qui a chiederglielo.

Ho delle prove da raccogliere.

Nascosta all'interno dell'ultimo bagno emo, coperta da una disgraziata canzone su una donna di nome Sweet Caroline, leggo il messaggio di Kiara sul mio ormai illegale iPad.

Da: nome in codice Hackerissima

ho esposto i dettagli in un rapporto ufficiale separato in caso le autorità abbiano bisogno di qualcosa di più specifico, ma in parole povere il succo è: sappiamo già che il nome del creatore della pagina Polposa Lucy è Allerta Spiona, chiaramente uno pseudonimo. Confrontando le marcature temporali (orari di login/logout, di messaggi e commenti, data e orario di creazione della pagina) di Allerta Spiona e dei probabili sospettati dell'elenco di Cole e Griffin – sia sulla pagina Polposa Lucy che sui loro profili personali – sono stata in grado di restringere considerevolmente il campo dei sospetti.

Partendo da quello, ho semplicemente correlato schemi linguistici, intercalari, uso dello slang, tono, lunghezza media dei messaggi e stile della pagina di Allerta Spiona con quelli dei profili personali delle persone della *short list* dei sospettati.

E ding dong! Abbiamo un abbinamento.

Ho identificato il creatore della fan page di Polposa Lucy con un livello di certezza del 99,8%: Olivia Barnes.

Ti farò avere di persona le copie cartacee di tutti i dati. Ti prego, distruggi questo messaggio non appena l'avrai letto.

Io non sono mai stata qui.

Hackerissima passa e chiude.

Da: Lucy Vacarro
Hackerissima:
le tue scoperte sono accurate e interessanti. Grazie per il tuo servizio. Distruggerò il messaggio come da tua richiesta. Non parleremo più di questa mail.

Vacarro passa e chiude.

Da: nome in codice Hackerissima
rispondendo al precedente messaggio hai creato una traccia elettronica del nostro scambio su server multipli, semplificando, così, ogni tentativo della NSA di rintracciare, segnalare e immagazzinare per sempre.
Per favore elimina questo e ogni altro messaggio a esso collegato nelle tue cartelle di posta ricevuta e inviata.

Hackerissima passa e chiude

da: Lucy Vacarro
perdono! :-(sono nuova del cyberspionaggio. Considerali cancellati. Terrò acqua in bocca!

Vacarro passa e chiude

da: nome in codice Hackerissima
!!!

Oh, giusto, sì. Cristo! Questa cosa della superspia ha un sacco di regole. Mi chiedo come facciano i ragazzi del MAL(e). Gli altoparlanti stanno vomitando una nuova canzone su una ragazza che sogna una fiamma eterna, mentre io cancello i messaggi di Kiara e decido sul da farsi con le informazioni. Non ho prove sufficienti per dimostrare che è stata Olivia a rubare il mio cellulare e a postare le foto del concorso #scandalo, ma posso quantomeno dimostrare che è stata lei a lanciare la campagna di Polposa Lucy e denunciarla alla preside Zeff.

Per riabilitare completamente il mio nome ho bisogno di più prove.

Per quanto ne so, l'idea del premio per la foto di Principe Macula vincitrice del concorso #scandalo si è rivelata un fiasco totale, non si è fatto avanti nessuno.

Apro la pagina di Miss Decenza e inizio a scriverle un messaggio privato, illustrandole la situazione sulla pagina di Polposa

Lucy e chiedendole se ha informazioni che potrebbero collegare Olivia alle foto taggate #scandalo.

Ero partita con l'idea di essere breve, una richiesta rapida, ma una volta iniziato a digitare, non riesco più a fermarmi.

Devi fidarti delle persone... magari non di tutti, ma sicuramente di qualcuno... nessuno di noi sa cos'è successo... tu non ce l'hai raccontato...

Ho la voce di Franklin in testa mentre le dita volano sullo schermo dell'iPad, quasi che fossero guidate da una misteriosa forza ultraterrena, da una reazione istintiva alle parole di Franklin, e le mie mani danno forma a una vera e propria confessione.

Ammetto tutto. Cole. Il fatto che ho iniziato ad amarlo da quel nostro primo incontro nel bosco dietro casa mentre ero fuori con Notte, che ogni istante con lui sembra un'avventura folle, una luminosa promessa e anche qualcosa di più. E anche che vado completamente in tilt ogni volta che lui mi sorride.

Le racconto del bacio in camera sua nella baita, della passeggiata nel bosco, di come tremi all'idea di poter perdere Ellie, e di come, se proprio fossi costretta, non avrei dubbi a scegliere Cole. Di come, per molti versi, lo abbia già fatto.

Non sono una buona amica.

Sono innamorata.

Il mio cuore è distrutto, ma la verità è questa.

E mi sto ancora nascondendo, facendo per filo e per segno quello di cui mi ha accusato Franklin: di tenermi nell'ombra, troppo spaventata per dire come stanno veramente le cose.

Finalmente le mie dita si fermano sullo schermo dell'iPad ormai imbrattato di impronte.

La confusione. I sentimenti. Gli errori. È tutto lì nel messaggio non ancora spedito: tutto quello che non ho mai ammesso a nessun altro, inclusa Jayla, inclusa me stessa.

Il messaggio aspetta pazientemente di partire. Il mio pollice esita a mezz'aria sul tasto di invio.

Forse è perché Miss Decenza non ha un volto. Forse è per

il fatto che di tutte le persone che sono entrate nella mia vita dopo lo scandalo, lei è l'unica che non avrebbe alcun ritorno dall'aiutarmi. E forse, cosa più importante, è per il fatto che non dovrò vedere il giudizio nel suo sguardo quando leggerà chi sono veramente, senza filtri.

Forse esiste un milione di buoni motivi per inviarlo e un altro milione per non farlo, ma con una straziante melodia rock su rose e spine in sottofondo, pigio il tasto, inviando i miei più reconditi segreti nel cyberspazio a una persona che nemmeno esiste.

AMMIRATORI E ALTRI SCANDALI MINORI, CON I QUALI SI INTENDE SCANDALI CON IL COINVOLGIMENTO DI MINORI

«Ma che ti prende? *Cammina*», sbotta Haley, urtandomi contro una spalla mentre è diretta a falcate potenti verso la scuola lunedì mattina. Sta parlando al telefono e chiunque si trovi all'altro capo è stato appena depennato.

«Non ci posso credere che l'avete fatto senza di me», dice. «Io pensavo che non avremmo partecipato alla storia dell'accampamento. Be', nessuno mi ha avvertita e l'ho dovuto scoprire da Instagram! Discorso chiuso! Vi cancello, stronze».

Il campus della Lavender Oaks è una distesa di tende e resti di falò, circoletti di liceali che suonano chitarre, cantano e giocano passandosi piccole palle di stoffa. Una Woodstock innocua per tutti tranne che per la preside Zeff che si aggira agitata e paonazza in prendisole beige e scialle bianco.

«Cosa sta succedendo qui?», chiede a 420. «Una specie di Occupazione di Lavender Oaks? L'ultima cosa che serve a questa scuola è un altro scandalo».

420 la guarda, strizzando gli occhi per il sole troppo brillante, e annuisce con un dondolio della testa, che sembra più un riflesso incondizionato alla colonna sonora reggae che gli pompa perennemente in fondo all'anima.

«Avete qualche richiesta», gli chiede la Zeff, «o è solo una cosa tanto per?»

«Tanto per, baby», risponde lui, rizzando i pollici. Be', rizzando, insomma… piuttosto sbilenchi, ma sono certa che per lui siano in all'insù.

«Ve lo do io, tanto per… ripulite tutto prima della campanella o vi prenderete tutti una nota di ritardo. Signorina Vacarro?». Vedendomi, mi sorride, ma più che un sorriso le esce come un ghigno di squalo, un monito. «Ho bisogno di vederla nel mio ufficio. Avvertirò la professoressa King di non aspettarla in aula appello, okay?»

«Nessun problema, preside Zeff». Ho anch'io delle informazioni da riferirle.

Non vedo Ellie, Griffin o Franklin nella folla dell'accampamento, ma ci sono Cole e John; Cole sta arrotolando il sacco a pelo e controllando l'attrezzatura con occhi da professionista. Gliel'ho visto fare centinaia di volte, tutta l'attrezzatura da montagna sparsa sul vialetto di casa prima di ogni uscita di trekking con il padre.

Allora era *questo* il grande scherzo di fine anno.

Deve avergliene parlato John. Cole mi ha chiamato e messaggiato varie volte questo fine settimana, ma io non ci stavo proprio con la testa. Non ho ricevuto risposta dalla mia pseudo-amica Miss Decenza, non un messaggio, né un articolo di consigli, e ogni volta che vedevo apparire il nome di Cole sullo schermo del telefono ero certa che lei gli avesse inoltrato il mio messaggio, tutti i segreti che – nonostante le sue confessioni, le sue dichiarazioni – ho troppa paura di dirgli in faccia.

Adesso che vedo le tende mi chiedo se non stesse semplicemente chiamando per invitarmi.

Avrei comunque detto di no. E avrei anche cercato di convincerlo a non andare, nonostante lui insista sempre che non abbiamo nulla da nascondere, nulla di cui vergognarci.

Eppure quando lo vedo raccogliere l'attrezzatura, con i capelli arruffati baciati dal sole, non posso fare a meno di chiedermi come sarebbero state le cose per noi se fossi stata onesta sui miei sentimenti sin dall'inizio, dal giorno in cui ci siamo conosciuti. Ci saremmo messi insieme subito? Saremmo stati ancora insieme adesso, liceali innamorati, strisciando fuori da una tenda l'indomani dello scherzo dei diplomandi?

Sarei stata ancora amica di Ellie?

Tutti questi SE mi si affollano dentro e mi sento stringere la gola dalla tristezza per l'amicizia vera perduta e per tutte le possibilità non vissute, e quando Cole mi vede e mi fa cenno di raggiungerlo, mi ci vuole tutta la forza di cui dispongo per voltarmi e incamminarmi nella direzione opposta.

Andando a sbattere dritto contro Franklin.

«Ehi!», dico, sollevata di vederlo. «Eccoti finalmente. Ti ho messaggiato per tutto il fine settimana».

«Oh?». Ha un sorriso, direi, vuoto e lo sguardo vago. «Già, avevo il cellulare spento. Io... io devo andare, Lucy».

«Aspetta!». Lo afferro per un braccio. Dopo la discussione di giovedì, mi ha evitato tutto venerdì, ignorando ogni mio tentativo di comunicare. Ero molto dispiaciuta per come ci eravamo lasciati e ho deciso di rintanarmi in camera per tutto il fine settimana, giocando una maratona di *Distruggi il morto vivente* dopo l'altra e mangiando Coco pops direttamente dalla scatola.

«Volevo solo... scusarmi», dico. «Per come mi sono comportata l'altro giorno. Una stupida ragazzina viziata, so che stavi solo cercando di aiutarmi e...».

«Non sei una stupida, Lucy». Teniamo lo sguardo per qualche istante e vedo il suo viso velarsi di tristezza, di profondo dispiacere, poi un attimo dopo sparisce tutto. Franklin controlla l'ora sul cellulare e dice: «Devo proprio andare».

«Chiudi la porta, Lucy». La preside Zeff ha un piglio tutto professionale, la calma del suo prendisole beige in contrasto con l'irrequietezza dello sguardo.

«Sono felice che mi abbia convocata», dico, e penso *Brava Lucy! Fatti vedere proattiva!* «Ho delle informazioni che ritengo possano interessarle. Si tratta della pagina di Polposa Lucy».

La Zeff mi osserva incuriosita. «Ah sì?».

Le passo la stampata del rapporto completo che ho avuto da Kiara, senza fare il suo nome, come promessole. «Ho fatto alcune indagini questo fine settimana e ho identificato il creatore della pagina».

La preside esamina il foglio.

«È stata Olivia Barnes», le comunico trionfante e se questo non merita un biscottino, allora non so cosa possa meritarlo.

Ma la Zeff non sembra intenzionata a offrire alcuna gratificazione, anzi si acciglia e scuote la testa.

«Tutto molto interessante, Lucy, e riconosco che ci hai messo molto impegno, ma temo che questo non possa dimostrare nulla. La pagina di Polposa Lucy è stata cancellata».

«Cosa? Ma io l'ho visitata proprio questo fine settimana!».

«Da questa mattina è sparita. Suppongo che chiunque l'abbia creata, abbia capito che qualcuno stava seguendo le sue tracce. O magari il, o la, responsabile ha deciso di prendere sul serio la nostre modifiche del regolamento anti-cyberbullismo e non posso certo dire che questo mi dispiaccia».

«Ma io ho una relazione e...».

«Una relazione non è una prova irrefutabile. Avrebbe potuto scriverla chiunque. Senza più la pagina a supportare le tue argomentazioni, mi spiace ma le tue indagini non dimostrano nulla».

Io mi affloscio sulla sedia. «Allora... perché mi ha fatta venire qui? È successo qualcos'altro?».

Da un cassetto la Zeff estrae una risma di riviste e le stende sulla scrivania tra lei e me. Sono tutti tabloid – «CelebStyle», «#TRENDZ», i soliti noti, insomma – tutti con la copertina su una variazione dello stesso tema.

E per tema intendo Jayla Heart, sfavillante in un abitino-sottoveste color blu oceano con una mano penzolante, come un uccellino spensierato, fuori dal finestrino del lato guidatore della sua Porsche. Nell'automobile con lei mezza squadra di football. La *nostra* squadra di football a giudicare dalle maglie che indossano i tipi. Riconosco alcuni di loro come i vampiri della festa di Cole, tra cui anche il belloccio Ryan/Brian di Griffin.

Titoli: TRASGRESSIONI MINORI NELLA MILE HIGH CITY DI DENVER. RELAZIONI PERICOLOSE CON LA LADY DEL PERICOLO ANGELICA DARLING. LA PANTERONA SI CARICA IN MACCHINA RAGAZZI CON LE PALLE.

«So che adesso hai il tuo scandalo personale di cui preoccuparti», dice la Zeff, «e che non c'è niente di esattamente illegale in un'adulta che si carica in macchina giovani ragazzi...».

«Ma...?»

«Ma mi sarebbe di grande aiuto se potessi parlare a tua sorella e chiederle gentilmente di astenersi dall'intrattenere attività sociali con gli studenti al di fuori delle nostre visite autorizzate e, naturalmente, dei suoi rapporti personali con te».

«In realtà non interagisco granché con mia sorella», rispondo. «Lei sta solamente... dando una mano a casa».

«Dove *sono* i tuoi genitori, Lucy?»

«Sono partiti per una vacanza... di coppia. Più o meno. In California. Torneranno stasera».

«Me lo auguro vivamente». Deve proprio sentirsi schiacciare dal peso dei tanti scandali di Lavender Oaks. Allunga una mano sulla scrivania per darmi il solito buffetto di incoraggiamento. «Ancora due giorni di lezione. Metticela tutta».

Le occhiate maligne non sono esattamente classificabili come atti di bullismo per cui me ne arrivano ancora parecchie in corridoio, ma escluse quelle tutto sembra tranquillo sul fronte Lavender Oaks.

La calma prima della tempesta, gli ultimi giorni disperati di scuola prima degli esami finali e il grande cambio della guardia, l'attraversamento del ponte tra la gioventù e l'età adulta. Se siete patiti dei simbolismi, ovviamente. Io lo sarei, forse, se Ellie e Griffin fossero qui a scherzarci sopra con me. Ma le mie amiche continuano a latitare, la situazione non è chiara per nessuno; rimane incertezza su chi abbia postato le foto, su quali segreti siano stati più rovinosi, su chi abbia sbagliato di più.

Incertezza su dove ci porterà tutto questo.

Dopo scuola, torno a casa prendendo la via più lunga, attraverso il bosco, e quando arrivo, trovo Asher e Tens davanti al televisore, seduti ai lati di mia sorella che dimena forsennatamente braccia e gambe in aria. Notte va avanti e indietro e abbaia, tifando per lei, mentre Asher si vanta del suo punteggio alto.

Jayla si sta spanciando dalla risate, bellissima.

Butto a terra lo zaino nell'ingresso. «Ma che cacchio succede qui?».

Tre umani e un canide si voltano a guardarmi, tutti con un sorrisetto colpevole in faccia.

«Lucy!». Asher inizia a sbracciarsi come se fossi sul ponte di una nave lontana. *Bon voyage sanità mentale!* «Siamo passati per provare alcuni passi della presentazione».

«E la presentazione implica l'uso di Fruit Ninja?», chiedo.

«Ehi», fa Tens, fendendo l'aria con le mani, sballonzolando i *dreads*. «Tua sorella ce lo sta insegnando».

«Con la Xbox?». Fulmino Jayla con lo sguardo. «Jayla! Così li corrompi! Loro disapprovano la Xbox! È connessa alla rete e... no, questa cosa è troppo assurda».

«Lo puoi ben dire!». Jayla crolla sul divano, ansimando. «Sono appena stata distrutta a Fruit Ninja da uno in sedia a rotelle».

«Io ti avevo avvertita», risponde Asher, raggiante, affettando l'aria con una serie di mosse di karate. «Sono dotato di abilità pazzesche sulla parte superiore del corpo, coordinazione occhio-mano da paura. Credimi, sorellona, ho capacità che tu non ti sei mai ancora nemmeno *sognata*».

Jayla inarca un sopracciglio, ma prima che riesca a fare una battuta da panterona, mi intrometto: «La festa è finita, ragazzi e mi dispiace di...», indicando con un cenno rotatorio della mano Jayla, la Xbox, Fruit Ninja, il cane e insomma tutta la situazione generale anche se loro ridono tutti.

Io sono la nuvola nera che piomba addosso per soffocare l'allegria per l'unica ragione che non ne ho fatto parte. «Sono solo molto stanca. Ne riparliamo domani, okay?».

Raccolgono le loro cose, salutando, e continuano a mimare mosse di karate gli uni contro gli altri mentre escono dalla porta principale e percorrono il marciapiede verso l'automobile di Tens. Arrivati, Tens aiuta Asher a salire sul posto passeggero, poi richiude accuratamente la sua sedia a rotelle, stivandola nel portabagagli, come se l'avesse già fatto un'infinità di volte prima di allora e continuerà a farlo fintantoché Asher avrà bisogno del suo aiuto.

Jayla batte una mano sul cuscino di seduta del divano accanto a sé, gesto che Notte interpreta come invito. «Come è andata la giornata? Altri nuovi scandali da riferire?»

«Visto che me lo chiedi, *sorellona...*». Tiro fuori dallo zaino le riviste della preside Zeff e le lancio sul piccolo tavolo da tè. Atterrano, glissando sulla superficie liscia, abbattono un bicchiere da vino vuoto e volano a terra.

«Oh merda!». Jayla raccoglie quella sopra a tutte. «Non ci credo che hanno fotografato anche questo! Era sabato sera. Sono uscita dopo la puntata di *Miss Pericolo*, ricordi?»

«E questa me la chiami un'uscita? Un sabato di divertimento con i ragazzi?»

«Io ti ho invitata, ma tu facevi tutta la miss lacrimuccia».

«Questi ragazzi frequentano la mia scuola!», dico. «Sono nella mia classe!».

Jayla scrolla le spalle. «Mi hanno detto di avere diciotto anni».

«La Zeff è incazzata nera», ribatto. «Non sono tutti maggiorenni e anche se lo fossero stati, questa cosa è assolutamente... inappropriata».

«Stai esagerando, Lucy».

«Ma non hai un'assistente alle pubbliche relazioni o roba del genere? Voglio dire, dal momento che è tutto così stimolante per te, non dovrebbe dirti cosa *non* fare in pubblico?».

Jayla mi fa un gesto tipo *lascia stare*. «Licenziata. Era iperpresente, sempre col fiato sul collo».

«Forse perché *hai* bisogno del fiato sul collo?».

Jayla mi guarda con espressione ferita, ma gli occhi passano da feriti ad aggressivi in cinque secondi netti. «Prenditi un po' meno sul serio, sorellina. Forse se fossi meno tesa e lunatica avresti amici più numerosi e tette più grosse».

Sfoglia uno dei tabloid, sforzandosi di sorridere mentre guarda foto che invece io *so* la mettono in imbarazzo. Per poco non scoppio a ridere. In un altro momento, tempo due secondi e l'avrei messaggiato a Ellie, per poi rifarle il verso con i peluche della mia camera la prima volta che si fosse fermata a dormire da me.

Ommiodio! Sono così famoooosa! Guarda tutti questi ragazzi che mi adooorano!

Adesso mi lascio cadere sulla sedia di fronte a lei, prendendomi la testa tra le mani. «Perché sei *qui*, Jayla?».

Non è nemmeno una domanda, solo un ultimo insulto per sfinimento, ma appena le parole mi escono dalla bocca, sento il cambiamento tra noi, lo spostamento d'aria e lo schiocco come l'istante prima che colpisca il fulmine.

Notte drizza le orecchie e fa un ringhio profondo a denti stretti.

Sollevo lo sguardo. Jayla sta piangendo. «Jayla?»

«Sono stata licenziata», dice con un filo di voce.

«*Cosa?*»

«I produttori di *Miss Pericolo* mi hanno convocata per un incontro. Quando sono arrivata, il mio agente mi aspettava già nella stanza con una pila di scartoffie davanti. Ho capito subito che c'erano cattive notizie».

«Cos'è successo?»

«È stato come trovarmi in una puntata di *Intervention – vite drogate*. Mi hanno accusato di fare troppo la festaiola e troppe assenze sul lavoro. Ti giuro, Lucy, l'hanno messa come se fossi una di quelle squilibrate che danno di matto su Twitter e hanno crisi di nervi in pubblico. Io non ce l'ho nemmeno un profilo Twitter! E okay, ammetto di aver saltato qualche giorno di lavoro e di aver dovuto riprogrammare delle riprese. E ci sta pure che ho esagerato col divertimento. Ma è… lo fanno tutti. È tipo un modo per… gestire».

«Gestire cosa?».

Jayla si strofina via il mascara colato sotto gli occhi. «È difficile da spiegare. Ma un giorno sei normale, okay? Poi il giorno dopo ti svegli con tutti questi soldi e sei famosa e c'è tutta questa pressione… Hollywood non è quello che pensavo che fosse».

«Povera piccola ragazza ricca». Il tempo di dirlo e mi pento subito di averlo detto, ma Jayla sta annuendo.

«Hai questo grande sogno, ti fai un gran mazzo per raggiungerlo, pensando che ti basta farcela questa sola volta e la tua vita sarà perfetta. Poi hai la fortuna di ottenere quello che volevi, ma ti rendi conto che la tua vita non è per niente perfetta e allora pensi, bene ho bisogno di un nuovo sogno. E ti si avvera pure quello e allora ti impegni per ottenere ancora di più. E poi ancora di più e di più. E a ogni passo che fai c'è qualcuno pronto a metterti i piedi in testa per ricordarti che sei solo una miss nessuno con un bel culo e che hai avuto solo fortuna». Molla un calcio al piccolo tavolo, sparpagliando in giro le riviste. «Ma cazzo, è per questo che ci pagano un mucchio di soldi, giusto? Ricconi sfondati con le mani bucate. Ricconi depressi e alcolizzati. Questo è il segreto di Hollywood, Lucy. E adesso sono senza lavoro e pure al verde».

«Al verde? Ma tu...». I conti non mi tornano. Mia sorella è Jayla Heart. È Angelica Darling. È famosa. È ricca. È la star che tutti amano detestare. «E le tue carte di credito?»

«Raggiunto il limite di spesa», mi dice. «Ormai mi funziona solo la carta di debito, ma è quasi a secco pure quella».

Iphone, trucchi, vestiti... mi sento un brivido di colpevolezza lungo la schiena. «E la macchina a noleggio?»

«Presa con le miglia aeree accumulate».

A quel punto strabuzzo gli occhi. «E la vacanza della coppietta?»

«Già pagata. Sarei dovuta andarci io con...». Si picchietta un dito sui denti. «Cavolo, non mi ricordo più nemmeno come si chiama. Ci siamo frequentati per un mesetto, ma non ha funzionato. Non volevo che il viaggio andasse sprecato per cui ho detto a mamma...».

«E la tua casa sulla spiaggia? L'appartamento?»

Scuote la testa. «Tutto quello che ho è chiuso in scatoloni a casa di Macie. È l'unica persona in tutto lo stato della California che ancora mi rivolge la parola. Be', escludendo i miei cosiddetti amici, quelli che chiamano solo quando salta fuori uno scandalo nuovo». Poi fa un cenno con la testa verso i tabloid. «Sono certa che stasera si faranno sentire».

«Ma... come possono licenziarti così? Voglio dire, tu sei la star della serie». Attraverso la sala hobby e mi siedo accanto a lei, cacciando Notte. Non so se essere dispiaciuta o incazzata. Se abbracciarla o farle la paternale. È così che si sentono mamma e papà? È per questo che mamma nasconde sempre quelle riviste, facendo finta che sono solo bugie? Quanto sanno di questa storia? Di quanto si rendono veramente conto?

«Hanno trovato il modo per buttarmi fuori dal copione. Scoop: Angelica morirà». Cerca la mia mano, gli occhi rossi disperati. «Non puoi dirlo a nessuno. Non ad anima viva».

«Parla con papà», dico. «Lui ti aiuterà a...».

«Certo che ti aiuterò, stella mia».

Spuntano i miei dalla porta, allegri e rilassati, sorrisi smaglianti che gli illuminano le facce abbronzate. Notte si lancia in una corsa folle verso di loro abbattendo una lampada. Io e Jayla saltiamo su dal divano per abbracciarli.

«Dovevate chiamare appena atterrati», dice Jayla con voce tutta brio. «Volevo venire a recuperarvi io».

«Abbiamo preso un taxi», risponde mamma. «Oh tesoro, è così bello essere di nuovo a casa. Il resort era favoloso, ma ragazze faceva un caldo!». Si sventola il viso, facendosi gonfiare la massa di capelli rossi come una nuvola. Se lei o papà hanno ascoltato la nostra conversazione, non lo danno a vedere e papà sembra aver già dimenticato di essersi offerto di dare una mano per qualche problema ignoto.

Mamma osserva il disastro che c'è nella stanza, catalogando le infrazioni. «Ecco cosa succede quando lascio voi due sole per così tanto tempo. Buon Dio, tesoro, sembra che sia passato un tornado qui dentro».

Papà ride. «Cosa ci siamo persi?».

Io e Jayla ci mettiamo davanti al piccolo tavolo, strette l'una all'altra per nasconderlo. Le prove delle due settimane di legame giacciono sulla superficie dietro di noi, schiaccianti e ovvie. Da una parte, piatti sporchi, lattine mezze vuote di Coca Cola, briciole di dolci; cucchiai di gelato leccati dal cane, orecchini, rossetti, un tampone intimo ramingo, un fazzolettino imbrattato di smalto nero. Un calzettone. Una spazzola. Un flacone di aspirina. Due multe per eccesso di velocità non pagate. Un cavatappi.

Dall'altra parte, una pila di tabloid con foto di Jayla che se la spassa con un gruppetto di studenti minorenni della Lavender Oaks, una cartellina zeppa di foto della festa post-ballo che traumatizzerebbero la sensibilità da signora bene di mamma, mandandola direttamente in ospedale, sei stampate incomplete di PowerPoint sui pericoli del cyberbullismo, una seconda copia della relazione di Kiara Hackerissima, una ciotola con una melmetta marrone secca, mezza leccata dal cane, che anni luce fa era guacamole.

Jayla mi strizza una mano in segno di muta supplica.

Terrò il tuo segreto se tu terrai il mio…

«Non vi siete persi niente», dico. «Bentornati a casa».

Più tardi, mentre sono già sotto le lenzuola fresche di pulito, il mio cellulare si accende, rischiarando la stanza buia. Nel primo momento intontito, sono delusa di vedere che non si tratta di un messaggio di Franklin o di una mail di Miss Decenza, ma quando vedo il nome di Cole, il cuore schizza in volo.

«Avevo bisogno di sentire la tua voce», mi dice. «Mi manchi, Lucy. Odio questa cosa che ci stiamo evitando. Mi sembra che ci vedevamo molto di più prima di me e Ellie, prima di tutto questo».

«Io… è tutto così incasinato. So di essermi comportata un po' da fuori di testa. È solo che… non so proprio cosa fare».

«Non devi fare niente. Devi solo essere Lucy».

«Anche se poi sono scontrosa e lunatica e esigente?»

«Non ti amerei in altro modo».

Sorrido e sento che la tensione in petto inizia ad allentarsi.

«Allora ecco una richiesta. Cantami una canzone. Hai detto che i batteristi si prendono tutte le groupie, ma io non sono ancora convinta».

«Oh, so cantare, Vacarro. Sto solo aspettando il momento giusto per rubare la scena a John».

«Pensi che John sia ancora sveglio? Ha detto che sono sexy. Magari posso chiedergli di…».

«Questa è un lato B degli Oasis», mi fa lui. «*Talk Tonight*? L'ho sempre considerata la nostra canzone. Almeno da quella sera».

«Ehi, ci hai assegnato una canzone senza consultarmi?»

«Ma porca miseria, ragazza! Stai per avere un concerto gratuito nell'orecchio per il quale non sto praticamente chiedendo niente in cambio e hai pure la faccia di criticare?»

«Pensavo che la nostra canzone fosse *Encore*».

«Be', sì. E anche *Nothing compares 2 U*, versione Stereophonics. E se ti dico che avevo scaricato quasi *tutte* le canzoni della sera del ballo e avevo preparato una playlist intitolata Miss Lucy stivali sexy… ti spaventi?»

«Hai tutta quest'ansia di non sembrare un maniaco, di non mettere paura… ma perché, invece, non cerchi semplicemente, be', di non esserlo?»

«Non ne sono capace».

Scoppio a ridere con lui e quando la risata si quieta, sento la sua voce nel mio orecchio che canta la strofa di apertura.

Non ho mai sentito prima questa canzone. Non ho mai amato così tanto una canzone prima di adesso.

I wanna talk tonight… until the morning light…

E ritorno col pensiero a quell'alba dalla pallida luce color lavanda, a quel momento pieno di possibilità. Alla fine della canzone, Cole mi sussurra buonanotte e mentre scivolo nell'oscurità, l'incantesimo d'amore continua…

L'arrivo di un messaggio di testo fa vibrare il cellulare contro la mia guancia, strappandomi bruscamente dal sonno. Sollevo una palpebra per leggerlo.

Franklin: *mi dispiace tantissimo*

FURTO D'IDENTITÀ

Miss Decenza
4991 like 👍
3195 utenti ne parlano

Martedì, 13 maggio

Miei cari, leali amici immaginari.

Vi scrivo sul ciglio dei 5000 like, una balena bianca di parco fan che non ho mai nemmeno lontanamente immaginato di poter raggiungere in tutto l'anno che ho passato a sognare questa pagina. Purtroppo, nel giorno della fine delle lezioni alla nostra Lavender Oaks High School, vi scrivo con un gran peso sul cuore (e non certo perché sentirò la mancanza della gelatina della mensa).

Cari ammiratori e ammiratrici. Minion e follower. *Liker* e compulsivi della condivisione: c'è una cosa che dovete sapere. Una cosa che *morite* dalla voglia di sapere, ne sono certa.

Chi è Miss Decenza?

È il momento di gettare la maschera.

Io, la sottoscritta, giuro solennemente (sulla tendina da doccia con motivi costituzional-statunitensi e rivestimento coordinato nei toni Carta-dei-Diritti, che posseggo sul serio, come posseggo anche un copriletto fantasia Dichiarazione d'Indipendenza, perché questo è il modo in cui i miei genitori immigrati esprimono e mi instillano patriottismo) di essere la voce, la faccia e la mente dietro la vostra adorata/detestata/snobbata Miss Decenza.

Me.

Studente in via di diploma alla Lavender Oaks High School. Prescelto per il discorso di commiato. Editor dell'«Explorer». Furfante britannico e ammiratore segreto della cultura Pop americana.

Franklin Margolis.

Ho creato questa rubrica lo scorso anno come esperimento sociale in collaborazione con Asher Hollowell, che vi ha aderito in totale autonomia dal suo club, il Movimento Anti-social e di Lotta all'(e)lettronica frivolezza, e che mi ha autorizzato a svelare in questa sede i dettagli del suo coinvolgimento.

Io e Ash siamo legati da una buona amicizia, rapporto che abbiamo tenuto sempre sotto silenzio allo scopo di condurre il nostro esperimento in maniera quanto più efficace possibile. L'idea ci è venuta una sera in occasione di una maratona di *Star Trek*, che ha stimolato un animato dibattito sulla tecnologia e sul ruolo che essa ha nel modo in cui comunichiamo e ci relazioniamo con gli altri. L'interrogativo che ci animava era: sono le relazioni e interazioni umane a ispirare e plasmare la tecnologia o è la tecnologia a plasmare noi?

Di comune accordo decidemmo di dimostrare che le persone – nello specifico i nostri compagni quasi diplomandi – sono più interessate a buttarsi in biechi botta-e-risposta online invece di impegnarsi in importanti e stimolanti discussioni sulle notizie e sugli avvenimenti della nostra comunità e della scuola, e che i progressi della tecnologia della comunicazione – internet, sistemi di messaggistica, smartphone e compagnia social bella – hanno causato più danni che benefici alle relazioni.

Purtroppo, la maggior parte delle nostre ipotesi di partenza hanno trovato conferma.

Quello che colpisce, però, è che sono state confermate non solamente dai soggetti del nostro studio, ma addirittura dal sottoscritto.

Io stesso ho alimentato la guerra online, spronandovi a contribuire alla pagina #scandalo e chiedendovi di confermarmi e professare il vostro cosiddetto amore per me cliccando sul pulsante del *like*. Ho postato maldicenze e ripostato negatività. Ho impiattato fango, l'ho innaffiato di benzina, gli ho dato fuoco e distribuito i bocconcini da arrostire, mascherando il tutto da esperimento legittimato.

Ma mi sbagliavo.

Partivo dal presupposto che le persone usano la tecnologia come paravento per poter dire virtualmente qualsiasi cosa senza subirne le conseguenze, ma attraverso Miss Decenza ho scoperto risvolti sui miei compagni che scrivere per il giornale non mi avrebbe mai permesso di scoprire. C'è verità in tutto ciò che diciamo e facciamo e anche nelle nostre bugie ed esagerazioni.

Non mi aveva mai sfiorato l'intenzione di rivelare la mia identità. Pensavo che dopo il diploma Miss Decenza sarebbe semplicemente svanita nel tramonto, evaporata in un'aura di mistero, diventando una leggenda internettiana. Ma questo accadeva quando ancora consideravo questo progetto un tentativo per convalidare le mie teorie invece che un esperimento oggettivo. Non immaginavo certo che questo avrebbe modificato la mia prospettiva. Mai pensato che questo avrebbe fatto da catalizzatore per far entrare nuovi amici nella mia vita. E non ho mai stramaledettamente immaginato che tutto questo, il mistero della mia identità, potesse fare del male a quei nuovi amici, soprattutto a quella a cui con il tempo ho imparato a volere più bene.

Averla ferita è la mia più grande sconfitta, la mia più profonda vergogna.

Sono consapevole che la mia confessione potrebbe farmi guadagnare più nemici che seguaci e che rimpiangerò di essere venuto allo scoperto in questo modo invece che con un botto anonimo. O magari solo una "notifica di messaggio"? ;-)

Okay, adesso basta con le battute. Il mio cinico cuore mi suggerisce che gran parte di voi avrà già smesso di leggere subito dopo quel "Franklin Margolis" poco sopra e adesso sto parlando da solo nella camera dell'eco. Ma per quelli che sono ancora con me, grazie dell'ascolto. Spero sinceramente che coloro che ho offeso e ferito troveranno nel proprio cuore la forza per perdonarmi, sapendo di avermi insegnato moltissimo. E soprattutto che, pur essendo quello con i voti più alti alla Lavender Oaks, fondamentalmente non capisco una sega di niente.

Con le mie scuse sincere e un definitivo ciao online,

xo – Ciao! – xo

Miss Decenza

meglio nota come Franklin Margolis

PANTALONI, MAGLIETTE, BERRETTI, ACCESSORI E OGNI ALTRA SORTA DI INDUMENTO INTIMO BUTTATI ALLE FIAMME

«Mi hanno usata». Appoggio una guancia contro Principe Macula e respiro profondamente, concentrandomi sui suoni dei cavalli e l'odore di fieno e avena. «Sono una tale *idiota*».

«Falla finita», sbotta Griffin. «Non sei tu l'idiota. Franklin e Ash sono degli idioti. In tutta onestà, mi aspettavo di più da quello che dovrebbe farci il discorso del diploma. Miss Decenza? No, questa storia è maledettamente, no anzi, fottutamente da fuori di testa».

Mi sfugge un sorriso. «Significa forse che non ti trasferirai a Londra dopo il college?»

«Ma anche no!». Con una mano sul cuore, poi, sentenzia: «Da questo momento in poi, l'unico britannico che amerò sempre è Harry Potter».

Mi siedo appena fuori dal recinto e con un bastoncino disegno due omini stilizzati a terra nel punto in cui io e Franklin abbiamo pranzato insieme per la prima volta. Sono passate appena due settimane, ma mi sento come se in un solo momento, oggi, il nostro ultimo giorno di scuola, sia confluito un anno intero di alti e bassi.

«Allora, cosa mi hai portato?», chiedo. Griffin mi ha mandato un messaggio appena prima di pranzo: *ho qcosa che ti tirerà su alla grande! Ci vediamo @ stalla?* «Ti prego, dimmi che sono i pupazzi di Daryl e Merle di *The Walking Dead*».

«Non esattamente, svitata, ma almeno adesso so cosa prenderti per il tuo compleanno». Griff si accovaccia accanto a me. Non si siede del tutto – non esiste che sporchi i suoi shorts Calvin Klein – ma il solo fatto che stia sopportando la prova odore cavalli è un grande segno di amicizia.

Apre la borsa e tira fuori un iPhone color argento. Il mio iPhone. Quello che avevo perso alla festa di Cole.

«Dove…? Come…? Che caz…?»

«Questa mattina in palestra», mi spiega. «La piccola Giuda ha lasciato la borsa incustodita sulla panca mentre era in bagno».

«Olivia?», chiedo e Griff annuisce. «Le hai frugato nella borsa?».

Si alza e si ripulisce le mani dal terriccio. «Sì e no! La cerniera era mezza aperta. Più della metà. E io ho intravisto un iPhone che somigliava molto al tuo e quando ho visto la crepa sullo schermo, non ho avuto più dubbi».

«Lei cosa ha detto?», le chiedo.

«Stavo per dirgliene quattro, ma mi sono trattenuta. Ho pensato che sarebbe stato meglio parlare con te prima, per vedere come volevi giocartela con la Zeff».

«Hai fatto benissimo». Mi rigiro il telefonino tra le mani, passo le dita sui graffi e le scanalature che conosco bene. Non mi sorprende che alla fine sia venuto fuori che è stata Olivia: anche prima di ritrovare il telefonino, tutto andava nella sua direzione. Penso, però, che una piccola parte di me sperasse ancora che non fosse così, che i miei sospetti sarebbero stati smentiti. Volevo credere che le brave persone rimangono brave fino in fondo, anche quando gliene capitano di veramente brutte.

Olivia si era veramente presa una gran cotta per Cole, più di quanto non avessi capito, e forse vederlo con me deve averla distrutta. A tal punto da farle decidere di pubblicare, in copertina, quelle mortificanti foto di se stessa con la bottiglia di limonata. A tal punto da suggerirle di creare la pagina di Polposa Lucy, di scatenarmi contro la capricciosa popolazione degli studenti.

Magari i pupazzi di Daryl e Merle potrebbero non essere d'accordo, ma penso che non ci voglia un'apocalisse di zombie per tirare fuori il peggio che c'è in ognuno di noi, per soffocare ogni nostra traccia di umanità. Come canta una vecchia canzone nel bagno emo: *all you need is love*. Un dolore segreto, non corrisposto che scende tanto a fondo da lasciarci i segni.

«Lucy, speravo proprio di trovarti qui». Sulla porta spunta Franklin: la luce del sole alle spalle lo fa sembrare una specie di angelo cotonato. Negli occhi gli leggo il desiderio di scusarsi, ma quando ripenso al messaggio che ho inviato a Miss Decenza l'altro giorno, alla confessione che sembrava molto più coraggiosa quando *lei* non aveva ancora un volto – soprattutto non quello di Franklin – mi sento bruciare la pelle dal calore di mille lampadine.

Le vecchie lampadine, intendo, quelle non ecologiche, quelle che diventano *super*bollenti.

Griffin gli lancia un'occhiata raggelante. «Cosa ci fai *tu* qui?»

«Speravo di poter parlare con Lucy», risponde lui.

«Non è interessata», ribatte lei.

Franklin attraversa la scuderia e si ferma davanti a me con uno sguardo implorante. «Tu sei la mia socia, Veronica. Non escludermi».

«Ero». Il dolore che sento nel dirlo mi sorprende. «Penso che quelli del MAL(e) non avessero tutti i torti. Le tecnologie della frivolezza uccidono veramente le relazioni».

«Lucy…».

«Non sono perfetta, okay? Quest'anno me lo sono incasinato alla grande e prima che scoppiasse tutto il casino, ero solo una emostronza asociale, me ne rendo conto. Ma tu mi hai fatto credere di essere mio amico e io ti ho dato fiducia».

«Non ho finto. Ogni volta che eravamo in laboratorio, che ci incontravamo fuori, che lavoravamo sul caso… ero sempre io, Franklin».

«Ma non Miss Decenza, quella a cui scrivevo per avere consigli. Io la – *ti* – difendevo e tu la – *ti* – attaccavi…». Chiudo gli occhi e li stringo così forte che quando li riapro vedo una miriade di stelline. «È tutto così…».

«Cervellotico?». Gli scappa un sorriso, ma lo spegne all'istante.

«Ma *davvero*?». Griffin lo guarda di sbieco. «È straridicolo, anche per te».

«Era un esperimento», dice lui. «Naufragato. Non ho mai avuto intenzione di...».

«Lo scopo era quello di dimostrare quanto possano essere insignificanti le relazioni creandone una fasulla con me». Infilo il cellulare in tasca e mi strofino le mani. Appesa a un chiodo c'è una spazzola, la prendo e mi metto a spazzolare Principe Macula. «Non c'è mai stata nessuna storia da scrivere per l'«Explorer», vero? Tutti i tuoi appunti, le tue ricerche, faceva tutto parte dell'esperimento».

Franklin annuisce. «È vero, ti ho mentito sui reali motivi per cui mi interessavano notizie attendibili sullo scandalo Facebook. Ma la nostra amicizia... quella è stata sempre vera. Dalla prima volta in cui abbiamo parlato, non ti ho mai considerata una delle tante variabili. E Ash non c'entra niente nella storia dell'articolo. L'esperimento l'abbiamo iniziato insieme molto tempo fa. Anche lui voleva, e vuole, sinceramente aiutarti a risolvere questa cosa. Crede nella giustizia. E ti ha molto a cuore, Lucy. Ti rispetta».

«Avete approfittato tutti e due di me. Mi avete mentito».

Franklin fa una smorfia, ma non nega. Poi si volta verso Griffin. «Ti spiace lasciarmi parlare con Lucy in privato?».

Griffin sbotta a ridere di naso. «Come se lei volesse parlarti!».

«È okay, Griff», le dico. «Vai pure. Ti raggiungo tra poco».

Griffin sbuffa, ma fa come le chiedo.

«Hai ragione, ti ho mentito», mi dice Franklin, «e sono qui per scusarmi, ma anche tu sei una bugiarda». Non c'è finzione nella sua voce, nessun tono di accusa, solo oggettività. «Ancora lì a cercare di convincerti che sia Facebook la causa di tutti i tuoi problemi. O i cellulari o le fotocamere o Olivia e le sue amiche. Anche tua sorella si prende la sua quota di colpa».

«Jay non ha niente a che vedere con questo».

Franklin scuote la testa riccioluta. «Ho visto il modo in cui la tratti, quanto eri imbarazzata durante il suo spettacolo al pre-partita. Non volevi che sapessi che eravate sorelle *non* perché pensi che ti avrei usata per arrivare a lei, ma perché ti vergogni di lei».

Abbasso gli occhi e mi concentro a districare i nodi della criniera di Principe Macula.

«E perché non aggiungere anche Cole alla lista? Avrebbe dovuto opporsi quando Ellie gli ha proposto di mandare te al ballo al suo posto». La sua voce aumenta di volume a mano a mano che l'emozione sostituisce il tono misurato di poco fa. «E Ellie stessa... lei è quella che prima ti ha tenuto un segreto e poi se l'è presa quando ha scoperto che ti piaceva il suo ex. E poi c'è anche la scuola, la signorina Zeff, il MAL(e). E i cavalli, dico bene Macula? Diamine, c'era anche lui alla festa, avrebbe potuto fare foto anche lui. Perché no?».

Principe Macula batte a terra uno zoccolo ancora glitterato, della serie *lasciami fuori da tutto questo, amico*.

Io rimango in silenzio e continuo a spazzolarlo. È uno di quei momenti sui quali di solito rifletto in seguito e trovo le cose giuste da dire. Tutte le migliori controbattute, le vere repliche taglienti per rimetterlo in riga.

Ma adesso, l'unica cosa che riesco a fare è incassare, ferita.

Franklin ha ragione.

«Vorresti crocifiggere tutti quelli che passano la vita su Facebook», continua a dire, «e poi hai condiviso più cose di te con Miss Decenza – una persona virtuale esistente solo online e diventata famosa solo per il concorso #scandalo – di quanto non hai mai fatto con una sola persona nella tua vita reale. Non hai nemmeno confessato i tuoi sentimenti a Cole».

«Io mi fidavo di te», dico. «Forse non totalmente, ma per gran parte. E guarda cos'è venuto fuori».

Le mie parole arrivano al bersaglio. Nei suoi occhi balugina il dispiacere.

«Sono sempre stato qui per te, Lucy, e voglio ancora aiutarti a risolvere questa storia. E voglio ancora essere tuo amico. Ma tu impedisci a chiunque di avvicinarsi a te».

Sbatto la spazzola contro una parete e la riappendo al gancio. «È tutto risolto», dico. «So chi è stato. Ho le prove che mi servono».

Franklin sgrana gli occhi. «Be', non lasciarmi con la curiosità allora, Veronica».

«Non sarai sorpreso di sapere che è stata Olivia». E gli racconto di Griff e del cellulare.

«Perché Griffin non mi ha informato? Questa è una svolta importantissima nel caso».

«Secondo *te* per quale oscuro motivo, Miss Decenza?».

Franklin arrossisce. «Okay. Capito. Sei certa che sia il tuo cellulare? Molte persone hanno un iPhone».

«Stesso schermo spaccato». Lo estraggo dalla tasca e glielo mostro, poi ricordo che lui deve rimanere fuori da questa storia e lo rimetto via.

«Cos'hai intenzione di fare?»

«Chiederle spiegazioni», rispondo.

«Ma è sempre la parola tua e di Griffin contro la sua. Penso che dovresti...».

«Basta», lo interrompo, scuotendo la testa. Con il tacco dello stivale cancello i disegni stilizzati prima che Franklin li noti. «Io e Griff possiamo farcela da sole adesso».

Mi sento ninja – senza Fruit – all'ennesima potenza mentre aspetto che termini l'ultima ora di educazione artistica e arrotolo e infilo i miei fogli da disegno in un tubo di cartone. Olivia oggi fa tutta la simpatica con il professor Lopez, non mi guarda, non bisbiglia cattiverie né fa battute viscide su me e Cole. Quando però suona la campanella e lei scivola in bagno per una pausa, io la pedino, silenziosa come un topo, micidiale come una vipera.

Appena la vedo entrare in uno dei bagni, mi appoggio alla porta e trattengo il respiro.

E aspetto.

Nonostante i miei impressionanti record di zombie ammazzati

e la mia ossessione per tutto ciò che è truculento, non sono un'attaccabrighe. Detesto la vera violenza. E non sono nemmeno tipo da mettermi a urlarti contro. Sarcasmo e demolizione delle scuse, un pizzico di teatro che ho ereditato dalla mia sorella attrice... Queste sono le mie armi di elezione.

Colgo il mio riflesso nello specchio e per poco non scoppio a ridere. Eyeliner nero sbavato, capelli rossi tinti, anello al naso. *Veramente* minacciosa.

Quando sento tirare lo sciacquone, mi preparo, ma prima che Olivia apra la porta, il suo cellulare si mette a squillare. La sento frugare, aspetto che lo trovi e risponda. Sento un profondo sospiro, una pausa, un saluto.

E subito dopo scoppia a piangere, la voce rotta e sconfitta mentre dice sì ai suoi genitori, che non fa niente se annullano la sua festa di diploma; i suoi amici faranno altro. Sì, tornerà a casa subito dopo la fine delle lezioni, e sì, domani il pic-nic dei diplomandi è obbligatorio, ma tornerà subito a casa anche dopo quello. Sì, lo sa di essere ancora in punizione.

Guardo il mio iPhone graffiato, lo schermo nero coperto di ditate.

Arance in un vaso, girasoli sul tavolo. Un cesto pieno di papaveri...

I dipinti di Olivia durante la lezione del professor Lopez.

Quando barcolla fuori dal bagno, con gli occhi rossi e pasticciati di mascara, non le lascio modo di parlare, alzo il cellulare e glielo ondeggio davanti agli occhi.

«Che fai, adesso fai *tu* le foto a *me* in bagno?», chiede. «Classico».

L'espressione del suo viso non cambia, i capelli arruffati come se sistemarseli, stamattina, fosse l'ultima delle sue preoccupazioni. Si abbassa per passare sotto il mio braccio e va verso il lavandino.

Quando l'acqua inizia a scorrere, lancio il cellulare nel lavandino, proprio sotto il flusso.

«Io non te lo ripago, spero che tu lo sappia».

Aggancio il suo sguardo nello specchio. Ha un'espressione triste, forse anche un po' arrabbiata. Lo spettro di tutta la storia le brucia ancora dietro gli occhi azzurri.

«Ho avuto prove irrefutabili da parte di... un investigatore indipendente che tu hai creato la pagina di Polposa Lucy», dico. «Ti incastrano gli orari e i cliché linguistici dei post».

La faccia di Olivia si trasforma in un qualcosa di più simile alla sorpresa, seguita subito dopo dalla paura.

E poi si accartoccia in una smorfia.

Si volta, inspira, mi guarda come se stesse sul punto di dire qualcosa di sincero, di importante. Ma poi tutto quello che le esce è: «L'ho cancellata».

Ripesca il mio cellulare in punta di dita dal lavandino e lo lascia cadere sul ripiano. «Penso proprio che tu te lo sia giocato. Cristo, sei svitata forte tu, eh?».

Poi, come se non fossi nemmeno lì davanti a lei, invisibile, si volta e torna a lavarsi le mani.

Olivia mi odia per aver baciato Cole. Mi odia per la foto che l'ha messa nei casini con i suoi, anche se non sono stata io a postarla; ha appena ammesso di aver lanciato una campagna di bullismo online contro di me. Lei e le sue amiche hanno alimentato lo scandalo con nuove foto, commenti e lunghe discussioni su quanto sono pezzente.

Ma una cosa appare immediatamente chiara: non è stata Olivia a rubare il mio iPhone. Non è stata lei a scattare le foto di me e Cole che ci baciamo sulla terrazza della baita e che ci abbracciamo a letto. Non è stata lei a caricare le foto sul mio profilo Facebook. Potrebbe essere stata una delle sue amiche. Magari Haley le ha lasciato cadere il cellulare nella borsa, con l'intento di metterla nei guai per vendicarsi di averla tenuta fuori dall'accampamento dei diplomandi. O magari Griff ha solo supposto che la borsa in palestra fosse di Olivia mentre era di qualcun altro. Qualcuno che abbiamo trascurato.

Magari non saprò mai chi è stato. Magari non è più nemmeno importante perché è l'ultimo giorno di scuola, tutti i miei amici sono per conto loro, la mia reputazione è distrutta e l'ex ragazza gentile e felice che è adesso davanti al lavandino si diplomerà con il suo bello scandalo, le sue delusioni e il cuore infranto.

«Mi dispiace per le foto di Facebook, Olivia», sussurro. «Non so chi le abbia postate, onestamente».

Olivia scrolla le spalle, incrociando di nuovo il mio sguardo nello specchio. «Quel che è fatto è fatto».

Tutta la rabbia che avevo dentro mentre entravo in bagno adesso si infrange contro gli scogli del mio cuore, trasformandosi in un cupo, pulsante dolore che nessuno può sentire oltre me, e quando ritorno in corridoio per svuotare il mio armadietto, per smantellare quattro anni di foto e bigliettini e magneti e compiti a casa macchiati di caffè di cui avevo anche dimenticato l'esistenza, sono sola.

LA PRIVACY È MORTA. METTIAMOCELO BENE IN TESTA

«Il termine "ordine restrittivo" ti dice qualcosa?», ringhio brusca. «O preferisci "pastore tedesco incazzato"?».

Quando torno a casa becco un tipo con una macchina fotografica che ficca il naso nei pressi del mio garage cercando di rubare foto della Porsche di Jay attraverso i vetri impolverati delle finestre. Quando mi vede, trasale e biascica qualcosa su un indirizzo sbagliato.

All'interno, la sala hobby è una grotta, buio totale tagliato in due da un unico raggio di luce che penetra dalla fessura tra le due tende socchiuse. Jayla è addormentata sul divano, mugugna nel sonno, il corpo esile raggomitolato e avvolto in una delle coperte di lana all'uncinetto di mamma. Dalla trama della coperta spuntano sei dita con unghie curate.

Sul piccolo tavolo di fronte una pila di tabloid, le copertine arricciate da schizzi d'acqua secchi. Sopra a tutti un vecchio numero di «#TRENDZ», con Jayla in copertina, lo splendente sole californiano sullo sfondo. In una mano tiene una piccola griglia di cartone con due bicchieri di caffè e una bustina di dolci. I capelli somigliano a un nido messo sottosopra, il trucco sbavato, la camicetta bianca macchiata sul davanti da qualcosa di scuro che è colato giù. L'espressione è a metà tra il sorpreso e lo stranito, come se non si fosse resa conto che la stavano fotografando fino all'istante in cui l'otturatore è scattato.

CATTURATA DALL'OBIETTIVO: PORTATELA DI CORSA IN SALA TRUCCO!

Sotto il titolo, in caratteri più piccoli: *Ecco le vostre star preferite in piena passeggiatina della vergogna. Vorreste svegliarvi la mattina accanto a loro? Date il vostro voto sulla nostra pagina Facebook!*

Ce n'è una catasta intera, di vecchi numeri, «#TRENDZ» e «*CelebStyle*», tutte con una sua foto in copertina o in una colonna laterale.

Nessuna in positivo. Nessuna simpatica.

Le raccolgo tutte insieme e le getto nella spazzatura della cucina, rovesciandoci sopra un bicchiere d'acqua per maggior sicurezza.

Jayla continua a dormire sul divano. Ha la pelle pallida, le occhiaie scure e profonde; la guardo e la scena mi ricorda la scorsa estate.

L'ultima volta che sono andata a trovarla in California.

Prima di allora non ci vedevamo dal natale precedente, e per giunta per un solo giorno. Quando alla fine della scuola mi invitò da lei in California, morivo dalla voglia di stare un po' da sola con lei. Avremmo avuto due settimane intere, mi dicevo. Due settimane per recuperare, per stare insieme.

Quando arrivai, Jayla continuò a fare la vita di sempre: riprese, cene, feste, serate nei locali, appuntamenti con l'agente. Il più delle volte la sera mi lasciava i soldi per una pizza o un thai take away e io cenavo da sola, guardandomi *Buffy l'ammazzavampiri*.

Due sere prima del giorno in cui sarei dovuta ripartire, promise di rimanere con me. Ma invece di starcene noi due da sole, insistette per organizzare una festa.

«Voglio farti conoscere i miei amici, Lucy. Ti *piaceranno* da impazzire!».

Si presentò una frotta di personaggi falsi e strapieni di sé; metà di loro mi scambiò per una cameriera o per la ragazza del guardaroba, arrivando, in alcuni casi, anche a infilarmi soldi in tasca. Jayla sparì immediatamente in una nuvola di barzellette sbronze e sorrisi forzati.

Passarono le ore. Lunghe, noiose, imbarazzanti, artificiali. Alla fine decisi di andarmene a letto e mi feci largo tra la folla per cercare mia sorella. La trovai in cucina che si sbellicava in una risata che nemmeno sembrava sua.

I presenti parlavano tutti con voci impostate, uno sfoggio di vestiti e facce finte. Quando mi videro spuntare dalla porta della cucina, mi sorrisero come squali.

«Oh Lucy! Ragazzi, questa è la mia sorellina Lucy!», urlò Jay, facendo tutta una scena esagerata, ma io non battei ciglio. Le diedi un istante per realizzare che ero furiosa e quando lo capì mi fece un mega sguardo torvo.

Avvicinati e abbracciami, pensai. *Stringimi e sussurrami nell'orecchio che manderai tutti via così potremo rimanere io e te sole.*

Ovviamente non lo fece e quando fu chiaro che dalla soglia non sarei sloggiata, sbuffò. «Cosa c'è che non va, Lucy cara? Non ti diverti quando i grandi passano un po' di tempo da adulti?».

I suoi amici scoppiarono a ridere, reggendole il gioco.

«Prenditi qualcosa da bere», mi disse, svuotando il bicchiere che aveva in mano. «Magari imparerai qualcosa».

Mi guardai bene dal mettermi a discutere con lei davanti ai suoi pseudo amici, soprattutto pseudo amici ubriachi, tutti che mi ridevano dietro quasi fossi una povera piccola idiota da accudire che Jayla si era ritrovata sul groppone.

Senza dire una parola, me ne andai a testa alta nella stanza degli ospiti e mi buttai sul letto. Volevo solo chiudere gli occhi e non riaprirli finché la festa non fosse finita.

Ma non ero sola.

Qualcuno mi aveva seguita, un aspirante attore decolorato con il quale poco prima avevo mezzo flirtato, spinta più dalla noia che da un vero interesse. Si sedette sul letto accanto a me e tentò di baciarmi. Era ubriaco fradicio e lo scacciai. Non era niente di serio, ma ormai ero già scocciata e stanca di tutti quegli ubriachi, e il tipo iniziò a dare di matto alzando la voce.

Fece tutta una gran scena. Quando lo spintonai via, finì a terra e rimase lì, tenendosi la testa fra le mani, farfugliando.

Provocatrice. Puttana. Puritana.

Poi si alzò lentamente, barcollando verso la porta e gridandomi dietro altri nomignoli.

Troia. Lesbica. Provocatrice. Sgualdrina.

Jayla sentì le urla e quando lui aprì la porta per uscire, lei era sulla soglia sul punto di entrare e il tipo le finì addosso.

«Che diavolo sta succedendo qui?», disse lei.

«Succede che la tua sorellina è una provocatrice, ecco cosa». La spinse via e si mischiò nella folla.

«Lucy?», mi disse dolcemente Jay, e io pensai che finalmente mi avrebbe abbracciata, dopotutto, stringendomi le mani e chiedendomi se andava tutto bene. Ma d'un tratto la sua faccia si fece amareggiata. «Organizzare questa festa è stata l'idea peggiore che potesse venirmi. Dovevo immaginare che non saresti stata all'altezza».

Sbatté la porta, relegandomi nella stanza degli ospiti, e tornò alla festa, come se fossi veramente una povera piccola idiota alla quale lei doveva fare da baby sitter.

La mattina seguente feci le valigie e chiamai un taxi prima che potesse fermarmi.

«Che problema hai?», mi disse mentre trascinavo la valigia fuori dalla porta. «Ti comporti come se ti avesse violentata o roba del genere. Cresci, Lucy», scoppiando a ridere come se fosse tutto una barzelletta, come se avessi bisogno di risollevarmi l'umore.

Ma proprio non le entrava in testa. No, è vero: quello non mi era saltato addosso, era solo un ubriaco in una stupida festa nella quale non volevo trovarmi. Non era lui il motivo per cui me ne stavo andando.

Era Jayla. La sorella che non riconoscevo più come tale. L'avevo capito proprio la sera prima, me l'aveva confermato lei stessa sbattendo la porta.

La mia Janey non c'era più e non avevo nemmeno avuto modo di salutarla.

Adesso, davanti al divano, la scuoto forte per una spalla. «Svegliati».

Sbatte le palpebre ancora appesantite di sonno, e tenta di aprire gli occhi, lentamente.
«C'era un fotografo in giardino. Lo faccio entrare per fargli fare qualche scatto del dietro le quinte?».
I suoi occhi mettono finalmente a fuoco, enormi e azzurri, e per un secondo è come se avesse fatto tabula rasa di tutto quello che è successo negli ultimi anni. È di nuovo dolce e bella, innocente, felice di vedermi. Sorride, stende le dita infilate nei fori della coperta e mi gratta un ginocchio.
Vorrei urlarle contro, annullare la sua comparsata alla cerimonia di diploma, prepararle le sue valigie Louis Vuitton e metterla sul primo volo in partenza per la California, dai suoi falsi amici o da chiunque voglia riaverla indietro. Vorrei urlarle di dirmi come è possibile che una ragazza d'oro a cui non mancava niente possa perdere tutto in un nanosecondo.
Imprudente. Ridicolo. Impossibile. Egoista.
Le etichette mi sfilano una dopo l'altra davanti agli occhi.
Ma da sotto tutta la rabbia, il rifiuto e l'insolenza, fa capolino la sgradevole verità.
Jayla è sola.
Ha centinaia di migliaia di "fidanzatini" sulla sua pagina Facebook e non le è passato una sola volta per la testa di parlare con sua sorella, di dirle quanto stesse male, quanto fossero diventati foschi i suoi sogni.
E sua sorella – cioè *io* – è stata troppo presa dal suo dramma personale per accorgersene, per offrirle una parola incoraggiante, per prepararle un bel bagno caldo, per portarle dei mini bundt al cioccolato ricoperti di praline, per sfidarla a una partita di Fruit Ninja.
Per darle un sincero abbraccio e rassicurarla che tutto sarebbe andato bene.
Per perdonarla.

«Morite, bestie infernali!». Mollo una pacca sulla tastiera e annientо un'orda rabbiosa. Lo schermo è schizzato di sangue. «Proprio così. Sono una *sopravvissuta*, stronzi».

E una principessa. Una guerriera. Una international lady del mistero. Di nuovo al riparo dell'anonimato online, dove il dilemma peggiore è scegliere tra un'arma da taglio e un'arma contundente e dove sono giudicata solo in base al numero di cadaveri ambulanti che ammazzo.

Niente se e niente forse.

Niente quadrati attorno a un tavolinetto da tè per collaborare a investigare su uno scandalo.

Niente riscatti o riscattini.

Niente scambi di video di cuccioli.

Niente scenate, niente #scandali.

Niente ciambelle e dibattiti cervellotici. Niente sfide a Fruit Ninja. Niente giochetti su Keith e Veronica.

«Porgi pure cortesemente la tua faccia al mio fucile. *Boom!*». Freddo un'altra manciata di zombie e scambio un giro di "cinque" digitali con la mia squadra.

Sto scorrendo l'elenco delle mie armi quando sulla barra delle attività mi arriva una notifica di mail che aspetta di essere cliccata. Arriva da Miss Decenza. Miss Franklin Decenza Margolis .

Oggetto: PROVE.

Estraggo il lanciafiamme e arrostisco un altro zombie, poi inizio ad avanzare lentamente in cerca di un'altra carneficina.

Sono io, Franklin. Non apri la mail. Non apri, non ti interessa.

Movimenti sullo schermo, un'altra orda. Accendo una molotov e la lancio contro un serbatoio di carburante poco distante e mi godo mentre salta tutto in aria.

Sopravvissuta, eccomi.

PROVA.

Click click BOOM!

PROVA.

Ra-ta-ta-ta-ta-tar! BOOM!

PROVA.

PROVA.

PROVA.

Da: Miss Decenza

Mia cara Lucy,

se fossimo al telefono, adesso direi: «Non riattaccare!», per cui, non richiudere.

Penso di aver trovato un modo per identificare il colpevole senza la minima ombra di dubbio.

Ti prego, leggimi attentamente.

Non ti stavo nascondendo informazioni. Semplicemente non avevo collegato tutti i punti fino a oggi. Quel giorno al pre-partita ho suggerito di rintracciare Miss Decenza solo perché mi sembrava un suggerimento alla Keith Mars. Non mi ero reso conto che lei – cioè io – avesse la prova reale.

Ma adesso so di averla.

All'indomani del ballo studentesco, qualcuno ha inviato a Miss Decenza una serie di foto da un indirizzo mail anonimo con l'hashtag #PuttanaDelloScandalo. La persona spiegava che non aveva un profilo Facebook e mi chiedeva di postare le foto direttamente sulla pagina #scandalo. Siccome la cosa mi aveva fatto accendere un campanello d'allarme e l'anonimato era anche contro le regole, gentilmente rifiutai.

Inutile dire che #PuttanaDelloScandalo deve aver intuito che la password del tuo FB era memorizzata sul tuo cellulare, per cui ha caricato le foto direttamente sul *tuo* profilo, condividendole poi sulla pagina di Miss Decenza, taggandole #scandalo.

C'erano, però, anche foto che *non erano* state scattate con il tuo telefonino (quelle di te e Cole sulla terrazza e quelle con Marceau, nelle quali il tuo cellulare si vede). Questa persona deve averle necessariamente scattate con il proprio cellulare, inviandole poi al tuo e caricandole quindi in quel modo, oppure visualizzandole sullo schermo di un computer e fotografandole poi con il tuo iPhone, caricando poi tutto in un solo blocco.

Non ci avevo mai riflettuto sopra attentamente perché non avevamo il tuo cellulare per confermarlo.

Ma... facendo pulizia tra le vecchie mail di Miss D stasera, ho ritrovato le foto che mi erano state inviate in origine da #PuttanaDelloScandalo, quelle scattate con il suo cellulare. Erano nel formato originale, non editate, per cui avevano ancora tutti i metadati associati (dettagli tecnici che i cellulari e le macchine fotografiche digitali memorizzano con il file immagine stesso: grandezza del file, ora in cui è stata scattata la foto, info sul luogo e il tipo di cellulare o macchina digitale usata). Non posso credere di non averci pensato prima.

Ti metto in allegato gli originali.

Completi di metadati – in particolare con i dettagli relativi al cellulare – puoi dimostrare che è stata Olivia con assoluta certezza e non per sentito dire. Poi potrai farli avere alla Zeff, riscattare il tuo nome e chiudere ufficialmente il caso.

Mi dispiace. Fino ad ora non mi è mai venuto in mente che le foto nella posta ricevuta di Miss D. potessero contenere dati che potevamo usare, o avrei escogitato un modo anonimo per farteli avere.

Spero che possa esserti di aiuto
Con sincerità

Franklin

«Uhu. Strano». Kiara esamina concentrata i dati sullo schermo, un groviglio di lettere e numeri che potrebbero benissimo essere codici di lancio di missili nucleari.

Non è stato facile trovare il suo numero di telefono fisso nel marasma digitale dell'elenco telefonico degli studenti, ma appena rintracciata e illustrata la situazione e giuratole che non le avrei portato rancore per la storia dell'esperimento segreto di Ash con Miss D – alzando la posta con un mega gelato Ben&Jerry's – non ho dovuto faticare troppo per farla venire subito da me.

Adesso siamo tutte e due nella mia camera, incollate al computer e a un barattolo di New York Super Fudge Chunk. Ingoio un boccone e le passo il cucchiaio. «Penso che siamo tornati di nuovo alla casella di partenza, no?»

«Non proprio. È che… guarda qui». Con il cucchiaio indica una stringa che potrebbe somigliare a un numero seriale. «Il cellulare che ha scattato la foto di te e Cole sulla terrazza non è nemmeno in vendita negli Stati Uniti. Deve essere un aggeggio concettuale super-hightech. Che costa un occhio della testa. Secondo quello che ho scoperto, è ancora in versione beta all'estero».

«Lucy Belle? Sei qui?». Mamma fa capolino dalla porta, allargando un sorriso quando vede Kiara.

Faccio una veloce presentazione. «Kiara mi dà un mano a, ehm, studiare».

«Per informatica», dice lei nello stesso momento in cui io invece dico: «Fisica».

«Fisica informatica», rettifico allora. «Altamente concettuale. Un sacco di… robe… informatiche».

«Sono molto brava con i computer». Kiara fa un sorriso che somiglia più a una semiparesi facciale, della serie *Nooo, non siamo losche* PER NIENTE!

«Bene, mi fa piacere conoscerti, Kiara», dice mamma. «È così raro che Lucy inviti amici a casa».

«Mamma!».

«Non farne un dramma, zuccherino. È la verità! Ad ogni modo volevo solo farti sapere che papà prepara il barbecue questa sera, per cui se ti rimane ancora spazio dopo quel gelato, vieni di sotto. Kiara, sei la benvenuta anche tu».

«Grazie», risponde lei.

«Fisica informatica, eh?». Mamma arriccia il naso. «Non penso avessimo niente di simile quando andavo a scuola io. Bene, vi lascio studiare tranquille».

Una volta che mia madre se ne è andata, mi volto di nuovo verso Kiara, lo stomaco gelato dallo spuntino pre-cena. «Il cellulare beta… all'estero dove, esattamente?».

Kiara strizza di nuovo gli occhi verso i numeri, poi smanetta in Google. «Un paese scandinavo. La Finlandia».

SONO VENUTA A PORTARE DOLORE E TUTTO QUELLO CHE HO AVUTO IN CAMBIO È UNA MAGLIETTA PIDOCCHIOSA

Ho ricevuto un messaggio di testo sul mio cellulare, un aggiornamento da parte di Griff; sono seduta in veranda, riflettendo e sbotto in un maccheccaz…

Griff: *ultim'ora! nuove info sul fronte olivia. ryan/brian ha ricordato altre buffonate della festa e mi sta mand foto. ci vediamo al pic-nic un po' prima così le guardiamo? poi mi vedo con ellie. scusa nn posso rimanere. :-(*

Oggi non ci sono lezioni, solo una mezza giornata a Cosgrove Park per il pic-nic di fine anno. Non ho detto a Kiara cosa volevano dire le sue scoperte e dopo una notte insonne mi sono vestita e sono già fuori da un'ora; fisso il cellulare, mentre Notte mi cammina accanto appena ansimante.

Incapacitato.

Fino al confronto che abbiamo avuto in bagno ieri, credevo fermamente alla teoria di Griff su Olivia e mi ero convinta che Olivia *doveva* essere l'autrice di questo scandalo. Quando Griff mi aveva raccontato di aver trovato il mio cellulare nella borsa di Olivia, avevo abboccato alla storia, delusa ma non sorpresa.

E adesso che ho in mano prove inconfutabili che incastrano il *vero* colpevole, prove che vanno ben oltre quella antipatica ombra di dubbio?

Non può essere.

Griffin è una delle mie migliori amiche.

Perché avrebbe voluto fare questo a me? E a Ellie?

Clicco "rispondi": *ottimo lavoro, agente colanzi. vediamoci nel boschetto di pioppi @ lato nord del lago. Ore 11*

Cosgrove Park è una distesa verde, baciata dal sole, punteggiata di studenti, frisbee e cani. È un vero spettacolo da cartolina; metà degli studenti è arrivata di buon ora, tutti elettrizzati di assorbire luce solare. Di raccogliere gli ultimi ricordi prima che questi giorni gloriosi sfuggano via in un batter d'occhio nell'estate che sta iniziando.

Ma quali sono questi miei ultimi ricordi? Come guarderò indietro agli anni di liceo?

Ellie.

Cole.

Franklin/Miss Decenza.

Ash e i suoi.

Mia sorella.

Griffin.

È troppo, tutto troppo irreale, un film drammatico girato in questo spettacolare scenario naturale a solo scopo di intrattenimento. Magari c'è lo zampino di qualche conoscenza di Jayla, magari è una diabolica trovata pubblicitaria per Angelica Darling e da un momento all'altro spunteranno le telecamere e sveleranno tutto a gran voce e allora ci rideremo tutti sopra come se l'avessimo sempre saputo di far parte di una candid.

Notte sbuffa attraverso le narici. Anche *lui* sa che abbiamo esaurito le scuse.

Avendo ancora un po' di tempo prima dell'arrivo di Griffin, mi inoltro nel folto del boschetto di pioppi, lontano dai campi assolati in cui stanno iniziando a radunarsi gli studenti. Notte si appropria di un fazzoletto di erba accanto a me e, dopo aver steso la mia coperta, assicuro il suo guinzaglio e gli preparo la ciotola dell'acqua.

«Cervelli! Cerveeeeeelliiii!».

Tre ombre umane inciampano sulle mie gambe, barcollando e mugugnando nel vento. Tens, Kiara e Stephie mi fissano con le facce incrostate di una tonalità zombesca di grigio e con indosso magliettine verdi a brandelli con su scritto frettolosamente L.O.H.S. *Branca di zombie*.

«Be', tutto l'effetto *branco* è bello che giocato se siete solo in tre», dico, «e se scrivete "branca" invece di "branco", anche se in realtà si dice orda. E poi i veri zombie non mangiano cervelli. E nemmeno parlano. Perché sbagliano tutti?».

Tens si sporge verso di me tenendo le braccia tese. Ha del trucco anche sui capelli rasta. «Cerveeeeelliiiii!».

«Ma hai idea di quanto sia difficile aprire un cranio umano senza una sega per osso? Le nostre mascelle non hanno la forza per… oh lascia stare». Scuoto la testa. «Che ci fate qui?».

Tens, sempre con le braccia tese in avanti, risponde: «Scherzo dei diplomandi. Scheeeerzooo!».

«Lo scherzo era l'accampamento», dico. «Sul prato della scuola, ricordate?».

Tens aggrotta la fronte. «Ma l'ultima che ho sentito è che Margo Hennessy stava dicendo a tutti che era un'invasione degli zombie al pic-nic».

«L'ha sostituito con la cosa dell'accampamento», dico.

«Cavolo ragazzi! Perché siamo sempre gli ultimi a sapere le cose?», fa Tens.

Sollevo il cellulare. «Tre opzioni».

«Ragazzi, ma a chi importa cosa dicono le masse? Noi faremo il nostro scherzo degli zombie invasori», sentenzia Stephie, annuendo in tono di sfida. «Lucy, abbiamo fatto una magliettina anche per te».

Me la passa e io me la infilo sopra alla canottiera. «Ecco, mi piace, ma come esperta di zombie sono costretta a fare qualche precisazione sull'argomento».

«I veri zombie non mangiano cervelli», cantilena subito Kiara. «Questo l'abbiamo capito».

«Gli zombie tecnicamente non esistono nella realtà», fa Stephie. «Ma se esistessero», si affretta ad aggiungere dopo aver visto il mio sguardo assassino, «niente sgranocchiamento di cervelli».

«Esatto. E poi c'è la questione del termine improprio», dico. «Con queste magliettine noi quattro gatti diciamo a malapena di essere un piccolissimo, ma dedicato, gruppo che colleziona zombie».

Kiara ride. «Strano, ma mi ci sento bene in questa veste».

«Be', in realtà anch'io». Mi guardo la T-shirt e penso che mi sta davvero alla grande. «Grazie ragazzi».

Kiara e Stephie si siedono sulla coperta accanto a me e si allungano per fare carezzine a Notte, ma Tens gli sta dando delle fette di mortadella e finché non sarà finita, avrà occhi solo per lui.

«Dov'è il leader impavido?».

Kiara fa un cenno della testa verso un gruppetto di ragazzini che lanciano sassolini nel lago artificiale di Cosgrove. Non ci avevo fatto più di tanta attenzione prima, ma adesso che li guardo meglio, individuo immediatamente Asher. Indossa un pettorale pubblicitario decorato con navicelle d'argento.

«Oggi vola basso», spiega Kiara. «Sta tentando di diffondere il verbo sul gruppo di caccia agli UFO che il fratello organizzerà alla scuola media il prossimo anno».

Oltre al pannello sul busto, Ash porta un cappellino trasformato in una specie di antenna parabolica.

«E quello sarebbe *volare basso*?», dico.

«È convinto che lo detesti», dice lei.

«Non è lui che ha creato la rubrica di Miss D. cioè, mi ha mentito, certo, ma capite bene che...», dico, stringendomi nelle spalle. «Sarebbe come il bue che dice cornuto all'asino».

«La stessa cosa che gli ho detto io quando ci ha chiesto se *noi* lo odiavamo», dice Stephie. «Penso che si senta semplicemente in difetto. Tipo che avrebbe dovuto proteggerti e invece ha finito per deluderti».

Faccio un sospiro come quello di Notte di poco fa. «Lui non c'entra niente in tutta questa storia. Non sono più nemmeno così arrabbiata con Franklin. È solo che... non mi piaccio per niente in questo momento. Il succo è tutto qui».

Stephie mi guarda quasi contrariata, gli occhi azzurri scintillanti sulla faccia grigio zombie. «Be', a noi piaci, ecco. E penso a Franklin. Se ne sta tutto abbacchiato da solo sotto un albero, tipo, agli antipodi del parco».

«E poi, ma di cosa stai parlando, Lucy?», mi chiede Tens. «Tu sei proprio da pauuura! E hai veramente intenzione di mangiarti quella roba?», mi fa, indicando il mio pranzo al sacco, facendosi esplodere in bocca una capsula di sangue finto che gli cola giù sul mento. «Sono sicurissimo che agli zombie non piacciono nemmeno le falafel».

«Hai un sacco di regole nel tuo mondo immaginario». Tens allunga una mano e io gli consegno il mio pranzo.

Poi, mentre lui e Notte si divorano il mio cartoccio di falafel, io chiudo gli occhi, fluttuando verso il suono melodico della filippica di Ash sull'ancora infruttuosa ricerca di vita extraterrestre.

Quando li riapro, i ragazzi del MAL(e) hanno spostato la loro orda ladra di cibo verso un'altra coperta di ignari partecipanti al picnic collettivo e Griff si sta spaparanzando accanto a me, sorridendo dietro i suoi Rayban.

Si è di nuovo tinta di bruno il caschetto scarmigliato che le scende fino a poco sopra le spalle.

La guardo per qualche istante mentre trova una posizione comoda, cercando di capire da dove iniziare. Finora non sono andata oltre un «Bei capelli».

«Oh sì, vero? Ryan adora le brune. Pensa un po'…». Tira fuori il cellulare e inizia a scorrere, digitare, scorrere. «Mi ha inviato, tipo, cinque foto. E credimi, Olivia è *parecchio* losca. E cioè, aveva assolutamente il tuo cellulare in borsa! Non capisco cosa stiamo ancora aspettando. Quando la mettiamo con le spalle al muro la stronza?»

«Posso vedere?».

Griff mi passa il cellulare. L'immagine aperta è ancora quella del noto giochetto con la bottiglia, stessa scena ma diversa angolazione, e solo adesso mi rendo conto che questo episodio con la bottiglia probabilmente non sarà durato più di otto secondi alla festa. Otto secondi della vita di Olivia, una stupida buffonata, l'imprudenza di essersi messa in posa sotto l'effetto dell'alcol, che adesso rimarrà per sempre bollata d'infamia.

Guardo le altre foto di Griff, non sono così tante. Qualche altra di Olivia scattata da Ryan, una di alcuni giocatori della squadra di football che palleggiano a torso nudo che Griff deve aver scattato mentre veniva qui oggi; un suo selfie davanti alla sua libreria di casa, ancora biondo platino. E una di Franklin che lavora al computer.

Ci siamo divertiti molto insieme, io e lui. Le indagini, la storia di Veronica Mars; Franklin che la prima sera al telefono prende appunti e mi spiega come muovermi per le indagini; la riunione a casa mia, tutti nella sala hobby, tutti concentrati su un unico scopo. Tutti decisi ad aiutarmi. A essere miei amici.

Ingoio il groppo che mi si è annodato in gola. «Hai ancora le foto del ballo qui sopra?»

«Nisba. Non ne avevo fatte così tante», mi risponde, scrollando le spalle. «Ricordi? Eri tu la Primadonna di Ellie incaricata delle foto da postare».

«Ma alcune ne hai, giusto? Tipo il video di noi due in bagno? Perché quella era una stronzata privata e se saltasse fuori, potrebbe peggiorare la situazione».

«Dici?», mi fa Griff, scoppiando a ridere di naso. «Ho cancellato tutto non appena ho capito cosa si stava scatenando sul tuo profilo Facebook. Non volevo rischiare che qualcuno mettesse le mani sul mio cellulare e pubblicasse quella cosa con Cole fuori contesto». Si sporge in avanti e scaccia una cavalletta dal ginocchio con una ditata. Povero animaletto, non se l'aspettava. «Ah comunque, prego, eh, non c'è di che».

«Già, sì, grazie». Mi sento bruciare dentro, stringo talmente forte il suo cellulare con le dita che temo di spaccarlo. «C'è solo una cosa su cui ancora sono in dubbio. Metadati... ti dice qualcosa?».

Griff scoppia a ridere. «Qui Terra, rispondete Circo Barnum. Secondo la mia teoria stai passando troppo tempo con quelli del MAL(e). Ah, a proposito, bella magliettina».

Mi liscio, orgogliosa, il tessuto sul petto.
«Traduzione?», mi fa Griff.
Sullo schermo riappare la foto dei tipi che palleggiano, entro nel menu finché non trovo i dettagli. «Ogni foto digitale cattura anche delle informazioni e, a meno che tu non imposti il telefonino perché non lo faccia, in automatico allega queste informazioni al file immagine, tipo l'ora e il luogo in cui la foto è stata scattata», e le indico i dati che sono apparsi sullo schermo. «Questa, per esempio, quindici minuti fa. Poi i dati di geolocalizzazione, se è entrato in funzione il flash, le dimensioni del file. Ed esattamente il tipo di telefonino che l'ha scattata. Vedi tutte queste lettere e numeri?».
Griff deglutisce e quando inizia a parlare, la voce le si rompe e le parole le rotolano fuori a risata. «Ehi rallenta, tecnoagente speciale. Grazie per le dritte, ma...».
«Se ti viene voglia, inserisci questi numeri nella stringa di Google e scoprirai il modello preciso di telefonino, persino il colore, oltre al fatto che questo telefonino è ancora in versione beta e praticamente impossibile da trovare negli Stati Uniti. E infatti l'unico modo per comprarlo è farsi un viaggetto in Finlandia e riportarlo a casa da lì, come hanno fatto i tuoi. Sai, penso che tu sia l'unica ragazza della Lavender Oaks ad avere la fortuna di possedere un cellulare come questo. Fortunata».
La faccia di Griff perde totalmente colore, come i suoi capelli di qualche tempo fa.
«Con qualche ricerchina e un esperto di tecnologia», continuo, «si possono scoprire un sacco di cose sulle foto e su chi le ha scattate utilizzando i metadati. Sono rimasta sorpresa io stessa di scoprirlo. Ma in fin dei conti stavo facendo indagini su uno scandalo che ha sconvolto la mia vita, per cui si può dire che fossi fortemente motivata».
«Lucy», dice con voce strozzata, «Io...».
«Lascia stare». Soffoco il sorriso e ogni forma di cortesia. «Cioè, se intendevi iniziare a negare possiamo passare direttamente alla parte in cui mi dai delle spiegazioni».

Griff si alza gli occhiali sulla testa. «Non ho mai pensato che potesse sfuggire al controllo in questo modo. È semplicemente successo. E poi non sono più riuscita a fermarlo».

Ho capito che era stata Griff nell'esatto momento in cui Kiara mi ha fatto vedere i metadati, dicendo che le foto erano state scattate da un telefonino estero. Ne ho avuto la conferma poco fa quando ho visto la faccia di Griff sbiancare completamente mentre parlavo, ho capito dalla smorfia della bocca che la colpevole non poteva essere che lei.

Sentirglielo ammettere, però, mi fa avvizzire.

«Perché?», le chiedo.

Griffin fa un profondo respiro. «Be', è iniziato tutto alla baita. In bagno. Quando mi hai detto che facevo di tutto per finire sulla pagina di Miss Decenza e…».

«Ma ti stavo prendendo in giro! Scherziamo sempre su quella roba».

«No». Griff scuote la testa. «C'era qualcos'altro, Lucy, qualcosa che mi ha ferita di brutto. Mi hai dato della troia».

«Non è vero…».

«Non a voce alta, forse, ma lo stavi pensando. Ce l'avevi scritto in faccia».

La cavalletta è tornata, saltella sulla coperta attorno alle gambe di Griff che la ignora totalmente. Tiene gli occhi chiusi, ancora pallida in faccia come un lenzuolo. «Ce l'avevo a morte con te», dice, «e non volevo. Eravamo a una festa, cavolo! Il ballo di fine anno! Dovevamo divertirci. Per cui dopo tutta l'eccitazione per il discorso di John e il tuffo nello stagno, quando tutti sono rientrati, sono venuta a cercarti, volevo parlare e in quel momento ti ho vista sulla terrazza con Cole».

«E ci hai fotografati?»

«*Lucy*. Meno di un'ora prima eri lì che mi facevi il predicozzo perché mi rimorchiavo i ragazzi e poi ti fai beccare a pomiciare con il ragazzo che ha appena mollato la tua migliore amica? E no, manco per il cazzo!». Riapre gli occhi e fissa un punto invisibile in fondo al parco. «Avevo il cellulare in mano e a scattare ci è voluto un secondo, senza nemmeno pensarci. La metà delle volte la fotocamera non funzionava, quella volta invece ha funzionato. Mi sono detta che ti avrei rotto le palle più tardi con quella foto. Poi, *letteralmente* qualche secondo dopo, eri incollata a Marceau, e a me è venuto subito in mente *e questa è quella che dà della troia a me?* Poi sei rientrata e hai mollato un colpo basso su me che mi stavo pomiciando Paul, il mio *accompagnatore*, e non fidanzato vorrei sottolineare. Scena successiva, Cole scende dal piano di sopra e mi dice che ti senti male. Sapevo che c'era altro dietro, ma ho pensato che ne avremmo parlato la mattina dopo, una volta smaltita la sbronza».

Notte dà dei colpetti con il muso alla mano di Griffin, della serie *quello prima di te mi ha portato della mortadella*. Griff lo ignora.

«Io stavo con Paul e di punto in bianco tutti iniziano a dire che tu e Cole siete di sopra e lo state facendo. Parto per verificare, senza mai pensare che sareste arrivati a *tanto*, ma in un certo senso avevano ragione. Cioè, tu e Cole non lo stavate *facendo*...».

«Lo pensi davvero?»

«Non era una bella scena, Lucy. Eravate avvinghiati, non riuscivo nemmeno a vedere se eravate vestiti. Hai presente il detto "vederci rosso"? Ecco, io ho visto rosso. Ho tirato fuori il cellulare, ma quel coso non voleva funzionare, poi ho visto il tuo sulla cassettiera, l'ho preso e ho scattato qualche foto. Sembravate morti viventi, non vi siete accorti di niente. Ho sentito che stava salendo qualcuno per le scale, allora mi sono messa in tasca il cellulare e sono evaporata. Il mio telefono ancora non andava, per cui ho iniziato a fare foto a caso con il tuo, passandolo anche agli altri. Poco dopo, ho visto Olivia e Quinn che ridevano di voi due, dicendo, per scherzo, che qualcuno doveva fare qualche foto nella camera di Cole e mandarle al concorso #scandalo di Miss Decenza».

«E ti sei offerta tu?».

Griff scrolla le spalle. «Gli ho detto di toglierselo dalla testa, cosa che hanno fatto perché erano sbronze perse e Olivia ha una cotta per Cole e comunque che differenza fa adesso? Era solo una cretinata da festa. Ma l'idea mi si è insinuata in testa. Ero talmente incazzata per quello che mi avevi detto e per tutte le volte che mi avevi presa in giro con la storia che stavo sempre a rimorchiare eccetera eccetera e ho… ho semplicemente perso la testa. Mi sono svegliata la mattina dopo sperando di sentirmi meglio, ma tu e Cole eravate già andati via e questo non ha fatto che peggiorare tutto».

«Dovevo andarmene da quel posto».

«Certo, senza nemmeno salutarmi o provare a parlarmi dopo tutto quello che era successo la sera prima. Mi hai semplicemente… scaricata. E non hai nemmeno chiamato».

«Avevi tu il mio cellulare!».

«Potevi chiamarmi da casa per assicurarti che fossi tornata anch'io a casa e fosse tutto okay, ma non l'hai fatto. Quella è stata l'ultima goccia. Volevo vendetta».

Io scoppio a ridere. «Puoi ben dire di averla avuta».

Griff scuote la testa, gli occhi rossi e lucidi. «Non immaginavo che si sarebbe ingigantita in maniera così virale. Giuro che non ho mai voluto che saltasse fuori anche quella storia della pagina di Polposa Lucy, o che tu e Cole veniste presi di mira in questo modo».

«E cosa ti aspettavi che succedesse, Griff? Siamo lo scandalo di internet di Lavender Oaks».

«Dovevo sfogarmi. Volevo metterti in imbarazzo, sfidarti. E ho anche pensato che questo mi avrebbe avvicinato a Ellie, invece di sentirmi sempre tipo la terza amica incomoda. Ma è saltato tutto in aria».

Griff inizia a piangere e so che dovrei essere più furiosa con lei, che nulla di ciò che può dire potrà mai giustificare quello che ha fatto, riparare al danno. L'unico motivo per cui ho accettato di incontrarla al pic-nic era per dirgliene quattro, per farle una piazzata e andarmene in un'esplosione di gloria. Senza più amici, forse, ma vendicata. Nel giusto.

Ma anche Griff è nel giusto. Ha ragione quando dice che era la terza amica incomoda e che io non facevo altro che criticarla, per ogni sua cotta e ogni ragazzo carino che prendeva di mira, per ogni giocatore che si rimorchiava, per il finto accento britannico e per l'acconciatura del mese. L'ho sempre guardata dall'alto in basso, non intenzionalmente, senza vera malizia nel cuore. Ma, ciononostante, il giudizio era sempre in agguato e per negarlo dovrei sotterrarmi ancor più profondamente nella sabbia di quanto non abbia già fatto.

Ormai mi sento solo sfinita, scoraggiata, e quando riapro la bocca per parlare, tutto quello che ne esce è un sospiro. «Devo dirglielo io o vuoi farlo tu?».

«È stata Griffin», dico.

Al pic-nic io e Cole non abbiamo avuto modo di parlare a quattr'occhi e adesso siamo al nostro masso privato appena prima del tramonto, mentre i cani si rincorrono tra gli alberi.

Gli racconto la storia dall'inizio: le prove fotografiche di Miss Decenza, la scoperta dei metadati di Kiara, il confronto con Griff di questa mattina, la promessa che mi ha fatto di confessarlo a Ellie e come poi abbiano continuato a girare per il parco facendo le amicone del cuore per tutto il giorno, spartendosi le bibite, leggendo insieme sotto a un albero, scambiandosi abbracci come se andasse tutto a gonfie vele, mentre io le osservavo da fuori campo.

Griffin non gliel'ha detto.

Le ho dato l'occasione per farlo ma lei l'ha semplicemente ignorata perché sa che io sono quella che non fiata mai, quando si tratta di qualcosa di importante. Griff mi ha scaricata, lasciandomi tra capo e collo tutta la colpa di aver messo in imbarazzo Ellie e svergognato tutti gli altri alla festa. Metà di loro rimarrà in punizione per tutta l'ultima estate a Lavender Oaks, e tutto per colpa di foto che loro pensano abbia postato *io*. Sono fortunata che il peggio che mi è capitato è stato qualche volantino sull'armadietto, qualche gomma da masticare appiccicata ai capelli e cioccolato al latte sugli stivali. Avrebbero potuto prendermi seriamente a calci nel sedere, se avessero voluto.

Perché io sono la ragazza che non fiata mai, quando si tratta di qualcosa di importante. Giusto?

No. Quella ragazza non esiste più.

Adesso ho le prove. E anche un'ultima, grandiosa occasione di riscattare completamente il mio nome, di smascherare il colpevole davanti a tutti: alla cerimonia dei diplomi.

Racconto a Cole il mio piano. «Devo farlo», dico.

Nei suoi occhi solo tristezza. «Magari nella tua testa può sembrarti una buona idea, ma penso che tu debba lasciar perdere, dico sul serio».

«E lasciare Ellie nella convinzione che sia stata *io* a postare tutta quella roba? Per diplomarmi come l'infame della scuola? La troia? La chiamami-come-vuoi della scuola?».

Cole si passa una mano tra i capelli. «Diglielo in privato. Dillo ai genitori di Griffin. Fa' tutto quello che credi di dover fare direttamente... solo non capisco il senso di farne uno spettacolo solo per umiliare Griff. Non è da te, Lucy».

«È stata *lei* a umiliare me e a metterci totalmente nei casini a tutti e due».

Cole abbassa gli occhi verdi su di me. «Okay, quello che ha fatto è stata una vera porcata, sono scioccato, dico sul serio. Ma noi siamo qui adesso, giusto? Insieme? Soli nel bosco con i nostri due fantastici cani...». Con un dito sfiora il bordo della mia frangia. «Tutte le cose che ha pubblicato non cambiano niente. Non cambiano questo». Le sue labbra sfiorano la linea dei miei zigomi, scendendo dolcemente verso il bordo della bocca e lì si ferma, indugia, respira.

Tremo e mi spingo via da lui. «Non mi lascerò sviare dalle distrazioni. Dico sul serio».

«Anch'io. Senti, so quello che hai dovuto passare a scuola e, credimi, è stata quasi una pugnalata dover rimanere a guardare, incapace di fermarlo. Ma quel che è fatto è fatto. I nostri quindici minuti di vergogna sono passati. Adesso sono tutti concentrati sugli esami della prossima settimana e poi ci sarà la consegna dei diplomi e a quel punto a chi importerà più? La mega cazzata di Lavender Oaks è già un ricordo».

«Ma io *non* dico *mai* come mi sento. Sì è vero, sono irriverente e categorica, ma me ne sto sempre zitta quando invece dovrei dire la mia. Tu mi piaci da sempre e non ho mai... è una cosa che devo fare. Per me stessa».

«Nemmeno io ho mai detto quello che provavo per te, per cui per quattro anni non ci siamo detti niente. E lo facciamo solo adesso che mancano pochi mesi alla patente e ce ne andremo ognuno in direzioni opposte».

Mi appoggio con la schiena contro il masso e guardo in giro in cerca di Notte e Spike. Li individuo che giocano dietro a un albero, annusandosi a vicenda il sedere, scavando nel terriccio senza nessuna preoccupazione al mondo. «Non me lo ricordare».

«È tanto per dire. Abbiamo perso quattro anni per non aver parlato. Ci sono milioni di cose che vorrei sapere di te, storie che devo raccontarti, non possiamo trascorrere gli ultimi mesi insieme ossessionati dallo scandalo. Da Griffin». Mi implora con gli occhi, ma non capisce quanto è importante per me, quale Enorme Impresa nell'intero spettro della mia vita.

Se lascio che Griff la faccia franca, se mi diplomo con questo scandalo sul groppone, non sarò più in grado di guardarmi allo specchio; non sarò più in grado di fidarmi di nessuno, incluso Cole, perché non sarò più in grado di fidarmi di me stessa. Passerò il resto della vita a camminare sotto una nuvola di vergogna e rammarico, chiedendomi perché per una volta non ho fatto ciò che era giusto fare.

«Non puoi farlo», mi dice Cole. «È crudele e meschino e non appartiene alla Lucy di cui mi sono innamorato». Cole sicuramente vede il dolore nei miei occhi, ma non cede di un passo, e io faccio altrettanto.

«Devo farlo, Cole, il discorso è chiuso».

Fa un cenno con la testa e chiama Spike. Mettiamo il guinzaglio ai rispettivi cani in silenzio e li riportiamo nel mondo oltre il bosco, e quando appaiono i caseggiati del nostro bel quartierino beige, lui va per la sua strada e io per la mia; solo i cani si voltano a guardarsi, chiedendosi che fine abbia fatto tutto il divertimento.

ALL WE ARE SAYING IS...
DIAMO A MAL(E) UNA POSSIBILITÀ

Al sicuro in tasca su una chiavetta USB piccola come una stecca di KitKat in miniatura, ho tutte le prove di cui ho bisogno. La testa continua a finirmi lì come se fosse attratta da un sistema termoguidato, *colpaguidato* più che altro, quello che volete, ma non devastante tristezza.

Dopo tredici anni di istruzione obbligatoria e gli esami finali della scorsa settimana, oggi ricevo il mio diploma.

Nulla di quello che avevo sempre immaginato.

Qui sul campo da calcio della quadra di football di casa, tutti agghindati per la cerimonia, non sto salutando Ellie e Griff tra la folla di studenti, o facendo il conto alla rovescia delle ore che mancano alla celebrazione della nostra libertà, ai barbecue, alle nuotate e alle serate stese a terra a contare le stelle. Avevamo progettato di andare con la famiglia di Cole alla baita per una settimana.

Adesso Cole andrà senza di noi.

Non sto sorridendo ai miei, segretamente orgogliosi di ogni foto kitsch che faranno, segretamente felici che mia sorella sia presente oggi per condividere questo giorno.

Sono invece seduta su una scomoda e rigida sedia pieghevole di metallo tra Pete Underfell e Kessa Vans, accomunati più dalla prossimità alfabetica dei cognomi che da oltre un decennio di lezioni, assemblee e cerimonie. Li ho visti crescere, cambiare occhiali e colore di capelli e vestiti e amici, ma non ci siamo mai scambiati più di un sorriso e qualche parola gentile.

Seduti in tribuna accanto alle mamme di Ellie e ai Foster ci sono i miei, visi ancora abbronzati dalla recente vacanza ma segnati da nuove rughe. Rughe che non erano lì fino alla scorsa settimana, quando, tornando a casa da una cena, si sono trovati davanti altri fotografi in giardino e Jayla che piangeva nella macchina a noleggio, chiusa in garage.

E finalmente ha deciso di raccontare tutto. È stata costretta, in realtà, e loro le hanno chiesto di annullare gli accordi presi per la sua presenza alla cerimonia della consegna dei diplomi e tornare a essere per un po' semplicemente la loro Janey – *la nostra piccola Janey*, hanno detto – ma lei ha rifiutato.

Non voglio deludere Lucy.

Da parte sua, però, ha tenuto acqua in bocca sul mio segreto, tranquillizzando i miei che le mie ultime settimane di scuola erano filate assolutamente lisce in loro assenza. Per cui, si levino le ancore. Anche se, come può testimoniare Marceau, non abbiamo sbocchi sul mare.

Anche le mie ex amiche sono sedute da qualche parte, sotto gli occhi di genitori, nonni e cugini; l'unico sguardo che incrocia il mio è quello della preside Zeff: le rispondo con un sorriso e un doppio pollice alzato per aver superato gli esami a pieni voti e essere sopravvissuta allo scandalo.

Abbiamo già sfilato tutti sul palco esterno e adesso sono seduta sulla mia sedia di metallo con in mano un pezzo di carta arrotolato che dice al mondo che ce l'ho fatta. Mi sono diplomata alle superiori, sono pronta per cose più grandi e più entusiasmanti, pronta per essere un'adulta. Sul certificato ci sono un paio di firme e un sigillo dorato ufficiale, per cui deve essere vero.

Sul luminoso campo verde fa molto caldo, molto caldo sotto la nera toga da diploma, molto caldo sotto il copricapo e il brillantissimo sole del Colorado, e nella mia tasca, in quella chiavetta USB della grandezza di una mini barretta di cioccolato, ho tutto ciò che mi serve per gettare qualcun altro in pasto alle belve dello scandalo.

Sul palco adesso c'è Franklin; sta raccontando innocue barzellette per famiglie e facendo a noi studenti il tradizionale discorso di commiato; io lo guardo e sorrido, distratta momentaneamente dall'affarino rovente che ho in tasca. I suoi capelli ricci formano una specie di aureola lanuginosa sotto il cappello accademico; sembra felice lì sul palco, come se fosse nato per essere un grande oratore, un leader del popolo. Nelle battute finali del discorso, sento i suoi occhi su di me, il sorriso ampio e sincero.

«Ho sempre pensato che le persone che facevano la differenza a questo mondo fossero quelle che sapevano fare la voce più grossa», dice, «indipendentemente da chi o cosa tentasse di sovrastarle. È per questo motivo che ho iniziato a scrivere e fare il reporter, perché volevo essere una di quelle voci grosse, una voce dalla quale gli altri potessero imparare. Talvolta però è la persona più silenziosa che ha l'impatto più forte, semplicemente rifiutando di arrendersi; rifiutandosi di essere altri se non se stessa, anche se non lo grida ai quattro venti o, per dirne una... da una finta rubrica online di pettegolezzi». Il pubblico scoppia a ridere. «Per cui, adesso che vi state lasciando alle spalle il mondo del liceo, quali che siano le sfide che vi attendono oltre quel cancello, trovate la vostra voce. Datele fiducia, che sia grossa, piccola, online, offline, ma trovatela e non permettete a nessuno di metterla a tacere. Grazie per avermi ispirato a fare altrettanto».

«Grazie signor Margolis», dice la preside Zeff, applaudendo verso il podio, la voce densa di emozione per il discorso di Franklin.

«E rimanendo in argomento di brillanti futuri», aggiunge, «è un grande onore per me presentare adesso una persona molto speciale, una ex alunna della Lavender Oaks High School che sa perfettamente cosa significhi uscire e inseguire i propri sogni. Vi prego di unirvi a me nel dare un caloroso benvenuto alla nostra piccola cara Darling, Miss Jayla Heart!».

Dal pubblico si leva un tifo eccessivo, una mezza standing ovation, cori fintissimi sopra le nostre teste.

Le troupe televisive e i fotografi che sono rimasti in dormiveglia sulle linee laterali per quasi tutta la cerimonia, adesso riprendono vita e invadono il campo, sgomitando per accaparrarsi la migliore angolazione mentre mia sorella sale sul podio.

Jayla sorride un istante, fa un cenno di saluto ai finti ammiratori e dà alle telecamere e alle macchine fotografiche il tempo di catturare le immagini migliori. I flash continuano mentre lei sfoglia i cartoncini degli appunti.

«Dunque, avevo scritto tutto un popò di discorso sull'inseguire i sogni e puntare alle stelle, ma poi ho visto che il signor Margolis mi ha fondamentalmente tolto le parole di bocca…». Jayla strizza gli occhi verso Franklin e poi ammicca divertita. «Angelica saprebbe tirar fuori qualche parolina azzeccata per te, Margs, ma sei fortunato che questo è un evento per famiglie…».

Tutti ridono.

«Posso solo…». Jayla solleva i foglietti con gli appunti, osservandoli come se li vedesse per la prima volta, come se non avesse passato tutta l'ultima settimana a creare le battute di Angelica Darling, rileggendole per depennare quelle da censurare. Li apre a ventaglio tra le dita, poi li afferra a due mani e *strap*! «Chi ha bisogno di appunti? Io sono una cosiddetta adulta che vive nel cosiddetto mondo reale, anche noto come Hollywood. Sì, vi lascio un istante per abituarvi all'idea».

Altre risate.

«Ma siccome teoricamente ci si aspetta che vi dia qualche perla di saggezza dalla mia realtà post liceo, iniziamo con le cose che so. So che un qualsiasi sabato preso a caso, molti di voi ridono *di* me invece che *con* me; so che a meno che non abbiate quattordici anni, non ci pensate lontanamente a professare un qualsivoglia amore per me sulla mia fan page; so che c'è gente che ha trasformato il lavoro della mia vita in giochi dell'oca ubriaca, in internet *meme* e scenette comiche di ogni genere. So che indipendentemente da quanto impegno io ci metta nel mio lavoro, quanto mi sforzi per trovare un senso nella mia carriera, ho passato più tempo sulle copertine di «#TRENDZ» che in una qualsiasi cerimonia di premiazione o talk show. So che, come molti di voi, il giorno del mio diploma avevo in testa sogni enormi e li ho seguiti e realizzati. Ma adesso, con totale autorevolezza, posso dirvi una cosa: ragazzi, essere una star televisiva non ha niente a che vedere con ciò che si vede in televisione».

Tra il pubblico circolano ancora risatine sommesse, ma si sta insinuando anche uno strano brusio, sconcerto misto a scherno. Non capiscono se devono prendere il discorso di Jay come una cosa divertente, se devono riderci o se Jay è nel pieno di un crollo nervoso pubblico degno di essere immediatamente twittato.

Vedo spuntare i cellulari, cliccare e taggare, postare e condividere, centinaia di affarini d'argento che trasformano le parole oneste di mia sorella nell'ennesima buffonata, nell'ennesimo insulto da tabloid.

Mi faccio piccola piccola sulla mia sedia.

«Consigli da una cosiddetta ragazza grande?», continua Jayla. «Se avete un sogno nel cuore, per quanto irrealizzabile o stupido o costoso o gigantesco, *dovete* perseguirlo, trovare un modo per farlo diventare realtà. Questo potrebbe dirvelo chiunque, siete d'accordo con me? Del resto, è proprio ciò che ci si aspetta da una cerimonia di diploma. Guardare avanti. Nuove mete. Trovare la propria voce, come ha detto il vostro stimato rappresentante». Poi, solleva i brandelli dei suoi appunti. «Come avrei dovuto dire anche io. Ma nessuno vi dice mai quanto sarà difficile andare avanti quando avrete raggiunto il vostro sogno; che anche se il vostro sogno si avvererà, vi troverete comunque davanti un'orda di gente pronta a portarvelo via, smaniosa di vedervi crollare, pronta a fotografare tutto e dire poi al mondo che finaccia che avete fatto». Poi offre un sorriso tagliente a Quinn seduta in prima fila con il cellulare puntato su di lei.

«Grazie signorina Heart per queste parole di grande ispirazione», dice la preside, alzandosi di nuovo in piedi, applaudendo e facendo un gentile cenno della testa in direzione di Jayla. Traduzione: *tempo scaduto! La scuola non ha bisogno di un altro scandalo!*

«Signorina Zeff, se mi concede ancora un piccolo istante», le risponde Jayla, composta e fiduciosa, più vera di quanto non l'abbia mai vista. «Quando ti viene puntato il riflettore addosso – vuoi perché sei una celebrità o semplicemente una persona normale che segue il proprio sogno personale – non ti viene permesso di scegliere quale parte di te verrà illuminata, quella buona o quella cattiva, la vera o la falsa. Ma *potrete* sempre scegliere di rimanere veri con voi stessi, essere ciò che siete, indipendentemente da cosa pensa la gente di voi. Questo è veramente il miglior consiglio che io possa darvi. Siate forti, pescispada. Siate veri. E sì, twittate pure che sono parole mie e di Angelica Darling».

Detto questo, Jayla manda a tutti un grande bacio e i paparazzi si scatenano di nuovo, spingendosi avanti mentre la Zeff cerca di ricacciarli oltre le linee laterali. I riflettori sono tutti per Jayla, la illuminano come un angelo decaduto della cultura pop, bellissimo e distrutto.

Io e lei ci guardiamo fisso per un altro secondo, poi io distolgo lo sguardo prima che qualcuno se ne accorga, prima che qualcuno ci legga dentro e intuisca il collegamento...

Devo riscattare il mio nome...

Jayla arretra dal microfono, lo gira di nuovo a favore della Zeff e prende il posto d'onore che le compete sul lato del palco. I reporter la seguono, accalcandosi e sussultando ai suoi piedi come alghe marce.

«Signore e signori, diplomati e famiglie», annuncia la Zeff. «C'è ancora una cosa che vorremmo condividere con voi durante la cerimonia di oggi. È un'iniziativa non convenzionale, ma riteniamo che sia un messaggio importante per tutti noi che viviamo in questa epoca digitale. Date il benvenuto a Lucy Vacarro e ai componenti del movimento studentesco Anti-social e di Lotta all'(e)lettronica frivolezza: Asher Hollowell, Kiara Chen, Thomas "Tens" Girard, Stephanie Wilcox e Randall "Roman" McCorkhill».

Vedo agitazione tra gli studenti seduti, ma fortunatamente

nessuno ci lancia dietro insulti. Sarà la natura speciale di questo giorno o il bigottismo della cerimonia dei diplomi a tenerli rispettosi. O magari Cole aveva ragione, magari si sono già lasciati tutto alle spalle, i nostri quindici minuti sono scaduti, le nostre vite vanno avanti che lo vogliamo o meno.

O magari sono troppo impegnati a fare smorfie per i selfie in toga e cappello per fare attenzione a noi.

Mi metto in formazione con il mio gruppo, io con il portatile di papà sul podio e i ragazzi del MAL(e) alle mie spalle, a testa bassa in attesa del segnale. La schermata di PowerPoint è già proiettata sul mega pannello. Inserisco la pennetta nel jack.

Errore di connessione.

Mi sudano i palmi delle mani e lo stomaco mi è diventato un groviglio di nodi e erbe infestanti. Sfilo la pennetta e la inserisco di nuovo e rilancio PowerPoint mentre il pubblico si agita e mugugna.

Questa volta parte.

Inizi lo spettacolo.

L'aria bollente si è immobilizzata e mi sento scivolare lungo la schiena una goccia di sudore. Eccezion fatta per i paparazzi che continuano a stare addosso a mia sorella, tutti gli occhi sono puntati su di me e so che è arrivato il mio momento, il mio ultimo colpo per scrollarmi di dosso lo scandalo.

Scruto il pubblico e intercetto gli occhi di Griff. È seduta non distante dalla prima fila, il viso impassibile, le braccia conserte. Qualche fila dietro di lei, Ellie mi fissa con lo stesso sguardo annoiato e distratto. Olivia non è molto distante, triste e mesta.

Una sezione più in alto, individuo Cole e nei suoi occhi leggo le stesse preghiere che mi ha fatto l'altro giorno nel bosco, le ultime parole che mi ha detto.

...non appartiene alla Lucy di cui mi sono innamorato...

Ha ragione. La vendetta non appartiene alla vecchia me. Ma le cose sono cambiate; abbiamo superato tutti così tanti limiti che ormai è impossibile raccapezzarcisi e ritornare al punto di partenza. Ho superato il limite quando ho baciato Cole, quando mi sono infilata nel suo letto quella sera, tutte le volte che ho criticato Griff prima che tutto questo iniziasse. Griff ha superato il limite quando ha preso il mio cellulare e ha caricato le foto. Anche Ellie ha superato il limite tenendomi nascosta la rottura con Cole, spingendomi ad andare al ballo al posto suo come se avesse una semplice influenza. Quando lo scandalo è scoppiato, ha automaticamente preso per scontato il peggio, che io avessi postato le foto di me e Cole, e di tutti gli altri, per evitare di dirglielo in faccia.

Non sono più certa che si possa aggiustare tutto questo.

Cyberbullismo: un aneddoto ammonitore si legge sulla schermata alle mie spalle. Il pubblico ammutolisce. I ragazzi del MAL(e) non sanno che ho cambiato la presentazione. Spero che comprendano.

Il mio dito indugia sul pulsante per passare alla schermata successiva. Quella con la foto di Griff che candidamente tiene sollevato il suo cellulare. Quando eravamo ancora tutte amiche. Quando avevo ancora tutti i miei segreti, i miei inconfessati desideri, e nessuno di essi era ancora stato spiattellato in rete.

«Signorina Heart, è vero che la stanno licenziando dalla serie?», chiede uno dei giornalisti a mia sorella a voce talmente bassa che solo noi che siamo sul palco riusciamo a sentirlo.

«È la sua ultima stagione in *Miss Pericolo*?», chiede un altro.

«Lucy?», bisbiglia Ash dietro di me. «Tutto a posto?».

Roman si sporge in avanti, con la coda dell'occhio intercetto la macchia rossa della sua cresta. «Puoi dare inizio allo spettacolo, Lucy, siamo pronti».

Annuisco e sposto lo sguardo dai paparazzi a mia sorella. Sta tentando di allontanarseli come mosche, ma quelli non mollano. Se ne sono accorti anche altri studenti, iniziano a guardare, a scattare foto della scena con i cellulari, inviandole poi nel cyberspazio, pronti per il prossimo scandalo o concorso fotografico.

Se sapessero che Jayla Heart è mia sorella, adesso fotograferebbero anche me.

Un click. Basterebbe solo questo. Un click e qualche parola

per riscattare il mio nome, per scaricare la colpa su Griff, per scendere dal palco prima che qualcuno capisca che la scandalosa Vacarro sul podio è la sorella della scandalosa Vacarro seduta al posto d'onore qui vicino.

...non appartiene alla Lucy di cui mi sono innamorato...

«Quanto sono vere le voci sull'uso di droga?». I giornalisti sono implacabili. «Prenderà in considerazione un periodo di riabilitazione?»

«Lucy?», chiede di nuovo Ash. La preside Zeff mi sta guardando, facendo il gesto internazionale comprensibile come *manda avanti il nastro*.

Guardo di nuovo verso il pubblico, trovo gli occhi di Griff e mi concentro su di essi.

C'era qualcos'altro... mi hai ferita di brutto... tutte le volte che mi hai presa in giro...

«Qualche festa in programma questa estate, signorina Heart?», la incalza l'ennesimo tipo a voce alta, molto più alta degli altri e un gruppetto di studenti in prima fila scoppia a ridere. La loro attenzione passa da me e il MAL(e) a mia sorella e in quel momento, in mezzo a tutte quelle risate e quei click di cellulari, so che è arrivato il momento di far sentire la mia voce. Di prendere la parola di fronte a questo immenso pubblico prigioniero e, senza più dubbi e ipotesi, aggiustare le cose una volta per tutte.

Mi volto e carpisco l'attenzione di Kiara. «Messaggio da Katniss».

Kiara inclina la testa, confusa.

«Cambiamento di programma». Spiego la situazione, sempre più ansiosa per l'impazienza incalzante che sento dal pubblico. Il caldo. I paparazzi che sparano su Jayla. Gli occhi di Griffin che trafiggono i miei. Gli occhi di Cole, spenti e delusi.

«Ce ne occupiamo noi». Kiara si lancia in una capriola da commando dietro il palco, schivando per il rotto della cuffia gli altoparlanti. Tens la segue, anche lui rischiando per poco di portarsi dietro tutto l'impianto audio, seguito da un tintinnio di conchigliette.

«Colleghi diplomati», rombo nel microfono.

Certa di aver catturato la loro attenzione, faccio partire il sottofondo musicale che Stephie ha montato mixando alcune imponenti sigle di serie di fantascienza e inizio a recitare la mia introduzione preconfezionata sui pericoli del cyberbullismo, sulla differenza tra il divertirsi online e il divertirsi alle spese dei sentimenti di altre persone. Abbiamo messo assieme una serie infinita di statistiche e definizioni e mentre Roman, Stephie e Ash si esibiscono nel loro sconcertante balletto interpretativo come elettroni in collisione, io sciorino i fatti memorizzati dal manuale della Zeff.

Il pubblico intero – compagni, genitori e parenti, la facoltà, l'amministrazione, i paparazzi – rimane disorientato e rapito, ogni occhio fisso su di me.

Faccio un profondo respiro, preparandomi, dopo settimane di rintanamento, a lanciare la bomba.

«C'è una cosa che dovete sapere», dico mentre la musica inizia a sfumare. «Qualcosa che ho tenuto sotto silenzio per troppo tempo». La mia voce echeggia per tutto il campo. Guardo di nuovo Griffin. Poi Cole. E infine Jayla.

«Jayla Heart», dico. «Ti prego, raggiungimi di nuovo sul podio».

Jayla aggrotta la fronte confusa, ma si liscia la gonna navy e si alza dal posto d'onore, attraversando il palco per raggiungermi. I paparazzi la seguono e si ridispongono in fila davanti a noi due.

«Jayla Heart si è diplomata su questo stesso palco sette anni fa», dico. «Molti di voi in quel momento non la conoscevano e, a meno che non abbiate fratelli più grandi, probabilmente non eravate nemmeno qui a vederla. Io invece c'ero. Anche allora si faceva già chiamare Jayla Heart, ma il suo vero nome è Janey Vacarro».

Faccio una pausa, lasciando che la notizia sedimenti sul campo di cappelli e toghe che ho davanti.

«Jayla è mia sorella», continuo, «ed è bella e ha talento. Che siate ammiratori della serie o no, dovete sapere che dietro gli intrighi di Angelica Darling, le connivenze, le pugnalate alle spalle, c'è una persona vera. Una persona eccezionale con il cuore più grande che io conosca».

Jayla è rimasta senza parole per lo shock. Le prendo una mano e gliela stringo, non la lascio andare. Nemmeno quando i miei genitori si alzano e applaudono. Nemmeno quando la preside Zeff mi guarda con gli occhi inondati di lacrime sconcertate ma sincere. Nemmeno quando fotografi e cameraman si riaffollano di nuovo avanti, tempestando Jayla di altre domande.

«Signorina Heart, è al verde?»

«Cosa ci può dire del suo contratto? Angelica sarà fuori definitivamente dalla serie?».

Sempre stringendole la mano, la spingo dietro di me e mi metto tra lei e i paparazzi piraña. E poi, quando inizio a temere di non riuscire a contenerli un secondo di più, vedo Kiara tra il pubblico, in piedi su una sedia in mezzo alla folla.

Stringe il megafono, in perfetto tempismo.

«Oh mio Dio!», urla. «Non posso crederci! Proprio qui a Lavender Oaks! Il bus della campagna elettorale 2020 di Sarah Palin! Ha appena svoltato su Dorchester Street, a bandiere spianate!».

Fotografi e cameraman si scambiano qualche rapida occhiata e poi schizzano via in massa, inseguendo Kiara e Tens verso Dorchester a caccia del mitico bus elettorale.

La Zeff approfitta dell'occasione per riprendersi il microfono, lanciandosi nelle sue parole di congedo e finendo con un commiato commovente: «Permettetemi di essere la prima a congratularmi ufficialmente con voi, diplomati della Lavender Oaks High School!».

«Lucy di cognome Vacarro!». Da un posto nelle retrovie, Marceau si alza per fare anche lui il proprio annuncio, tenendo uno dei megafoni di MAL(e) premuto sulle labbra. «Lucy Vacarro, io sono...».

Ma una cacofonia assordante di tube e tromboni lo soffoca con una stonata versione per banda di *School's out* di Alice Cooper.

Dopo un primo istante di confusione, il pubblico si riprende e impazzisce: lampi di flash, genitori che urlano, clacson che squillano, cappelli neri che si avvitano in aria come centinaia di corvi infiocchettati che spiccano il volo.

Libertà.

LA RACCAPRICCIANTE SCOMPARSA DI ANGELICA DARLING E L'INATTESA APPARIZIONE DI RELAZIONI REALI

Un provocante abito color mandarino è l'unica cosa che mia sorella si è tenuta dal guardaroba di Angelica Darling. Perfetto per *Jayla*. Sbalorditivo forse?

Eppure, i suoi occhi non mentono. Jayla è nervosa. E anche un po' triste.

«Sicura che ti senti bene vestita così?». Le chiudo la cerniera e allaccio le spalline dietro la nuca, sotto l'acconciatura volutamente spettinata. «Potremmo anche eclissarci».

«E annullare la nostra comune festicciola da sballo? Dove di sballo ce ne sarà ben poco? Scordatelo». Jayla si volta e mi guarda. «Sul serio, Lucy, sono ipereccitata che tu veda l'episodio, tu più di altri ne apprezzerai il valore artistico. E tra l'altro, pagina nuova, ricordi? Basta piangere su un piccolo contratto annullato». E fa un gesto della mano della serie *già stata, già fatto, T-shirt presa, adesso che altro c'è?*

«Sei bellissima, lo sai, vero?»

«Tutto merito di Sephora», risponde con una civettuola scrollatina di spalle. «E dei frappè con polline di api. E senza dimenticare il vino, fondamentale, ottimo per il cuore. E adesso voltati. Presto arriveranno tutti e i tuoi capelli sono un campo di battaglia!».

Nonostante le montagne russe di quest'ultimo mese e l'inarrestabile ricaduta di paparazzi a causa della folle cerimonia dei diplomi della scorsa settimana – incluse decine di articoli che insinuavano segrete campagne di reclutamento di assistenti nel team di Sarah Palin tra i diplomati della Lavender Oaks – mamma e papà hanno comunque voluto regalarci una festa congiunta *Miss Pericolo* e festa di diploma.

Me la sono immaginata tutto l'anno, con l'unica differenza che nella mia versione, la lista degli invitati era molto diversa. Jayla non sarebbe stata presente, ma Ellie e Griff sì. Ci saremmo buttate sul divano, armate di barattoli di gelato, prendendo in giro Angelica Darling e facendo stravaganti previsioni sulla stagione successiva.

Nella mia versione precedente, c'è sempre stato spazio per una nuova stagione della famigerata Angelica Darling. Sempre stato spazio per una nuova stagione per me, Ellie e Griff.

«Stai ferma». Jayla mi raccoglie i capelli in una mano e allunga l'altra per afferrare la spazzola. Mentre tira il tutto in uno chignon, i nostri sguardi si incrociano nello specchio del bagno. «Congratulazioni sorellina. Sei sopravvissuta al liceo. Adesso puoi dimenticare tutto quello che hai imparato».

«*Quale* liceo?».

Jayla sorride. «Ecco la mia ragazza».

«Ehi, ti dispiace se mi rubo la tua ragazza?». Dietro di noi, nel riflesso dello specchio, spunta Ellie, l'ultima persona che mi sarei aspettata di veder rispondere al mio invito di festa di diploma, l'ultima persona che mi sarei aspettata di vedere.

«Ellie», dico. Il suo nome suona strano ed estraneo sulle mie labbra.

Siamo sedute nella mia stanza, sul letto, sotto la mia serie di celebrità zombificate a penna.

Ellie mi passa una grande busta marrone, all'interno una scatola bianca con sopra il logo di Black&Brew.

«Hai portato dei dolcetti delle scuse?»

«Alle gocce di cioccolato/espresso e limone/mirtillo», mi risponde. «Non volevo spuntare a mani vuote. A dire il vero non volevo proprio farmi viva».

Sento lo stomaco contorcersi.

«Non significa che non volessi vederti più», chiarisce. «È che… sono ancora sbigottita. Non mi capacito di quello che è appena successo».

Mi appoggio sui gomiti e chiudo gli occhi. «Racconta».

«Ieri sera è venuta da me Griffin», dice. «Mi ha confessato di aver postato *lei* le foto sul tuo profilo Facebook e ha detto che tu avevi le prove. Perché te ne sei rimasta zitta?».

Oltre la porta chiusa, dall'altra parte del corridoio, sento i miei che si preparano, mamma che rispedisce papà nella cabina armadio a cambiarsi. «Ho detto la camicia color *salmone*. Quella è arancione».

«Avevo preparato uno smascheramento grandioso per la cerimonia dei diplomi», rispondo. «Ma quando poi sono salita sul palco, non riuscivo a staccarvi gli occhi di dosso e a pensare a come erano prima le cose e come si sono tutte incasinate… come *io le* ho incasinate… e poi tutto quel caos con Jayla e i paparazzi… ed è scattato qualcosa».

Per tutto l'anno avevo solo aspettato che passasse l'estate e che io ed Ellie partissimo per la California per iniziare la nostra nuova vita. Adesso, però, che il liceo è ufficialmente terminato, mi sembra tutto storto. Niente che vada per il verso giusto.

Il liceo avrebbe potuto essere divertente quanto un'apocalisse di zombie, ma avevo sempre Ellie, e Cole e Griff con me. Non doveva finire in questo modo.

«Anche quando ho visto le foto il primo giorno, non ho mai pensato che la nostra amicizia sarebbe finita», continua Ellie. «Cioè, è stato stradoloroso… ma è successo tutto così rapidamente. La fine con Cole. I segreti che ci siamo tenute a vicenda. E quando Griff mi ha detto cos'era successo, è stato come se non avessi nemmeno realizzato. Mi sento come… anestetizzata».

Dopo il giorno del pic-nic ho sempre pensato che Griff non avrebbe mai confessato, ma adesso che l'ha fatto… forse non è più nemmeno importante. Può aver reso pubbliche le prove, ma non è stata certo lei a creare i fatti. Io ho baciato Cole. E più di una sola volta. E prima di quel momento, ho portato dentro di me questa cosa rovente che ha continuato a bruciarmi e consumarmi per quattro anni.

Voglio bene a Ellie, ma come potrebbe questo *non* condizionare la nostra amicizia? C'è sempre stata una piccola parte di me seminascosta infastidita da lei, infastidita dalla semplicità con cui stava con Cole, dalla leggerezza con cui scrollava le spalle ogni volta che negli ultimi mesi parlava della possibilità di rimanere per sempre insieme con lui.

Se Cole fosse stato il *mio* "per sempre insieme", io non avrei certo scrollato le spalle con tanta naturalezza. Mi ci sarei tenuta stretta con mani e unghie.

«Sono innamorata di Cole Foster dal primo giorno in cui si è trasferito qui», dico alla fine. «Sempre. Il ballo è stato la prima volta che ci siamo baciati, ma non certo la prima volta che ho immaginato di farlo, questo no».

Ellie strabuzza gli occhi, ma solo un istante, come se l'iniziale shock fosse subito sostituito da comprensione, come se tutto avesse un senso adesso, tutto quello che ha sempre sospettato.

«Quella sera mi ha baciata sulla terrazza dopo che avevamo parlato di ricordi. Io ho continuato a ripetermi che in fin dei conti era solo quello, la sera del ballo studentesco, tutto che finiva, l'alcol, qualche flash. Ma non era così. Più tardi l'ho baciato di nuovo nella sua camera. Non nel modo in cui hanno fatto credere le foto, certo, ma non è stato nemmeno un bacio innocente. Non ero ubriaca, volevo che accadesse, Ellie».

Ellie rimane ancora silenziosa, ma per quanto io tenti di convincermi che è la cosa giusta da fare, non riesco a pentirmi di amare Cole e alla fine lo dico.

«Lo so», dice lei. «Nemmeno io. Cioè, le cose sono cambiate dopo il primo anno, tipo che tutti e due sapevamo benissimo che non sarebbe durata. Ma abbiamo avuto dei bei momenti insieme».

Rimaniamo ancora sedute in silenzio evitando di guardarci negli occhi. Riesco quasi a sentir tremolare tra noi la pellicola di ricordi comuni, anni di storie e momenti che sfrecciano in un fruscio, in un battito di cuore.

E segreti, supposizioni, tutte le cose non dette, parte integrante, a pieno titolo, della nostra storia come tutto il resto.

«Dov'è la mia cinta marrone?», sento urlare papà dalla camera da letto. Segue un rumore di passi, mamma che lo raggiunge frettolosa.

«Cintura nera!», gli dice. «Indossi scarpe nere. Onestamente, tesoro...».

Ellie sorride. «Bello sapere che alcune cose non sono cambiate».

«Oh sì che sono cambiate», rispondo io. «Jayla li ha spediti in una vacanza di coppia e da quando sono tornati, sono sempre appiccicati come due piccioncini».

«Veramente?»

«Ho perso il conto delle volte che li ho beccati che pomiciavano in cucina. Ormai è quasi una violazione del codice di igiene e salute».

«Wow», fa Ellie. «Menomale che i tuoi non stanno su Facebook. Le mie non si staccano mai, veramente disgustoso». Poi il suo sorriso vacilla e mi guarda con gli occhi lucidi. «Pensavo che magari potevamo...non so. Provare. Non oggi, ma presto. Non voglio iniziare il college in questo modo, ma non sono in grado... ho ancora bisogno di tempo». La voce è ormai ridotta a un bisbiglio rotto. «Non posso promettere niente».

«Lo so», rispondo. «Nemmeno io».

«Giusto». Ellie si alza dal letto e sorride e giuro che è come se nella mia camera fosse spuntato il sole, inondando di luce i miei disegni di zombie sul muro. Taylor Kitsch zombificato sembra particolarmente allegro.

«Sicura che non vuoi rimanere per l'addio ufficiale di Angelica?», dico, afferrando la busta di Black&Brew. «Sarà una performance drammaticissima».

Ellie scoppia a ridere, ma fa di no con la testa. «Ho promesso di dare una mano a mamma e mamma a fare le valigie stasera, mi portano in campeggio questo fine settimana. Dicono che dobbiamo farci almeno tre vette prima che parta per la California».

«Ellie», riesco a dire per non scoppiare a ridere. «Tu *detesti* fare trekking. E anche andare per i boschi. E praticamente quasi tutto quello che stare all'aperto comporta».

«Ehi, abbiamo conquistato il monte Elbert! Abbiamo *cantato* sul monte Elbert, ricordi?»

«Sì e il giorno successivo ti sei rifiutata di uscire dalla tenda se Cole non ti prometteva che non avresti mai più dovuto camminare più lontano dello sportello della macchina. Per tutta la tua vita. Te lo ricordi questo?».

Ellie scrolla le spalle. «Ehm, ho in piano di fingere una ferita il primo giorno, prendermi una stanza d'albergo e lasciare che si facciano la loro avventura selvaggia da crisi di mezza età senza di me».

«Hai già previsto tutto, eh?».

Ellie si dà un colpetto in testa. «Quattro anni di istruzione di alto livello alla Lavender Oaks al lavoro qui dentro». Poi mi dà un abbraccio veloce. Non un abbraccio da amiche del cuore, non da *abbiamo conquistato questa stronza di montagna*, ma comunque un abbraccio vero. «Ti chiamo quando torno per informarti che sono sopravvissuta».

«Ti aspetto».

«Ciao bella. *Summertime and the living is eeeeeeasyyyyy...*».

Da sotto la visiera di un nuovo cappellino rosso acceso, 420 mi fa un sorriso da zucca di Halloween, canticchiando, e mi passa una busta di Doritos mezza vuota.

«Credo che intenda dire», mi fa Clarice, salendo i gradini della veranda dietro di lui, «grazie di averci invitati. Io ho portato un'insalata di frutta, l'unica cosa che sapevo non si sarebbe mangiato venendo qui».

«Insalata e frutta», dice 420, «non rientrano nei quattro principali gruppi alimentari dell'olimpo del cibo spazzatura».

«Sei un caso senza speranza», gli risponde Clarice. Ma sotto la frangetta scura le brillano gli occhi.

Poi arriva Marceau, sincero e adorabile come sempre, con un

bouquet di narcisi gialli comprati e quindi totalmente legali. «Questi sono per te per dirti grazie di avermi ospitato, ma non ho preso le rose perché sono il fiore dell'amore e... ci stiamo lasciando, *chérie*».

«Marceau, noi non abbiamo mai...», dico, prendendo i fiori.

«Non voglio spezzarti il cuore, ma non posso continuare in questo modo. Qualcun altro è in amore con te e io non posso essere quello che intralcia il vero amore».

«Uhm...».

Marceau si sporge in avanti e mi dà un bacio sulla guancia. «Riuscirai a trovare come guarire il tuo cuore».

Poi entra in casa e si presenta alla mia famiglia come il mio ex fidanzato.

«Marceau!».

«Ha ragione», dice una voce maschile dietro di me. «Qualcun altro *è in amore con te*».

Non vedo Cole dalla scorsa settimana, dal giorno della consegna dei diplomi.

Mi volto verso il suono della sua voce ed eccolo di nuovo.

Rispuntato direttamente dai miei sogni.

È abbronzato per la settimana di campeggio con il padre, sul trasandato andante, ha un dito fasciato, un nuovo buco nei bermuda color oliva, appena sotto la tasca sinistra.

Si liscia indietro i capelli e la chioma da appena alzato dal letto perennemente perfetta scatta di nuovo in posizione. «Possiamo saltare la fase del "dobbiamo parlare"?».

Io annuisco energica.

Prende il mazzo di fiori di Marceau e li appoggia sul tavolino di vimini accanto a me e poi mi stringe tra le braccia. «Dio quanto mi sei mancata», mi sussurra.

«Ehi, pensavo dovessimo saltare la fase del dobbiamo par...».

La sua bocca è calda sulle mie labbra, con un sapore dolce di mela e piena estate; poi si stacca. «Questo... aspetta. Sembra quasi un addio».

«Sai come si dice...». Tengo il suo sguardo e conto le pagliuzze dorate nei suoi occhi. «L'addio di una persona è il ciao di un'altra».

«E chi è che lo dice? Non ho mai sentito nessuno che lo dicesse in tutta la mia vita».

«Sei stato *tu* a dire che ti sembrava un addio... una cosa per niente romantica».

«Sì, ma non voleva essere un addio. Voleva dimostrarti che sono seriamente *in amore con te* e anche che voglio aiutarti a *trovare come guarire il tuo cuore*».

«Era questo che tentavi di dirmi con quel bacio?», dico, accigliandomi. «Ritenta, ragazzo batterista».

Cole mi afferra per le spalle e mi spinge contro le finestre, togliendomi il respiro e l'ultima riserva di forza. Fa scivolare le mani tra i miei capelli, con il corpo talmente vicino al mio che riesco a sentire il battito del suo cuore sotto la pelle.

Le sue labbra si sciolgono contro la mia gola e io ansimo.

«I miei sono in casa», dico.

«I tuoi genitori mi adorano», mi bisbiglia, accarezzandomi il collo con il suo fiato caldo.

«Questo non implica, però, che siano a favore delle dimostrazioni di affetto in pubblico. Be', quantomeno non quando si tratta di me. Non sanno nemmeno...». Chiudo gli occhi. «Non sanno niente di niente».

Cole scrolla le spalle. «Li aggiorneremo a voce oppure...», dice, e allunga davanti a noi la mano che tiene il suo cellulare, mettendosi in posa per un scattare una foto. «Oppure con un selfie? Possiamo metterlo online per ricordare i bei vecchi tempi, e magari intitolarlo "mamma e papà"?».

Gli strappo il cellulare dalla mano. «Dillo ancora una volta e canterai *Nothing compares 2 U* mentre guidi verso Boston».

«Non puoi liberarti di me», dice con gli occhi scintillanti. «Il tuo contratto lo dice chiaramente. Ho fatto in modo che fosse così questa volta».

«Dieci minuti all'inizio dello show, ragazzi!». Mamma invita tutti a entrare nella sala del televisore, lasciando me e Jayla in cucina in attesa della successiva sfornata di popcorn. Quando il microonde bippa, svuoto la busta in una grossa ciotola aggiungendo cannella e zucchero.

Jayla se ne butta una manciata in bocca. «Sei qualcosa di eccezionale, Lucy. Te l'ho mai detto?»

«Sono solo popcorn al microonde con zucchero, Jay. Dolce salato...», dico, alzando gli occhi al cielo.

«No, intendevo con i ragazzi. Cole, Franklin, Asher, Marceau, John. È come se pendessero tutti dalle tue labbra, eppure nessuno che fa scenate di gelosia. Spiega».

«Non credo nei triangoli amorosi. Assolutamente irrealistico».

«Ehi, miss ho-preso-dieci-all'esame-di-analisi, qui c'è molto più di un semplice poligono d'amore».

Io scoppio a ridere. «Non cambia nulla. Quattro su cinque sono ben ancorati in zona amico».

Jayla mastica un'altra manciata di popcorn. «Angelica andrebbe a letto con tutti e cinque, sceglierebbe il migliore e lo userebbe per eliminare gli altri quattro. In realtà lo ha fatto nella seconda stagione, nono episodio. Ricordi i taglialegna?»

«Mmm. Chi poteva immaginare che due chiacchiere a vuoto potessero essere così... inappropriate».

«Ragazze! Sta iniziando!», sento mamma urlare dalla sala hobby.

Io e Jayla ci sediamo sul pavimento tra Cole e Tens mentre iniziano a scorrere i titoli di testa, la piccola sala immersa in un'atmosfera di aspettativa densa come la calura estiva.

Angelica appare sullo schermo nella scena iniziale, sta prendendo una camera in un romantico albergo in Spagna per una vacanza prematrimoniale con il suo terzo *fiancé* e Lady Sculetta. Tante passeggiate lungo viuzze acciottolate, tapas condivise, tramonti, minuscoli trasportini per Lady Sculetta. Ma sullo sfondo, nascosta nell'ombra, una misteriosa presenza oscura e minacciosa. Sguardi eloquenti pregni di sottotesti non così acuti.

Primo piano sulla vasca di acqua calda al centro della stanza e sul cestello dello champagne in una serata fatale, Angelica sta facendo sbronzare il suo uomo a tal punto che lui riesce a malapena a tenere dritta la testa.
Nella scena successiva, lui è steso svenuto nel letto a baldacchino mentre Angelica sta indossando un abitino rosso, leggero come l'aria, per sgattaiolare via con Lady Sculetta e incontrare mister Oscuro e Minaccioso.
Sfortunatamente e all'insaputa della nostra cospiratrice preferita, quello è il giorno in cui si svolge la famosa Corsa dei Tori per le strade di Pamplona e, nonostante i guaiti esagitati di Lady Sculetta, Angelica si infila in un vicoletto vicino all'appartamento dell'amante e incappa dritto nella traiettoria della corsa dei tori.
Il vaporoso vestito rosso non gioca certo a suo favore. Violini e lacrime, un'infilata di *flashback* che scorre davanti ai nostri occhi, il guaito addolorato di una minuscola cagnetta e, prima che qualcuno faccia in tempo a dire *olé!*, Angelica Darling è incornata a morte e poi calpestata dalla folla che insegue i tori. Passato il trambusto, tutto ciò che rimane di miss Darling è un brandellino di seta rossa che svolazza drammaticamente via lungo le stradine acciottolate.
Violini, lenti e soffusi. Sempre più soffusi. Silenzio.
Dissolvenza in nero.
I titoli di coda e tutta la stanza esplode in una standing ovation per Jayla.
Kiara saltella letteralmente per la stanza. L'unica volta in cui l'ho vista così invasata è stata subito dopo la consegna dei diplomi quando le abbiamo detto che la caccia senza speranza a un'inesistente Sarah Palin che lei aveva scatenato aveva avuto un successo strepitoso. «Okay, è imbarazzante», dice a Jayla, «ma ho promesso a mia madre e a mia nonna che ti avrei chiesto l'autografo. Pensi che sia... è troppo da fuori di testa? Perché se pensi che lo è, gli dirò semplicemente di no. Che dici?»

«Ma assolutamente no», tuona Jayla, radiosa. «Ne sono onorata».

«Affascinante», dice Franklin, guardando ancora i titoli di coda sullo schermo. «L'emozione che hai messo in quegli intensi momenti finali mentre la morte ti stringeva nella sua morsa... È stato fantastico da morire!».

«Letteralmente da morire!», aggiunge Stephie.

«Ti lasceranno tenere la Porsche?», le chiede Asher.

Tens gli lancia in testa un popcorn.

«Che c'è?», gli fa Asher. «Ho solo chiesto. Quella macchina è figa! La completa di brutto».

«Di solito non sono un appassionato di serie televisive», dice Roman, «Ma cavolo! E le vecchie stagioni si possono vedere in streaming su Netflix? Voglio dire, non che io abbia Netflix o internet, tanto per chiarire. Sai, in caso qualcuno me lo chieda e...». Roman si gratta la cresta da moicano. «Ci sono altri Doritos?».

420 ridacchia. «Spiacente amico. Prendi un po' di macedonia».

«Lucy?», mi fa Jayla, con un sorriso. «Una critica onesta?».

Mi gratto il mento in una posa intellettuale. «Sangue. Budella. Fratture fatali. Questo potrebbe benissimo diventare il mio episodio preferito in assoluto».

Jayla mi lancia una manciata di popcorn, ma il sorriso da orecchio a orecchio che ha in faccia addolcisce il colpo.

Vicini, amici, zie e zii, l'abbracciano tutti, le danno pacche sulla schiena per incoraggiarla. Mamma stappa una bottiglia di champagne e un istante dopo tutti si congratulano allegramente con entrambe in un tripudio di brindisi e dolci, ciambelline e macedonie che dureranno per giorni.

Quanto può cambiare una vita in un istante? In una settimana? In un mese?

Quando quelle foto sono apparse per la prima volta sulla pagina #scandalo di Miss Decenza, inviate dal mio stesso profilo Facebook, ero certa che la mia vita fosse finita. Certa che avrei perso i pochi amici del cuore che avevo, tutti gli anni passati a evitare i riflettori andati in fumo.

Adesso invece mi guardo attorno e vedo la stanza piena di persone che nemmeno conoscevo prima che la mia vita privata fosse spiattellata in internet, e posso dire in tutta onestà che sono felice che sia accaduto. Certo, forse l'avrei gestita in maniera diversa: mi dispiace per i problemi che ha causato a Olivia e a tutti gli altri studenti coinvolti; mi dispiace che le cose tra me e Ellie siano state solo rattoppate alla bell'e meglio e che probabilmente dovrà passare molto tempo prima che mi senta di rivolgere di nuovo la parola a Griffin, o forse non accadrà mai più.

Ma senza questo scandalo, nessuna delle persone nella mia casa adesso sarebbero entrate nella mia vita. Nel mio cuore.

Persone come Franklin, che mi ha offerto una possibilità anche quando tutte le prove erano contro di me, anche quando quasi tutti avevano deciso che io ero la peggior amica che si potesse avere sulla faccia della terra; Asher e i ragazzi del MAL(e), persone che avevo totalmente ignorato per anni considerandole una banda di strambi, persone che nell'esatto momento in cui è scoppiato lo scandalo mi hanno offerto sostegno nel loro tipico modo astuto; Jayla, felice come non la vedevo da anni, che firma autografi e che accende la Xbox per una rivincita a Fruit Ninja con Asher e Tens; Marceau, che potrebbe non tornare in Canada con una fidanzata americana, ma che avrà senza dubbio tante storie da raccontare. Tra l'altro lui e Stephie sono stati culo e camicia per tutta la sera, legando in merito alla comune attrazione per il concetto dei bastoncini di pesce in uno stato senza sbocchi sul mare, sul dissidio tra astute confezioni e la cospirazione della penuria di cibo.

E Cole. L'unico e solo ragazzo per cui abbia veramente perso la testa. Il nostro primo bacio è stato proibito e ogni successivo bacio un segreto rubato, un sussurro nell'oscurità. Un sogno che non speravo nemmeno di veder avverato alla luce del giorno.

Eppure lui adesso è qui e mi sorride con la malizia negli occhi, l'implicita promessa di un'estate di avventura, di notti sotto le stelle, di passeggiate nel bosco, di maratone di zombie game e gite con Spike e Notte, di tutte le storie che ancora dobbiamo raccontarci e di tutti i ricordi che ancora dobbiamo crearci.

Amici. Con veri volti e nomi, senza maschere di creature mitiche obbligatorie. Con sorrisi che posso vedere e risate che posso sentire. Abbracci e scambi del "cinque" e battiti di cuore che posso percepire.

Aggiornamento dello stato?

Totalmente reale. Totalmente qui. Totalmente felice.

Vacarro passa e chiude.

RINGRAZIAMENTI

Le persone reali e vegete che seguono si meritano tutte una bella stella d'oro lampeggiante e veri biscotti al doppio cioccolato fondente per il loro contributo a *#amorenoncorrisposto*:

Alex, consulente ufficiale in cose zombesche, ideatore del botta e risposta tra i ragazzi del MAL(e) su hyperdrive e motori a curvatura, nonché il più amorevole e solidale amico che si possa desiderare. Ragazzo, se questo *non* me lo chiami affetto…

Ted Malawer, superagente letterario, membro onorario del club del MAL(e) e onesto terapista letterario dal quale necessito-barra-bramo perennemente consigli e incoraggiamenti; Michael Stearns, presidente dell'Immortal Club fan club; e tutta l'allargata famiglia della Upstart Crow Literary in Nord America e all'estero.

Patrick Price, star della revisione e fan dichiarato di Jayla Heart che mi ha abilmente indirizzata nella creazione dei folli personaggi del romanzo, senza mai prendermi una sola volta in giro per il mio status anti-smartphone; Regina Flath, insuperabile disegnatrice di copertine che ha dato vita allo #scandaloso bacio sotto le stelle della copertina dell'edizione americana; e poi Bethany Buck, Mara Anastas, Craig Adams, Paul Crichton, Nicole Ellul, Michael Strother, Carolyn Swerdloff, Emma Sector e tutta l'operosa squadra di Simon Pulse.

Zoe Strickland, la fantastica assistente di redazione tutta ricci che illumina i miei giorni di scrittura con il sorriso. I migliori fidanzati romanzeschi li dedico a te, tanto di cappello. E, a proposito… buon compleanno!

Jessi Kirby, che nutre il mio animo creativo con cioccolato, vino, tarocchi, giorni in spiaggia, suggerimenti di scrittura e tanta amicizia: Jackson e Dylan Kirby che mi hanno fatto il sedere a strisce a Fruit Ninja e hanno ispirato quelle scene importantissime nel romanzo; Mike e Michele Knecht che mi hanno fatto conoscere il vero Principe Macula (grande amore a prima vista); Morgan Matson che si è fatto venire in mente il titolo perfetto; e Jen Jabaley, Rhonda Stapleton, Heidi Kling e Aprilynne Pike i cui suggerimenti della prima ora mi hanno aiutata a trasformare una stravagante proposta editoriale in una vera storia.

E infine, abbracci a mia madre e mio padre, moma e popa, e a tutti gli zelanti topolini di biblioteca che continuano a leggere le mie storie, inviandomi complimenti da ogni parte del mondo, online e offline.

Aggiornamento dello stato?

Totalmente sbalordita. Totalmente ispirata. Totalmente grata.

Ockler passa e chiude.

INDICE

p. 7 #nemmenolontanamente
8 Messaggio speciale per i Pescespada di Lavender Oaks in occasione del ballo di fine anno
10 La strada per l'inferno è lastricata di lustrini
24 Gli amici veri impediscono alle fatine di bere, fare le poetiche, di spogliarsi e fare il bagno
35 C'è un unicorno sulla terrazza (e altre anomalie statistiche che non dovrebbero essere fotografate)
45 Questo letto non è abbastanza grande per tutti e tre
52 La sanguinaria squinzietta anche nota come mia sorella
63 Principe Macula si appella al quinto emendamento
65 Quanti dolcetti ci vogliono?
76 Il lato amichevole della preside
84 I consigli di Angelica Darling a una donna dileggiata da una donna assai dedita al dileggio…
97 Quando non c'è più spazio all'inferno, i morti andranno nella scuderia
109 Con amici come questi non sorprende che Angelica Darling massacri i suoi
111 Se non puoi sconfiggerli, fatteli alleati e subito dopo annientali…
121 Suggerimento per sopravvivere a un film horror…
132 È tempo che Keith e Veronica stanino la carogna
138 Quando la teoria del responsabile unico finisce con le zampe all'aria
148 Liberaci dal MAL(e)

p. 157 I flash mob di Lavender Oaks sono niente fumo e niente o poco arrosto
159 La verità *è* là fuori, da qualche parte, ma di certo non a portata di mano
171 Amore sporco e vigliacco
181 Lo spettacolo della merda deve continuare
183 *Love is in the air...* e *smells like teen spirit...* l'amore sarà pure nell'aria e odorerà pure di fresco *teen spirit* ma... dopo aver acciaccato cacca di cane
194 Interrompiamo questo nonsense per diffondere le ultime voci di corridoio...
195 Pietre e bastoni possono fracassarmi le ossa, ma infernet è una condanna a vita, ragazzi
202 Che il lavoro di gruppo abbia inizio
208 La casa di mia madre è un bunker segreto più figo della casa di tua madre
221 Liceo, l'allunaggio e altre cospirazioni
223 Auguri di buona estate! *Bon voyage!* E cercate di non andare a letto con il fidanzato di qualcun altro...
236 Ammiratori e altri scandali minori, con i quali si intende scandali con il coinvolgimento di minori
248 Furto d'identità
251 Pantaloni, magliette, berretti, accessori e ogni altra sorta di indumento intimo buttati alle fiamme
260 La privacy è morta. Mettiamocelo bene in testa
269 Sono venuta a portare dolore e tutto quello che ho avuto in cambio è una maglietta pidocchiosa
283 *All we are saying is...* diamo a MAL(e) una possibilità
295 La raccapricciante scomparsa di Angelica Darling e l'inattesa apparizione di relazioni reali

308 *Ringraziamenti*

Anagramma

Ultimi volumi pubblicati

Daniela Volonté, *Buonanotte amore mio*
Jessica Sorensen, *Infinito amore*
M. Leighton, *Tutto o niente*
K.A. Tucker, *Una piccola bugia*
Rosa Ventrella, *Innamorarsi a Parigi*
Lorelei James, *Legami*
Jay Crownover, *Oltre le regole*
Penelope Douglas, *Da quando ci sei tu*
Cecile Bertod, *Non mi piaci ma ti amo*
Kristen Ashley, *Non dirmi di no*
Rebecca Donovan, *Mai senza te*
Kirsty Moseley, *Il ragazzo che entrò dalla finestra e si infilò nel mio letto*
Alessandra Merighi, *Non smettere mai di abbracciarmi*
Gail McHugh, *Perché ci sei tu*
Amy Harmon, *Sei il mio sole anche di notte*
Sarah Dessen, *Ascolta il tuo cuore*
Rachel McIntyre, *Non chiedermi se ti amo*
Emma Chase, *Tu mi cercherai*
Jodi Ellen Malpas, *Per una sola volta*
Morgan Matson, *Noi due ai confini del mondo*
Sara Tessa, *Se fossi qui con me questa sera*
June Gray, *L'abbandono. Disarm Trilogy*
Lia Riley, *Ho imparato ad amare*
Jessica Sorensen, *L'amore verrà*
Alice Oseman, *Senza nuvole*
Barbara Delinsky, *Così dolce così amaro*
Rachel McIntyre, *Non chiedermi se ti amo*
Lia Riley, *Ho imparato ad amare*

June Gray, *L'abbandono*
Laurie Halse Anderson, *Nessuno è come te*
Elisa Gentile, *Non meriti un minuto in più del mio amore*
Kylie Scott, *Tutto in una sola notte*
Molly McAdams, *Ti lascio ma restiamo amici*
Monica Murphy, *Non posso fare a meno di te*
Megan Maxwell, *Chiedimi chi sono*
K.A. Tucker, *Quattro secondi per perderti*
Abigail Barnette, *The Boss*
Sierra Cartwright, *Non lasciarmi sola in una notte di pioggia*
Melissa Foster, *Ogni maledetto bacio che avrei voluto darti*
Vanessa Greene, *La casa di fronte al mare*
Aurora Belle, *I suoi occhi su di me*
Renée Carlino, *Non aver paura di innamorarti*
Jessica Clare, *Scommessa indecente*
Ella Gai, Odiare, *Amare, Baciare*
Monica Murphy, *Ti odierò fino ad amarti*
Jessica Sorensen, *Con te sarà un disastro*
Kim Karr, *Se te ne vai ti aspetto*
Lauren Layne, *L'unico sbaglio che rifarei mille volte*
Asia Stella, *Io dormo da sola*
Kristen Ashley, *Dimmi che sei mio*
Penelope Douglas, *La mia meravigliosa rivincita*
Emma Chase, *Amore illegale*
Patrisha Mar, *La mia eccezione sei tu*
Anna Premoli, *Un giorno perfetto per innamorarsi*
Lauren Barnholdt, *Vietato non innamorarsi*
Tiffany Reisz, *Guardami, toccami, stringimi*
G.J. Walker-Smith, *E l'amore bussò*
Amy E. Reichert, *Chef per amore*
Juliette Sobanet, *Tutta colpa di Parigi*
Sara Shepard, *Giovani, carine e bugiarde. Assassine*
K.A. Linde, *Senza compromessi*
Jen McLaughlin, *Un disperato bisogno di te*
Kristen Proby, *Ti porto via con me*
Jessica Sorensen, *C'è chi dice amore*
Pepper Winters, *Io ti appartengo*
Elisa Trodella, Loretta Tarducci, *Scusa ma ti amo troppo*

Mia Sheridan, *Se non torni sto male*
Jill Ciment, *Ruth & Alex. L'amore cerca casa*
AA.VV., *Dolci desideri*
Daniela Farnese, *Natale da Chanel*
Daniela Volonté, *L'amore è uno sbaglio straordinario*
Sandy Hall, *Qualcosa di molto speciale*
Kirsty Moseley, *Mi sono innamorata del mio migliore amico*
Karen Swan, *Quell'estate da Tiffany*
Ali McNamara, *Colazione a Notting Hill*
Giulia Ross, *Ho scelto te*
Elisa Gentile, *Ti amo perché sei bugiardo*
Jodi Ellen Malpas, *Tutte le volte che vuoi*
Scott Kylie, *È stato solo un gioco*
Jay Crownover, *Oltre l'amore*
Valeria Luzi, *Mi manchi troppo per dimenticarmi*
Karen Swan, *Natale sotto la neve*
Trisha Ashley, *12 giorni a Natale*
Emma Chase, *Niente regole*
Abigail Barnette, *The Girl*
Abigail Barnette, *The Wedding*
Abigail Barnette, *The Ex*
Jessica Clare, *Troppo bello per dire di no*
J.S. Cooper, *Quella notte tutto è cambiato*
Jay Crownover, *Oltre i segreti*
Kim Karr, *Cattive abitudini*
M. Leighton, *Averti è impossibile*
Samantha Towle, *Nonostante tutto, ti amo ancora*
Jen McLaughlin, *Ogni volta che sei qui*
Lucrezia Scali, *Te lo dico sottovoce*
Victory Storm, *Ogni tuo desiderio è un ordine, bastardo*
Claire Ashbey, *La libreria dei desideri*
Amy Harmon, *Infinito+1*
Jennifer Mathieu, *Tutta la verità su Alice*
Morgan Matson, *Al centro dell'universo*
Penelope Douglas, *Non riesco a dimenticarti*
Sara Oackler, *#amorenoncorrisposto*
Cassandra Rocca, *Ho voglia di innamorarmi*
Anna Premoli, *L'amore non è mai una cosa semplice*

Jennifer Mathieu
Tutta la verità su Alice

Jennifer Mathieu, giornalista e insegnante di inglese, vive in Texas con il marito e il figlio. *Tutta la verità su Alice* è il suo romanzo d'esordio, con cui ha vinto il Teen Choice Debut Author Award. Per maggiori informazioni, visitate il suo sito www.jennifermathieu.com

Volume rilegato di 224 pagine. € 10,00

Tutti sanno che Alice è andata a letto con due ragazzi nella stessa sera, a una festa. E quando Brandon Fitzsimmons – il quarterback della scuola, bello e famoso – muore in un incidente d'auto, viene fuori che mentre guidava stava chattando al cellulare con Alice: lei gli stava mandando messaggi ad alto tasso erotico. A scuola già si diceva che Alice fosse una ragazza facile, una poco di buono, ma dopo la morte di Brandon, la macchina del fango impazzisce. C'è chi sostiene che abbia abortito, chi dice che sia disposta a tutto per un aiuto in matematica, il bagno delle ragazze è costellato di insulti anonimi a lettere cubitali e indelebili. Ma la vita di Alice è davvero quella che tutti pensano di conoscere? Oppure molti proiettano su di lei i loro più torbidi segreti? Jennifer Mathieu riesce a raccontare con dissacrante realismo la vita di una ragazza qualunque, senza aggrapparsi a stereotipi o vecchi cliché.

Morgan Matson
Al centro dell'universo

Morgan Matson è nata nel 1981 ed è cresciuta tra New York e il Connecticut. Ha frequentato l'Occidental College di Los Angeles, ma prima di prendere il diploma in teatro, ha iniziato a lavorare nel reparto bambini del Vroman Bookstore e si è innamorata della narrativa Young Adult. Dopo la laurea, ha conseguito un master in Scrittura per ragazzi. La Newton Compton ha già pubblicato *Noi due ai confini del mondo*, che è stato nella lista dei migliori libri scelti dalla American Library Association, ha ottenuto il "Flying Start", un prestigioso riconoscimento del «Publishers Weekly» ed è stato candidato per il Waterstone's Book Prize. Per saperne di più: www.morganmatson.com

Volume rilegato di 384 pagine. € 12,00

Emily ha deciso di correre qualche rischio per trascorrere l'estate più travolgente della sua vita. Prima di Sloane, Emily non andava alle feste, parlava a malapena con i ragazzi, non aveva mai fatto niente di folle. Ma Sloane, un vero e proprio "tornado sociale", è la migliore amica che si possa avere e l'ha tirata fuori dal suo guscio. Eppure, poco prima di quella che doveva essere un'estate epica, Sloane... scompare. Lascia solo una misteriosa lista con tredici cose, alquanto bizzarre, che Emily dovrà fare. Per esempio: "Cogli le mele di notte". Va bene, abbastanza facile. "Balla fino all'alba". Perché no? "Bacia uno sconosciuto". Che cosa?! Ma senza Sloane, Emily potrà farcela? Chissà cosa succederà, con tutta un'estate davanti e l'inaspettato aiuto dell'affascinante Frank Porter...

NEWTON COMPTON EDITORI

«NON VEDO L'ORA
DI METTERE LE MANI
SU ALTRI LIBRI DI SARAH
OCKLER PERCHÉ
DOPO AVER LETTO
#AMORENONCORRISPOSTO
NON POSSO PIÙ
FARNE A MENO.»

MELISSA

«UNA VOLTA
INIZIATO NON
SONO PIÙ RIUSCITA
A SMETTERE DI LEGGERE
E LO RILEGGEREI
ANCORA
E ANCORA.»

BRIANA